KB271134

일본 근대문학과 스포츠

일본 근대문학과 스포츠

지은이 김옥희(金玉姬, Kim Ock-hee) 서강대학교 국어국문학과를 졸업하고 일본 오차노미즈 여자대학에서 일본문학전공으로 석사학위를, 비교문화학 전공으로 박사학위를 받았다. 현재 한국체육대학교 교양교직과정부 교수로 재직하고 있다. 논문으로는 「에도 시대의 문화수용과 번역」, 「일본 환상문학에 나타난 '다른 세계'의 유형과 특징」, 「18세기 일본의 문학적 상상력과 노장사상」, 「미시마 유키오의 문학세계와 스포츠」, 「나쓰메 소세키의 스포츠관」 등이 있다. 옮긴 책으로는 『신화, 인류 최고의 철학』, 『곰에서 왕으로』, 『사랑과 경제의 로고스』, 『신의 발명』, 『대칭성 인류학』 등의 나카자와 신이치의 '카이에 소비주 총서'와 『불교가 좋다』, 『나카자와 신이치의 예술인류학』, 『번역어의 성립』, 『도마뱀』, 『상하이』, 『공주님』, 『존 레논 대 화성인』, 『어떤 여자』 등이 있다.

일본 근대문학과 스포츠

초판 인쇄 2012년 11월 15일 **초판 발행** 2012년 11월 25일
지은이 김옥희 **펴낸이** 박성모 **펴낸곳** 소명출판 **출판등록** 제13-522호
주소 서울시 서초구 서초동 1621-18 란빌딩 1층
전화 02-585-7840 **팩스** 02-585-7848 **전자우편** somyong@korea.com **홈페이지** www.somyong.co.kr

값 21,000원　ⓒ 김옥희, 2012
ISBN 978-89-5626-781-4　93830

이 저서는 2007년 정부(교육인적자원부)의 재원으로 한국연구재단의 지원을 받아 수행한 연구임(KPF-2007-001-A00207).

일본 근대문학과 스포츠

Japanese Modern Literature and Sports

김 옥 희

소명출판

스포츠가 현대인의 삶에 미치는 영향력이 점점 막강해지고 있다. 월드컵이나 올림픽이라도 개최될 것 같으면 온 나라가 들썩이고 전 세계가 술렁인다. 매스컴과 상업주의의 결탁, 거기에다 내셔널리즘까지 가세해, 스포츠는 어느 틈에 우리 삶에 깊숙이 침투하고 말았다. 문학의 위기가 거론되는 시대인 만큼 문학전공자로서는 그저 부러울 따름이다.

그런 막강한 영향력을 가진 스포츠와 더불어 살아가는 학생들과 인연을 맺기 시작한 지 어느덧 15년이 넘었다. 일본문학을 전공한 사람으로서 처음 한국체육대학교의 강단에 섰을 때는 스포츠, 그리고 스포츠를 하는 학생들이 낯설게만 느껴졌다. 문학과 스포츠 사이의 거리가 너무나도 멀어 보여서다. 그러다가 학생들과의 거리를 좁히고자 문학과 스포츠 사이의 접점을 찾기 위해 노력하기 시작했다. 그 결과 자연스레 스포츠를 소재로 한 문학, 즉 스포츠 문학에 관심을 갖게 되었다.

서양에서 탄생한 이른바 '근대스포츠'가 일본에 처음 소개된 것은 1873년의 일이다. 야구를 필두로 하여 축구와 하키, 테니스 등이 소개되면서, 일본에서 스포츠는 근대화와 문명화의 상징으로서 엘리트층을 중심으로 확산되었다. 따라서 이 책도 스포츠 문학의 여명기라 할 수 있는 메이지 시대 초기부터 출발을 한다. 그리고 스포츠의 대중화가 일어나는 1930년을 전후한 시기가 이 책의 중심을 이룬다. 그 기간 스포츠는 정치적 목적에 휘둘리며 권장과 배척 사이를 오락가락하는 정책적 변화를 겪게 된다. 따라서 스포츠 문학의 검토에 앞서, 일본이 근대화 과정에서 스포츠를 어떤 식으로 이용했는지를 '서장'에서 개관한다.

이어서 제1장 「'근대스포츠' 도입기의 스포츠와 문학」에서는 엘리트층의 전유물이던 시대에 스포츠의 보급에 앞장선 엘리트학교 출신인 마사오카 시키와 나쓰메 소세키의 스포츠관을 검토하고자 한다. 동시대에 유사한 환경에서 성장하고 교육을 받은 두 문학자의 스포츠관을 비교해 보는 것은 흥미로운 일이다.

제2장 「스포츠 대중화 시대의 스포츠 문학」에서는 1930년을 전후한 시기에 스포츠 대중화와 함께 모더니즘 계열 작가들을 중심으로 일어난 스포츠 문학 붐을 작품의 분석을 통해 확인할 예정이다. 우선 '모더니즘 전야前夜의 스포츠 소설'이라는 평가를 받는 무샤노코지 사네아쓰의 『우정』을 출발점으로 삼는다. 이어서 모더니즘문학의 기수라 할 수 있는 아베 도모지의 「일독대항경기」, 스포츠와 시와 사진의 조화를 통해 신체와 찰나의 미학을 표현한 무라노 시로의 『체조시집』, 그리고 1932년 로스앤젤레스 올림픽에 선수로서 참가한 경험이 있는 다나카 히데미쓰의 『올림포스의 과일』을 분석하고자 한다. 제2장에서 다루는 작품들은 1929년에서 1940년 사이에 발표된 것들로, 각기 그 시대를 대표하는 스포츠 문학에 해당한다. 따라서 스포츠가 국가주의에 이용당하던 시기의 작품들이지만, 의외로 정치색을 띠거나 스포츠 내셔널리즘을 표방한 작품은 찾아보기 힘들다는 것을 확인할 수 있을 것이다.

제3장에서는 직접 스포츠를 하는 작가로서 유명했던 미시마 유키오를 중심으로 '전후 일본문학과 스포츠'에 대해 검토하고자 한다. 스포츠 관련 에세이 모음집 『실감적 스포츠론』을 통해 스포츠가 미시마 유키오의 문학세계와 사상에 어떤 영향을 미쳤는지를 확인하려는 것이다.

그리고 부록으로서 이 책에서 다룬 작품 가운데 독자의 이해를 돕기 위해 일본의 대표적인 스포츠 문학으로서 가치가 있는 무샤노코지 사네아쓰의 『우정』과 아베 도모지의 「일독대항경기」의 전문을 번역하여 첨부한다. 이 두 편은 국내에 소개된 적이 없는 작품이다. 또한 미시마 유키오의 에세이집 『실감적 스포츠론』 중 엄선하여 에세이 「실감적 스포츠론」과 「문학과 스포츠」도 번역해 싣는다.

이 책에 실린 글 중 일부는 이미 발표한 논문을 수정 보완한 것이다. 제1장 제2절 「신체성에 대한 시선 : 나쓰메 소세키와 스포츠」는 「나쓰메 소세키의 스포츠관」(『日本研究』 32집, 2012.2)을, 제2장 제1절 「육체와 정신 사이에서 갈등하는 청춘 : 무샤노코지 사네아쓰의 『우정』」은 「무샤노코지 사네아쓰의 『우정友情』과 스포츠」(『아세아문화연구』 27집, 2012.9)를, 그리고 제3장 「전후 일본문학과 스포츠 : 미시마 유키오를 중심으로」는 「미시마 유키오의 문학세계와 스포츠」(『日本學研究』 33집, 2011.5)를 각기 수정·보완하여 게재했다.

2012년, 올해는 런던 올림픽이 개최된 해다. 스포츠의 열기가 전 세계를 후끈 달군 해인 것이다. 올해에도 어김없이 올림픽을 전후하여 스포츠를 주제로 한 많은 감동적이고 극적인 스토리가 탄생하였다. 그 스토리의 주인공격인 체조에서 사상 첫 금메달을 딴 양학선이나 '멈춰버린 1초'의 주인공 신아람 등은 본인이 몸담고 있는 대학의 재학생과 졸업생이다. 이러한 스토리의 주인공들을 가까이서 접하면서, 스포츠가 수많은 문학과 영화, 혹은 만화의 소재가 되어온 이유를 충분히 납득할 수 있었다.

그런가 하면 올해는 그 어느 때보다도 스포츠 내셔널리즘이 화제가 된 해이기도 하다. 올림픽의 축구 경기 한일전에서 승리한 후의 독도 세리머니, 혹은 욱일승천기를 연상시키는 일본 체조선수들의 유니폼 등이 올림픽이 끝난 후까지도 구설수에 올랐다. 순수한 스포츠의 제전祭典인 올림픽에서 이런 식으로 내셔널리즘을 표출하는 것은 금기사항이다. 스포츠가 정치적으로 이용당했던 역사로 인해 그런 위험성을 차단하기 위한 방편인 것이다. 하지만 아무리 여러 가지 방편을 마련해도 국제적인 스포츠대회에서 내셔널리즘을 배제한다는 것은 현실적으로 불가능해 보인다. 특히나 한일전에서는 더더욱 그러하다.

　스포츠가 몰고 오는 열기는 쉽게 식고, 그로 인한 감동 역시 금세 잊힌다. 하지만 문학이나 영화 등과 만나게 되면 스포츠의 생명력은 강해진다. 그렇기에 일본 근대문학과 스포츠의 만남의 역사를 더듬어보고 그 의미를 짚어보고자 했다. 이런 시도는 한국연구재단(구 한국학술진흥재단)의 인문저술지원사업의 지원으로 결실을 맺게 되었다. 지원해준 한국연구재단, 그리고 선뜻 출판을 맡아준 소명출판에 감사한다.

차례

제3장 전후 일본문학과 스포츠 : 미시마 유키오를 중심으로

부록 번역 자료

일본 근대문학과 스포츠

1. 메이지유신과 천황제

1603년 도쿠가와 이에야스德川家康가 천하통일을 이루면서 막을 연 에도막부가 주도권을 행사한 시대는 메이지유신이 일어난 1868년까지 260여 년간 지속되었다. 에도막부를 이끄는 수장은 쇼군將軍으로 불렸는데, 260여 년 동안 15대에 걸쳐서 도쿠가와 가家에 의해 쇼군이라는 권력의 세습이 이루어졌다. 그런데 이러한 일본 역사에서 특이한 점은 설령 무사들이 정치적 권력을 장악하게 되더라도 천황이라는 존재를 완전히 제거하려 하지는 않았다는 데에 있다. 도쿠가와 이에야스의 경우를 보면, 오히려 천황의 권위를 이용하여 자신의 정통성을 확립하고자 부단한 노력을 기울였다.[1] 그것은 곧 천황이 비록 정치적 실권은 잃었다 할지라도 천황으로서의 권위에 의해 민중에 대한 영향력은 유지하고 있다고 생각했기 때문인 것이다. 도쿠가와 이에야스의 시대만이 아니라 무사계급이 통치를 시작한 가마쿠라 시대(1185~1333)부터 이미 그런 경향이 나타나기 시작했다. 이처럼 가마쿠라 시대부터 에도 시대까지 천황제의 존속이 가능했던 것은 "오랜 전통을 권위의 원천으로 하는 천황의 권위를 이용하면 명령에 정통성이 확립"[2]되리라는 기대에 근거하고 있다. 따라서 시대에 따라 약간의 차이는 있지만, 천황이라는 존재는 고대와 근대를 제외하고는 대체적으로 상징적인 의미에서의 통치자에 불과하였으며, 각 시대의 실질적인 권력자에 의해 천황의 운명이 결정되었다.

그런 수동적인 위치에 있던 천황이 고대와 같은 정치적 권력과 종교적 권위를 회복하고 국가의 최고 권력자로 군림하게 된 것은 메이지유신 이후의 일이다. 그런데 메이지유신을 주도한 세력도 천하통일 후의 도쿠가와 이에야스와 마찬가지로, 막강한 권력을 갖고 있던 쇼군에게 반기를 들고 유신을 감행한 자신들의 행위에 대해 정당성을 보장받고 정통성을 인정받기 위해 천황의 권위를 이용하고자 했다. 더불어서 민중의 정치적, 사회적 불만을 잠재우기 위해서도 천황의 종교적 권위를 필요로 했다. 그렇게 해서 메이지유신의 중심세력은 의도적이고 철저한 천황의 신격화작업에 착수하게 된다.

그 결과 1889년에 제정된 '일본제국헌법'에 천황의 신성불가침이 명문화되기에 이른다. 또한 일본은 신국神國이고, 천황은 태양신의 자손이며, 만세일계의 혈통에 의해 황위가 계승되었기 때문에 메이지천황은 곧 신이라는 논리에 의해 현인신現人神[3] 사상이 일본사회를 지배하게 된

---

1   천하통일을 이룬 후에 도쿠가와 이에야스의 마지막 희망은 천황가의 외척이 되는 것이었다. 그래서 그는 손녀를 천황가의 황족과 결혼시키기 위해서 많은 노력을 기울였는데, 결국 그가 죽은 후인 1620년에야 그 소원이 성취되었다. 이에야스의 손녀이자 2대 쇼군 히데타다秀忠의 딸인 가즈코和子가 궁중의 반발에도 불구하고 천황가에 시집을 가게 된 것이다. 가즈코의 장녀가 훗날 천황이 됨으로써 도쿠가와 가(家)와 천황가의 관계가 더욱 긴밀해지는 관계를 마련하게 된다. 辻達也 編,『日本の近世』2, 中央公論社, 1991, 제3장 참조.

2   戶頃重基, 丸山照雄 編,『(增補) 天皇制と日本宗教』, 傳統と現代社, 1980, 10면.

다. 또한 천황을 구심점으로 하여 온 국민이 단결하도록 철저한 정신교육을 하게 된다. 그런 정신교육의 중심 내용은 모토오리 노리나가本居宣長를 비롯한 에도 시대 국학자國學者들의 일본우월주의를 기초로 하여 이루어진 것이다. 즉 천황의 신격화에 노력하며, 천황제라는 일본의 정치체제의 우수성, 일본 민족의 우수성, 일본 정신의 우수성 등을 강조하여 교육하게 된 것이다. 그러한 교육이 결실을 맺어 교육의 효과가 구체적으로 드러난 것은 1894년에 있었던 청일전쟁 때이다. 대국 청나라를 상대로 한 전쟁에서 그 누구도 예상하지 못했던 일본의 승리는 바로 그런 정신력이 낳은 결과라고 할 수 있다.

청일전쟁을 치를 때, 일본인들은 정신력으로 객관적인 조건의 열세를 극복하고자 하였다. 그 때 일본인들의 정신력의 구심점은 천황이었고, 그러한 정신력의 강화를 위해 외쳤던 구호가 바로 일본 정신이라는 뜻의 '야마토다마시大和魂'였다. 그런 일본의 과거에 대해 소설가 오에 겐자부로大江健三郞는 노벨문학상 시상식에서의 수상 기념 연설에서 다음과 같이 함축적으로 표현하고 있다.

근대국가 성립 조건의 하나인 국민 의식의 통합을 위해 근대화의 지도자들이 한 일은 천황을 중심으로 한 일본의 문화 전통의 절대성을 강조하는 것이었다. 그 결과, '야마토다마시'는 제국주의적인 일본의 확대를 위해서 애국적인 슬로건이 되기도 했던 것이다. (…중략…) 종국에는 '야마토다마시'가 있으면 과학적인 근대적 무기에서 열세라 할지라도 전쟁에는 이길 수 있다는 광적인 믿음이 일본인들을 사로잡게 되었다.[4]

---

3   현인신(現人神)이란 본래 천황에 대한 미칭(美稱)으로 사용되던 말이다. 그러나 메이지유신 이후 천황의 신격화 작업에 의해 천황은 원래 신인데 현세에 잠시 사람의 빌어서 나타났을 뿐이므로 죽으면 다시 신으로 돌아간다고 하는 현인신 사상이 만들어졌다.
4   大江健三郞, 『あいまいな日本の私』, 岩波書店, 1995, 173~174면.

본래 '야마토다마시'란 소박하고 순수하고 정직한 고대 일본인의 정
신이라는 뜻으로 복고復古를 외치던 에도 시대의 국학자들이 즐겨 사용
하던 말이었다. 그러나 메이지 시대에 들어서면서 정치적으로 이용되
면서 그 의미가 변질되었다. 즉, '야마토다마시'는 타민족에 비해 우월한
일본인의 정신력을 뜻하게 되면서, 일본의 제국주의의 확산을 위한 선
동 구호로 바뀌어 버린 것이다.

청일전쟁에서의 일본의 승리는 한국을 비롯한 주변 국가에도 큰 영
향을 미쳤으나 일본 자체에도 여러 가지 의미에서 많은 변화를 초래했
다. 일본 국내에서 일어난 변화로는, 에도 시대의 국학자들이 중국과 비
교해서 주장했던 일본의 우월성이 청일전쟁에서의 승리로 입증된 셈이
어서, 일본에서는 내셔널리즘이 더욱 팽배해졌다는 점을 들 수 있겠다.
즉 일부 국학자들만이 아니라 온 국민의 의식 속에서 중국은 더 이상 대
국이 아니며, 신의 뜻을 따라 천황을 위해서 싸우면 이기지 못할 상대는
없다는 식의 생각이 확고하게 자리를 잡게 되었던 것이다. 물론 이러한
생각은 1905년의 러일전쟁에서의 승리로 더욱 확고해진다.

한편 근대 천황제 아래 거듭되는 침략전쟁으로 인한 고통과 희생을
감수해야 하는 국민들의 지지를 얻기 위해서 일본 정부는 침략전쟁의
정당화에 많은 노력을 기울였다. 그 정당화를 위한 논리의 기본적인 틀
에도 역시 천황이 효과적으로 이용되었다. 예를 들어 천황이 태양신의
자손이라는 주장을 근거로 하여, 병사들이 천황을 위해서 싸우는 것은
곧 신의 의지에 따라 신을 위해 싸우는 것이라는 논리를 앞세워 침략전
쟁을 성전聖戰으로 미화하는 식이다.

이상으로 효과적인 근대국가 건설을 위해 메이지 정부가 국민들의
정신을 어떤 방향으로, 그리고 어떤 방식으로 유도해 갔는지를 살펴봤
다. 그런데 이러한 정신적인 면에 대한 교육과 더불어서, 다른 한편으로
는 국민들의 신체에 대한 관리와 통제를 위한 노력도 병행되었다. 개인

의 신체는 곧 국가의 신체라는 인식하에 개인의 건강한 신체가 국력 신장의 원동력이 된다는 관점에서 스포츠의 활성화를 위한 많은 정책들이 펼쳐지고 계몽과 교육이 이루어진 것이다. 결국 메이지정부가 스포츠 장려책을 적극적으로 펼쳐 국민들의 신체를 관리하고자 한 궁극적인 목적은 위에서 살펴본 천황을 중심으로 한 국민정신의 통합정책과도 상통한다고 할 수 있다. 그럼 이제 근대국가 건설기에 스포츠가 어떤 방식으로 국민정신의 통합에 기여하게 되었는지를 살펴보고자 한다.

2. 근대국가 건설기의 스포츠

오랫동안 쇄국정책을 취해오던 일본이 구미 열강의 강압에 못 이겨 개항을 하게 되는 것은 1853년의 일이다. 개항 이후 자본주의 열강의 막강한 힘을 절감하면서, 서구의 문화와 문명을 배우고 받아들이고자 많은 노력을 기울였다. 이후에 메이지유신을 거쳐 근대국가의 기틀을 마련해가는 과정에서, 하루빨리 서구의 국가들과 비슷한 정도의 힘을 기르지 않으면 식민화될 거라는 위기의식이 일본사회에 팽배해짐으로써, 메이지정부는 그러한 개방정책에 더욱더 박차를 가하게 된다. 그런 사회 분위기 속에서 서구의 문명과 문화에 대한 수용과 모방이 적극적으로 이루어지면서, 바야흐로 일본은 '문명개화'의 시대를 맞이하게 되는 것이다. 그렇게 해서 일본 사회에는 일대 변화가 일어나게 된다. 그러한 변화는 사회제도나 정치제도, 교육제도 등은 물론이고, 복장이나 음식, 주거문화나 놀이문화 등의 대중의 생활에까지도 지대한 영향을 미쳤다. 그 가운데 이제부터 스포츠[5]에 초점을 맞춰, 근대국가 건설기에 스포츠가 일본의 근대화에 어떤 역할을 했으며, 어떻게 인식되었는지를 살펴보고자 한다.

우선 앞으로 이 책에서 자주 사용될 '근대스포츠'라는 용어의 의미부터 짚고 넘어가기로 하자. '근대스포츠'란 영국에서 출발한 산업자본주의의 영향으로 18세기 초부터 19세기에 걸쳐 탄생한 스포츠를 지칭하며, 주로 그 발상지는 영국이다. 앨런 거트만은 그러한 근대스포츠의 특징을 세속성, 평등, 전문화, 합리화, 관료화, 계량화, 기록추구 등의 일곱 가지로 분석하고 있다.[6] 그러면서 산업자본주의를 배경으로 출발한 근대스포츠는 훗날 자본주의체제 하에서 지배계층이 민족주의, 군국주의, 제국주의의 도움을 받아 영향력을 행사할 수 있도록 하는 교화수단으로 이용되기에 이르렀으며, 그럼으로써 실제로 1920년대와 1930년대 시민 스포츠지도자들은 파시즘의 개척자에 속했다고 한다.[7] 그런데 서구에서 일어난 이런 현상은 약간의 시차를 두고 일본에서도 거의 그대로 재현되었다. 이제부터 '문명개화'의 수단으로서 일본에 도입된 근대스포츠가 어떻게 '교화수단'으로 이용되게 되었는지 그 과정과 배경을 확인해 보고자 한다.

우선 근대스포츠의 도입기에 해당하는 메이지 시대의 경우를 검토해 보기로 하자. 근대스포츠가 일본에 본격적으로 소개된 것은 19세기 말의 일이다. 1873년에 최초의 근대스포츠로서 야구가 일본에 소개된 것을 시작으로, 축구와 하키는 1874년, 그리고 테니스는 1884년에 소개되

---

5   체육학에서는 엄밀하게는 스포츠와 체육이라는 용어를 구분해서 사용한다. 신체운동에 대해 교육적인 측면이 중시될 경우에는 체육이라는 용어가, 그리고 유희성이나 경기성이 중시되는 경우에는 스포츠라는 용어가 사용되나, 이 책에서는 체육을 포함한 넓은 의미에서 스포츠라는 용어를 사용하고자 한다.
6   앨런 거트만, 송형석 역, 『근대스포츠의 본질-제례의식에서 기록추구로』, 나남, 2008, 42면.
7   위의 책, 109~110면.

었다. 당시에 이러한 근대스포츠는 전기나 전차와 같이 문명화나 근대화, 혹은 서구화를 상징하는 표상으로서의 의미를 갖고 있었다. 따라서 근대스포츠의 도입은 곧 후진국 일본이 근대국가가 되기 위한 하나의 필수적인 조건처럼 여겨졌던 것이다. 그렇기 때문에 각 학교에서는 교육의 일환으로서 각종 스포츠를 앞 다투어 도입하지 않을 수 없었다.

메이지 초기에 스포츠는 상류계급의 교육을 위해 설립된 고등교육기관의 여가활동으로서 도입되어, 도쿄제국대학이나 제1고등학교와 같은 엘리트학교가 스포츠의 보급에 중심적인 역할을 했다. 메이지유신 직후에 근대화가 상류계층을 중심으로 이루어졌던 것과 동일한 현상이 스포츠의 근대화에서도 일어난 것이다. 그렇게 해서 제1장에서 다루는 마사오카 시키正岡子規나 나쓰메 소세키夏目漱石와 같은 문인이 탄생하게 된 것이다. 근대스포츠의 온상이었던 제1고등학교와 도쿄제국대학 출신인 이 두 사람은 자의가 아니더라도 당시의 그 누구보다도 일찍 근대스포츠를 경험할 수밖에 없는 환경에서 청년시절을 보냈다. 그렇기 때문에 그런 경험이 자연스럽게 두 사람의 문학세계에 영향을 미칠 수밖에 없었던 것이다.

그러다가 메이지 말기에 이르면 중학교에까지 스포츠가 보급되면서, 학교 운동부가 조직화되고 교내경기대회나 학교대항시합이 개최되기에 이른다. 그렇게 해서 스포츠는 학생들을 중심으로 크게 유행하게 되었다. 학생들이 스포츠에 관심을 갖게 하기 위한 수단으로서는 주로 야구와 같은 단체종목의 학교대항시합이 이용되었다. 학교대항시합을 통해 시합에 참가하는 선수는 물론이고 응원하는 학생들의 애교심을 고취시키고 경쟁심을 유발할 수 있기 때문이다. 메이지 시대에 일찍부터 각종 학교대항대회가 활발히 개최된 것은 그러한 이유에서다. 학교를 중심으로 시작된 근대스포츠가 대중에게까지 확산된 것은 다이쇼大正 시대를 거쳐 쇼와昭和 시대로 접어든, 즉 1926년경 이후에나 가능했다.

한편 일본의 '문명개화'를 위해 선구적인 역할을 하여 일본 근대화의 아버지라 불리는 후쿠자와 유키치(福澤諭吉, 1835~1901)는 학교체육의 근대화에도 중요한 역할을 했다. 일찌감치 서양을 순방하며 서양의 교육 방법을 관찰한 그는 그러한 경험을 바탕으로 영국 학교에서의 스포츠 활동에 대해 자세히 소개하기도 하고, 일본에서도 스포츠 활동을 학교 수업에 반영할 필요가 있다고 역설하기도 했다. 체육의 중요성을 강조한 그의 교육론은 자서전 『후쿠옹자전福翁自傳』(1899)[8]에 실린 「체육을 먼저 하라」라는 제목의 글에 잘 나타나 있다.

아이들 교육법에 대해서는 나는 전적으로 신체를 중요시하여, 어렸을 때부터 억지로 독서 등을 시키지 않는다. 먼저 수신獸身을 이룬 후에 인심人心을 기르는 것이 나의 주의主義이기에 태어나서 3세 내지 5세까지는 글자는 전혀 보여주지 않으며 7, 8세 정도 되면 습자공부를 시키기도 하고 안 시키기도 하지만 아직 독서는 시키지 않는다. 그때까지는 맘대로 뛰어놀게 하고, 단지 의식衣食에는 많은 신경을 써주며, 또한 아이답지 않게 비열한 행동을 하거나 천박한 말을 흉내 내거나 하면 야단칠 뿐으로, 그 외에는 모든 걸 제멋대로 하게 놔두는 그 모습은 개나 고양이의 새끼를 키우는 것과 다를 바가 없다. 바로 이것이 먼저 수신獸身을 이루는 법으로, 다행히 개나 고양이처럼 무병 무탈하여 8, 9세나 10세가 되면 그제야 비로소 교육의 문에 넣어 정말로 매일같이 시간을 정해 공부를 시킨다. 하지만 그때에도 신체를 결코 소홀히 하지는 않는다.[9]

교육은 일반적으로 지육智育과 덕육德育, 체육體育으로 구분하는데, 그 중에서 지육이나 덕육보다 체육을 먼저 시키라는 것이 후쿠자와 유키치

---

8   후쿠자와 유키치는 게이오대학의 설립자이기도 하여, 이 자서전은 지금도 매해 신입생들에게 배포되고 있다.
9   『福翁自傳』, 岩波書店, 1978, 286면.

의 생각이다. 여기서 "수신獸身을 이룬 후에 인심人心을 기르는 것"이란 어려서는 짐승의 새끼를 키우듯이 마음껏 뛰어놀게 놔둠으로써 튼튼한 체력을 먼저 기르고, 어느 정도 체력이 갖춰지면 그다음에 지육과 덕육을 해야만 한다는 것을 뜻한다. 그런 교육관의 실천을 위해 그는 1874년에 오늘날의 유치원에 해당하는 '게이오유치사慶應幼稚舍'를 설립하게 된다. '게이오유치사'에서 체육을 어떤 식으로 교육했는지는 아래의 인용문을 통해 충분히 추측이 가능하다.

> 운동을 위해서는 체조도 있고, 유도도 있고, 방과 후 한가할 때엔 운동장에서 유희하게 하고, 공 던지기도 또한 씨름도 괴롭게 여기지 말 것이며, 신체를 강하게 하는 방법이 있다면 이에만 머물지 말고 오직 크게 권장하길 바랄 뿐인데, 노파심에 모든 사람이 반생반사半生半死의 창백한 큰 학자가 되기보다는 체격이 강인한 장년이 되기를 진정 바라는 바다.
>
> (「메이지 25년 1월 25일 게이오유치사에서」, 『시사신보』, 메이지 25.1.26, '잡보')[10]

즉 체육을 권장하여 "창백한 큰 학자"보다는 "체격이 강인한 장년"을 키워야 한다는 것이다. 이러한 그의 생각의 밑바탕에는 물론 서양 체험에 의해 품게 된 서양인들의 체격에 대한 동경이 깔려 있다. 그는 "체격이 강인한 장년"을 기르는 것이 곧 아시아를 벗어나 서구 사회로 들어가는 '탈아입구脫亞入歐'의 실현을 위한 하나의 방편이라고 생각했다. 동시에 '탈아입구'의 실현을 위한 전제조건인 부국강병에 이르는 지름길이라고 생각했던 것이다.

또한 후쿠자와 유키치와 더불어 메이지 시대의 교육에 뚜렷한 족적을 남긴 인물로 모리 아리노리(森有禮, 1847~1889)가 있다. 메이지 신정부

---

10 요시미 순야 외, 이태문 역, 『운동회—근대의 신체』, 논형, 2007, 78면에서 재인용.

의 초대 문부대신을 지냈으며 후쿠자와 유키치 이상으로 체육의 중요성을 강조한 인물이다. 게다가 후쿠자와 유키치가 메이지 신정부의 영입을 사양하고 저서를 통해 계몽하거나 자신이 설립한 사립학교에서 교육관을 실천한 것에 비해, 모리 아리노리는 자신의 그런 교육관을 직접 교육제도 속에 반영할 수 있는 위치에 있어, 그 영향력은 훨씬 막강했다고 할 수 있다.

영국 유학파인 모리 아리노리는 1885년 12월에 문부대신에 취임하자마자 대대적인 교육개혁에 착수한다. 곧바로 1886년 4월에 심상尋常소학교와 고등소학교에서 체조를 필수과목으로 지정하는데, 이때의 체조란 단순히 운동종목으로서의 체조를 지칭하는 것이 아니라, 체조를 포함하여 신체를 단련시키는 운동을 가르치는 오늘날의 체육이라는 교과목에 해당한다. 모리 아리노리는 야구와 같은 오락 위주의 즐기기 위한 스포츠(유희스포츠라고도 함)보다는 신체를 단련시키기 위한 체조를 더 중요시했다. 서구인들의 체격과 체력을 부러워한 그는 체조 교과목의 신설에 의해 학교체육을 활성화하여 일본인들의 체격과 체력을 하루속히 서구인과 비슷한 수준으로 끌어올리기 위해 많은 노력을 기울였다. 그런 그의 생각의 이면에는 체력은 곧 국력이라는 인식이 자리하고 있다. 즉 서구열강의 식민지가 되지 않기 위해서는 국력을 키워야 했고, 국력을 키우기 위해서는 서양인과 동등한 수준의 체력을 키워야만 한다는 논리로 이어지는 셈이다.

모리 아리노리가 문부대신이었던 만큼 이런 식의 그의 사고는 이후의 일본 학교체육의 방향을 결정짓는 데 많은 영향을 미치게 된다. 요컨대 학교에서의 체육교육은 국가건설의 중요한 일꾼인 어린 학생들의 심신을 단련시키기 위한 수단으로 인식된 것이다. 그가 1879년에 강연한 「교육론—신체의 능력教育論—身體ノ能力」에서 이미 체조 중에서도 병식兵式 체조의 중요성을 강조[11]했던 것은 학교에서의 체육교육을 부국강병책의 일환으로 간주했다는 결정적인 근거라고 할 수 있다. 젊은 시절의 이러한 생각은 훗날 문부대신이 되었을 때 그대로 정책에 반영된다.

이처럼 메이지정부에 의한 국민들의 서구화된 신체 만들기를 위한 본격적인 프로젝트는 우선 체조를 통해 실현된다. 그런데 체조와 더불어서 주목해야 할 것이 하나 더 있다. 체조가 정규교과목으로 채택되면서 거의 비슷한 시기에 확산이 시작된 운동회다. 운동회는 우리나라에도 일제강압기에 들어와 현재까지도 이어지고 있는 중요한 학교 행사 중의 하나다. 우리 대부분이 어린 시절 경험한 것과 비슷한 내용의 운동회가 처음 실시된 것은 1874년이라고 한다. '해군병학료海軍兵學寮'에서 1874년에 개최된 '경투유희競鬪遊戱'라는 행사가 운동회의 전신에 해당한다.[12] '해군병학료'란 해군 간부를 양성하는 사관학교에 해당하는 교육기관이다. 운동회의 전신이 '경투競鬪'라는 살벌한 이름으로 군대에서 시작되었다는 것은 많은 것을 시사해준다.

'경투'라는 말은 일본어에 본래 있었던 말은 아니다. 'athletic sports'에 대한 번역어로 만들어진 신조어인데, 왜 하필 '전투戰鬪'를 연상시키는 이런 단어가 선택되었을까? 물론 군대에서 만들어졌기 때문이라는 것이 가장 직접적인 이유일 것이다. 하지만 일반적으로 번역어 선택에는 번역자의 철학이 담겨 있게 마련이다. 즉 '경투'라는 번역어에는 '운동회'라는 이름으로 미화되고 포장되기 이전의 '운동회'의 본래의 모습이 솔직하게 담겨 있는 셈이다. 그러고 보면 운동회는 청팀과 백팀의 두 팀으로 나눠 싸우다가 최종 승자를 겨루는 것이므로, 전투와 매우 유사하다고 할 수 있다. 말하자면 운동회는 학교 운동장이라는 전쟁터에서 같은 학교의 학생들을 서로 적으로 만들어 싸우게 하는, 일종의 전쟁놀이의 성격을 띠고 탄생한 것이다.[13]

11　「教育論—身體ノ能力」, 『明治啓蒙思想集』明治文學全集 3, 筑摩書房, 1967, 267면.
12　요시미 슌야, 앞의 책, 99면.

운동회는 일본만의 독특한 이벤트로 고안된 것으로, "운동회가 전국의 학교로 퍼져나가기 시작한 것은 대체로 1880년대 중반 무렵부터"[14]라고 한다. 그리고 "1880년대 중반 이후 운동회가 전개되는 데 결정적인 역할을 한 것은 아마도 1885년 문부대신이 되고서 국가론적 관점에서 아동의 신체규율＝훈련화를 강력하게 추진하였던 모리 아리노리일 것이다"[15]라고 요시미 슌야吉見俊哉는 분석한다. 요컨대 모리 아리노리에게 있어서 운동회는 훈련되고 단련된 신체를 키우면서, 동시에 협동심과 단결심, 그리고 경쟁심이나 투쟁심까지 기를 수 있는 효과적인 교육 방법이었던 것이다.

그러고 보면 메이지 시대의 학교체육에서 중요한 역할을 수행한 체조와 운동회는 모두 모리 아리노리의 작품이라고도 할 수 있는 셈이다. 이렇게 해서 학교체육을 통해 단련된 신체는 결국 국가의 일원으로서 천황을 구심점으로 통합되어야 한다는 생각을 모리 아리노리는 갖고 있었다.

스포츠의 효능에 대해 이야기할 때면 어김없이 인용되는 유명한 말이 있다. "건강한 신체에 건전한 정신이 깃든다"라는 말이다. 많은 체육단체에서 슬로건으로 내세우는 말이기도 하고, 운동회의 상장이나 트로피에도 새겨지곤 하는 문구이기도 하다. 이 말은 17세기 영국의 철학자이자 의사였던 존 로크가 저서 『교육론』(1693)에서 단련을 통한 신체교육의 중요성을 강조하며 한 말로 알려져 있다. 즉 건강한 신체를 만들면 건전한 정신은 자연스럽게 따라온다는 뜻으로 해석되어, 정신과 신체의 밀접한 연관성을 지적하는 한편으로 정신교육보다도 신체교육을 더 우선시하는 철학이 깃든 말로 이해되고 있는 것이다.[16]

---

13   이런 전투적인 성격 때문에 나쓰메 소세키가 『산시로三四郎』에서 운동회를 부정적인 시각으로 바라봤던 것이다. 이 점에 대해서는 제1장 제2절에서 상세히 다룰 예정이다.

14   위의 책, 22~23면.

15   위의 책, 32~33면.

16   이 말은 사실은 로마 시대의 시인 유베나리스의 『풍자시집』에 나오는 시구(詩句)로, 건강

이 말은 나치 독일이 국민의 신체를 강하게 단련시키기 위해 애용한 말로 유명하다. 하지만 일본에서는 나치 독일 이전에 이미 유행했던 말이다. 메이지 시대의 지도적인 역할을 한 사람들에게 애용되었던 말인 것이다. 우선 앞에서 살펴본 후쿠자와 유키치는 서양사정에 밝았고 서양서적의 해독이 가능했기에 그 누구보다도 이 말에 일찍 접했을 것이다. "수신獸身을 이룬 후에 인심人心을 기르는 것"이라고 하는 그의 교육론은 어떻게 보면 존 로크의 "건강한 신체에 건전한 정신이 깃든다"라는 말의 자구를 바꾼 것에 불과하다고 할 수 있다. 결국 이 말은 메이지 시대에 유행어처럼 퍼졌으며, 정부의 스포츠 장려를 위한 구호로서 사용되기도 했다.

그러한 사정은 1897년 7월에 창간된 잡지 『운동계運動界』의 창간호 권두에 실린 글 「『운동계』 발행의 취지運動界發行の趣意」에 잘 나타나 있다. 메이지 시대 일본에서의 체육 혹은 스포츠에 대한 인식을 엿볼 수 있는 중요한 의미를 가진 글이므로 조금 길지만 인용해보기로 하겠다.

따라서 지금의 청년자제는 지는 풍부하고 덕은 분명하게 갖췄으나 신체는 허약해 자칫하면 병에 걸려 학업이 제대로 이루어지지 않아 천황에게 보답하지 못하고 국가에 최선을 다하지 못하며 허무하게 요절하는 자가 무척 많구나. (…중략…) 그렇다면 지금 이 시점에서 무엇보다도 우선적으로 우리가 해야 할 일은 체육을 장려하고, 체육을 지육, 덕육과 함께 병행하도록 하여, 지금의 청년자제로 하여금 지덕을 풍부하게 함과 동시에 신체를 건전하게 하고 근골을 강하게 하여 머리만이 아니라 신체도 커질 수 있도록 노력하는 데 있다. 옛날 격언인 "건강한 정신은 건강한 신체에 깃든다"라는 말은 그야말로 천고불변의 진리를 담은 말이다. 장래의 일본은 상식이 풍부하고 열심히 일하고 법을

한 신체의 아름다움만을 추구하던 당시의 사람들을 풍자하는 의미를 갖고 있었다고 한다. 즉 현재 사용되고 있는 것과는 전혀 다른 의미였던 셈이다.

잘 지키는 국민으로 조직되어야만 하는데, 이런 훌륭한 국민을 얻고자 한다면 우선 우리 청년자제에게 운동 체육을 열심히 장려하고, 그로 인해 건강한 정신이 깃든 건강한 신체를 갖게 하는 것이 가장 중요하다고 해야 할 것이다.

우선 필자는 당시 일본의 교육계의 문제점을 지적하며, 지덕체 중 지덕에만 치중해 체가 경시되어 뒤떨어져 있는 현실을 개탄하고 있다. 그렇게 해서 허약해진 신체로 인해 천황에게 누를 끼치고 국가에 해를 끼치고 있다는 것이다. 이어서 그런 문제의 해결책으로서 체육의 장려가 제시되어 있다. 그런데 그에 앞서 그러한 해결책이 설득력을 갖도록 하기 위해 "건강한 정신은 건강한 신체에 깃든다"라는 존 로크의 말이 "천고불변의 진리를 담은" "옛날 격언"으로서 인용되어 있는 것을 볼 수가 있다. 그러면서 결국 체육의 장려의 최종적인 목적은 훌륭한 국민 만들기에 있음을 분명하게 밝힌다.

「『운동계』 발행의 취지」에는 이와 유사한 내용이 다시 한 번 반복된다. 즉 "우리 『운동계』는 결코 지육과 덕육을 경시하지는 않지만 체육을 가장 중시하여, 힘닿는 한 체육을 장려하고, 용감하고 활발한 운동 유희를 청년자제들 사이에 유행시켜, 그럼으로써 현재 문제점으로 대두된 우유부단하고 유약柔弱한 경향을 변화시켜, 이렇게 해서 장래 일본을 이어갈 계승자로서 강건한 국민이 되도록 하기 위해 노력할 것이다"라며 비장한 각오를 다짐하는 부분이다. 이런 표현들을 통해 우리는 운동 혹은 체육을 국가주의적 관점에서 바라봤던 메이지 시대의 지도층의 인식을 확인할 수가 있다. 여기서 "운동 유희"란 곧 스포츠에 대한 번역어로 사용된 듯하다. 결국 체육의 장려와 스포츠의 유행을 통해 목적하는 것은 "장래 일본을 이어갈 계승자"로서의 "강건한 국민" 만들기에 있다고 재차 못을 박는다.

이 글이 써진 1897년은 청일전쟁으로 내셔널리즘이 한층 고조되어 있던 시대다. 스포츠가 내셔널리즘과 결탁되어 스포츠 내셔널리즘으로 발전해가는 초기 단계라고 할 수가 있다. 개인의 신체는 곧 국가의 신체라는 이런 식의 사고는 잠시 힘을 잃었다가 1925년경부터 또다시 고개를 들게 된다. 그러다가 1930대에 들어서서 군국주의와 결탁하면서 더욱더 강력한 영향력을 갖게 되고, 결국 그런 영향력은 제2차 세계대전까지 이어지게 된다.

3. 스포츠 대중화 시대와 군국주의

메이지 시대에 학생들을 중심으로 유행했던 스포츠는 쇼와 시대로 접어들면서 대중화가 일어나, 일본 국민들 사이에서 하나의 새로운 문화로 자리를 잡게 된다. 그런데 메이지 시대의 스포츠 유행이 그러했듯이, 그러한 대중화 과정에도 일본 정부가 깊이 개입했다. 이러한 정부의 개입은 메이지 정부와 마찬가지로 스포츠를 정치적으로 이용하려는 의도에 의한 것이었다. 즉 일본 정부의 스포츠 장려책에는 항상 국가주의나 군국주의의 확산이라는 목적이 따라다녔다고 할 수 있다. 그렇게 해서 스포츠의 대중화는 곧 스포츠 내셔널리즘으로 이어지게 되는 것이다. 스포츠의 대중화를 통해 스포츠 내셔널리즘을 확산시키고자 하는 정부의 의도는 1920년대 중반부터 표면화되기 시작한다.

우선 1924년부터 시작된 각종 경기장의 건설을 들 수 있다. 1924년에는 막대한 자본이 투입되어 건설된 일본 최초의 경기장 메이지신궁明治神宮 경기장이 탄생하였으며, 같은 해에 고시엔甲子園 야구장도 완공되었다. 특히 메이지신궁 경기장은 1924년에는 육상경기장만 건설되었으나,

1926년에는 야구장, 1931년에는 수영장과 같은 순서로 이후에도 계속 증축이 이루어졌다. 이러한 경기장의 탄생으로 우선 대규모의 각종 스포츠 대회의 개최가 가능해졌다. 그렇게 해서 완공 직후에 제1회 '메이지신궁 체육대회'가 개최되었으며, 이후 메이지신궁 경기장은 국가주의 스포츠의 메카가 되었다. 그러면서 대중들의 스포츠 관람도 가능해졌다. 즉 대중들이 스포츠를 하나의 문화로서 즐길 수 있게 된 것이다. 따라서 경기장의 건축은 스포츠의 대중화에 크게 기여했다고 할 수 있다.

한편으로 일본 정부는 1925년에 중등학교 이상의 학교에서 군사교련을 필수과목으로 지정함으로써, 서서히 군국주의의 색채를 드러내기 시작한다. 새로 탄생하게 될 쇼와昭和 천황을 중심으로 한 천황제와 군국주의의 기반을 다지기 위한 작업을 시작한 것이다. 그러면서 학생들을 대상으로 한 스포츠 장려책도 계속 이어나갔다. 1925년 당시 스포츠에 푹 빠져 있던 대학의 모습은 교토제국대학의 교수였던 가와카미 하지메河上肇가 제자에게 "요즘의 교토대학은 유도, 검도, 야구, 정구 등의 시합으로 소란스럽기 그지 없습니다"라고 쓴 편지 구절에 잘 나타나 있는데,[17] 이어서 그는 매우 의미심장한 말을 덧붙인다.

그에 반해서 운동가 — 육체적 운동가(운동선수들을 의미함—인용자) — 들을 위해서는 교토대학의 그 대강당에서 (…중략…) 며칠에 걸쳐 환영회를 열어 주었습니다. (…중략…) 문부대신은 체육을 활성화시킴으로써 나라를 일으킬 수 있다고 생각하는 듯합니다. 이 땡볕에서 야구를 하는 호걸이 나라를 일으킬 것인가? 이 더위에 마르크스를 탐독하는 반은 환자와도 같은 사람이 사회

를 살릴 것인가? 일종의 반항과 경쟁의 기분으로 나는 연구실에 틀어박혀 점심
으로 도시락을 먹으며 아침부터 저녁까지 일하고 있습니다.[18]

학교와 정부가 일체가 되어 스포츠의 장려에 열을 올리고 있는 것에
대한, 마르크스주의 경제학자였던 가와카미 하지메의 냉소적인 시선이
잘 드러나 있는 구절이다. 요컨대 당시 학생들 사이에서 퍼지기 시작한
마르크스주의를 탄압하기 위한 하나의 방편으로서 문부성에서는 학생
들의 관심을 스포츠로 돌리기 위한 정책을 펼쳤던 것이다. 그런 정책에
더욱 박차가 가해진 것은 1928년의 '3·15 사건' 이후다. 사회주의자와
공산주의자를 탄압하기 위해 대규모의 검거활동을 벌인 '3·15 사건' 이
후 "스포츠의 장려가 사상대책의 수단으로서 명확히 인식되어, 국가정
책으로서 자리 잡아간 것"[19]이다. 당시의 문부대신 쇼다 가즈에勝田主計가
1928년 6월 18일 지방장관회의에서 "사상 선도善導에 있어서 체육의 장
려는 매우 유력한 수단이라고 생각합니다"[20]라고 한 말은 그 후로 일본
에서의 스포츠의 운명을 결정짓는 중요한 말이 되었다.

그 이후에 곧바로 그러한 스포츠 장려책의 일환으로 라디오체조가
시작되었다. 1925년부터 개시된 라디오방송을 스포츠 장려의 수단으로
이용하여 라디오체조가 시작된 것은 1928년 11월부터였다. 처음에는
쇼와 천황의 즉위식을 축하하는 기념사업 중 하나로서 도쿄에서만 시작
되었다가 이듬해 2월부터는 전국에 중계되기에 이른다. 이것은 곧 이
무렵부터 일본 전국의 국민들은 규칙적으로 매일같이 동일한 시각에 동
일한 구령에 맞춰 일사불란하게 체조를 하게 되었다는 것을 의미한다.

---

18   위의 책, 85~86면에서 재인용.
19   위의 책, 86면.
20   위의 책, 88면에서 재인용. 1930년에 1월에 개최된 전국교장회의에서도 학생의 좌경화를
      막기 위한 방책의 일환으로서 스포츠를 장려하기로 결정한다. 中村三春 編, 『競技場』モ
      ダン都市文化 9卷, ゆまに書房, 2005, 700면 참고.

결국 라디오체조의 표면적인 목적은 물론 국민의 건강 증진에 있었지만, 사실상의 주된 목적은 국가에 의한 국민들의 신체 통제에 있었다. 또한 나아가서는 라디오체조를 통해 집단주의에 친숙해지게 함으로써 국가가 신체만이 아니라 정신까지도 통제하게 된 셈이다.

그렇게 해서 국가가 의도한 대로 바야흐로 일본 국민들이 스포츠에 열광하는 시대가 도래한다. 그런 시대의 분위기는 나쓰메 소세키의 제자인 데라다 도라히코寺田虎彦가 1929년에 쓴 수필 「야구 시대野球時代」에 잘 표현되어 있다. 야구에 빠진 일본 국민들의 모습, 그리고 그러한 스포츠의 대중화에 라디오 중계방송이 많은 기여를 했다는 사실 등을 이 글을 통해 확인할 수 있는데, 그런 분위기 속에서 소외감을 느끼며 데라다 도라히코는 "도대체 야구와 그 외의 스포츠가 왜 이다지도 사람들의 마음을 사로잡는 걸까?"[21]라는 의문을 제기한다. 이처럼 냉담하게 스포츠를 바라보는 시각이 일부 있었던 것도 사실이지만, 전체적으로 일본 사회는 이른바 '스포츠광狂 시대'를 맞이하게 된다.

일본 국민들이 스포츠에 열광하는 사이에, 한편으로 국가는 전쟁 준비에 여념이 없었다. 그 결과가 바로 1931년에 일어난 만주사변이다. 만주사변은 제2차 세계대전의 서곡에 해당하는 침략전쟁으로, 이후 1945년까지 일본은 전시체제였다. 따라서 전투에 투입할 건강한 신체가 필요했기에, 군비조달로 인해 어려운 경제 여건 속에서도 스포츠에 대한 지원을 축소할 수가 없었던 것이다.

1941년에 일본은 나치 독일의 초등교육을 모방하여 '국민학교령'을 공포하여 학제를 개편하는데, 그러면서 체육에도 변화의 바람이 분다. 체육에 해당하는 체조라는 교과목이 교련과 통합되어 체련體鍊으로 불리게

---

21 『野球』日本の名隨筆 別卷 73, 作品社, 1997, 29면. 또한 데라다 도라히코의 스승 나쓰메 소세키 역시 야구를 비롯한 스포츠에 대해 부정적이었다. 이 점에 대해서는 제1장 제2절에서 다룰 예정이다.

된 것이다. 이 체련이라는 명칭에 당시의 스포츠와 군국주의의 밀착관계가 분명하게 드러나 있다. 요컨대 메이지 시대에 운동회가 모의전쟁놀이의 성격을 띠는 정도에 그쳤던 데 비해서, 이 체련이라는 교과목에는 스포츠를 이용해 전투력을 증강시키려는 의도가 노골적으로 드러나 있다.

4. 올림픽과 스포츠 내셔널리즘

일본에서 군국주의가 세력을 확장해가던 시기에 스포츠의 대중화와 스포츠 내셔널리즘의 확대에 기여한 중요한 이벤트가 있다. 1932년의 로스앤젤레스 올림픽, 그리고 1936년의 베를린 올림픽이다. 이 두 올림픽 역시 국가에 의해 정치적으로 이용된다. 일본에서는 메이지 시대 이후부터 운동회를 통한 학교 내의 반별대항시합을 비롯하여, 다양한 종류의 학교대항시합, 혹은 '국민체육대회'와 같은 지역대항시합 등이 활발히 개최되어, 스포츠의 대중화에 많은 기여를 해왔다. 그런 국내 대회들과는 달리, 올림픽은 국가대항시합인 만큼 온 국민이 하나가 되어 일본을 응원할 수밖에 없다. 따라서 국민들의 애국심 고취에 올림픽이 효과적이라는 사실을 일본 정부가 간과할 리가 없다.

일본 정부는 로스앤젤레스 올림픽에 대해서 1928년의 암스테르담 올림픽 때와는 비교가 되지 않을 정도의 전폭적인 지원을 했다. 일본은 암스테르담 올림픽의 세 배에 달하는, 개최국 미국에 이어 세계에서 두 번째로 큰 규모의 선수단을 파견했다. 1929년 세계공황으로 각국에서는 선수단의 규모를 축소했던 것과는 대조적이다. 그러한 배경에는 국내적으로는 만주사변으로 인한 국민들의 불만을 잠재우려는 목적과 함께,

만주사변으로 국제사회에서 실추된 일본의 대외이미지를 제고하려는 정치적인 목적이 있었다. 그러한 정부의 의도에 맞춰 발 빠르게 움직인 것은 신문과 라디오와 같은 매스미디어였다.

신문에서는 올림픽 개최 이전부터 국민들의 관심을 고조시키기 위해 올림픽 응원가를 현상 모집한 것을 비롯하여, 올림픽에서 일본 선수가 메달이라도 따게 되면 호외를 발행할 정도의 열의를 보였다. 또한 라디오에서는 처음으로 실황중계를 시도했으나 미국 방송국과의 교섭이 제대로 이루어지지 않자, 아나운서가 경기 내용을 메모했다가 스튜디오로 돌아와서 그 메모를 토대로 실황중계를 하듯이 하는 이른바 '실감實感방송'을 시도했다. 현장감 있는 '실감방송'은 일본 청취자들을 매료시키고 흥분시키는 데 기여했다.

이러한 정부와 언론의 전폭적인 지원의 결과는 메달 획득수로 나타났다. 1928년 제9회 암스테르담 올림픽에서 처음으로 금메달을 획득했던 일본이 로스앤젤레스 올림픽에서는 이미 메달 수에서 5위를 차지하는 성과를 올려 세계를 놀라게 한 것이다. 이러한 화려한 성과를 올린 로스앤젤레스 올림픽에 소설가 다나카 히데미쓰田中英光는 대학 시절에 조정선수로서 참가했다. 그때의 경험을 담은 소설『올림포스의 과일オリンポスの果實』에 의해 그는 소설가로 등단을 하는데, 이 작품을 통해 우리는 당시의 올림픽에 관한 많은 사실들을 알 수 있다. 즉 올림픽에 참가하는 선수들의 심리, 그리고 올림픽 개최지를 향하는 배에서의 선수들의 생활, 월등한 체격과 실력을 가진 서양선수들을 바라보는 일본선수들의 위축된 심정, 화려한 성적을 거둔 대회에서 초라한 성적을 낸 선수들의 복잡한 심경 등, 일반적인 체육사에서는 다루어지지 않을 내용들이 담겨 있다. 이러한 내용들은 소설이기에 담을 수 있었던 것이다. 이 작품의 가치는 바로 그런 점에 있다는 것을 제2장 제4절에서 상세히 분석할 예정이다.

또한 1936년의 제11회 베를린 올림픽에서도 일본은 육상과 수영을 중심으로 괄목할 만한 성적을 거두었다. 이 대회는 나치 독일 치하에서 개최된 것으로, 일본과 마찬가지로 스포츠를 정치적으로 이용하려 했던 히틀러의 전폭적인 지원하에 성대한 규모로 치러진 대회다. 일본은 이 대회에서도 좋은 성적을 거둬 세계의 주목을 받을 정도의 스포츠강국으로 부상하게 된다. 이렇게 놀랄 만한 성적을 거두게 된 데는 정부의 강력한 지원책과 더불어서, 스포츠 내셔널리즘으로 무장된 일본 선수들의 정신력이 지대한 공헌을 했다. 즉 청일전쟁 때 정신력 강화를 위한 선동 구호였던 '야마토다마시'가 스포츠의 세계에도 등장하여, 서양선수들에 비해 체력적, 그리고 기술적으로 열세에 있었음에도 일본선수들이 올림픽에서 좋은 성적을 거두는 데 있어서 정신적인 원동력 역할을 한 것이다.

베를린 올림픽에서 특이한 점은 시인 사이조 야소西條八十, 소설가 무샤노코지 사네아쓰武者小路實篤, 요코미쓰 리이치橫光利一와 같은 문학자들을 각 신문사에서 리포터로 고용했다는 점이다. 이들은 문학적인 수사를 곁들여 개회식 광경이나 경기 모습, 메달 수상 소식 등을 전함으로써, 올림픽에 대한 국민들의 관심을 고조시키고, 애국심을 고취시키는 역할을 했다. 이 가운데 무샤노코지 사네아쓰에 대해서는 스포츠 소설 「우정友情」을 중심으로 제2장 제1절에서 다룰 예정이다.

한편 베를린 올림픽에 대한 국가의 적극적인 지원에는 또 다른 배경이 있었다. 1940년에 올림픽 개최지가 도쿄로 정해져 있었기에, 차기 올림픽 개최국으로서의 체면을 세우고자 하는 측면도 강했다. 그러나 계속되는 전쟁으로 인해 경제적으로 어려움을 겪던 일본 정부는 결국 올림픽 개최를 반납하게 된다. 그런데 1940년은 일본의 천황제에 근거한 계산법에 의하면 기원 2600년에 해당한다. 그래서 기원 2600년을 기념하여 올림픽을 개최하려 했던 것이다. 그러다가 결국 도쿄 올림픽 개최는 1964년에 이르러서야 성취된다. 도쿄 올림픽에서도 직접 스포츠를 하는 문학자로 잘 알려져 있는 미시마 유키오三島由紀夫가 취재기자로 활

약해 많은 기사를 신문에 기고한 바 있다. 그는 스포츠에 관한 많은 에세이를 남겼다. 그러한 에세이의 모음집인『실감적 스포츠론實感的スポーツ論』을 중심으로 문학과 스포츠의 관계에 대한 미시마 유키오의 생각은 제3장에서 분석할 예정이다.

5. 스포츠 문학의 유행

이상으로 여러 예를 통해 확인했듯이, 쇼와 초기부터 제2차 세계대전까지는 특히 스포츠가 사상의 선도를 위해 국가의 주도 하에 정책적으로 이용된 시대였다. 그러한 시대를 살면서 국가 정책에 적극적으로 동조한 문학자가 있는가 하면, 비판적이고 냉소적인 태도로 일관한 문학자도 있다. 국가 관리에 이용을 당하는 스포츠라고 하면 떠오르는 유명한 작품이 있다. 바로 "스포츠는 총격 없는 전쟁이다"라는 명언을 남긴 조지 오웰이 전체주의를 묘사함으로써 권력정치의 위험성을 경고한 소설『1984년』이다. 그리고 민중의 불만을 잠재우고, 그리고 민중을 조직화하고 획일화하기 위한 수단으로서 축구가 이용되는 오에 겐자부로의『만엔 원년의 풋볼万延元年のフットボール』도 떠오른다. 그런데 그러한 현상들이 결코 허구만은 아니었다. 이제까지 검토해온 바와 같이, 그런 소설 속에 묘사된 것과 유사한 현상이 쇼와 초기부터 제2차 세계대전 사이에 실제로 일본에서 일어났던 것이다.

1930년을 전후해서 나타난 스포츠 붐은 문학계에도 영향을 미쳤다. 국가의 정책적인 뒷받침에 의해 스포츠의 대중화 시대를 맞이하면서 스포츠 문학으로 분류할 수 있는 작품들이 쏟아져 나오고, 스포츠 선수를 모델로 한 대중소설들이 대거 등장하게 되었다. 우선 가장 주목할 만한 사실은 아베 도모지阿部知二가 1930년 1월에 모더니즘 계열에 속하는 신흥예술파의 대표작이자 대표적인 스포츠 소설로 꼽히는 「일독대항경기日獨對抗競技」[22]를 발표한 것이다. 그밖에도 문학잡지에 '스포츠 소설' 특집이 마련되기도 했으며,[23] 잡지 『강담구락부講談俱樂部』에도 스포츠 선수들을 모델로 한 수많은 스포츠 소설들이 연재되었다. 요컨대 제도적인 뒷받침에 의해 스포츠가 국민들의 삶에 깊이 침투하게 되며 자연스럽게 스포츠 문학의 탄생을 부추기게 된 것이다. 따라서 1930년대는 스포츠 문학, 그중에서도 특히 스포츠 소설[24]의 전성기였다. 그러한 작품들이 당시의 상황을 반영하여 전부 국가의 정책에 동조하는 식으로 스포츠를 묘사한 것은 아니었다. 문학의 특성상 다양한 스포츠관이 전개되었으며, 스포츠를 묘사하기 위해 새로운 소설 창작 기법이 고안되기도 했다. 따라서 1930년대의 스포츠 문학을 다룬 제2장은 이 책의 핵심에 해당한다고 할 수 있다. 앞에서 언급한 무샤노코지 사네아쓰와 아베 도모지, 그리고 다나카 히데미쓰를 비롯하여, 사진과 스포츠와 문학의 종합예술이라 할 수 있는 『체조시집體操詩集』의 시인 무라노 시로村野四郎를 제2장에서 다룰 예정이다.

　문학과 스포츠에 대해 언급하고자 하면 반드시 떠오르게 마련인 대표적인 일본의 현대작가가 있다. 바로 무라카미 하루키다. 그에게 하루는 23시간이라고 한다. 달리기를 위해 1시간은 남겨둬야 하기 때문이란다. 그 정도로 달리기를 생활의 일부로 생각하는 무라카미 하루키에게는 달리기에 관한 철학적인 성찰을 담은 『달리기를 말할 때 내가 하고 싶은 이

22　실제로 개최되었던 일본과 독일 간의 국가대항의 육상경기를 소재로 탄생한 작품으로, 이것은 스포츠 소설에 대해 논할 때 반드시 언급해야 할 정도로 중요한 작품이다. 따라서 제2장 제2절에서 상세히 분석 검토할 예정이다.

23　1930년에 『문학 시대(文學時代)』와 『신청년(新青年)』에 '스포츠 소설' 특집이 구성되었다.

24　잡지 『아사히 스포츠(アサヒ・スポーツ)』에는 고정란으로 '스포츠 소설'란이 마련되어 있었다(1936.1.1~1942.1.1).

야기』라는 에세이가 있다. 그 에세이에 의하면 글쓰기의 많은 부분을 달리기를 통해 배웠다고 할 정도로 그에게는 글쓰기와 달리기는 밀착된 관계에 있다. 또한 2000년에 개최된 시드니 올림픽의 관전기『승리보다 소중한 것シドニー!』을 통해 스포츠에 대한 자신의 생각을 피력하기도 한다. 따라서 스포츠의 관점에서 무라카미 하루키의 문학을 분석하는 것도 흥미로운 작업으로 여겨지나, 이 책에서는 다룰 만한 여력이 없어, 앞으로의 과제로 남겨 두었다.

근대의 올림픽은 고대 그리스 시대에 올림피아에서 제우스신에게 바치는 제전 경기의 형식을 부활시켜 시작되었다. 물론 체육이 중심이기는 했지만 시 낭송이나 웅변과 같은 다양한 문화행사가 체육과 거의 비슷한 비중을 이루었다. 예술과 체육이 분리되어 있지 않았던 셈이다. 따라서 그런 전통을 되살리는 의미에서 제5회부터 제14회 올림픽까지, 즉 1912년부터 1948년까지는 운동 능력의 경합과는 별도로, 문학, 음악, 미술, 건축, 조각 등의 다섯 부문에 대한 콩쿠르에 해당하는 예술 올림픽을 올림픽 기간에 개최하기도 했던 것이다.

요컨대 스포츠는 태생적으로 예술과 매우 가까운 존재인 셈이다. 체조와 같은 종목을 보면 스포츠가 갖는 예술과의 친연성을 충분히 이해할 수가 있다. 그런데 이 책은 주로 스포츠가 정치적인 목적으로 이용되던 시대에 초점을 맞췄다. 근대 이후에는 스포츠는 자의건 타의건 항상 정치권력의 주변을 떠나지 않았다. 스포츠가 정치와 결탁한 시대에 사람들은 결코 행복하지 않았다. 스포츠는 정치가 아니라 예술과 가까이 있어야만 진정한 스포츠 정신의 구현이 가능해지고 평화로운 사회의 실현이 가능해지는 법이다. 이것이 스포츠 문학에 관심을 가져야만 하는 이유다.

제1장 : '근대스포츠' 도입기의 스포츠와 문학

1. 스포츠와 문학의 접점 : 마사오카 시키와 야구

1) 일본의 '야구 여명기'

야구는 메이지유신 이후 일본에 들어온 서양의 '근대스포츠' 가운데 일본인들에게 가장 많은, 그리고 오랜 사랑을 받아온 종목이다. 야구라는 스포츠의 특성이 일본인의 국민성과 부합하기 때문이라는 것이 그 이유로 거론되기도 한다. 여하튼 일본인에게 있어서 야구는 특별한 의미를 갖는 스포츠이기에, 야구를 중심으로 일본론을 전개하는 경우도 심심치 않게 발견할 수가 있다. 따라서 우선 야구가 일본을 대표하는 구기 종목으로 자리 잡게 되기까지의 과정을 간단히 살펴보고자 한다.

미국에서 탄생한 스포츠 야구가 일본에 소개된 것은 1873년의 일이다. 전기나 전화와 같은 근대의 서구문명과 마찬가지로, 야구는 시대를 앞서가는 문명화의 상징과도 같은 의미를 갖게 되었다. 철도가 놓여 기차나 전차가 다니고, 거리에 가스등이 들어오고, 서양식의 복장이 유행한 것과 거의 때를 같이 해서 야구 역시 그런 문명화의 상징과 동일한 의미를 갖게 된 것이다. 데라다 도라히코寺田虎彦의 수필 가운데 당시의 상황을 엿볼 수 있게 해 주는 글이 있어 인용해 보기로 하겠다.

> 퀴퀴한 곰팡내 나는 이 시골 중학교에 갑자기 새로운 문화의 바람이 불어왔다. 그 새로운 문화의 가장 눈에 띄는 표상으로서 유신 시대의 꿈에서 아직 완전히 깨어나지 않았던 학생들의 마음에 강렬한 인상과 충동을 준 것은 야구, 축구, 크리켓, 크로케, 그리고 보트 경기와 같은 새로운 유희遊戱였다. (…중략…) 그렇게 해서 다가오는 시대에 대한 희망과 동경과 같은 것이 봉건 시대 아이들의 머릿속에 기세 좋게 싹트기 시작한 것이다.[1]

이것은 「야구 시대野球時代」라는 제목으로 과거를 회상하며 쓴 수필의 일부분이다. 인용부분 바로 앞에서 데라다 도라히코는 이것이 메이지 20년, 즉 1887년의 상황임을 밝히고 있다. 당시에 야구를 비롯한 서양의 스포츠가 새로운 유희로서 학생들 사이에 "새로운 문화의 바람"을 일으켰으며, 학생들은 그런 스포츠를 즐김으로써 새 시대에 대한 희망과 동경을 품게 되었다는 것이다. 이런 이유에서 야구를 비롯한 '근대스포츠'는 시대를 앞서가는 세대, 특히 젊은 학생들을 중심으로 크게 유행하게 되었다. 그 가운데서도 특히 야구는 제1고등학교와 같은 엘리트를 양성하는 학교에서 적극적으로 도입했다. 그런 학교들 사이에서 학교대항 시합이 활발히 개최됨으로써 학생들의 애교심을 자극하고 실제로 시합

---

1   「野球時代」, 『野球』日本の名隨筆 別卷 73, 作品社, 1997, 25면.

에 참가하는 선수만이 아니라 경기를 관람하는 학생들까지도 열심히 응원하며 흥미롭게 시합을 관전하게 되었다. 그 결과 근대스포츠, 그중에서도 특히 야구는 학교를 중심으로 급속도로 퍼지게 된다. 따라서 이러한 유행의 배경에는 '서장' 「근대일본과 스포츠 내셔널리즘」에서도 언급한 바와 같이, 스포츠를 통해 체력을 기르는 것을 곧 국력을 키우는 지름길로 생각했던 메이지 초기의 계몽 사상가들의 영향이 매우 크다고 할 수 있다.

이 시기를 일반적으로 '야구 여명기黎明期'라고 한다.[2] 이 '야구 여명기'에 그러한 인기를 반영하듯 야구는 문학작품 속에 종종 모습을 드러내게 된다. 야구를 소재로 한 와카和歌나 하이쿠俳句가 등장하기도 하고, 야구시합을 하는 광경이 삽입된 소설도 등장하게 된 것이다.

2) 일본 최초의 야구소설의 탄생

메이지 초기에 야구를 문학 속으로 끌어들인 최초의 문학자는 아마도 마사오카 시키(正岡子規, 1867~1902)일 것이다. 마사오카 시키를 언급하지 않고는 일본의 야구사에 대해 논할 수 없을 정도로 그는 '야구 여명기'에 많은 업적을 남겼다. 또한 단순히 야구사만이 아니라 일본의 근대문학과 스포츠에 대해 논하고자 할 때도 반드시 거론해야 할 인물이다. 그 정도로 마사오카 시키는 야구를 진정으로 사랑했으며 야구와 깊은 인연을 맺었던 문학자다.

우선 마사오카 시키가 야구와 인연을 맺게 되는 과정을 살펴보기로 하자. 그가 야구를 처음으로 접한 것은 바로 야구 유행의 진원지였던 제1고

---

2   福本久雄, 「日本文學からみた野球黎明期」, 『武藏大學人文學會雜誌』 31(3), 2000.5.

도쿄제국대학 재학 중 야구 유니폼을 입은 마사오카 시키(1890)

등학교의 전신인 제1고등중학교에 재학 중이던 1886년, 즉 그의 나이 19세 때의 일이다. 앞에서 인용한 「야구 시대」에서 데라다 도라히코가 회상했던 바로 그 시기와 거의 일치하는 시기에, 게다가 야구의 보급에 가장 선구적인 역할을 한 곳에서 학창시절을 보낸 것이다. 따라서 마쓰야마松山라고 하는 시골에서 학업을 위해 도쿄로 올라온 마사오카 시키가 어떤 심정으로 야구를 접했으며, 왜 야구에 빠져들었는가 하는 것은 당시의 시대 분위기를 전하는 데라다 도라히코의 글을 통해서도 어느 정도 짐작이 가능하다.

그렇게 해서 인연을 맺게 된 야구는 마사오카 시키의 인생에서 문학 못지않게 중요한 의미를 가지게 된다. 문학자로서의 삶을 살면서 한편으로 야구에 대한 애정이 남달랐던 그에게 있어서 야구의 매력은 과연 무엇이었을까? 다행스럽게도 이러한 의문에 대해 마사오카 시키가 직접 그 이유를 밝히고 있다.

대개 유희라고 해도 취향(프린시플)이 간단하면 그만큼 흥미가 감소하고, 그렇다고 해서 바둑이나 장기 같은 것은 정신을 과도하게 소비하며 운동이 되지 않기 때문에 유기遊技라고는 하기 어렵다. 운동도 되고 게다가 취향이 복잡한 것은 야구다.

이것은 1888년에 쓴 「Base-Ball」[3]이라는 글의 일부분이다. 요컨대 야

고향 마쓰야마에 있는 '시키와 야구의 기념비'

구는 "취향이 복잡"하여, 즉 규칙이나 경기방법이 복잡하여 다양성이 있어서 흥미로우면서도 운동이 되는 스포츠라는 것이다. 이렇게 단순하지 않으면서도, 그렇다고 해서 바둑이나 장기처럼 지나치게 정신을 소모하지도 않는, 즉 육체성과 정신성이 적당히 조화를 이룬 운동이기 때문에 야구를 좋아한다는 것이다.[4] 훗날 마사오카 시키가 신문에 연재한 좀 더 본격적인 야구 해설문에도 이와 유사한 표현[5]이 나오므로, 이러한 생각은 평생 변함이 없었던 듯하다.

---

3 수필집 『붓 가는대로(筆まかせ)』에 수록되어 있으며, 인용문장은 平出隆 編, 『野球』 日本の名隨筆 別卷 73, 作品社, 1997, 11면에 실려 있는 내용을 번역한 것임.

4 야구 경기를 할 때 마사오카 시키의 포지션은 포수였다. 포수는 시합에서 수비를 할 때 주도적인 역할을 하는 포지션이다. 즉 다른 수비수에 비해 정신성이 더 많이 요구되는 포지션인 것이다. 그렇기 때문에 마사오카 시키의 야구에 대한 이해가 야구 용어조차 정립되지 않은 시대임에도 불구하고 전문성을 띨 수가 있었던 것이다.

5 신문 『일본(日本)』에 「송라옥액(松羅玉液)」(1896)이라는 제목으로 연재된 글에서, 마사오카 시키는 경기방법이 복잡하고 변화가 많아 경기를 관람하는 사람들까지도 흥미를 느끼게 한다는 점이 곧 야구의 특징이라고 설명한다.

　와카와 하이쿠, 소설 등 다양한 분야에서 문학 활동을 하던 마사오카 시키는 문학만큼이나 자신이 푹 빠져 있던 야구를 자신의 문학세계 안으로 끌어들이는데, 그때 그가 처음에 택한 장르는 소설이었다. 와카와 하이쿠와 같은 운문에서는 높은 평가를 받았으나 소설로는 주목을 받지 못했는데도, 그가 소설을 택한 이유는 무엇일까? 그것은 그의 표현대로 '취향'이 '복잡'한 야구를 표현하기에는 다양한 스토리 전개가 가능한 소설이 적합하다고 생각했기 때문일 것이다. 그렇게 해서 일본 최초의 야구소설이자 스포츠 소설인 『황매화나무 가지 하나山吹一枝』가 탄생하게 된다.

　이 작품은 1890년에 고향 친구인 니노미 히후新海非風와 서로 주고받는 형식으로 1회씩 교대로 집필한 연작소설이다. 하지만 17회까지 이어졌다가 중단된 미완의 장편소설인데, 마사오카 시키는 홀수의 회를 맡았다. 그중에서 야구 시합 장면이 등장하고 야구에 대한 비중이 가장 높은 것은 마사오카 시키가 집필한 제7회다. 「투구회投球會」[6]라는 제목으로도 알 수 있듯이, 야구 이야기가 중심을 이루고 있는 것이다. 그 내용을 요약하면, 우선 의과대학에 다니는 주인공 기오이 사부로가 사는 하숙집에서 하숙생들 사이에 야구가 전파되면서 다른 유희는 관심 밖으로 밀려났으며, 주인공 역시 야구에 푹 빠지게 되었다고 한다. 그러면서 마사오카 시키는 그들이 야구에 빠지는 과정을 상세히 설명한다.

　이 야구라는 것은 무척 활발한 놀이로서 특히 숙련을 요하는 것이기 때문에 처음에는 재미를 못 느끼지만 실력이 조금 늘어 공을 10개 중 7, 8개는 받을 수 있게 되면 갑자기 더 열심히 하지 않을 수 없게 되며 그때부터 잘하게 될수록 점점 더 침식을 잊을 정도로 푹 빠지는 모습이 옆에서 보면 이상할 정도로 기묘하게 보인다.

마사오카 시키 자신의 경험에서 우러나온 듯이 야구에 빠지는 심리와 과정을 매우 실감 있게 기술하는 대목이다. 이어서 주인공의 방에 모인 하숙생들 사이에서 다음날 우에노上野의 광장에서 야구시합을 하기로 결정이 나고, 그러면서 곧바로 다음날 야구시합이 벌어지는 우에노의 광장으로 장면이 바뀐다. "파울, 아웃 하고 외치는 소리, 배트로 공을 높이 쳐올리는 소리가 울려 퍼졌다"는 식의 현장감 있는 표현으로 야구 경기의 상황을 실감 있게 전한다. 그러다가 만루의 긴장된 상황에서 주인공이 타자로 나서게 된다. 타석에 들어선 주인공은 홈런을 치겠다고 잔뜩 벼르며 공을 쳤다. 그러나 그 공은 파울이 되어 날아갔다. 일요일인데다가 날씨도 좋아 많은 사람들이 야구 경기를 보기 위해 주위를 에워싸고 있었는데, 그 공이 하필 그중의 한 아름다운 여자의 가슴에 맞아, 그 여자가 쓰러졌다는 것으로 7회가 끝난다. 그 후의 이야기에서는 그것이 인연이 되어 주인공과 그 여학생이 사귀게 된다. 이처럼 야구가 주인공 남녀의 만남의 계기를 마련하는 중요한 역할을 함으로써, 작품의 구성에 깊이 관여하는 셈이다. 그런 점에서 이 작품이 작품의 완성도와는 별개로, 일본 최초의 야구소설이자 스포츠 소설이라는 점에서 매우 문학적 가치가 있는 작품인 것은 분명하다.

이 작품에서는 전체적으로 실제로 경험해보지 않고서는 나올 수 없는 상세한 묘사가 돋보인다. 그 가운데서도 우에노에서의 시합 장면은 마치 중계를 하듯이 매우 생동감 있고 현장감 있게 묘사되어 있다. 어떻게 이런 묘사가 가능했는지는 그의 수필 『붓 가는대로筆まかせ』를 보면 알 수가 있다. 왜냐하면 『붓 가는대로』에는 마사오카 시키가 작품의 배경이 된 바로 그곳, 즉 정확히 얘기하면 우에노 공원 박물관 옆 공터에서 실제로 야구 시합을 했던 경험이 실려 있기 때문이다. 그런 경험이 일본 최초의 스포츠 소설을 탄생시킨 셈이다.

『황매화나무 가지 하나』가 어떤 사정에 의해 중단이 되었는지 확실

한 이유는 알 길이 없다. 한 가지 분명한 것은 1891년에 쓴 「달의 도시月の都」라는 소설을 끝으로 마사오카 시키는 더 이상 소설을 쓰지 않았다는 사실이다. 「달의 도시」에 대한 고다 로한幸田露伴의 비평을 접하고는 소설가의 길을 접고, 이후에는 하이쿠나 와카와 같은 운문에만 전념하게 되는 것을 보면, 어쩌면 소설가로서의 자신의 한계를 느꼈기 때문이라고 추측해볼 수도 있다. 하지만 그의 야구 경험은 여전히 그의 작품세계에서 중요한 문학적 제재로서의 기능을 유지한다.

3) 스포츠와 문학의 접점 '사생'

마사오카 시키는 '사생설寫生說'을 제창하여 하이쿠와 와카에 새로운 바람을 일으킨 '사생구寫生句'의 창시자로서 일본문학사에 뚜렷한 족적을 남겼다. '사생'이란 본래 회화 용어로, 실물이나 경치를 있는 그대로 그리는 것을 뜻하며, 보통 '스케치'에 대한 번역어로 사용된다. 마사오카 시키가 '사생'의 중요성을 깨닫게 된 것은 나쓰메 소세키의 데뷔작 『나는 고양이로소이다』의 삽화를 그린 서양화가 나카무라 후세쓰中村不折에게 직접 스케치를 배우면서다. 회화에서의 사생 개념을 그대로 와카나 하이쿠의 창작에 도입하여 사물이나 풍경을 눈에 보이는 그대로 읊을 것을 주장한 것이 바로 그의 '사생설'이다. 이것은 서구의 리얼리즘과 유사한 개념으로, 그 배경에는 전통에 대한 부정이 자리하고 있다. 당시 전통에 얽매여 새로운 시도가 불가능해 참신한 작품이 나오기 힘들었던 문학계의 상황에서 그가 제창한 '사생설'은 와카와 하이쿠의 혁신에 기여했다는 문학적 평가를 받고 있다.

야구에 빠져 지내던 학창시절에 이미 객혈을 시작하여 야구를 그만두지 않을 수 없었던 마사오카 시키는 1896년부터는 폐결핵이 요추 카

리에스로 악화되어 와병생활을 계속하다가 1902년에 35세의 나이로 생을 마감한다. 그런데 병상에 누워 지내던 바로 그 기간 중에 문학사에 남을 많은 중요한 업적을 남겼다. 1897년에 하이쿠잡지『호토토기스ホトトギス』[7]를 창간한 것을 비롯하여, 1898년에는 신문에「가인歌人들에게 보내는 글歌よみに与ふる書」을 연재해 '사생설'을 처음으로 세상에 알렸다. 전통의 부정과 사실寫實의 중시라는 와카 창작의 철학이 확립된 해라는 점에서 1898년은 매우 중요한 해라고 할 수 있다.

이러한 문학사적인 평가 이외에 스포츠 문학사의 관점에서도 1898년은 특별한 의미를 갖는 해다. 야구를 소재로 한 9수 연작의 와카가 마사오카 시키에 의해 탄생한 해이기 때문이다.

> 예전에 미국인이 시작한 야구는 봐도 질리지 않는구나
>
> 일본 사람과 다른 나라 사람이 서로 싸우는 야구 경기 멋지구나
>
> 젊은이들이 하는 놀이는 많지만 야구만한 것이 없구나
>
> 아홉 사람이 아홉 자리를 차지해 야구가 시작되려 하는구나
>
> 아홉 사람이 아홉 차례 싸우는 야구 오늘도 날이 저무는구나
>
> 높이 쳐 올린 공이 구름 속으로 들어가더니 다시 떨어지는구나 사람의 손 안으로
>
> 어정쩡하게 맞은 공 위험하구나 풀 위를 굴러가며 멈추지 않으니
>
> 헛친 공 포수의 손에 있어 베이스에 발 못 붙이게 하는구나
>
> 지금은 저 세 개의 베이스에 사람이 가득 차 절로 가슴이 두근거리는구나

이것은 거동을 전혀 못하던 마사오카 시키가 비좁은 병상에 누워 천장만을 바라보며 지내던 때에 창작된 와카들이다. 그는 1890년에 폐결핵으로 야구를 그만두었다고 하니, 8년 전의 기억을 되살려 창작한 셈이

---

[7] 친구 나쓰메 소세키가 소설가로서의 명성을 얻게 된 데뷔작『나는 고양이로소이다』를 발표한 것도 바로『호토토기스』를 통해서였다.

다. 푸른 하늘 아래 드넓은 운동장에서 마음껏 뛰어다니며 야구를 즐기던 학창시절의 자신의 모습을 상상하며 바로 눈앞에 펼쳐지는 장면을 그대로 전하는 듯한 생생한 묘사가 돋보인다. 게다가 몸이 자유롭지 못한 상태에서 읊었다는 것을 생각하면, 자유를 갈망하고 과거를 그리워하는 그의 심정이 더욱더 절실하게 다가와 읽는 사람의 가슴을 뭉클하게 하는 와카들이다.

아홉 수의 와카 중, 처음 세 수는 야구에 대한 찬양을 읊은 것이고, 나머지 여섯 수는 제각기 다른 관점에서 야구 시합 장면을 묘사한 것이다. 우선 "아홉 사람이 아홉 자리를 차지해 야구가 시작되려 하는구나"에서는 수비 위치에 선 선수들의 모습을 통해 야구 시합이 시작되는 순간의 광경을 묘사하고 있다. 이어서 "아홉 사람이 아홉 차례 싸우는 야구 오늘도 날이 저무는구나"는 아홉 명의 선수가 참가해서 아홉 차례의 공격과 수비를 하는 야구의 규칙을 소재로 한 와카인 것이다.

이어지는 와카에서는 실제로 경기 상황을 중계하듯이 선수들의 동작 하나하나를 생생하게 묘사하고 있다. 즉 "높이 쳐 올린 공이 구름 속으로 들어가더니 다시 떨어지는구나 사람의 손 안으로"는 타자가 플라이를 쳐서 아웃이 된 상황을, 그다음의 "어정쩡하게 맞은 공 위험하구나 풀 위를 굴러가며 멈추지 않으니"는 땅볼로 굴러간 공을 쳐서 안타가 된 상황을 수비수의 입장에서 묘사한 작품이다. 또한 "헛친 공 포수의 손에 있어 베이스에 발을 못 붙이게 하는구나"는 헛스윙으로 타자가 아웃당하는 상황을, 그리고 마지막의 "지금은 저 세 개의 베이스에 사람이 가득 차 절로 가슴이 두근거리는구나"는 만루 상황의 긴장된 분위기를 적절히 묘사하고 있다. 이처럼 이 와카들은 야구 시합에서 볼 수 있는 다양한 장면들을 그림을 그리듯이, 혹은 카메라 셔터를 누르듯이 그 순간을 포착하여 전하고 있다. 그런 점에서 마사오카 시키의 실제 경험이 없었다면 나오기 힘든 작품들인 것이다.

이렇게 자세히 감상을 해보면, 마사오카 시키가 왜 '사생설'을 주장한 직후에 야구를 소재로 한 와카를 창작했는지 그 이유를 짐작할 수가 있다. 그는 자신이 주장하는 '사생설'의 실천에 야구가 적합한 소재임을 발견했던 것이다. 그런 의미에서 '사생'은 마사오카 시키에게 있어서 스포츠와 문학의 접점으로서의 의미를 가진다고 할 수 있다. 당시 대가들이 만들어 놓은 전통에 얽매여 고정된 틀에서 벗어나지 못하던 와카의 세계에서 야구를 소재로 한 와카를 읊는다는 것은 매우 파격적인 발상이었다. 마쓰오 바쇼松尾芭蕉가 개구리가 연못에 뛰어드는 순간을 포착해 하이쿠를 지었듯이,[8] 마사오카 시키는 야구 배트에 공이 맞는 순간을 포착하거나, 공이 포수의 글러브 안으로 들어가는 순간을 포착하여 와카를 읊은 셈이다. 그럼으로써 실제로 눈앞에서 시합이 벌어지고 있는 느낌, 운동장에서 공이 이리저리 움직이는 느낌이 읽는 사람에게 그대로 전달이 된다.

이처럼 순간을 포착해 표현하기에는 소설이라는 장르보다는 하이쿠나 와카와 같은 장르가 더 적합한 것이 사실이다. 마사오카 시키가 일찌감치 소설 창작을 그만둔 이유도 충분히 짐작할 수 있다. 마사오카 시키의 '사생설'을 산문에 적용시켜 탄생한 것이 '사생문'이다. 마사오카 시키와 함께 '호토토기스파'에 속했던 가와히가시 헤키고도河東碧梧桐에게도 「베이스볼」이라는 제목의 '사생문'이 있는 것을 보면, '사생문'에서도 역시 스포츠는 좋은 제재였던 것 같다. 순간의 움직임을 포착해 시로 읊은 것이 '사생구'라면, 그것을 산문으로 옮겨 놓은 것이 바로 '사생문'이므로, 그 기본 철학은 같기 때문일 것이다.

마사오카 시키가 학창시절을 보낸 때는 마침 야구가 빠른 속도로 일본 내에 확산되던 시기와 일치한다. 그리고 그가 활발한 문학 활동을 하던 때는 야구가 최고의 인기 스포츠로 자리를 잡은 시기에 해당한다. 하

---

8 에도 시대에 활약한 하이쿠의 대가 마쓰오 바쇼의 대표적인 하이쿠 중에, "해묵은 연못이여 개구리 뛰어드는 물소리"라는 작품이 있다.

지만 우연히도 그가 생을 마감한 이후부터 인기 절정의 근대스포츠 야구의 운명도 서서히 내리막길을 걷게 된다.

4) 마사오카 시키 사후의 야구의 운명

메이지 말기, 즉 20세기 초반에 들어서면서부터 사회 일각에서는 야구에 대한 부정론이 서서히 고개를 들기 시작한다. 러일전쟁으로 인해 내셔널리즘이 팽배해 있던 시기였기에, 유희성의 스포츠에다 외국에서 들어온 스포츠라는 점에서 야구에 대한 반감이 일어난 것이다. 그러다가 다이쇼 초반에 해당하는 1910년대에 이르면 부정적인 시각이 점차로 일본사회 전체로 확산된다. 야구의 해독을 알리기 위한 캠페인의 일환으로 사회 지도층의 글이 신문에 연재[9]되었으며, 일부 학교에서는 야구 금지령을 내리기까지에 이른다.[10] 그러면서 한편으로는 검도나 유도와 같이, 유희성보다는 정신수양에 초점을 맞춘 일본의 전통 스포츠를 권장하고 그 장점을 부각시키는 분위기가 일본사회에 팽배하게 된다. 요컨대 메이지 초기에 부국강병책의 일환으로서 무분별하게 받아들인 외래 스포츠로 인해 일본정신이 훼손된 것에 대한 자숙의 분위기가 대두되면서, 그런 외래 스포츠를 타도하고 일본 고유의 전통 스포츠를 권장하기에 이른 것이다. 그러면서 각광을 받게 된 것이 바로 검도이며, 유도다. 본래 검술劍術이나 유술柔術로 불리던 것들이 검도와 유도와 같이 정신수양을 강조한 명칭으로 바뀌게 된 것도 바로 이 무렵의 일이다.

하지만 그 무엇보다도 그런 분위기의 최대의 수혜를 입은 스포츠는 바로 스모相撲라고 할 수 있다. 이 시기에 스모는 천황제와 결탁하여 신

9　『도쿄아사히신문[東京朝日新聞]』에 총 26회에 걸쳐 연재되었다(1911.8.20~9.19).
10　井上康博, 『權力裝置としてのスポーツ』, 講談社, 1998, 7~8면.

성한 스포츠로서 자리 잡게 된다. 20세기 초기가 되면 신토神道적 요소가 가미되어, 점차로 스포츠경기라기보다는 신토의 신성한 의식을 치르듯이 경기를 거행하게 되었다. 이 시기에 스모 경기의 권위를 드높이기 위한 많은 장치들이 고안되었다. 스모 경기를 할 때 일종의 심판 역할을 하는 사람이 헤이안平安 시대의 회화에서나 볼 수 있던 신토 의식을 거행할 때 신관神官이 쓰던 모자를 쓰기 시작한 것도 1909년의 일이다. 또한 스모대회가 개최될 때면 반드시 황족 누군가가 참관하는 전통도 이때 시작된 것이다. 19세기 후반부터 20세기 전반에 걸쳐 그야말로 에릭 홉스봄이 말하는 '전통의 재창조'[11]라는 과정을 거침으로써 스모는 국기國技로서의 권위를 획득해가게 되었던 셈이다.

제1장 제2절에서 검토하게 될 나쓰메 소세키는 마사오카 시키와 절친한 사이였으며, 동시대에 제1고등학교와 도쿄제국대학을 다녔음에도 불구하고, 야구에 대해 매우 부정적인 시각을 갖고 있었다는 것이 그의 작품에서 드러난다. 야구를 바라보는 이러한 대조적인 시각은 물론 두 사람의 성향의 차이 탓도 있겠지만, 무엇보다도 이런 시대 분위기의 영향도 컸다고 할 수 있다. 왜냐하면 나쓰메 소세키가 작품 활동을 시작한 것은 1905년부터이므로, 그의 작품들은 이미 야구가 내리막길을 걷고 있을 때 창작된 것이기 때문이다. 그렇다면 나쓰메 소세키가 신체활동 전반에 대해 부정적이었던 데 비해서 전통 스포츠인 스모에 대해서는 호의적이었던 것도 그런 시대 분위기와 무관하지 않았다고 할 수 있으나, 이 점에 대해서는 제2절에서 자세히 다루고자 한다.

이처럼 서구적인 것을 부정하고 일본의 전통을 되찾고자 하는 움직임은 사실은 당시의 일본사회에서 스포츠계만이 아니라 문화계 전반에서 공통적으로 나타난 현상이기도 하다. 따라서 그런 전체적인 사회 분위기

---

11 에릭 홉스봄 외, 「전통들을 발명해 내기」, 『만들어진 전통』, 휴머니스트, 2004 참조.

속에서 야구에 대한 부정적인 시각이 대두된 것으로 보인다. 그러다가 1920년대 후반 학생들의 좌경화를 막기 위한 하나의 방편으로서 다양한 스포츠장려책이 펼쳐지던 가운데, 사상통제에 효과적이라면 야구와 같은 외래 스포츠도 굳이 막을 것이 아니라 적극 권장하자는 방향으로 선회한다. 그렇게 해서 1930년대에 들어서면 사상의 선도와 제국의 건설이라는 목표의 달성을 위해, 국가의 주도 하에 스포츠에 대한 정책적인 뒷받침과 적극적인 지원이 이루어지면서, 야구는 또다시 전성기를 맞는다.

전성기를 구가하던 그런 시대 상황 속에서 또다시 야구는 문학작품의 소재로서 등장하게 된다. 그렇게 해서 1935년 나카하라 주야(中原中也, 1907~1937)의 「여름밤에 깨어나 꾼 꿈」과 같은 한층 더 성숙된 스포츠 시가 탄생하게 되는 것이다.

잠을 자려고 눈을 감으니
컴컴한 그라운드 위에
그날 낮에 본 나인[12]의
야구 유니폼만 희멀겋게 떠오르는구나

나인은 각각 수비 위치에 있고
교활해 보이는 투수는 여전하고
분위기 메이커 심판도
변함없는 모습이구나

허나 기다리는 히트가 나오지 않아

---

12 수비 위치에 서 있는 아홉 명의 선수를 시인은 계속 '나인'이라는 영어로 표현하고 있다. 일본어로도 생소한 표현이기에 시인의 특별한 의도가 담겨 있을 것으로 생각해 그대로 '나인'으로 번역해 두었다.

이제나 저제나 하고 있는데
나인도 타자도 전부 사라지고
그라운드에는 사람 그림자 하나 없구나

느닷없이 더운 한낮의 그라운드
그라운드를 에워싼 포플러 가로수는
푸릇푸릇한 잎을 보이고
기세 좋게 이어지는 매미 울음소리
어쩌나 하고 생각하는 사이에…… 잠이 들었구나

낮에 본 야구 시합의 여운이 남은 상태에서 잠이 든 시인의 꿈속에서 시합의 긴장감이 이어지고 있다. 이처럼 꿈과 현실 사이를 오가며 실제 야구 시합의 열기와 시합이 끝난 후의 적막감과 쓸쓸함이 뒤섞인 독특한 분위기의 수준 높은 작품이 탄생한 것도 야구에 대한 관심이 부활한 시대였기에 가능했던 것이다.

하지만 제2차 세계대전이 시작되면서, 전쟁에 승리하기 위해 국민들을 애국심으로 무장시키고, 국민들의 육체와 정신을 전쟁에 적합한 형태로 만들어가고자 혈안이 되었던 일본 정부는 또다시 야구를 비롯한 서양스포츠에 대한 금지령이라는 극약처방을 내린다.[13] 요컨대 더 이상 즐기기 위한 오락 위주의 스포츠를 용납하지 않게 된 것이다. 그리고 서양에 뿌리를 내리고 있는 스포츠는 일본정신을 훼손할 뿐이라는 생각에서 배척의 대상이 되었던 것이다. 물론 패전 직후 야구를 비롯한 모든 서양스포츠에 대한 금지령은 해지가 된다. 이와 같이 메이지유신 이후에 수입된 '근대스포츠'의 대표적인 종목인 야구는 제2차 세계대전 직후

---

13 1936년에 시작되었던 프로야구리그도 진주만 공격 몇 달 전인 1941년 여름에 일본의 정권을 장악한 군부에 의해 해산되기에 이르렀다.

까지 일본 정부의 정책 변화에 영향을 받아 권장과 배척 사이를 몇 차례씩 오락가락했다. 따라서 일본의 근대문학과 스포츠를 검토할 때는 그러한 시대적 상황도 항상 염두에 두며 작품을 분석해야 할 것이다.

2. 신체성에 대한 시선 : 나쓰메 소세키와 스포츠

1) 청년 나쓰메 소세키의 스포츠 경험

메이지 시대 일본을 대표하는 작가 나쓰메 소세키(夏目漱石, 1867~1916)라고 하면, 젊었을 적부터 신경쇠약에 시달렸으며, 지병인 위궤양으로 고생하다가 49세의 나이에 사망하였다는 점에서 병약한 이미지가 떠오르게 마련이다. 따라서 스포츠와는 별로 인연이 없어 보이는 게 사실이다. 그렇기 때문에 소세키는 일본에서 가장 활발한 연구가 이루어진 작가로 손꼽히지만, 소세키를 스포츠와 연관시킨 연구는 찾아보기 힘들다. 단행본으로는 데쿠네 다쓰로出久根達郎의『소세키 선생님과 스포츠漱石先生とスポーツ』정도가 나와 있을 따름이다. 하지만 이것은 연구서라기보다는 문학자의 스포츠에 관한 에피소드를 수필 형식으로 소개한 서적이어서 신뢰도가 떨어진다. 게다가 제목과는 달리 소세키에 관한 언급이 매우 적은데다가 소세키의 문학작품에 대한 언급은 전무하다. 그러므로 스포츠에 초점을 맞춘 이 글은 기존의 연구와는 다른 각도에서 소세키의 문학을 바라보고자 하는 새로운 시도라고 할 수 있다.

우선 청년시절의 소세키의 스포츠 경험을 살펴보기로 하자.『소세키 선생님과 스포츠』에서는, 스포츠와 별로 인연이 없어 보이는 소세키가 대학시절 기계체조의 명수였으며, 수영, 승마, 테니스, 조정, 야구 등의 스포츠를 경험했다고 하며, 스포츠의 어떤 점에 매력을 느꼈기에 이렇게 다양한 스포츠에 관심을 가졌을까 하는 질문을 던진다.[14] 하지만 당시의 시대상황을 고려하면, 대학시절의 다양한 스포츠 체험을 스포츠에 대한 관심과 직결시키는 것은 위험한 발상이라는 생각이 든다.

대학시절의 나쓰메 소세키

잘 알려져 있듯이, 소세키는 일본야구사나 일본스포츠 문학사에서 반드시 거론하지 않을 수 없을 정도로 '근대스포츠' 도입기에 중요한 역할을 한 마사오카 시키와 절친한 친구 사이였다. 서양에서 받아들인 근대스포츠는 메이지 초기에 엘리트학교의 학생들을 중심으로 퍼져갔다. 그리고 소세키와 시키가 다닌 대학 예비문(제1고등학교의 전신)과 도쿄제국대학은 당시 최고의 엘리트학교이자 곧 스포츠의 메카였다.[15] 그런 환경과 시대상황으로 볼 때, 젊은 시절에 소세키가 다양한 스포츠를 체험한 것은 지극히 자연스러운 일이었던 셈이다.

하지만 작가로서의 소세키가 스포츠나 신체운동, 혹은 신체성을 어떠한 시선으로 바라봤는지는 젊은 시절의 스포츠 체험이 아니라 그의 작품을 통해 확인해야 한다. 소세키의 작품 중 스포츠에 관한 기술이 가장 많이 등장하는 작품은 『나는 고양이로소이다』이다. 따라서 우선 『나는 고양이로소이다』를 통해 소세키의 스포츠관을 검토해 보기로 하자.

---

14 出久根達郎, 『漱石先生とスポーツ』, 朝日新聞社, 2000, 9면.

15 당시의 상황은 다음의 기무라 기치지[木村吉次]의 글에 잘 나타나 있다. "고등교육기관은 구미 스포츠의 온상이 되었으며, 또한 일본의 전통적인 유술柔術, 검술劍術과 같은 신체활동을 더불어 스포츠로서 실천해갈 기회를 제공했다. 도쿄대학에서는 1883년 육상운동회가 개최되었고, 1884년 보트경기가 실시되었으며, 1885년에는 제국대학운동회가 설립되었다. 이것은 오늘날 대학의 체육조직 중 최초의 것이었다." 中村敏雄 他, 『スポーツナショナリズム』, 大修館書店, 1978, 119면.

2) 고양이의 시선으로 바라본 '운동' : 『나는 고양이로소이다』

『나는 고양이로소이다』는 1905년에 문예지『호토토기스』에 발표된 소세키의 소설가로서의 데뷔작품이다. 고양이의 시각으로 당대의 세태를 풍자한 풍자소설로, 무명의 작가 소세키로서는 예상외의 호평을 받아 속편까지 연재하게 되면서 그의 소설가로서의 입지를 다져준 작품이다. 당시 소세키는 영국 유학을 마치고 모교인 제1고등학교와 도쿄제국대학에서 영문학을 가르치고 있었다. 소세키 개인적으로는 근대스포츠의 확산에 중심적인 역할을 한 모교로 돌아와서 쓴 작품인 셈이다. 또한 작품이 발표된 1905년은 한창 러일전쟁이 치러지고 있던 시기다. 즉 메이지 정부가 러일전쟁을 승리로 이끌기 위해 강력한 부국강병책을 추진하고 "충군애국의 천황제이데올로기에 기초한 '신민臣民' 교육의 선전도 학교교육을 통해 강화"[16]해갔던 시기에 해당하는 것이다. 그러한 시대적 배경을 반영하듯 이 작품에서는 이후의 그 어떤 작품보다도 스포츠에 관한 기술이 많은 비중을 차지하고 있다. 그런 기술들은 크게 세 가지로 분류할 수가 있다. 즉 신체활동으로서의 '운동' 그 자체에 대한 기술, 야구에 관한 기술, 그리고 여성의 '운동'에 관한 기술이다. 그중 우선 주인공 고양이의 시선으로 운동이 유행하던 당시의 세태를 묘사하는 부분부터 살펴보기로 하자.

어째 20세기인 오늘날 운동하지 않음은 사뭇 빈민 같아서 듣기가 거북하다. 운동을 안 하면, 운동하지 않는 게 아니라 운동을 못한다는 것이요, 운동할 시간이 없는 것이요, 여유가 없기 때문이라고 판단된다. 옛날에는 운동하는 자가 남의 하인이라고 비웃음을 받았던 것처럼, 지금은 운동하지 않는 자가 하급이

16　 "忠君愛國の天皇制のイデオロギーにもとづく'臣民'教育の宣伝も學校教育を通じて強化
　　された." 中村敏雄 앞의 책, 146면.

라고 멸시받고 있다.[17]

옛날에는 하인들의 전유물로 경시되던 운동이 20세기 들어서 갑자기 크게 유행하면서 오히려 운동하지 않는 사람이 멸시당하는 시대가 되었다는 것이다. 이것은 당시의 상황을 객관적으로 표현한 것이다. 한편 인간들의 '운동'관이 갑자기 변화한 것을 냉소적으로 바라보는 고양이의 시선은 다음에 인용하는 문장에 잘 드러나 있다.

> 나는 요즘 운동을 하기로 했다. 고양이 주제에 운동이라니, 제법 건방진 수작이라고 덮어놓고 매정하게 매도해 버리는 무리들에게 잠깐 말씀드리건대, 그러는 인간도 요 근래까지는 운동이 뭔지도 모르는 채, 먹고 자는 것을 천직처럼 여기지 않았는가? 무사함이 귀인이라는 소리나 하며, 팔짱을 끼고 방석에서 썩어가는 엉덩이를 떼지 않는 것이 가장의 명예인 줄 알고 거들먹거리며 살아온 것을 기억하고 있을 터이다.

혹은 "인간은 예부터 멍청이다. 그렇기에 요즈음에 이르러서야 가까스로 운동의 효능을 고취하고, 해수욕의 이로움을 떠들어대면서 대발명이나 한 것처럼 생각하는 것이다"라고 좀 더 신랄하게 인간을 비판하기도 한다. 그러다가 비판의 수위가 점점 높아지면서 결국 일본에서 운동이 대유행하게 된 현상을 일종의 질병으로까지 진단하게 된다.

> 운동을 하라는 둥, 우유를 마시라는 둥, 냉수를 뒤집어쓰라는 둥, 바닷속에 뛰어들라는 둥, 여름이면 산속에 들어가 당분간 안개를 마시라는 둥 쓸데없는 주문을 연발하게 된 것은, 서양에서부터 우리 신국神國으로 전염된 최근의 질병

---

17 『나는 고양이로소이다』에서의 인용은 유유정의 번역본(문학사상사, 1997)에 의한 것임. 단, 일부 수정한 부분도 있음.

으로서, 역시 페스트, 폐병, 신경쇠약의 일종이라고 봐도 무방할 지경이다.

고양이는 운동만이 아니라 냉수마찰, 해수욕, 삼림욕, 심지어는 우유를 마시는 행위까지 서양에서 들어온 모든 것에 대해 부정적이다. 여기서 '운동'이란 전후문맥으로 봐서 서양에서 받아들인 '근대스포츠'를 의미하는 것으로 보인다. 고양이의 이런 부정적인 시선은, '신국神國'이라는 표현에 함축되어 있듯이, 러일전쟁의 와중에 일본에 팽배해 있던 내셔널리즘을 반영한 것이다. 따라서 스모나 검도, 유도와 같은 일본의 전통 스포츠는 비판의 대상이 되는 '운동'에서 제외되어 있다.

그러한 근대스포츠 가운데 대표적인 것이 바로 야구다. 야구는 가장 빠른 속도로 퍼졌으며, 가장 많은 인기를 누린 종목이다. '운동'의 유행에 냉소적이던 고양이는 곧바로 시선을 야구로 옮긴다.

나는 베이스볼이라는 게 무엇인지 모르는 사람이다. 그러나 듣자 하니 이건 미국으로부터 도입된 유희로, 오늘날 중학교 정도 이상의 학교에서 실시되는 운동 중에서 가장 유행하는 것이라고 한다.

아직 야구라는 번역어가 정착되지 않은 시기여서 '베이스볼'이라는 원어가 그대로 사용된 점이 눈길을 끈다. 야구가 학교를 통해 확산되었음을 확인시켜 주는 대목이기도 하다. 위의 인용문에는 야구의 유행이라는 객관적인 현상만이 드러나 있고, 그런 현상에 대해 고양이, 혹은 소세키가 어떤 생각을 갖고 있는지는 드러나 있지 않은데, 그것은 이어지는 다음 문장을 통해 확인할 수가 있다.

미국은 뚱딴지같은 것만 생각해내는 나라니만큼, 포대로 착각해도 될 만한, 동네방네에 폐를 끼치는 이런 유희를, 일본인에게 가르칠 만큼 친절했는지도 모른다. 또한 미국인은 이것을 일종의 진짜 운동이나 유희인 줄 알고 있는 것이리라. 그러나 순수한 유희라도 이처럼 주위를 놀래 주기에 족한 능력을 갖고 있는 이상은, 사용하기에 따라 포격용으로는 충분하다 하겠다.

"뚱딴지같은 것만 생각해내는 나라"라는 표현에 미국이라는 나라, 그리고 야구라는 '유희'에 대한 반감이 잘 드러나 있다. "동네방네에 폐를 끼치는 이런 유희"라고 했는데, 이것은 소세키의 실제 경험을 토대로 한 것이다. 신경쇠약에다 위가 약했던 소세키는 실제로 이쿠분칸(『나는 고양이로소이다』에서는 라쿤칸)중학교 옆에 살면서 중학생들의 야구 연습으로 인해 심한 정신적인 고통을 받았다고 한다. 단순히 그런 고통을 겪은 탓만은 아니겠지만, 여하튼 소세키는 이 작품에서 일관되게 야구에 대해 매우 비판적이고 부정적인 시선을 보내고 있다. 그리고 실제로도 소세키는 야구를 그다지 좋아하지 않았다고 한다.

그러면서도 『나는 고양이로소이다』에는 야구의 규칙이나 시합장면에 대해 매우 상세한 설명이 이루어져 있다. 그렇기 때문에 소세키가 야구에 관심이 많은 것으로 오해받기도 했다. 소세키는 시합 장면을 인간이 아닌 고양이의 관점에서 바라봄으로써 야구에 열광하던 당시 독자들에게 신선한 자극을 주었다. 객관성을 유지하면서 풍자적이고 유머러스한 표현들이 돋보이는데, 그 가운데서 주목을 끄는 단어들이 있다. 종대縱隊, 포대砲臺, 덤덤탄, 발사, 포열砲列, 탄환, 포격, 공격······.[18] 즉 야구 시합장면을 전쟁이나 군대 용어를 사용해 설명하는 부분이다. 심지어

18　대표적인 예를 하나만 인용하기로 하자. "이제부터 덤덤탄을 발사하는 방법을 소개하련다. 직선으로 포진된 포열(砲列) 속의 한 사람이, 덤덤탄을 바른손에 쥐고 절굿공이 소유자에게 냅다 던진다. 덤덤탄은 무엇으로 제조됐는지 외부인에게는 알려지지 않았다. 딱딱하고 둥근 돌덩어리 같은 물건을, 정성스럽게도 가죽으로 둘러싸 꿰맨 것이다. (…중략…) 이 탄환이 한 포수의 수중을 떠나 바람을 뚫고 날아가면, 저쪽에 서 있는 한 사람이 예의 그 절굿공이를 얏! 하고 휘둘러 이것을 때려 돌린다. 어쩌다간 때린 탄환이 흘러버리는 수도 있으나, 대개는 퀭! 하고 커다란 소리를 내고 튕긴다."

는 "이렇게 일직선으로 나란히 서서 마주보고 있는 것이 포수다. 어떤 사람의 설에 의하면 이것은 베이스볼 연습이지, 결코 전투 준비는 아니라고 한다"와 같이, 야구를 연습하는 모습을 전투 준비에 비유하기도 한다. 사실은 이러한 공격적인 요소 때문에 사회 지도층들이 한때 야구의 해독에 대해 비판하며 야구에 열광하는 사람들에게 경종을 울리고자 한 적도 있다.[19]

1914년에 발표된 소세키의 후기 작품이자 대표작으로 거론되는 『마음』에는 주인공이 '선생님'으로 부르는 사람이 자살하는 장면이 나온다. 메이지천황이 사망하자 노기乃木 장군이 할복자살을 하는데, '선생님' 역시 그런 노기 장군의 죽음에 공감하며 '메이지 정신'에 순사殉死하겠다는 유서를 남기고 자살한다. 노기 장군은 러일전쟁을 진두지휘해 승리로 이끈 주역이다. 전쟁이 끝난 후에는 1907년부터 자살한 1912년까지 황실을 비롯한 명문자제들이 다니던 학교인 가쿠슈인學習院의 교장으로 재직했다. 그러면서 그는 체력 단련에 도움이 되는 무술武術이나 수영은 장려했으나, 야구는 무척 싫어했다. 싫어하는 정도를 넘어서서 "야구를 하기 때문에 학생들의 눈초리까지 변했다. 그런 것을 시켜서는 안 된다"고 하면서, 야구의 해독을 거론하며 "야구는 필요하지 않은 유희"라고까지 주장했다.[20] 야구의 공격적인 성향으로 인해 학생들의 눈초리까지 달라졌다는 것인데, 사회의 일각에서는 야구의 유행을 그런 우려의 시각으로 바라보고 있었던 것이다. 『나는 고양이로소이다』에도 그런 시각이 반영되어 있는 셈이다.

야구의 도입과 확산에 선구적인 역할을 한 마사오카 시키의 글에서도 야구를 전쟁에 비유한 표현들을 발견할 수 있다. 야구공을 탄환이라

---

19 井上康博, 『權力裝置としてのスポーツ』, 講談社, 1998, 7~8면.

20 노기 장군은 야구에 대한 비판 여론이 일기 시작한 시기에 『도쿄아사히신문東京朝日新聞』에 총 26회에 걸쳐 연재된 「야구와 그 해독」의 18회째 필자이기도 하다.

고 하는가 하면, "적을 포로로 삼아 탄환을 받아 적을 죽인다"거나 "전쟁 터까지 오기 전에 기습을 당하는 경우도 많다"는 식의 표현[21]들이 그런 예다. 하지만 야구만큼 유쾌한 전쟁은 없다는 결론을 내리는 걸 보면, 마사오카 시키의 이런 표현들은 여전히 야구에 대한 긍정적인 시각에서 나왔음을 알 수가 있다. 이런 예를 통해서도 동시대를 살았고 유사한 환 경에서 교육을 받았던 마사오카 시키와 소세키 사이에 존재하는 야구에 대한 시각의 차가 확연히 드러난다.

중학생들의 야구 연습으로 인해 정신적 고통을 받던 '주인'이 학교 측 에 항의를 하자, 학교 측은 "운동은 교육상 필요한 것이므로, 아무래도 금 할 순 없습니다"라고 변명한다. 이 또한 당시의 스포츠의 위상을 알려주 는 중요한 대목이다. 스포츠가 신체단련은 물론이고 정신수련을 위한 교 육 수단으로 이용되던 시대의 스포츠관이 고스란히 담겨 있기 때문이다.

또한 『나는 고양이로소이다』를 통해 동시대 사람들이 여성의 신체활 동을 어떻게 바라봤는지도 알 수가 있다. 여성의 스포츠 역시 학교를 중 심으로 확산되면서 여학생 문화의 하나가 되었는데, 사실 여성들의 스 포츠 참가가 활발해지고 전국 규모의 여성들의 스포츠대회가 본격적으 로 개최된 것은 1920년대 이후의 일이다.[22] 따라서 이 작품이 발표된 1905년 무렵은 여학생을 중심으로 스포츠의 보급이 시작된 초기단계에 해당한다. "운동하는 것을 나쁘게 말한 축들이 갑자기 운동이 하고 싶다 해서 여자들끼리 라켓을 들고 길거리를 활보하고 다닌다 해도, 전혀 이 상해할 것은 없다"라는 표현을 통해 오히려 우리는 여자들이 라켓을 들고 거리를 활보하는 모습이 아직은 낯설게 느껴지던 당시의 시대 분위기를 읽 을 수가 있다. 그렇다면 소세키는 그런 모습을 어떤 시선으로 바라봤을까?

---

21 이것은 수필집 『붓가는대로』(1888)에 수록된 「Base-Ball」에서 발췌한 것이다. 「日本の名
　　隨筆 別卷73」 平出隆 編, 『野球』, 作品社, 1997, 11면 참조.
22 疋田雅昭 編, 『スポーツする文學－1920~30年代の文化詩學』, 靑弓社, 2009, 200면.

최근의 여학생, 양가良家의 따님들은 자존심과 자신감이 너무 강해 무엇에나 남자에게 지지 않으려 하는 것은 탄복할 만해. 우리 집 근처의 여학교 학생들만 해도 아주 훌륭하거든. 소매 없는 교복을 입고 철봉에 매달리니 감탄할 만하지 않은가? 나는 2층 창문으로 그들의 체조를 목격할 때마다, 고대 희랍의 여성을 추억한다네.

체조를 하는 여학생의 모습이 자존심과 자신감이 강한 "최근의 여학생, 양가의 따님들"의 대표적인 모습으로 거론되어 있다. 그런 모습에서 "고대 희랍의 여성"을 연상한다고 하는데, 좀 더 구체적으로 "더구나 저 피부색이 검은 여학생이 열중해서 체조하는 광경을 보고 있으면, 나는 언제든지 아그노디체Agnodice 일화를 상기한다네"라고 말하기도 한다. 따라서 "고대 희랍의 여성"이란 곧 '아그노디체'를 의미하는 셈이다. '아그노디체'는 여성에 대한 편견에 맞서 싸워 승리함으로써 남자의 감독을 받지 않고도 필요한 공직에 종사할 수 있는 권리를 획득한 아테네 여성이다. 즉 여권 신장에 기여한 시대를 앞서가는 여성이었던 것이다. 요컨대 소세키가 체조하는 여학생의 모습을 독립적이고 자주적인 근대여성의 상징적인 모습으로서 긍정적으로 바라보고 있다는 것을 위의 인용문의 행간에서 읽어낼 수가 있다.

하지만 대체로 소세키가 신체활동에 대해 부정적이었던 것은 사실이다. 그런 결론의 근거가 될 만한 결정적인 단서를 『나는 고양이로소이다』에서 발견할 수가 있다. 책상 앞에만 앉아 있어 소화기능이 좋지 않은 '주인'이 운동하라는 의사의 권유에 대해, '주인'은 "운동을 하면 더욱 신경질이 납니다"라고 말한다. 정신적인 활동을 위주로 살아가는 '주인'의 이런 답변에서 신체활동 전반에 대한 소세키의 부정적인 시선을 확인할 수가 있다.

3) 운동회를 바라보는 산시로의 시선 : 『산시로』

『산시로三四郎』는 1908년에 발표된 작품으로 소세키가 도쿄제국대학 교수직을 버리고 전업작가로 전환한 후에 내놓은 성과물이다. 소세키는 아사히신문사와 전속작가 계약을 맺었기 때문에, 계약 이후의 작품은 전부 신문에 연재되었다. 신문연재소설은 사회에 즉각적인 영향을 미치기도 하면서 동시에 독자의 반응에 민감하게 되며, 정치적인 압박도 쉽게 받을 수밖에 없다는 특징을 갖고 있다. 소세키의 작품을 읽을 때는 항상 그 점을 염두에 두어야 할 것이다.

천황을 중심으로 국민들을 결집시키고 국력을 키우기 위해 총력을 쏟던 메이지 정부는 국민들의 서구화된 신체 만들기 프로젝트에 착수한다. 그 일환으로 '체육(태평양전쟁 전까지는 체조라고 했음)'이 학교의 정규교과목으로 채택되는 한편으로, 각 학교에 스포츠를 효과적으로 보급하기 위한 수단이 강구되었다. 그것이 바로 운동회라고 하는 일본만의 독특한 이벤트다. 서장에서도 언급했듯이, 일본에서 처음으로 운동회와 유사한 형태로 행사가 개최된 것은 1874년의 일이다. 당시에는 'athletic sports'의 번역어로 '경투유희競鬪遊戲'라는 용어가 사용되었다. 해군 간부를 양성하는 사관학교에 해당하는 교육기관 '해군병학료海軍兵學寮'에서 1874년 3월 21일에 '경투유희'라는 행사가 개최되었는데, 이것이 바로 운동회의 전신에 해당한다. 따라서 일반적으로 이것을 일본 최초의 운동회로 간주한다.[23] 그 이후에 내용이 조금씩 변화해 가다가, 결국 운동회는 병식兵式체조를 중시하는 국가의 교육정책과, 메이지 시대 이전부터 전해 내려오던 전통적인 유희가 복잡하게 뒤섞인 형태로 전국으로

---

23 요시미 슌야 외, 이태문 역, 『운동회―근대의 신체』, 논형, 2007, 100면.

확산되었다. 그렇게 해서 메이지 시대의 새로운 풍속도로 자리 잡게 되면서 문학작품 속에도 등장하게 된 것이다.

운동회를 최초로 문학작품 속에 등장시킨 사람은 아마도 소세키일 것이다. 『산시로』에는 주인공 산시로가 다니던 도쿄제국대학 내에서 개최되는 운동회의 정경이 무척 상세히 묘사되어 있다. 따라서 『산시로』의 분석을 통해 메이지 시대의 운동회의 풍경을 엿볼 수 있으면서 동시에 운동회에 대한 소세키의 생각을 읽을 수가 있다.

> 오늘은 낮부터 대학의 육상운동회를 보러 갈 참이다. 산시로는 원래 그다지 운동애호가는 아니다. 고향에 있을 때 토끼 사냥을 두세 번 한 적이 있다. 그리고 고등학교 조정경기 때 깃발신호를 하는 역할을 맡은 적이 있다. 그 때 파랑과 빨강을 잘못 흔들어서 몹시 불평들을 했었다. (…중략…) 그 이후부터 산시로는 운동회엔 얼씬도 하지 않았다. 그러나 오늘은 상경한 이래 첫 운동회이기 때문에 꼭 가볼 생각이다.[24]

도쿄제국대학에서 처음으로 운동회가 개최된 것은 1883년 6월 16일의 일이다.[25] 운동회는 대학 당국의 전면적인 지원 하에 개최되었으며, 주로 육상 종목들로 구성되어 있어 근대적인 육상경기대회에 가까운 성격을 띠고 있었다고 한다.[26] 그렇기 때문에 산시로가 "대학의 육상운동회"라고 했던 것이다. 그렇다면 『산시로』에 묘사된 운동회는 과연 언제쯤의 광경일까?

소세키는 1890년에 도쿄제국대학 영문과에 입학했다. 따라서 그는 메이지 정부가 "집단적인 신체와 신체기법의 전람회장"[27]으로서 운동회

---

24 『산시로』에서의 인용은 최재철의 번역본(한국외대 출판부, 1995)에 의한 것임.
25 요시미 순야, 앞의 책, 109면.
26 위의 책, 141면.
27 위의 책, 152면.

를 장려하던 시대에, 그런 장려책의 실험장이 되었던 도쿄제국대학의 운동회에 대한 직접 경험을 갖고 있는 셈이다. 그러나 다음 구절을 보면 『산시로』에 묘사된 운동회의 모습은 소세키의 재학 당시의 것이 아니라는 것을 알 수 있다.

> 일장기는 이해가 가지만 영국 국기는 무슨 까닭인지 알 수 없다. 산시로는 영일동맹日英同盟 때문인가 보다고도 생각했다. 하지만 영일동맹과 대학 육상운동회와는 무슨 관계가 있는지, 도무지 짐작이 가지 않았다.

소세키는 1903년부터 『산시로』 연재를 시작하기 직전인 1907년까지 도쿄제국대학과 제1고등학교에서 전임강사로 근무했다. 그리고 일본과 영국 사이의 군사동맹인 영일동맹이 체결된 것은 1902년의 일이다. 따라서 『산시로』의 운동회는 학생이 아니라 교수로서의 소세키의 관점이 반영되어 있는 셈이다.

본래 운동을 좋아하는 편이 아닌 산시로가 운동회를 보러 간 이유는 상경 후 첫 운동회라는 점, 그리고 산시로가 마음에 두고 있는 미네코가 구경하러 올 거라는 점 때문이었다. 하지만 산시로는 운동회장 입구에 들어서면서부터 일장기와 영국 국기가 교차되어 걸려 있는 광경에 냉소적인 반응을 보이더니, 시종일관 부정적인 시각으로 운동회의 정경을 바라본다. 이제 그러한 산시로의 시각을 면밀히 분석하고자 한다.

우선 위의 인용문에 담긴 숨겨진 의미를 이해하기 위해서는 영일동맹의 성격을 확인할 필요가 있다. 영국은 중국에서의 이권 획득에 걸림돌이 되는 러시아를 견제하고자, 그리고 일본 역시 언젠가는 일본에게 위협적인 존재가 될 거라는 우려에서 양국은 동맹을 체결하게 된다. 당시 세계 제일의 제국이었던 영국과 대등한 위치에서 동맹을 맺었다는 사실에 일본 국민들은 열광하고 흥분하였으며, 일본 전체가 축제 분위

영일동맹 당시 동맹 체결을 기념해 일본이 만들어서 에드워드 7세의 즉위를 축하하는 메시지를 담아 영국에 보낸 그림엽서. 일본이 스스로를 나약하고 어린 소녀로 표현한 이 그림엽서에 당시에 영일동맹이 갖는 의미가 잘 반영되어 있다.

기였다고 한다. 그런 시대 분위기를 고려한다면, 영일동맹에 대한 산시로의 반응은 다소 의외라고 하지 않을 수 없을 것이다. 왜 산시로가 그런 반응을 보였는지 그 이유를 생각해 보기로 하자.

소세키는 일본 정부의 파견유학생으로 1900년 10월부터 1902년 12월까지 런던에 체재했다. 즉 영일동맹이 맺어진 1902년에 소세키는 동맹이 체결된 현장에 있었다. 따라서 산시로의 냉소적인 반응은 영국의 야심을 잘 알고 있었기에 영일동맹이 달갑지 않았던 소세키의 생각이 투영된 것이며, 그러한 영국의 야심도 모르는 채 일본 내의 "무지한 일본인의 떠들썩한 축하 분위기를 비판"[28]하려는 의도가 반영된 것이라는 해석이 일반적이다.

물론 소세키가 영일동맹을 달갑지 않은 시선으로 바라본 것은 사실이다. 하지만 위의 인용문 전후의 문맥으로 봐서는 영일동맹 자체보다도 대학의 운동회가 정치적으로 이용되는 것에 대해 불편한 심기를 드러낸 것으로 해석하는 편이 타당할 듯하다. 군사동맹과 운동회, 이 둘은 산시로의 표현처럼 "무슨 관계가 있는지, 도무지 짐작이 가지 않"는 것처럼 보인다. 하지만 실제로는 서로 통하는 점이 많다. 특히 경쟁을 통해 승리를 쟁취하는 승리지상주의는 전쟁과 스포츠가 갖는 가장 중요한 공통점이라 할 수 있다. 그렇기 때문에 메이지정부가 효율적인 근대국가 건설을 위해 운동회의 활성화에 적극적인 지원을 아끼지 않았으며,

---

28 나쓰메 소세키, 최재철 역, 『산시로』, 139면, '옮긴이 주'.

훗날 쇼와정부 역시 군국주의의 확산을 위해 국민의 단결과 화합의 수단으로 라디오체조 등을 적극 활용했던 것이다.

운동회 중에 치러지는 각종 경기 광경은 산시로의 주관적인 시각을 거쳐 독자에게 전달된다. 가령 200m 경주가 벌어지자, "산시로는 이들 학생의 태도와 자신의 태도를 비교해 보고 그 차이에 놀랐다. 어쩌면 저리도 무분별하게 달릴 기분이 날 수 있는 걸까, 하고 생각했다"라며 경주에 참가한 학생들의 무분별한 경쟁의식을 비판적인 눈으로 바라봤다. 엘리트층인 학생들을 중심으로 스포츠가 보급되었던 만큼 당시의 스포츠 경기들은 대부분 학교 대 학교의 대항경기였기에, 응원도 치열했으며 승리에 대한 집착도 대단했다. 그러한 과열된 분위기로 인해 1906년부터 1925년까지 와세다대학과 게이오대학 간의 야구정기전이 중지되었을 정도다. 산시로의 비판적인 시각은 그러한 시대의 분위기를 배경으로 한 것이라고 할 수 있다. 이어서 벌어진 포환던지기에 대해서도 "포환던지기만큼 팔 힘을 필요로 하는 것은 없을 것이다. 힘을 필요로 하는 데 비해서 이것만큼 재미없는 것도 많지 않다. 단지 글자 그대로 포환을 던지는 것이다. 기술도 아무것도 아니다"라는 식으로 힘에 의지한 신체운동에 대해 신랄하게 비꼰다. 그런 다음 멀리뛰기에 이어 해머던지기가 시작되자, "산시로는 이 해머던지기에 이르러 마침내 더 참을 수 없게 되었다. 운동회는 각자 마음대로 열어야 하는 것이다. 남에게 보여야 하는 것은 아니다" 하고 남에게 보이기 위한 이벤트로서 치러지는 운동회에 대해 회의적인 반응을 보인다.

또한 산시로는 단순히 참가 선수들만이 아니라 환호하는 관중들까지도 비판적인 시각으로 바라본다. "저런 걸 열심히 구경하는 여자는 모두 뭔가 잘못되어 있다고까지 생각"했다는 신랄한 비판까지 등장한다. 견디다 못해 운동회장을 빠져나온 산시로는 연못 주변을 배회하다가 평소에 호감을 갖고 있던 미네코의 모습을 발견하고 반가울 법도 한데도,

요코하마에서 개최된 운동회(1910)에서 일장기와 욱일승천기가 펄럭이는 가운데 참가자 전원이 일사불란하게 체조를 하는 모습

"실은 이쪽에서 별로 비위를 맞추고 싶지 않다. 운동회 때문에 좀 기분이 언짢았다"며 피한다.

당시의 시대 분위기를 생각하면 미네코를 비롯한 관중들이 운동회를 관전하며 환호를 보내고 열광하는 것은 지극히 상식적인 반응이라고 할 수 있다. 거기에 비해 산시로의 반응이 오히려 비상식적인 셈이다. 운동회는 메이지 시대에 일본인의 집단적 무의식이 드러나는 장으로서의 기능을 수행해 왔는데, 산시로는 그런 운동회의 기능과 가치를 전면으로 부정하고 있는 것이다.

『나는 고양이로소이다』에서 고양이나 '주인'이 신체활동에 대해 부정적인 입장을 고수했듯이, 산시로 역시 "운동애호가가 아니다"라고 분명히 못 박고 있다. 그리고 보면 소세키가 정신활동에 비해 신체활동을 경시하는 성향을 갖고 있었던 것은 분명한 사실인 듯하다. 그렇다 해도 그런 성향으로 인해 소세키가 『산시로』에서 운동회를 부정적이고 비판적으로 묘사했다고 보는 것은 핵심을 비켜가는 해석이라고 생각한다. 그런 비판적인 묘사는 운동회를 장려하던 정부 정책의 이면에 숨어 있는 사상, 즉 무분별한 경쟁의식의 고취와 획일화된 가치관의 전파에 대한 반발의 표현으로 봐야 할 것이다. 그러한 해석을 뒷받침해 주는 작품이 『산시로』를 마친 후 이어서 연재를 시작한 『그 후』이다.

4) 고등유민 다이스케의 스포츠관 : 『그 후』

『그 후』의 주인공 다이스케 역시 『나는 고양이로소이다』의 고양이나 『산시로』의 산시로와 마찬가지로 시대의 공동가치나 사회의 풍조에 대한 비판 정신의 소유자다. 산시로가 운동회에서 오로지 일등이라는 목표를 향해 땀을 흘리며 달리는 학생들을 보며 이해할 수 없다는 반응을 보였듯이, 다이스케는 명예와 부를 얻기 위해 피와 땀을 흘리는 사람들을 냉소적으로 바라본다. 그는 입신출세에 대한 욕망은 물론이고 생산적인 노동 자체를 경멸한다. 최고의 교육을 받았음에도 불구하고 사회에 아무런 도움이 되지 않는 비생산적인 삶을 살아가는 자신을 다이스케는 고등유민高等遊民으로 자처한다. 물질적인 생산을 경멸하며 게으름을 구가하는 다이스케이지만, "정신적 우월을 가져다줄 취미와 감각의 연마에는 많은 정력과 시간을 투자"[29]하기도 한다. 말하자면 자신의 정신세계를 풍요롭게 해줄 취미생활에는 열심이었다.

이런 성향만으로도 다이스케가 스포츠에 대해 긍정적일 리가 없다는 것은 쉽게 짐작이 간다. 그러나 작품을 면밀히 읽어 보면 의외의 사실이 확인된다. 우선 『그 후』에는 두 종목의 스포츠가 등장한다. 야구와 스모다. 서양에서 수입된 스포츠 중 가장 많은 인기를 누린 종목이 바로 야구다. 그리고 스모는 일본의 전통 스포츠 중 역시 가장 인기가 많은 종

29　나쓰메 소세키, 윤상인 역, 「작품 해설」, 『그 후』, 2003, 359~360면.

목이다. 이 두 종목을 작품 속에 등장시킨 것은 상당히 치밀한 계산 하에 이루어진 것이라는 생각이 든다. 섣부른 결론을 내리기 전에 야구와 스모가 어떤 식으로 등장하는지 살펴보기로 하자.

고등유민으로 살아가려면 경제적인 문제는 아버지와 형의 도움을 받아야만 했기에 다이스케는 이따금 본가를 방문한다. 그래서 형수나 조카와 어울려 놀곤 하는데, 그중 이런 구절이 나온다. "세이타로란 조카는 요즘 야구에 빠져 있다. 다이스케가 때때로 캐치볼 상대가 되어주기도 한다."[30] 하지만 이런 구절을 근거로 다이스케가 야구를 좋아한 것으로 생각한다면 그것은 섣부른 판단이다. 당시 대부분의 아이들이 야구를 좋아했고, 그런 아이를 상대로 캐치볼을 해 주는 것은 삼촌이라면 누구나 베풀 만한 친절에서 비롯된 것이다. 따라서 야구에 대한 다이스케의 속내는 다른 곳에서 확인해야 할 것 같다. 즉 "세이타로, 너는 야구만 하니까 요즘 손이 무척 커졌구나. 머리보다 손이 더 큰데"라며 야구에 빠진 조카를 놀리는 장면이다. 여기서 물론 '머리'는 정신활동을, '손'은 신체활동을 의미한다. 신체활동보다 정신활동을 우위에 두는 다이스케에게 당시의 야구 열풍이 달가울 리 없다. 결국 다이스케가 조카에게 했던 말에는 야구에 열광하는 세태, 그럼으로써 신체활동에 비해 정신활동이 위축되는 세태에 대한 빈정거림이 내포되어 있는 셈이다. 요컨대 야구는 그에게 "정신적 우월을 가져다줄 취미"가 결코 아니었던 것이다.

야구에 대한 다이스케의 반응은 그의 성향으로 볼 때 어느 정도 예상 가능한 것이다. 그런데 스모에 대해서는 그런 식의 빈정거림을 찾아볼 수가 없다. 스모에 대한 다이스케의 선호도는 주로 조카 세이타로를 통해 표현된다. 우선 그 부분을 인용해 보기로 하자.

---

30 『그 후』의 인용문은 윤상인의 번역본에 의한 것임.

최근에는 만일 스모 상설경기장이 생기게 되면 제일 먼저 들어가 보고 싶다며, "삼촌, 스모선수 중에 아는 사람 없어요?"라고 다이스케에게 물어본 적이 있었다.

세이타로의 요구를 소상히 들어보니, 스모가 시작되면 에코인에 데려가서 정면 일등석에서 관람시켜 달라는 것이었다.

세이타로의 요구는 어떻게 보면 어린아이의 단순한 응석으로 치부해 버릴 수도 있다. 하지만 당시의 시대 상황을 살펴보면 이 단순해 보이는 응석에 상당히 중요한 의미가 담겨 있음을 알 수가 있다. 그 의미를 이해하기 위해 잠시 메이지 시대로 접어든 이후에 스모가 걸어온 역사를 정리해 보기로 하자.

문명개화의 물결이 거세게 밀어닥친 메이지 시대 초기에 문명개화란 곧 서구화를 의미했다. 따라서 일본의 전통 문화, 전통적인 풍속 등을 구습이나 악습으로 치부하고 서구문화를 무비판적으로 수용하려는 경향이 지배적이었다. 하루 속히 서구화를 이뤄 서구 열강의 대열에 끼기 위해 안간힘을 쓴 시대였기에 일본인들은 자국의 문화에 대해서는 심한 열등감을 갖게 되었다. 그런 사회 풍조 속에서 자연히 스모도 열등한 문화유산의 하나로 치부되고 경제적으로 스폰서가 되어 주던 무사계급이 붕괴되면서 한때 위기를 맞기도 했다. 그러던 중 19세기 말에 이르자 문명개화에 대한 열기가 식으면서 서구 문화에 대한 무조건적인 수용을 비판하고 민족의식의 자각을 촉구하는 목소리가 드높아진다. 그러면서 1889년부터는 천황이 직접 스모경기를 관전함으로써 고대에 그랬듯이 스모는 다시 천황가와 인연을 맺게 된다. 마침 이 시기는 유신세력들이 국가주의의 구심점으로 이용하기 위해 천황의 신격화에 혈안이 되어 있던 시기에 해당한다. 그들은 일본의 훌륭한 전통을 부각시켜 애국심을

1909년 신축 당시의 고쿠기칸. 고쿠기칸의 신축을 계기로 스모가 고쿠기, 즉 국기(國技)로 불리기 시작했다.

고취하기 위해 많은 전통적인 행사를 부활시켰다. 그런 노력의 일환으로 이 시기에 스모의 의의도 재인식된다. 따라서 메이지정부는 스모를 국기國技로 지정하고, 도쿄에 스모전용경기장인 고쿠기칸國技館을 건립하는데, 그것이 바로 『그 후』가 연재되던 1909년의 일이다. 즉 1909년은 정부의 정책적인 뒷받침, 그리고 청일전쟁과 러일전쟁에서의 승리로 고조된 내셔널리즘에 힘입어 스모가 다시 예전의 인기를 회복하여 황금기를 맞이한 해인 것이다.

그런 의미에서 1909년은 스모 역사상 기념할 만한 매우 중요한 의미를 갖는 해다. 따라서 세이타로가 새로 생기는 스모경기장에 많은 관심을 보이는 것도 무리는 아니다. 게다가 실제로 소세키가 스모를 매우 좋아했다는 것은 스모 시합을 보러 간 기록이 담긴 일기[31]를 비롯하여, 스

---

31 1909년 6월 2일 일기에 "고쿠기칸의 개관식 거행(國技館の開會式擧行)"이라고 기록해 놓아, 고쿠기칸의 개관식에도 많은 관심을 보였음을 알 수가 있다. 『漱石全集』13卷, 岩波書店, 1966, 390면.

모를 화제로 삼은 편지[32]와 같은 객관적인 자료들로 인해 의심할 여지가 없는 사실이다.

이제까지 살펴봤듯이 소세키는 신체활동에 대해 일관성 있게 냉소적인 시선을 던져왔다. 그러던 소세키가 예외적으로 스모에 대해서만은 호의적인 것이다. 그 이유는 과연 무엇일까? 그에 대한 해답 역시 소세키의 일기를 통해 확인할 수가 있다.

> 흐림. 심한 바람. 아침에 교시(虛子 : 다카하마 교시―인용자)와 고쿠기칸에 가다. 9시부터 6시까지 있었다. 여러 종류의 스모 경기와 여러 가지 대전 광경을 봤다. 그러나 임시로 벌어지는 스모 시합에서 볼 수 있는 것과 같은 젊은 선수의 과감하고 긴장감 있는 경기는 하나도 없었다. 스모 선수의 근육의 광택이 알통의 움직임에 따라 빛에 반사되는 모습이 변하며 번뜩인다. 아름답기 그지없다.[33]

이것은 1909년 6월 14일의 일기로, 새로 개관한 고쿠기칸에서 최초로 열린 스모대회를 관전하고 쓴 것이다. 아침 9시부터 저녁 6시까지 관전했다는 사실 하나만으로도 소세키가 스모애호가였다는 것은 충분히 입증되었다고 할 수 있다. 그런데 그것만이 아니라 이 일기에는 스모 경기를 바라보는 소세키의 독특한 관점이 잘 드러나 있어 눈길을 끈다. 소세키는 경기를 하는 스모 선수의 움직임에 따라 근육의 광택이 빛에 반사되는 모습을 바라보며 아름답기 그지없다는 찬사를 보내는데, 이것은 참으로 독특한 관점이라는 생각이 든다. 하나의 예술 작품을 감상하듯이, 더 구체적으로 말하면 소세키가 평소에 많은 관심을 보인 회화 작품

32　出久根達郎, 앞의 책, 21~22면.
33　『漱石全集』13卷, 岩波書店, 1966, 393면.

을 감상하듯이 스모 시합을 바라보고 있는 셈이기 때문이다.

그런데 실제로 소세키는 스모를 아트[art], 즉 예술로 생각했다.[34] 그 이유에 대해 한 제자가 묻자 소세키는 다음과 같이 대답했다고 한다. "스모는 평소의 연습에 의해 모든 근육을 자유자재로 사용하는 법을 터득해 두었다가 단 몇 초라는 짧은 시간에 상대방의 움직임에 따라 묘기를 발휘해 승부를 결정짓기 때문이지. 상대방이 이렇게 하면 이렇게 해야지 하고 머릿속에서 생각해두는 게 아니라네. 그 순간에 그야말로 본능적으로 상대방의 움직임에 맞춰 공격을 가하지. 상대방의 공격을 막아내고 그 순간에 적절한 공격을 가해 순간적으로 승리하거나, 혹은 패배하더라도 깨끗하고 화끈하게 진다는 점이 나는 마음이 드네. 일종의 기교지. 스모를 긍정적으로 바라보면, 스모에는 이런 예술적인 면이 있다네."[35] 즉 스모는 본능에 의한 순간예술이라는 것이다.

요컨대 소세키에게 있어서 스모는 스포츠라기보다는 일종의 예술이었다. 그렇기 때문에 다이스케가 야구와는 다른 시선으로 스모를 바라본 것이다. 즉 스모는 다이스케의 정신세계를 풍요롭게 해줄 취미생활의 조건을 갖춘 것이었다. 따라서 스모애호가라는 점을 들어서 소세키가 스포츠에 대해 긍정적이었다고 해석해서는 곤란하다. 결국 소세키는 신체성에 대해 부정적인 시선을 고수한 작가였다고 결론내릴 수 있다. 그런 일관성 있는 시선에 의해, 제목 자체에도 나타나 있듯이, 신체성과는 더욱 거리를 둔 『마음』이라는 작품이 탄생하게 된 것이다.

이상으로 『나는 고양이로소이다』, 『산시로』, 『그 후』의 세 작품의 분

---

34 1911년의 수첩에 적힌 다음과 같은 메모에도 그런 소세키의 생각이 나타나 있다. "Art－芸, 落語, 体操, 謠, 王(玉)乗, 儀(義)太夫, 等" "相撲, Art. Lifeハ此意味ニ於テart." 『漱石全集』13卷, 岩波書店, 1966, 685면.

35 이 내용은 제자 마쓰우라 가이치[松浦嘉一]의 일기에 나온다고 한다. 하지만 여기서는 出久根達郎, 『漱石先生とスポーツ』, 13~14면에 실린 내용을 재인용했다.

석을 통해, 나쓰메 소세키가 스포츠, 나아가서는 신체성에 대해 어떤 시선으로 바라봤는지를 검토했다. 그 결과 소세키는 스포츠에 대해 부정적인 시선을 고수했음을 확인했다. 정신에 비해 육체를, 정신활동에 비해 신체활동을 경시하던 그의 개인적 성향을 생각하면, 어쩌면 당연한 결론이라고도 할 수 있다. 그러나 스모만은 예외였다. 스모애호가로 통할 정도로 스모에 대해 지대한 관심을 보였는데, 이 점은 과연 어떻게 해석해야만 하는 것일까? 그런 의문에 대한 답을 이 글을 통해 찾고자 노력했다.

결론적으로 말하면, 소세키의 서양문명에 대한 비판이 그대로 스포츠에도 적용된 것으로 볼 수 있다. 즉 야구와 같이 서양에 뿌리를 둔 근대스포츠와 스모와 같은 일본의 전통 스포츠는 소세키의 의식 속에서 확연히 구분되었던 것이다. 육체활동을 경시하던 소세키가 스모예찬론자라는 것은 분명 모순이라고 할 수 있다. 그러나 소세키에게 스모는 단순한 육체활동이 아니었다. 소세키는 스모를 예술로까지 치켜세움으로써 그런 모순을 극복하고자 했다.

제2장 : 스포츠 대중화 시대의 스포츠 문학

1. 육체와 정신 사이에서 갈등하는 청춘

: 무샤노코지 사네아쓰의 「우정」

1) '시라카바파'와 스포츠

자연주의가 주류를 이루던 메이지 말기에 일본에는 반(反)자연주의를 표방하는 다양한 문인 그룹들이 등장한다. 그중의 하나로 '시라카바파白樺派'가 있다. '시라카바파'는 1910년에 창간된 동인지 『시라카바白樺』를 중심으로 활동한 문인들을 지칭하는데, 그들은 다이쇼 시대의 자유로운 시대 분위기 속에서 인간 긍정을 바탕으로 한 이상주의, 인도주의, 개인주의에 입각한 작품을 주로 창작했다는 평가를 일본문학사에서 받고 있다. 그들이 문학계에 일으킨 이런 신선한 바람은 한계에 도달한 자연주의를 대신하여 다이쇼 문학의 주류로 자리 잡게 된다.

'시라카바파'의 초기 동인들은 모두 메이지 초기에 귀족 계급에 해당하는 화족華族들의 자녀들을 주로 교육하기 위한 기관으로서 설립된 관립학교인 가쿠슈인學習院 출신이었다. 메이지 초기에 가쿠슈인을 비롯한 서양식 교육기관들은 야구나 테니스와 같은 서양의 '근대스포츠'를 적극적으로 받아들여 교육에 활용하였다. 여러 엘리트 학교 가운데서도 특히 가쿠슈인은 학생들에게 스포츠를 적극 장려했던 대표적인 학교였다. 관립학교였던 만큼 근대국가 건설에 적합한 신체의 개조를 위해 스포츠의 보급과 확산에 힘썼던 메이지정부의 시책을 교육방침에 적극적으로 반영할 수밖에 없었던 것이다. 실제로 1881년 9월에 학칙 개정을 통해 가쿠슈인은 기존의 '육군체조법陸軍體操法'에 추가하여 '체육' 과목을 개설함으로써 학생들이 다양한 스포츠 종목을 배울 수 있는 기회를 제공했다.[1] 따라서 '시라카바파'의 동인들은 대부분 가쿠슈인에서 초등, 중등 교육을 받으며 유소년기를 보냄으로써 일찍부터 스포츠를 경험하게 되었으며, 그럼으로써 자연스럽게 스포츠에 친숙해질 수밖에 없었던 셈이다. '시라카바파'에 스포츠 애호가가 많은 데는 그런 시대적 배경이 있다.[2]

'시라카바파' 중에서도 자타가 공인하는 대표적인 스포츠맨은 시가 나오야志賀直哉라고 할 수 있다. 그는 중학교 때 보트 경주에서 우승한 것을 비롯하여 야구와 장대높이뛰기, 라크로스 등 다양한 종목에서 두각을 드러낸 이른바 만능 스포츠맨이었다.[3] 또한 정원에 라인을 그리고 테

1　『開校五十年記念學習院史』, 學習院, 1928. 단, 인터넷 자료 'http://www.silverbirch.jp/forest/shirakaba1910_03.html'에서 재인용.

2　또한 메이지 시대에 스포츠를 하기 위해서는 많은 돈이 필요했는데, 스포츠를 즐길 수 있는 경제력을 갖춘 상류가정의 자제들이 많았기에 '시라카바파'에는 스포츠 애호가가 많았다고도 할 수 있다. 出久根達郎, 『漱石先生とスポーツ』, 朝日新聞社, 2000, 40면.

3　종합문예지 『고코로[心]』 1956년 1월호에 실린 좌담회 「가쿠슈인 시대를 말하다(學習院時代を語る)」 참조.

니스를 치다가 아버지에게 야단을 맞을 정도로 테니스에 푹 빠지기도 했다.[4]

그렇기 때문에 시가 나오야의 문학 작품, 그중에서도 특히 초기 작품에서는 그가 학창시절에 쌓은 스포츠에 대한 경험과 관심이 반영되어 있는 경우를 종종 볼 수가 있다. 초기 단편인 「하야오의 여동생速夫の妹」(1911)이 그 대표적인 예다. 이 작품에는 야구 선수가 주인공으로 등장하며, 뿐만 아니라 서두 부분에서 철봉을 이용해 기계체조를 하는 장면이

가쿠슈인 중등과 4년 무렵 보트부 유니폼을 입은 시가 나오야. 단련된 어깨 근육이 인상적이다.

상세히 묘사되어 있는 것이 눈에 띈다. 실제로 기계체조는 가쿠슈인에서 중등과정은 물론이고 고등과정에서도 학생들의 신체 단련과 개조를 위해 중요시되었던 스포츠 종목이다. 따라서 "나는 당시에 소설을 좋아했지만, 운동도 상당히 잘하는 편이어서, 반대표로 뽑혀 야구팀의 2루수로 활약하기도 했다"고 회상하는 주인공의 학창시절에는 곧 중학교 시절에 3루수로 활약한 바 있는 시가 나오야 자신의 경험이 반영되어 있는 셈이다.

또한 비슷한 시기에 쓴 작품 「멍한 머리濁った頭」(1911)의 서두에도 "기독교를 접하기 전에는 저는 정신적으로도 육체적으로도 거리낌이 없는 아이였어요. 운동을 좋아해, 야구, 테니스, 보트, 기계체조, 라크로스 등 뭐든지 했지요"와 같이 「하야오의 여동생」과 유사한 회상 장면이 등장하는데, 이것 역시 시가 나오야의 학창시절의 모습을 그대로 재현한 것으로 볼 수 있다. 이처럼 학창시절 하면 곧 스포츠가 떠오를 정도로, 스

---

4   『志賀直哉全集』2卷, 岩波書店, 1973, 584면.

가쿠슈인 중등과 5년 재학 시절(1900) 보트 경주에서의 우승 사진. 후열 좌측이 시가 나오야

시가 나오야의 자택에서 무샤노코지 사네아쓰(?)와 시가 나오야(왼)(1951)

포츠는 가쿠슈인 시절의 시가 나오야의 삶에서 매우 중요한 비중을 차지했으며, 그 결과 그의 초기 문학세계에도 그 영향이 나타나게 된 것이다.

'시라카바파'의 사상적 지주 역할을 했던 작가 무샤노코지 사네아쓰(武者小路實篤, 1885~1976)는 시가 나오야와 같은 시기에 가쿠슈인에서 학창시절을 보낸 동급생이었다. 따라서 그도 시가 나오야와 마찬가지로 가쿠슈인의 교육방침에 따라 다양한 스포츠를 체험할 수밖에 없었다. 하지만 무샤노코지는 시가 나오야와는 달리 스포츠에 별로 소질이 없었던 것 같다. "나는 스모를 해도 별로 강하지 않았고, 달리기에서는 꼴찌에서 1, 2위를 다투었는데, 기노시타(역시 '시라카바파' 동인인 기노시타 리겐[木下利玄]―인용자)는 나보다도 훨씬 더 약했고 달리기도 느렸다. (…중략…) 수영을 가도 잠깐 헤엄을 치다가 지쳐 모래사장으로 올라오면 나보다 먼저 올라와 있는 사람은 항상 한 명밖에 없었다. 그 한 명은 기노시타다. 기계체조에서도 기노시타와 나는 가장 서툰 축에 속했는데, 기노시타는 나보다도 더 심한 편이었다"[5]라고 회상하는 무샤노코지 자신의 글을 통

무샤노코지 사네아쓰(1885~1976)

해, 우리는 가쿠슈인에서 교과목으로 가르치던 모든 스포츠 종목에서 그가 거의 최하위권에 속했음을 확인할 수가 있다.

스포츠가 문명화나 근대화, 혹은 서구화의 상징으로 여겨졌던 당시 일본의 현실을 고려하면, 스포츠에 소질이 없었던 무샤노코지가 어떤 심정으로 학창시절을 보냈을지 헤아려볼 수가 있다. 그리고 모든 스포츠 종목에서 뛰어난 기량을 발휘했던 친구 시가 나오야의 모습을 어떤 심정으로 바라봤을지도 충분히 짐작 가능하다. 스포츠에 관심을 가지지 않을 수 없었던 환경, 따라서 관심은 있었으나 소질은 없었던 무샤노코지가 스포츠에 대해 느낀 열등감은 그가 쓴 소설 「우정友情」의 주인공을 통해 실감나게 표현된다.

1919년에 『오사카마이니치大阪毎日신문』에 연재되었다가 이듬해에 단

---

5   「白樺を出すまで」,『白樺』8(12), 1917.12.

행본으로 출간된 「우정」은 무샤노코지의 대표작으로 거론되곤 하는 작품이다. 한 여자를 둘러싸고 세 남자가 각축을 벌이는 이 작품에서 중심 주제는 물론 제목에도 나타나 있듯이 사랑과 우정 사이에서 고뇌하는 청춘들의 갈등이라고 할 수 있다. 연애라는 주제에다 뛰어난 감정 묘사와 세밀한 심리 묘사, 그리고 치밀한 형식으로 인해, 이 작품은 당시 젊은이들 사이에서 많은 인기를 얻었으며, 문단에서도 높은 평가를 받았다. 따라서 이제까지 이 작품은 주로 연애소설 혹은 청춘소설이라는 관점에서 다루어져 왔다.

그러나 스포츠에 초점을 맞춤으로써 이제까지와는 다른 각도에서 이 작품을 분석해 보고자 하는 것이 이 글의 목적이다. 「우정」에는 서로 상대를 바꿔가며 탁구를 치는 장면이 상세한 묘사와 더불어 상당한 비중으로 삽입되어 있다. 그만큼 탁구는 이 작품에서 중요한 소재로서의 기능을 하며, 스토리 전개에 있어서도 매우 중요한 의미를 가진다고 할 수 있다. 또한 서핑, 해수욕과 같은 스포츠를 하는 장면 역시 매우 구체적이고 비중 있게 다루어져 있다. 따라서 '스포츠 소설'이라는 관점에서 이 작품을 분석하게 되면, 이제까지의 연구에서는 볼 수 없었던 새로운 면을 밝혀낼 수 있으리라고 본다.

사실은 최근에 니시야마 고이치西山康一에 의해 '스포츠 소설'의 관점에서의 「우정」에 대한 분석이 시도된 바 있다. 그는 분석을 시작하기에 앞서 다음과 같은 문제 제기를 한다. 요컨대 "이 작품에서 탁구 장면은 일부분에 지나지 않아, 이것을 '탁구소설'이나 '스포츠 소설'로 보기에는 무리가 있는 것처럼 보일지도 모른다. 하지만 그 장면은 이 작품 속에서 가장 인상적이며 중요한 장면인 것은 틀림없는 사실이다. 그럼에도 불구하고 「우정」에서 탁구나 그 밖의 스포츠가 갖는 의미나 기능에 착목하여 검토한 연구는 아직까지 없었던 것으로 알고 있다"[6]라고 단언하는데, 이하의 분석은 그의 이러한 문제 제기와 지적에 많은 시사를 받아

진행된 것임을 밝혀둔다.

니시야마 고이치가 지적했듯이, 「우정」에서의 스포츠 장면은 소설의 전개 방향에 대한 일종의 암시를 독자들에게 던져주는 역할을 하는 셈이어서, 작품 전개에 막강한 영향력을 행사한다고 할 수 있다. 따라서 스포츠 장면을 면밀히 분석함으로써 이 작품에 대한 깊이 있는 이해가 가능해질 것으로 보인다. 또한 그러한 과정을 통해 무샤노코지의 스포츠관, 나아가서는 작품이 집필된 1919년 당시의 일본인들의 스포츠에 대한 인식, 문학과 스포츠의 상관관계, 정신과 육체의 갈등관계 등을 파악하기 위한 중요한 단서를 발견할 수 있을 것으로 생각된다.

2) 운동 능력의 경연장 : 첫 번째 탁구 시합 장면의 의미

탁구는 다른 대부분의 '근대스포츠'와 마찬가지로 영국에서 시작되었다. 일본에는 체조교육연구를 위해 런던에서 유학중이던 쓰보이 구로미치坪井玄道가 1902년에 탁구 세트를 갖고 귀국함으로써 처음으로 소개되었으며, 도입 초기에는 주로 '핑퐁'이나 '테이블테니스'로 불렸다고 한다.[7] 일본에 최초로 '근대스포츠'가 소개된 것은 1873년의 일이다. 1873년에 야구가 소개된 것을 시작으로 1874년에 축구와 하키가 뒤를 이었으며, 테니스는 1884년에 도입되었다. 따라서 그런 종목들에 비하면 탁구는 일본에서 뒤늦은 출발을 한 셈이라고 할 수 있다. 그러나 영국에서도 근대와 유사한 형태의 탁구가 시작된 시기는 1898년경이라는 것이 정설로 되어 있으니, 탁구는 다른 종목에 비해 늦게 출발한 편이다. 하

---

6   西山康一, 「'肉体'におびえるとき――モダニズム前夜のスポーツ小説として『友情』を讀む」, 正田雅昭 編, 『スポーツする文學 1920~30年代の文化詩學』, 青弓社, 2009, 82~83면.

7   이 글에서 탁구의 역사와 관련된 부분은 『일본학생탁구사(日本學生卓球史)』(鈴木一 編, 日本學生卓球連盟, 1996)를 참고하였음을 밝혀둔다.

지만 확산 속도는 매우 빨라 1900년 무렵에는 이미 전 유럽에 보급되었으며, 1902년에는 세계 최초로 영국핑퐁연맹이 조직되었다고 한다. 그러한 역사를 생각하면, 세계적으로 볼 때 일본은 탁구를 상당히 일찍 받아들인 편이라고 할 수 있다.[8] 그렇다면 「우정」이 연재된 1919년 즈음에는 이미 일본 국민들 사이에 탁구가 널리 보급되었을 것으로 추측할 수 있다. 그러한 추측을 뒷받침해 주듯이, 「우정」에 등장하는 탁구 장면은 여주인공 스기코의 집과 별장을 배경으로 하고 있다. 그것은 곧 탁구가 개인의 집에서도 가능할 정도로 널리 보급되었다는 것을 의미한다.[9]

「우정」에는 탁구 시합 장면이 두 차례 나온다. 그중에서 스기코의 집을 배경으로 한 첫 번째 장면부터 검토해보기로 하자. 우선 스기코의 오빠 나카다와 스기코를 사모하는 노지마가 탁구를 치기 시작한다. 운동을 좋아하지 않는 노지마가 선뜻 내키지 않았음에도 탁구를 친 것은 "그 소리가 스기코를 불러내지는 않을까 하는 공상에 사로잡혔"[10]기 때문이다. 그러다가 노지마의 공상대로 탁구를 치고 싶어 학교에서 일찍 돌아왔다는 스기코를 상대로 탁구를 치는 행운을 얻게 된다. 그때의 노지마의 심리 묘사를 인용해 보기로 하자.

스기코는 그와는 상대가 되지 않았다. 그러나 스기코는 그를 우롱하지는 않았다. 오히려 그를 배려했다. 그가 치기 쉬운 공만을 보내왔다. 나카다와 칠 때

---

8 시마무라 호게쓰[島村抱月]에게는 영국을 여행하다가 직접 보게 된 탁구에 대해 쓴 「핑퐁 ピンポン(滯歐文談 雜信)」이라는 단문이 있다. 이것은 1902년 11월에 『신소설(新小說)』 7(11)에 게재된 것으로, 일본에서 탁구에 대해 언급한 최초의 글로 평가받는다.

9 노지마가 탁구를 배워 놓지 않은 것을 후회하자, 친구 오미야가 가르쳐 주겠다는 제안을 하는데, 그때 노지마가 "아직 있을까?" 하고 탁구를 칠 만한 곳이 아직도 있는지 여부를 묻는 장면이 나온다. 그러자 오미야는 "찾아보면 어딘가 있겠지"라고 대답하는데, 이것은 곧 탁구 유행은 지났지만 그래도 탁구장이 남아 있기는 하다는 뜻으로 해석할 수 있다.

10 이하 인용하는 「우정」의 본문은 『일본현대문학전집(日本現代文學全集)』 19권에 수록된 무샤노코지 사네아쓰의 전집(『武者小路實篤集』, 講談社, 1969)에 실린 원문을 직접 번역한 것이다. 또한 이 책의 말미에 「우정」 전문의 번역을 부록으로 첨부하였으니 참고하기 바란다.

보다 공을 주고받는 소리가 훨씬 더 오래 지속되었다. 그는 이따금 스기코가 치기 어려운 공을 보내려고 했다. 우습게 보이는 게 싫어서. 그러나 스기코는 태연스럽게 제대로 된 얌전한 공을 보내왔다. 그는 그런 부분에서 스기코의 성격을 느끼지 않을 수 없었다. 그는 그것을 이상적으로 해석했다. 순수하고 친절하며 영리하고 쾌활하며, 올바르지 않은 것을 모르는 척하며 올바르게 하는 방법을 터득하고 있었다.

노지마가 대화를 나눠본 적도 거의 없는 친구의 여동생 스기코를 마음에 품게 된 것은 오로지 그녀의 외모에 반했기 때문이었다. 스기코의 성격은 물론이고, 스기코에 대해 아는 바가 거의 없었음에도, 노지마는 아름답고 청순한 그녀의 외모에 반해 미래의 신붓감으로 생각하고 있었던 것이다. 하지만 함께 탁구를 치게 됨으로써 노지마는 처음으로 스기코의 내면을 파악하게 되고, 그러면서 그녀에 대해 "순수하고 친절하며 영리하고 쾌활"한 사람이라는 이미지를 갖게 된다. 물론 사랑으로 인해 이미 객관적인 시각을 잃었기에 "이상적으로 해석"할 수밖에 없었다는 단서가 붙어 있기는 하다. 여하튼 탁구 시합은 노지마가 스기코에게 더욱 호감을 갖게 하면서, 앞으로의 스토리 전개에 있어서 갈등의 실마리를 제공하는 역할을 한 셈이다.

그러던 차에 노지마의 연적戀敵이라 할 수 있는 하야카와가 찾아온다. 결국 노지마는 스기코에게 패배해 물러나게 되고, 하야카와와 스기코의 탁구 시합을 구경하는 처지가 된다. 1승1패의 막상막하의 경기를 펼치는 두 사람을 바라보며 노지마는 자신에 비해 월등한 탁구 실력을 가진 하야카와의 기세에 눌린다. 그러면서 막연한 불안감을 느끼게 되는데, 그때의 주눅 든 노지마의 심경은 다음과 같이 묘사되어 있다.

"탁구를 못 친다는 것은 부끄러워할 일은 아니다."

이렇게 그는 변명을 해보지만, 만약 잘 친다면 지금처럼 주눅 들지 않고, 겸연쩍을 정도로 마음속으로 의기양양해질 것만 같았다. 못 치니까 오히려 경박한 근성을 노골적으로 드러내지 않아 다행이지만, 잘 쳤다면 거리낌 없이 더욱 의기양양해질 수 있었을 거라는 생각이 들어 아쉬웠다.

「우정」에는 노지마가 자신의 운동능력에 대해, 혹은 자신의 육체에 대해 느끼는 이런 식의 열등감이 다양한 상황에서 다양한 방법으로 표현되어 있다. 작품의 초반에 노지마가 열등감을 느끼는 대상은 하야카와이지만, 후반으로 가면서 그 대상이 점차로 오미야로 바뀌어 간다. 운동능력이 곧 스기코를 차지할 수 있는 능력과 직결되기라도 하듯이, 노지마는 뛰어난 운동능력을 가진 하야카와와 오미야를 보며 불안감을 느끼게 되는 것이다. 그런 때면 노지마는 운동을 못한다고 해서 부끄러워할 필요는 없다며 애써 자위를 해보는데, 이러한 노지마의 변명은 마치 가쿠슈인 시절의 무샤노코지가 스스로에게 했던 변명처럼 들리기도 한다. 말하자면 학창시절에 경험한 무샤노코지의 운동능력에 대한 열등감이 「우정」의 주인공 노지마를 탄생시킨 셈이라고 할 수 있다.

3) 육체미의 경연장 : 해수욕 장면의 의미

「우정」에는 탁구만이 아니라 다른 스포츠 종목도 등장한다. 바로 수영이다. 여름방학이 되자 노지마를 찾아온 나카다가 여동생 스기코와 함께 가마쿠라의 별장에 갈 예정이니 놀러오라는 제안을 한다. 그러면서 "수영할 줄 알지?" 하고 너무나도 당연하다는 투로 노지마에게 묻는다. 수영은 일본에 들어온 '근대스포츠' 가운데 야구 다음으로 일찍 대중화가 이루어진 종목이다. 데라다 도라히코는 수필 「해수욕」[11]에서 1881

년에 "사실상의 해수욕이 보건의 한 방법으로 널리 민간에서 행해졌다"
고 한 것을 비롯해, 1894년경에는 이미 해수욕이 자신의 시골 고향에서
도 유행할 정도가 되었다고 회상하고 있다. 따라서 「우정」이 나온 1919
년이면 수영이나 해수욕이 누구나 즐길 정도로 대중화된 시대에 해당하
기 때문에, 나카다는 노지마에게 당연하다는 투로 물었던 것이다.

　하지만 노지마는 "못해. 운동은 일체 못해"라고 대답한다. 그러자 나
카다는 "하야카와는 운동은 뭐든지 잘해"라며 느닷없이 하야카와의 이
름을 거론하여 노지마를 자극한다. 거기에 질세라 노지마도 "내 친구 오
미야도 대단한 스포츠맨이지. 아마 하야카와 군 이상일 거네"라고 말하
며 친구 오미야를 내세워 하야카와에게 맞서려고 한다. 말하자면 운동
능력에 있어서 하야카와에게 느끼는 열등감을 친구 오미야의 존재로 인
해 보상받고자 하는 심리를 드러낸 것이다. 이런 대화 역시 이 작품을
스포츠 소설로서 보지 않는다면 간과하기 쉬운 부분이지만, 앞으로의
스토리 전개에 영향을 미치는 중요한 의미를 갖는다.

　노지마의 열등감이 더욱 심화되는 것은 나카다와 오미야의 별장이
있는 가마쿠라의 해안에서다. 가마쿠라 해안에 스기코를 중심으로 세
남자, 즉 노지마와 하야카와, 그리고 오미야까지 전부 모이게 된 것이
다. 여기서 바닷가에 경쟁관계의 남자들을 전부 모이게 한 작가의 의도
를 엿볼 수가 있다. 바다에서는 수영 능력도 문제가 되겠지만, 수영복을
입음으로써 신체의 단점을 적나라하게 노출시키지 않을 수 없다. 운동
과는 담을 쌓고 살아온 노지마가 자신감 있게 남에게 보일 수 있을 정도
의 건장한 육체를 가졌을 리 만무하다. 그렇기 때문에 하야카와에 대해
서도, 그리고 오미야에 대해서도 심한 열등감을 느끼지 않을 수 없는 상
황이 곧바로 전개된다.

11　『문예춘추(文藝春秋)』, 1935.8.

수영을 잘 하는 하야카와에게 스기코는 수영을 가르쳐달라고 한다. "하야카와가 스기코의 손을 잡고 헤엄을 치게 하자, 스기코는 다리를 최대한 움직여 물장구를 쳤다. 그리고 두 사람은 유쾌하게 큰소리를 내어 웃었다." 두 사람의 화기애애한 웃음소리를 들으며, 노지마는 화가 나서 저주를 퍼붓는다. 연극 각본을 쓰는 노지마는 그동안 정신활동을 중시하고 신체활동에 대해서는 무시하며 살아왔으나, 그 순간 스기코와 가까워질 수 있다는 이유 하나만으로도 운동능력의 가치를 뼈저리게 느끼지 않을 수 없었을 것이다. 수영복 차림으로 나란히 서 있는 하야카와와 스기코를 바라보며, 노지마는 "신장도 체격도 그야말로 서로 잘 맞는 부부 같은 느낌이 문득 들었다. 그는 자신의 체격이 좋지 않고, 오히려 부자연스러울 정도로 깡마른 것을 반성하지 않을 수 없었다"라고 자책한다.

그런 열등감 속에서 씁쓸한 심정으로 노지마는 두 사람 곁을 떠나 오미야를 찾아간다. 위안을 받고자 하는 마음에서였을 것이다. "오미야는 하얀 물거품을 일으키며, 기세 좋게 바닷가로 밀려드는 파도에 상반신을 내밀고, 널을 가슴에 댄 채로 기분 좋게 타고 왔다. 얕은 곳까지 오자, 일어나서 웃으며 노지마를 향해 걸어왔다." 요컨대 오미야는 파도타기, 즉 서핑을 하고 있었던 것이다. 이 시대에 일본에서 서핑은 아직 대중화된 스포츠가 아니었다. 서핑의 역사를 다룬 자료들에서는 대부분 현대와 같은 서핑의 시작을 제2차 세계대전 이후로 잡고 있을 정도다.[12] 그런데 1919년 작품인 「우정」에 뜻밖에도 서핑 장면이 등장하는 것이다. 이것을 근거로 일본 서핑의 역사를 다시 생각해볼 수도 있을 것으로 생각되나, 이 점에 대해서는 좀 더 보완자료가 필요할 것이다. 그보다도 여기서 우리가 주목해야 할 것은 수영도 못하는 노지마와는 대조적으로, 오미야는 수영 정도가 아니라 당시로서는 보기 드물게 서핑까지 능

---

12 백과사전 등의 자료에 의하면 제2차 세계대전 후 일본에 주둔했던 미국 병사가 해안에서 서핑을 한 것을 곧 일본 서핑 역사의 시작으로 보는 것이 일반적이다.

숙하게 즐길 수 있었다는 점이다. 노지마의 표현대로 역시 "대단한 운동가"였던 것이다. 이러한 운동능력의 차이는 성장 배경의 차이에서 비롯되는 것이기도 하다. 평범한 가정에서 자란 노지마와는 달리, 오미야는 '시라카바파' 작가들처럼 상류층의 자제다. 그렇기 때문에 특권층의 스포츠였을 것으로 추정되는 서핑까지 즐길 수가 있었던 것이다.

그런데 이러한 운동능력의 차이는 그대로 체격의 차이로도 적나라하게 드러날 수밖에 없다.

근육이 단단하고 균형이 잘 잡혀 있는 오미야의 신체가 눈에 띄었다. 그리고 그 옆에 서 있는 자신의 추한 모습을 생각했다. 스기코가 그 광경을 보고 있다!

이것은 참으로 간결한 문체로 노지마의 심리상태를 잘 묘사한 대목이라는 생각이 든다. 스기코가 보는 앞에서 나란히 서 있는 오미야의 근육질의 육체와 노지마의 왜소한 몸의 극명한 대비. 이러한 대비 역시 소설의 전개 방향에 대한 중요한 암시를 내포하는 것이다. 운동을 잘 하는 하야카와에 대항하고자 친구 오미야의 운동능력을 칭찬하던 노지마였으나, 두 사람을 비교하며 바라볼 것만 같은 스기코의 시선을 의식하게 되자, 이제는 오미야도 열등감을 느끼게 하는 대상으로 변해 버린 것이다. 이것은 곧 어느 틈엔가 노지마에게 오미야가 라이벌로서 의식되기 시작했음을 의미한다. 그런 의미에서 보면 해수욕 장면은 스기코를 차지하게 되는 최후의 승자는 하야카와가 아니라 오미야라는 것을 암시하는 결말에 대한 일종의 복선으로서의 기능을 한다고 할 수 있다.

4) 결말에 대한 암시 : 두 번째 탁구 시합 장면의 의미

이 작품에서 갈등과 긴장이 최고조에 이르는 부분은 두 번째로 등장하는 탁구시합 장면일 것이다. 가마쿠라에 있는 스기코네 별장에서 스기코를 두고 경쟁관계에 있는 남자들이 모두 참가하는 탁구대회가 열리게 된다. 특히 오미야가 새로운 경쟁자로서 부상하는 계기가 된 것이 바로 이 탁구대회였다는 점에 주목할 필요가 있다.

일본에서 '핑퐁' 혹은 '테이블테니스'로 불리다가 탁구로 명칭이 바뀌게 된 것은 대략 1920년부터라고 한다. 그렇기 때문에 「우정」에는 시종일관 '핑퐁'이라는 명칭이 사용된 것이다. 유럽에서 귀족들이 사교 모임 중에 즐기는 오락으로서 탁구가 탄생했듯이, 일본에서도 탁구는 본래 경기스포츠라기보다는 유희나 오락의 일종으로 인식되는 경향이 강했다. 1920년에 이루어진 명칭 변경은 당시에 이미 경기스포츠로서 자리를 잡고 있던 '야구'나 '정구'를 모방한 명칭으로 인해 탁구에 대한 인식의 변화를 일으키고자 하는 목적에서였다.[13] 그렇다면 「우정」의 배경이 된 시대는 곧 탁구가 유희에서 경기스포츠로 바뀌어가던 과도기에 해당하는 셈이다.

실제로 「우정」의 탁구시합 장면에는 그 과도기적인 상황이 잘 드러나 있다. 즉 사교모임으로서 시작된 탁구 시합이 점차 승리를 목표로 하는 경기스포츠로 그 성격이 바뀌어가는 과정이 생생하게 묘사되어 있는 것이다. 그런 변화의 계기가 된 것은 물론 스기코라는 존재다. 탁구 시합에서의 승리가 곧 스기코에 대한 사랑의 쟁취로 직결되기라도 하는 듯이 모든 남자들이 승리를 목표로 과열된 경쟁을 하게 되는데, 그 과정을 좀 더 구체적으로 살펴보기로 하자.

13　http://homepage2.nifty.com/pingpongfan/koto01/192101.htm.

대회 초반에는 남자들끼리만 시합에 참가했다. 토너멘트 형식이었던 듯, 한 남자가 네 명을 연거푸 무너뜨리자 아무도 대적하려 하지 않았을 때, 주변의 권유로 떠밀리듯이 스기코가 상대로 나서게 된다. 그 막강한 실력의 남자를 스기코가 상대하면서 어느 틈에 시합은 성^性 대결의 양상을 띠게 된다. 상대 남자들을 연달아 이긴 스기코에게 하야카와마저 패배하자, 하야카와는 노지마의 실력을 익히 알고 있으면서도 망신을 주려는 의도에서인지 스기코의 상대로 노지마를 지목한다. 그 순간 당황해서 머뭇거리고 있는 노지마를 구해준 사람이 바로 오미야다. 노지마를 대신해서 자신이 스기코를 상대하겠다고 나선 것이다. 물론 노지마에 대한 우정에서 우러난 순수한 의도에서의 제안이었다. 오미야의 실력은 스기코에 비해 월등해 시합은 오미야의 일방적인 승리로 끝났다. 두 사람의 시합 장면은 상당히 구체적으로 묘사되어 있는데, 그 가운데 주목할 만한 부분이 있어 아래에 인용해 보고자 한다.

> 모두 오미야의 실력에 놀랐다. 그러나 그의 가차 없는 공격에 더더욱 놀랐다. 모두의 탁구는 여왕을 상대하는 듯했다면, 오미야의 탁구는 사자가 토끼를 죽이는 데도 온힘을 다 쏟는 것과도 같았다.

다른 남자들은 여왕을 상대하듯이 조심스러워하며 시합을 했으나 오미야는 상대가 여자임에도 불구하고 아무런 배려 없이 오로지 이기기 위한 탁구를 친 것이다. 이것은 무엇을 의미할까? 물론 당시에 경기스포츠에 만연되어 있던 승리지상주의를 반영한 것이라고도 할 수 있다. 그러나 작품의 후반부에 해당하는 오미야와 스기코 사이에 주고받은 편지[14]에 의하면, 오미야는 자신의 마음속에 자리 잡기 시작한 스기코에

14　'하권'으로 불리는 「우정」의 후반부는 문예동인지에 실린 오미야의 작품의 형식을 띠고 있으나, 실제 내용은 오미야가 파리로 떠난 후에 스기코와의 사이에 주고받은 편지가 주를

대한 관심을 일부러 몰아내기 위해 필요 이상으로 매몰차게 행동했던 것이다. 그것은 물론 노지마와의 우정을 지키고자 하는 의도에서였다. 하지만 스기코가 훗날 과거를 회상하며 쓴 편지에 의하면, 노지마의 의도와는 달리 오히려 스기코는 노지마의 그런 냉담한 행동에 더더욱 매력을 느꼈다는 것을 알 수 있다.

　　당신이 저에게 냉담하게 대하시려고 노력하실 때마다 오히려 저는 저에 대한 당신의 사랑을 믿을 수가 있었습니다. 탁구시합 때도 저는 그걸 느꼈기에 졌어도 기뻤던 거예요. 당신의 의협심과 남자다움, 그리고 여자에게 아첨하는 사람들에 대한 분노, 거기에다 또 저를 남몰래 다독여주시는 마음씀씀이를 저는 전부 느끼고 있었습니다.

　이런 고백을 통해 이 탁구시합 장면이 오미야에 대한 스기코의 사랑에 불을 붙이는 계기를 마련해 주었다는 것이 드러난다. 오미야는 순수한 우정에 의해 노지마를 대신해서 스기코의 상대로 나선 것인데 예기치 않은 결과를 낳은 셈이다. 이 탁구대회에서의 최종적인 승자는 오미야였다. 그리고 그는 스기코를 제압한 유일한 남자이기도 했다. 또한 결말 부분에서 다른 남자들을 제치고 스기코를 차지하게 되는 남자 역시 오미야다.[15] 그런 의미에서 본다면 탁구대회에는 그러한 결말을 암시하는 중요한 단서들이 여기저기 숨어 있는 셈이다.
　노지마의 청혼을 거절한 스기코가 오미야를 사랑하게 된 데에는 오

이루고 있다.

15　스기코는 '하권'의 오미야에게 보낸 편지에서, 오미야가 이 세상에 없었다면, 그리고 자신이 오미야를 만나지 않았다면, 그러한 경우에도 하야카와와 결혼할망정 절대로 노지마와 결혼하는 일은 없었을 거라고 단언한다. 즉 스기코의 마음속에서 오미야―하야카와―노지마의 순으로 순위가 매겨져 있었던 셈이다. 그런데 이 순위는 곧 탁구 실력과 같은 운동 능력의 순위이기도 하고, 육체 조건의 순위이기도 하다는 점에 주목할 필요가 있다.

미야의 '남자다움'이 매우 중요한 이유로 작용했던 것 같다. 스기코는 '하권'에 실린 편지에서, 처음으로 오미야를 본 열네 살 때 그의 "남자다운 멋진 모습"에 반했으며, 그 후로 그를 잊을 수가 없었다고 고백한다. 그리고 위의 인용문에서도 탁구대회에서의 오미야의 '남자다움'에 대해 언급하고 있다. 앞에서도 언급했듯이, 오미야는 만능 스포츠맨으로 근육질의 균형 잡힌 육체의 소유자다. 위의 "남자다운 멋진 모습"이란 곧 오미야의 그런 외형적인 모습을 의미하는 것이다.

반면에 오미야는 스기코의 마음을 노지마에게 돌리기 위해 보낸 편지에서 노지마의 장점을 부각시키고자 노력하면서, "당신은 아직 노지마의 장점을 제대로 모르십니다. 노지마의 겉모습만을 보고 꺼려하시는 것 같군요. 노지마의 영혼을 보셨으면 합니다"라고 설득한다. 여기서 "노지마의 겉모습"이란 가마쿠라 해안에서 오미야와 극명한 대조를 이뤘던 바로 그 앙상한 체격의 빈약한 육체를 의미할 것이다. 그리고 오미야에게 보낸 편지에서 스기코가 노지마를 존경은 하지만 절대로 결혼상대로는 고려할 수 없으며, 뿐만 아니라 노지마하고는 한 시간 이상은 같이 있고 싶지 않다고 하는데, 그 이유 역시 "남자다운 멋진 모습"의 오미야와 대조적인 노지마의 초라한 '겉모습'에 있었던 것 같다. 그렇다면 '겉모습'에 반대되는 개념으로 오미야가 제시하는 노지마의 '장점'이란 무엇을 의미하는 걸까? 그것은 곧 '영혼'이라는 말로도 표현되어 있는 것을 봐도 알 수 있듯이, 바로 그의 정신세계를 의미한다. 즉 오미야는 노지마의 육체만을 보지 말고 그의 정신을 보라고 충고하는 것이다.

이처럼 사랑과 우정 사이에서의 갈등을 주제로 한 「우정」에서는 효과적인 심리묘사와 소설의 전개 방향에 대한 암시를 위해 스포츠가 적절히 활용되어 있다. 육체적인 열등감을 극복하기 위해, 노지마는 육체에 대한 정신의 우위를 주장하며 자위를 해보기도 하지만, 그러한 자위가 결코 설득력을 갖지는 못한다. 게다가 노지마는 오미야에 대해 정신의 우위를 자신할 수도 없는 처지였다. 왜냐하면 육체적으로만이 아니라 정신적으로도 노지마는 오미야에 대해 심한 열등감을 느끼고 있었기 때문이다. 가령 "그 친구는 소설을 써서 조금씩 세상의 인정을 받게 되었으며, 그가 쓴 글보다는 항상 칭찬을 받아왔다"와 유사한 내용의 기술이 작품 속에 여러 차례 나와, 무명의 각본가인 노지마가 이미 소설가로서 명성을 얻고 있는 오미야에 대해 열등감이나 질투심을 느꼈음을 확인하기는 어렵지 않은 일이다. 하지만 그런 열등감이나 질투심을 우정이라는 이름으로 애써 덮어씌워 의식하지 않으려고 노력하곤 한다.[16] 그런 관점에서 본다면 결국 육체적으로도 정신적으로도 노지마의 우위에 있었던 오미야가 스기코를 차지하는 최종승자가 된 셈이라고 해석할 수가 있을 것이다.

5) 스포츠 하는 여성의 묘사

이제까지는 「우정」에서의 탁구 시합 장면을 갈등관계에 있는 세 남자의 관점에서 분석했으나, 여기서 주목해야 할 것이 한 가지 더 있다. 바로 스기코라고 하는 스포츠를 하는 여성의 등장이다. "근대스포츠는 명백히 여성을 배제한, 남성을 중심으로 한 세계로서 발달해왔다"[17]라는 기술을 통해서도 알 수 있듯이, 초기 스포츠의 세계는 엘리트 남성들의 전유물이었다. 여성의 스포츠 참가가 눈에 띄게 활발해진 것은 1920

---

16 오미야가 유명한 잡지사로부터 원고 청탁을 받았다는 이야기를 착잡한 심정으로 듣던 노지마의 심리적 갈등을 잘 나타낸 구절이 있어 인용해 보기로 하겠다. "그는 그 이야기를 들었을 때, 역시 조금 쓸쓸해졌다. (…중략…) 질투라는 이름의 독소. 그는 그것을 이겨내려 했다. 친구의 성공은 자신의 성공을 의미하는 거라고 생각해보려고도 했다. 그러나 독소는 사라져주지 않았다."

17 伊藤公雄, 「スポーツとジェンダー」, 井上俊·龜山佳明 編, 『スポーツ文化を學ぶ人のために』, 世界思想社, 1999.

년대에 들어서면서다. 이 시기부터 전국 각지에서 여성들만의 각종 경기대회가 활발히 개최되어 경기스포츠에 여성들의 참가가 본격화되기 시작했다.[18] 그러면서 소설에 여성 스포츠 선수가 주인공으로 등장하게 되는데, 그러한 흐름의 선구적인 존재가 바로 「우정」의 스기코인 셈이다.

'근대스포츠' 도입기에 스포츠의 확산 방식이 그러했듯이, 여성들 사이에서의 스포츠의 보급 역시 학교를 중심으로 이루어졌다. 따라서 각종경기대회에 참가하는 여자 선수들은 거의 여학교에 다니는 여학생들이었다. 스기코 역시 여학교에 다니는 학생이었으므로, 각종 스포츠에 쉽게 접할 수 있는 환경에 처해 있었다. 스기코가 학교에서 이미 탁구를 배운 경험이 있다는 것은 작품을 통해 확인이 가능하다. 앞에서 검토한 첫 번째 시합 장면에서 바로 전 날 탁구대를 설치했다고 하는데도 불구하고 이미 훌륭한 탁구 실력을 선보일 수 있었던 것은 학교에서 이미 탁구를 배우거나 쳐본 경험이 있었기 때문으로 해석할 수밖에 없다. 그리고 보면 「우정」에 등장하는 인물들 가운데 탁구에 대한 열정이 가장 강한 사람은 바로 스기코다. 스기코의 요구에 의해 나카다네 집에 탁구대가 설치된 것이며, 그런 만큼 스기코는 탁구대가 설치되자 탁구를 치고 싶어서 일찍 귀가할 정도의 열정을 보인다. 또한 시합을 할 때도 가장 진지하고 열심인 사람 역시 스기코다. 스기코가 이토록 탁구를 좋아하게 된 것은 학교 교육의 효과라고 할 수 있다.

하지만 그런 스기코에 비해서, 운동 자체를 싫어하는 노지마는 물론이고 시합에 참가하는 모든 남자들은 탁구 자체에 스기코만큼 흥미를 느끼지는 않는 듯하다. 앞에서 분석했듯이 노지마는 나카다의 권유에 떠밀려 어쩔 수 없이 탁구를 치면서도 행여 탁구 치는 소리가 스기코를 불러내지는 않을까 하는 데만 오로지 관심을 갖는다. 스기코네 별장에

---

18 笹尾佳代, 「変奏される'身体'――女子スポーツへのまなざし」, 『スポーツする文學』, 青弓社, 2009, 200면.

서 열린 탁구대회에 참가한 하야카와를 비롯한 남자들도 탁구 자체에 흥미를 느껴서라기보다도 스기코의 환심을 사려는 목적에서 단지 상대방을 이겨 자신을 돋보이게 하기 위한 시합을 할 따름이다.

그밖에도 「우정」에는 탁구에 대한 관심의 정도에 있어서 남자와 여자 사이에 존재하는 확연한 차이를 보여주는 직접적인 기술이 나온다. 우선 노지마가 스기코의 집에서 탁구를 치고 왔다고 하자, "'탁구를? 왜?' 오미야는 별일도 다 있다는 듯한 표정을 지었"다고 하는 장면을 들 수 있다. 오미야가 새삼스럽게 웬 탁구냐는 반응을 보인 것이다. 이런 반응은 스기코의 별장에서 열린 탁구대회에서 스기코를 꺾은 유일한 남자로서 만능 스포츠맨인 오미야에게 탁구는 이미 관심의 영역에서 벗어났을 정도로 유행이 지난 진부한 스포츠였음을 말해준다. 그런 추측을 뒷받침해 주는 더욱 직접적인 표현도 작품에서 찾아볼 수가 있다. "오미야는 본래 운동가였다. 테니스도 잘 쳤지만, 탁구는 친구들 사이에서 겨룰 자가 없었다. 이미 4, 5년은 전혀 손도 대지 않았지만." 이런 기술을 통해 우리는 스포츠에 관심이 많은 남자들 사이에서는 탁구는 4, 5년 전에 이미 한창 유행했다가 시들해졌다는 것을 알 수가 있다.

모든 스포츠 종목에 있어서 여성의 참가 시기가 남성에 비해 늦은 것이 사실인데, 탁구라는 종목 역시 예외가 아니었던 것이다. 요컨대 「우정」에서 남자와 여자 사이에 나타나는 탁구에 대한 관심의 차이는 이러한 스포츠의 역사와도 연관시켜 이해해야 할 것이다. 그리고 그런 부분까지도 섬세하게 묘사되어 있다는 점에서 「우정」은 스포츠 소설로서의 자격을 충분히 갖추고 있다고 할 수 있다.

또한 「우정」의 스포츠 소설로서의 가치를 더욱 돋보이게 하는 요소로 스포츠를 하는 여성 스기코에 대한 생동감 있는 묘사를 들 수 있다. 가령 다음과 같은 묘사가 그 단적인 예에 속한다.

스기코의 얼굴은 달아오르고 활기차 있었으며, 공의 움직임에 따라 몸이나 손이 다양한 형태를 취했다. 그 모습이 그를 기쁘게 했다. 그는 하야카와에 대해서는 잊고, 오로지 스기코의 생기에 찬 모습과 두뇌의 움직임과 손의 움직임, 그리고 그에 따른 신체 전체의 변화를 감탄하며 바라보고 있었다. (…중략…) 날아오는 공을 주의 깊게 바라볼 때의 생기에 찬 눈빛, 잘 쳐서 천진난만하게 기뻐할 때의 입가의 미소, 앞으로 숙이고 백핸드 드라이브를 칠 때의 팔 모양, 흘러내리는 머리를 급히 쓸어 넘길 때의 손놀림과 이마, 그는 그런 모습들을 탐닉하듯이 응시하고 있었다.

당시에 스포츠를 하는 여성의 아름다움을 이토록 생동감 넘치는 표현으로 세밀하게 묘사한 작품을 찾아보기란 쉽지 않은 일이다. 동작 하나하나, 표정 하나하나를 화가가 스케치하듯이 그려내고 있는 이런 표현을 읽고 있노라면, 마치 한 폭의 그림을 보고 있는 듯이 그 모습이 생생하게 다가온다. 『시라카바』에 '로댕 특집호'가 마련되기도 하고, 세잔, 고흐 등과 같은 후기인상파의 화가들이 소개되기도 했을 정도로, '시라카바파'의 문인들은 대부분 미술에 많은 관심을 갖고 있었으며 일본 화가들과의 교류도 많았다.[19] 그렇기 때문에 이러한 회화에 대한 깊은 관심이 곧 '시라카바파'의 문학적 풍토의 기반이 되었다는 평가를 받는 것이다. '시라카바파' 가운데서도 특히 무샤노코지는 미술에 관심이 많아 1936년에 베를린에서 올림픽 취재를 마친 후에도 서양미술을 직접 감상하기 위해 유럽에 남아 여행을 계속했었다. 그러면서 미술에 대한 감상문을 쓰기도 했는데, 이러한 경험을 바탕으로 훗날 그는 화가로서 활동하게 된다.[20]

---

19 실제로 『시라카바』 동인 중에는 다카무라 고타로[高村光太郎, 기시다 류세이[岸田劉生]와 같은 화가도 다수 포함되어 있었다.

20 「우정」에서 오미야의 유럽행의 중요한 목적 중 하나가 서양미술을 직접 감상하고자 하는

스포츠를 하는 진취적인 여성 스기코의 아름다움을 표현한 회화적인 섬세한 묘사는 이런 배경에 의해 탄생한 것이다. 단순한 아름다움을 넘어서서 남자와 대등한, 혹은 남자들보다 우세한 경기를 펼칠 정도로 뛰어난 탁구 실력을 선보이는 스기코의 모습은 전통적인 일본의 여성상을 무너뜨리기에 충분할 정도로 강렬하게 다가온다. 이러한 진취적인 근대 여성의 모습을 스포츠를 통해 표현했다는 점에서 「우정」은 스포츠 소설로서의 문학적 가치가 높다고 할 수 있다.

일본에서 본격적인 스포츠 대중화 시대가 개막하는 것은 1930년대에 접어들면서다. 더불어서 그 무렵에 스포츠 문학도 전성기를 맞이하게 되는데, 특히 아베 도모지阿部知二를 비롯한 모더니즘 계열 작가들이 스포츠 문학에 많은 관심을 보였다. 그런 점에서 니시야마 고이치가 「우정」을 "모더니즘 전야前夜의 스포츠 소설"[21]이라고 한 것은 적절한 지적이라고 할 수 있다.

무샤노코지는 운동에는 소질이 없었으나 일찍부터 스포츠에 관심을 가질 수밖에 없는 환경에서 교육을 받았기에 노지마나 오미야, 그리고 하야카와와 같은 인물들을 탄생시킬 수가 있었다. 즉 「우정」은 가쿠슈인의 교육의 산물인 셈이다. 그 가운데 정신활동만을 중시하고 신체활동은 멸시하면서도 한편으로는 열등감을 느끼는 노지마의 모습은 작가 자신의 자화상인 셈이다. 이러한 열등감은 도쿄제국대학에서 개최된 운동회를 비판적으로 바라보던 산시로나, 육체적인 노동과 신체활동을 경멸하던 고등유민高等遊民 다이스케와 같은 나쓰메 소세키 작품의 주인공들에게서는 찾아볼 수 없는 것이었다.[22] 이러한 차이에는 일본사회에

데 있었던 것도 무샤노코지의 미술에 대한 관심에서 비롯된 것이다. 오미야를 통해 꿈을 키워 왔던 그는 작품 발표 후 17년 만에 그 꿈을 실제로 이루게 되는 셈이다.

21 니시야마 고이치, 앞의 글.

서의 스포츠의 위상, 그리고 스포츠에 대한 사회적 인식의 변화가 반영되어 있다. 또한 만능 스포츠맨이었던 절친한 친구 시가 나오야처럼, 운동이라면 뭐든지 잘하는 오미야가 스기코와 결혼하게 되는 결말에도 그러한 인식의 변화가 반영되어 있는 것으로 볼 수 있다.

무샤노코지에게는 「우정」 이후로는 스포츠 소설이라고 할 만한 작품이 없다. 다만 무샤노코지의 이력 가운데는 스포츠와 인연을 맺었던 주목할 만한 이력이 있다. 「우정」 발표로부터 17년이 경과한 1936년에 개최된 베를린 올림픽에서 경기장을 찾아다니며 취재한 기사를 본국으로 송부하는 취재기자로 활동한 이력이다.

앞에서 언급했듯이, 1930년대에 스포츠 대중화 시대가 개막하게 된 배경에는 일본 정부의 적극적인 지원이 있었다. 1931년의 만주사변을 계기로 일본 정부는 국가의 위상을 드높이기 위해 스포츠에 대한 지원책을 아끼지 않았는데, 그러한 정책에 발맞추어 신문 등의 매스컴에서도 베를린의 올림픽 열기를 일본 국내에 전달하기 위한 취재와 보도에 많은 노력을 기울였다. 그러한 노력의 일환으로 베를린 올림픽 때 처음으로 스포츠의 보도에 문학자가 기용된 것이다.[23] 문학적 수사를 곁들여서 경기 모습이나 결과를 전달함으로써 독자들을 감동시키고, 그럼으로써 정부의 시책에 맞춰 국민들의 애국심을 고취시키는 효과를 기대한 것이다. 이때 신감각파의 소설가 요코미쓰 리이치橫光利一, 시인 사이조야소西條八十와 함께 무샤노코지가 기용되었다.[24]

---

22 산시로는 도쿄제국대학 재학생으로 등장하는 『산시로三四郎』의 주인공이며, 다이스케는 『그 후(それから)』의 주인공으로, 상세한 것은 제1장 제2절을 참고할 것.

23 직접 스포츠를 하는 대표적인 문학자로 잘 알려져 있는 미시마 유키오三島由紀夫 역시 1964년에 개최된 도쿄 올림픽 때 취재기자로 활약해 많은 기사를 신문에 기고한 바 있다. 자세한 것은 제3장을 참고할 것. 또한 그 전통을 이어받아 현대에는 무라카미 하루키가 2000년에 개최된 시드니 올림픽의 관전기를 단행본으로 발간했다(『シドニー!』, 文芸春秋, 2001. 국내에서는 『승리보다 소중한 것』이라는 제목으로 번역·출판되었음).

24 베를린 올림픽 당시 무샤노코지의 형은 독일대사로 부임하여 베를린에 거주하고 있었다.

베를린 올림픽은 정권을 장악한 히틀러가 전세계에 나치의 세력을 과시하기 위해 전폭적인 지원을 했던 정치색이 강한 올림픽이다. 그런 베를린의 분위기를 도쿄에 전달하는 관전기觀戰記에 무샤노코지나 사이조 야소와 같은 문학자들까지도 히틀러를 찬양하는 내용을 담았다.[25] 스포츠를 통해 한 여자의 마음을 얻기 위한 갈등을 표현했던 「우정」의 작가 무샤노코지도 스포츠의 정치적 이용이라는 1930년대 중반의 시대적 분위기로부터 자유로울 수가 없었던 것 같다.

2. 모더니즘문학과 스포츠

: 아베 도모지의 「일독대항경기日獨對抗競技」

1) 스포츠 소설의 전성기

일본의 문학사에서는 1920년대 중반부터 1930년대까지를 모더니즘의 시대라 부른다. 초현실주의와 같은 해외의 문예사조가 소개되고, 근대화와 도시화가 진행되며 전통을 부정하는 전위적인 문학운동이 다양한 방향으로 전개되는데, 그런 흐름을 타고 탄생한 문학을 일반적으로 모더니즘문학이라고 한다. 모더니즘문학의 대표적인 유파로는 요코미쓰 리이치橫光利一와 가와바타 야스나리川端康成 등을 중심으로 하는 신감각파新感覺派를 들 수 있다. 그리고 신감각파의 뒤를 이어서 1930년에 결성

따라서 무샤노코지가 올림픽 취재기자로서 베를린에 간 것은 형을 만나려는 목적도 있었다. 本多秋五, 「武者小路實篤入門」, 『豪華版日本現代文學全集』19卷, 請談社, 1969, 462면.

25   坂上康博, 『權力裝置としてのスポーツ』, 講談社, 1998, 211면.

되었다가 1년여 만에 해체된 신흥예술
파新興藝術派가 있다. 신흥예술파는 1930
년대 초반의 문학계의 대세를 이루던 프
롤레타리아문학파의 사상과 주장에 대
립하며 출발한 단체로, 일본근대문학사
에서 신감각파 해체 이후 반反프롤레타
리아문학파의 결집으로서 평가받는 문
학사조다.

아베 도모지(1903~1973)

　신흥예술파의 대표적인 작가는 아베
도모지(阿部知二, 1903~1973)다. 그가 신흥
예술파를 대표하는 작가로서의 지위를 획득하게 된 것은 1930년 1월에
『신초新潮』에 발표한「일독대항경기日獨對抗競技」라는 스포츠 소설 덕분이
다.[26] 이것은 아베 도모지의 데뷔작이자 대표작이 되었으며, 이 작품으
로 인해 그는 "소설의 영역을 스포츠의 세계까지 확장시켰다"는 평가를
받았다.[27] 소설 제목이라기보다는 시합 관전기처럼 느껴질 정도로 생경
하고 직설적인 제목에도 나타나 있듯이,「일독대항경기」는 일본과 독일
사이에 벌어진 국가 간 대항의 육상대회를 소재로 한 그야말로 전형적
인 스포츠 소설이다.

　「일독대항경기」가 발표된 1930년의 일본 사회는 스포츠의 열기로 가
득 차 있던 시기에 해당한다. 일본 정부가 1920년대 중반부터 국민을 원
하는 방향으로 유도하고, 사상을 통제하는 수단으로 스포츠를 이용하기
위해 다양한 스포츠 장려책을 취했다는 것은 서장에서 이미 확인한 바
있다. 특히 1928년에 사회주의자와 공산주의자를 탄압하기 위해 대규

26　이 작품은 1930년에 간행된 아베 도모지의 첫 번째 창작집인『사랑과 아프리카(戀とアフリ
　　カ)』에 재수록되었다.

27　船橋聖一,「解說・阿部知二と共にした半世紀」,『阿部知二全集』1卷, 河出書房, 1974.

모의 검거활동을 벌인 '3·15 사건'을 계기로, 국가의 스포츠장려책은 더욱 탄력을 받게 되면서 다양한 행사와 대회가 기획된다. 그러한 정책적인 뒷받침과 1925년에 시작된 라디오 방송과 같은 매스미디어의 등장에 힘입어 스포츠는 국민들의 생활 속으로 깊숙이 파고들게 된다. 또한 거대 자본이 투입되어 일본 최초의 경기장[28]이 1924년에 완공되면서, 각종 스포츠 대회의 개최가 가능해지고 대중들이 스포츠 경기를 관람할 수 있게 된다. 그리고 국제적으로는 암스테르담 올림픽이 개최된 1928년에 일본 선수가 올림픽에서 처음으로 금메달 두 개를 따게 되면서, 올림픽 나아가서는 스포츠에 대한 대중들의 관심이 고조되는 계기를 마련한다. 이러한 다양한 요소들이 복합적인 기능을 하여 바야흐로 스포츠 대중화의 시대가 개막하게 된다.

그러한 스포츠 대중화의 바람은 문학의 영역에까지도 강하게 불어와 많은 영향을 미쳤다. 신감각파의 기수 가타오카 뎃페이片岡鐵兵가 "모더니즘의 스포츠 소설 가운데 기념할 만한 최초의 작품"[29]인 「구름과 골프 공雲とゴルフの球」(『문예시대』, 1925.8)을 쓴 것을 시작으로 이후에 스포츠를 소재로 한 많은 작품이 발표되었다. 모더니즘 작가들의 스포츠 소설을 정리한 목록[30]을 보면, 1930~1932년 사이에 발표된 작품이 많으며, 그중에서도 특히 1930년에 집중되어 있는 것을 확인할 수가 있다. 우선 아베 도모지가 「일독대항경기」의 성공에 힘입어 1930년에만 7편의 스포츠 소설[31]을 잇달아 발표한 것이 눈에 띈다. 그는 자신이 이렇게 여러 편의 스포츠 소설을 쓰지 않을 수 없었던 배경과 당시의 스포츠 소설이 유행

---

28 이것이 바로 「일독대항경기」의 배경이 된 경기장으로, 훗날 일본의 국가주의 스포츠의 메카가 된 메이지신궁[明治神宮]경기장이다.

29 中村三春 編, 『競技場』モダン都市文化 9卷, ゆまに書房, 2005, 682면.

30 中村三春, 『修辭的モダニズム―テクスト樣式論の試み』, ひつじ書房, 2006, 219~223면.

31 즉 「스틸 베이스(すちいる・べいす)」, 「스포츠의 도시에서(スポーツの都市にて)」, 「원반과 레몬(円盤とレモン)」, 「포티 러브(フオテイ・ラブ)」, 「아름다운 바다의 살인(美しい海の殺人)」, 「럭비처럼(ラグビのように)」, 「하프백 사건(ハアフ・バツク事件)」의 7편이다.

하던 상황에 대해 1930년 12월에 발표한 에세이 「스포츠 소설에 대하여 スポオツ小說のこと」에서 자세히 밝히고 있다.

> 요즘의 잡지 — 주로 통속잡지이지만 — 를 보면, 이른바 스포츠 소설이라는 것이 무척 많다. 저널리즘이 이것을 놓치지 않는 것은 당연한 일이다. 가령 나도 처음으로 문단의 잡지에 쓴 소설이 스포츠 소설이었기 때문에 어느새 스포츠 소설가로 취급당했다. 그래서 이 일 년 동안 야구소설을 써달라, 혹은 럭비소설이나 테니스소설을 써달라, 그밖에도 온갖 종류의 스포츠 소설을 써달라는 주문을 받은 적이 여러 차례 있었다. 그래서 나는 견식도 부족하면서 그런 주문에 따라서 제대로 모르면서도 이런저런 작품을 써온 것이다. 내심 부끄러울 따름이다.[32]

우선 스포츠 소설이 당시에 얼마나 유행했는지를 이 글을 통해 확인할 수 있다. 또한 그러한 당시의 상황을 최대한 이용하기 위해 잡지사에서 그에게 다양한 종목을 소재로 스포츠 소설을 써달라는 청탁을 했다는 것을 알 수가 있다. 그런 상황을 전하면서 그는 자신이 전문적인 지식도 없으면서 여러 작품을 연달아 쓸 수밖에 없었다고 해명하며 "내심 부끄러울 따름이다"라고 후회를 한다. 그런데 왜 부끄럽다는 것일까? 이어지는 글에서 그는 그 이유를 밝히고 있다. 즉 자신이 쓴 것은 '스포츠 소설'이 아니라 "비평도, 새로운 해석도 없는" 단순한 '스포츠 이야기'에 불과하다는 자기비판에서 비롯된 후회인 것이다.

그렇다면 그가 생각하는 스포츠 소설이란 구체적으로 어떤 것일까? 역시 위의 에세이에 그에 대한 답이 제시되어 있다.

---

32 『阿部知二』未刊行著作集 13, 白地社, 1996, 172면.

처음에는 스포츠를 통해 현대의 생활을 다소라도 비판하고자 했으며, 폭로
까지는 아니더라도, 스포츠맨과 스포츠맨을 둘러싼 생활을 해부해 보고 싶은
마음도 있었다. 혹은 영웅주의를, 현대의 육체문명을 묘사해 보고 싶은 마음도
있었다.

즉 아베 도모지가 구상한 스포츠 소설은 단순히 스포츠를 소재로 한
소설이 아니라 스포츠를 통해 현대문명을 비판하고, 스포츠맨을 심층적
으로 해부해 묘사한 것이었다. 그러나 이러한 그의 생각은 저널리즘의 요
구와는 거리가 있었기에 수정을 할 수밖에 없었으며, 그러다가 결국 그는
이 글을 쓴 이후로는 더 이상 스포츠 소설을 단 한 편도 쓰지 않았다.

그러나 이후에도 모더니즘문학에서의 스포츠 소설 붐은 1932년경까
지 이어진다. 그러는 가운데 『신초』 1931년 10월호에 스포츠를 주제로
한 좌담회의 기록이 실린다.[33] 총론에 이어서 야구, 수영, 권투 등의 개
별 종목별로 나눈 대화 내용이 실려 있는데, 흥미로운 것은 참석자들이
스포츠 관계자들이 아니라 바로 모더니즘 계열의 문인들이라는 점이다.
모더니즘 계열의 문인들이 이렇게 스포츠에 관심을 가진 이유는 과연
무엇일까. 역시 아베 도모지의 「스포츠 소설에 대하여」에서 그 해답을
찾아보기로 하자.

아베 도모지는 해외의 스포츠 소설에 대해 얘기하며 헤밍웨이의 작
품에 찬사를 보내는데, 그중에서도 특히 『무기여 잘 있거라』를 거론하
며 "스포츠적인 광경이 있다. 인물의 움직임이나 주고받는 대화에도 스
포츠맨적인 밝고 유쾌한 여유로움이 있다. 이런 것은 근대적이고 매우
바람직한 것이다"라는 평을 곁들인다. 여기서 우리의 주목을 끄는 것은
바로 '근대적'이라는 단어다. 아베 도모지에게 있어서 스포츠는 바로 근

---

33 「올 스포츠 좌담회(オール・スポーツ座談會)」라는 제목으로 실렸으며, 앞의 주에서 제시
한 『경기장(競技場)』(中村三春 編)에 재수록되어 있다.

대성의 상징이었음을 말해 주기 때문이다. 이처럼 스포츠가 당시의 대표적인 모더니즘 문화로 자리 잡고 있었기에 아베 도모지를 비롯한 모더니즘의 문인들이 스포츠에 관심을 가졌던 것이다.

그러면 이제 아베 도모지의 대표작 『일독대항경기』[34]에 대한 분석을 통해 모더니즘문학에서 스포츠가 어떤 의미를 가졌으며 어떻게 묘사되어 있는지를 구체적으로 분석해 보고자 한다.

2) 서양과 육체에 대한 동경

아베 도모지는 훗날 「일독대항경기」를 쓸 당시를 회상하며 다음과 같이 말한다. "적나라하게 드러난 건장한 육체의 도약운동, 거기에는 반反봉건적 유폐幽閉적 생활에서 근대적 자유로의 해방이 육체라는 문자에 의해 상징적으로 씌어 있었다. 많은 사람들이 그 당시 비록 무의식적이긴 하나 그런 식으로 스포츠를 하고, 스포츠를 봤던 것이다."[35] 앞에서 인용한 바 있는 「스포츠 소설에 대하여」에서도 이와 유사한 이야기를 한 적이 있는데, 결국 스포츠를 통한 근대적 자유로의 해방이 이 작품의 창작의도라고 그는 말하고 있는 것이다. 이 작품의 감상 포인트를 제시해 주는 이 말을 염두에 두며 이제 구체적인 작품 분석으로 들어가기로 하자.

「일독대항경기」는 실제로 1929년 10월 5일과 6일 양일에 걸쳐 메이지신궁 경기장에서 개최되었던 '일독대항육상경기대회'를 소재로 탄생한 작품이다. 당시는 국가주의적 체육정책에 의해 스포츠에 대한 강력

---

34 이 책의 말미에 자료로서 전문을 번역하여 첨부하였으니 참고하기 바란다.

35 이것은 10회에 걸쳐(1968.5.7~25) 『요미우리[讀賣]신문』에 연재된 「출세작 무렵(出世作のころ)」 중 5월 15일 석간의 제5회에 실린 내용이다

일본과 독일 간 대항경기대회 중 정구대회의 개막식(1937) 광경. 하일 히틀러 경례하는 독일선수단의 모습이 인상적이다.

한 지원책이 펼쳐지던 시대였다. 그런 지원책의 일환으로 국민들의 애국심 고취를 위해 국가 대항 시합이 개최되었는데, 독일의 육상선수들을 초청하여 치러진 '일독대항육상경기대회'도 그중 하나다.

「일독대항경기」는 주인공인 S교수 부인이 시합을 관전하기 위해 경기장을 찾아가는 장면에서 시작하여, 개회식을 비롯하여 이틀에 걸친 경기 내용, 그리고 대회가 끝난 후 독일 선수들과의 우연한 만남까지를 마치 실황중계라도 하듯이 순차적으로 이어가는 단순한 구성을 취하고 있다. 그러면서 시합 내용에 대한 객관적인 기술은 최소화되어 있다. 그 대신에 시합을 관전하는 S교수 부인의 주관적인 관점과 심리의 변화가 삽입되어 작품을 이끌어가고 있다. 「일독대항경기」를 독특한 시각에서 면밀히 분석한 나카무라 미하루는 이런 이 작품의 특징을 "몽타주적인 수법, 혹은 단편성의 강조"[36]라고 했으며, 미나카미 이사오水上勳는 "스포

---

36   나카무라 미하루, 앞의 책, 199면.

츠 경기가 갖는 기능적인 아름다움의 영화적 묘사"[37]로 표현했다.

이처럼 대회 광경은 S교수 부인의 시각을 통해 전달되는데, 특이한 점은 '일독대항대회'의 개최 취지나 당시의 시대적인 분위기에도 불구하고 그녀는 일본선수를 응원한다거나 하는 내셔널리즘에는 거의 관심이 없다는 것이다.[38] 뿐만 아니라 그녀는 스포츠 자체보다는 스포츠를 하는 선수들에게 관심을 보인다. 즉 경기를 할 때 드러나는 선수들의 육체의 아름다움에 정신이 팔려 정작 스포츠의 관전은 뒷전으로 밀려나게 된다. 게다가 그녀는 일본선수에게는 관심이 없다. 그녀의 관심의 대상은 오로지 독일선수로 한정되어 있다. 그러한 관점은 선수 입장에 대한 묘사에서부터 드러난다.

좌측에서 오노가 든 일장기를 선두로 흑갈색의 말과도 같은 서른 명의 일본선수가 입장한다. 우측에서 열다섯 명의 독일선수가 입장한다. 금발, 유니폼 가슴 부근의 새빨간 선, 검은 독수리, 그리고 죽 늘어선 길고 늘씬한 하얀 다리. 그녀는 이처럼 생생하고 아름다운 감각을 맛본 적이 없다.

이처럼 입장할 때부터 시작되는 금발의 백인선수들에 대한 맹목적인 찬양은 마지막까지 변함이 없다. 그 가운데서도 그녀의 관심은 와이스라는 선수에게 집중된다.

잠시 후 그녀는 중앙에 서 있는 한 선수의 아름다운 육체를 더욱 열심히 응시한다. 다갈색 머리, 소년 같은 얼굴, 햇볕에 그을린 황금색 피부. 부드럽고 매

---

37 水上勳, 「阿部知二論覺え書(一)－モダニズム前後」, 『帝塚山大學論集』, 1982.3.
38 예를 들어 "몇 번이고 울려 퍼지는 〈기미가요〉 〈독일국가〉. 하지만 그녀는 그것들에 대해서는 무감각하다"라는 구절에서 S교수 부인이 내셔널리즘에는 관심이 없다는 것이 잘 나타나 있다.

끄러운 탄력이 넘치는 다리. (프로그램) 쿠르트 와이스. 이과理科 학생. 23세. 십종경기 선수. 그녀는 모든 것을 잊는다.

이것은 입장할 때의 와이스의 모습을 묘사한 것이다. 와이스와 같은 등장인물의 이름은 전부 실명이 사용되었다. 하지만 이러한 정적인 모습보다도 실제로 경기를 할 때의 동적인 모습에 대한 묘사에 와이스에게 향하는 S교수 부인의 관심의 정도가 더욱더 적나라하게 드러난다.

다카다와 사이토의 다부지고 거무스름한 몸. 하지만 하얀 구릉처럼 부풀어 오른 힐쉐펠트의 어깨 근육이 꿈틀거릴 때마다 약한 햇빛에 빛났다. 하지만 그보다도 부드럽고 아름다운 리듬으로 파도치는 와이스의 근육이 있었다. 그녀는 지금 남성의 육체가 무엇 때문에 존재하고, 무엇을 의미하는지를 느꼈다. 납빛으로 은은히 빛나는 포환이 그 길고 흰 팔을 뻗을 때마다 낮게 밀려 날아간다. 포환이 모래 위에 떨어질 때의 둔탁한 소리가 그녀의 가슴을 두근거리게 했다. 가냘프고 흰 손가락이 오페라글라스를 꽉 쥔 채 놓지 않는다.

S교수 부인은 일본선수에 대해서는 "다부지고 거무스름한 몸"이라고만 간단히 표현하고 넘어간다. 그와는 대조적으로 서양인의 육체와 근육에 대해서는 찬사를 아끼지 않는다. 단순한 찬사를 넘어서서 와이스의 남성적인 육체에서 발산되는 관능미에 흥분과 동요를 느끼기까지 한다. 그리고 보니 S교수 부인은 정신 활동을 중시하는 빈약한 체구를 가진 학자의 아내로서 본능을 억누르며 절제된 삶을 살아온 사람이다. 그렇기에 경기를 관전하면서 그녀는 다른 누구보다도 해방감을 느끼며 평소에 억눌러 왔던 본능의 꿈틀거림에 흥분하지 않을 수 없었다. 즉 아베 도모지가 이 작품의 감상 포인트로 제시한 바 있는, 스포츠를 통한 근대적 자유로의 해방감을 만끽하고 있었던 것이다. 이때의 S교수 부인의

의식 속에서는 정신과 육체, 그리고 일본인과 서양인이 뚜렷한 대비를
이루고 있다.

요컨대 S교수 부인의 서양에 대한 동경, 좀 더 구체적으로 말하면 서양
인의 육체에 대한 동경은 「일독대항경기」 전체를 관통하며 흐르는 중심
테마다. 그리고 스포츠는 이 작품의 여기저기에 흩어져 있는 여러 장치들,
즉 경기장, 오페라글라스, 승강기, 재즈, 호텔, 피아노, 댄스파티와 같은 장
치들과 마찬가지로 근대성의 상징으로서의 기능을 하고 있는 셈이다.

3) 스포츠를 바라보는 다양한 시선

「일독대항경기」에는 스포츠를 바라보는 다양한 시선이 제시되어 있
다. 그러한 시선들은 1930년 당시에 실제로 일본 사회에 존재했던 스포
츠에 대한 여러 인식을 반영한 것이라고 할 수 있다. 이 작품에 나타난
스포츠에 대한 인식은 크게 네 가지로 분류가 가능한데, 이제 그것들을
하나씩 분석해 보고자 한다.

우선 당시 스포츠에 대한 일반적인 여성들의 인식을 대표하는 사람
으로는 S교수 부인이 등장한다. 작품의 중심인물인 S교수 부인이 스포
츠 자체보다는 스포츠를 하는 선수에게 관심을 보인다는 점에 대해서는
이미 확인한 바 있다. 그녀는 "엄격한 가정과 교양, 엄격한 학자의 부인"
으로서 스포츠와 같은 오락을 보러 간다는 사실 자체에 죄책감을 느끼
며 경기장으로 향하고, 경기장에서도 그런 자신을 수치스럽게 여겨 철
저하게 남의 시선을 피한다. 하지만 이러한 행동은 당시의 시대 상황을
고려하면 교수 부인이라는 그녀의 위치나 개인적인 성향에서 비롯된 것
이라고만 볼 수는 없다.

사카우에 야스히로의 『권력 장치로서의 스포츠』에는 '일독대항육상

경기'의 이틀째에 해당하는 1929년 10월 6일에 경기장으로 직접 보러 온 관객에 대한 도쿄시 통계과의 통계가 표로 일목요연하게 정리되어 있다.[39] 그 표에 의하면 남성이 93.1%, 여성은 6.9%를 차지해, 관객의 압도적인 다수가 남성이었음이 확인된다. 연령별로는 16세에서 30세까지가 70.5%를, 직업별로는 학생이 44.1%를 차지하고 있다. 이러한 통계 수치를 통해, 우리는 당시에 스포츠 관람은 젊은 층의 남성들의 전유물이었다는 결론을 내릴 수가 있다. 요컨대 경기장에서 느끼는 S교수 부인의 수치심은 스포츠 관람이 아직 여성들의 문화로는 자리 잡지 못했음을 말해 주는 것으로 볼 수 있다. 그렇기 때문에 남성들로 가득 찬 경기장의 분위기는 여성들에게는 아직은 낯선 것일 수밖에 없었다. 따라서 실제로 경기가 시작되어 열광하는 관중들 속에서 "이 열광에서 소외된 사람이 있다. 바로 그녀 자신이다"와 같이 혼자 소외감을 느끼며 시합에 빠져들지 못했던 것이다. 그렇기에 일본이 신기록을 달성하며 이겨, 일본과 독일이 동점이 되자 관중들이 소리를 지르는 상황에서도, "하지만 그녀와 관중의 군국적인 소음 사이에는 아무런 관계도 없다"라는 식으로 그녀는 스포츠에 대해 철저하게 무관심한 자세로 일관한다. 그런 만큼 경기를 관전하는 "군중의 애국적 흥분"에도 냉담하다. 즉 그녀는 스포츠 내셔널리즘에도 전혀 관심이 없었던 것이다.

S교수 부인이 이렇게 스포츠에 무관심하고 스포츠 관전을 수치스러워하는 것은 당시의 시대 상황과 더불어 남편 S법학박사의 영향도 크다. S법학박사는 스포츠를 철저하게 부정적으로 바라보는 시선을 대표하는 사람으로서 이 작품에 등장한다. 그는 "저런 것과 저런 것을 보는 것은 수치스러운 일이다. 국가로서의 수치다"라는 말을 하곤 하는데, 스포츠에 대한 이런 시선도 1930년 당시에 일본 사회의 일각에 분명히 존재했

---

39 坂上康博, 『權力裝置としてのスポーツ』, 講談社, 1998, 27면.

을 것이다. 이러한 부정적인 시선의 배경에 존재하는 것은 과연 무엇일까. 그 배경을 이해하기 위해서는 S법학박사에 대한 묘사 가운데 "그를 둘러싼 법과대학생들이 그의 제국주의 담론을 경청하고 있을 것이다"라는 기술에 주목할 필요가 있다. 즉 그는 제국주의자인 것이다. 게다가 진취적인 성향을 가진 조카 시바타에게 책만 읽는 학자라 현실을 모른다는 비판을 받는 것을 보면, 그는 시대의 흐름을 제대로 따르지 못하는 고리타분한 구세대를 대표하는 제국주의자로서 작품 속에 묘사되어 있는 셈이다. 새로운 문화로 자리 잡은 스포츠 대부분이 서양에 뿌리를 둔 것들인 만큼 제국주의자들에게 스포츠의 유행이 달가울 리 없다. 따라서 일본 중심의 사고를 갖고 있던 제국주의자들에게 있어서 스포츠의 유행이란 곧 경박한 서양문화에 대한 동조를 의미했기에, 스포츠를 부정적인 시선으로 바라볼 수밖에 없었던 것이다.

한편 「일독대항경기」에는 S법학박사와는 대조적으로 스포츠의 유행 현상을 있는 그대로 받아들이며 모던한 문화의 하나로서 즐기면서 어느 정도 거리를 두고 바라보는 시선도 등장한다. 즉 S법학박사의 조카이자 S교수 부인을 경기장으로 데려간 인물 시바타의 시선이 그에 해당한다. 시바타는 작은어머니에 해당하는 S교수 부인을 유혹하는가 하면 마르크시즘을 좋아하는 아가씨와의 연애를 즐길 정도로 자유분방하고 불량한 청년이다. 그는 다른 관중들처럼 열정적으로 경기를 응원하거나 시합에 빠져들지도 않는다.

그(시바타―인용자)는 이런 흥분의 도가니 속에서 소외된 듯이 냉담하게 이런 모든 스포츠를 그저 감각적인 파노라마를 보듯이 바라보고 있을 것이다. 병적이며 지적인 환상을 스타디움 속에서 즐기고 있을 것이다.

이것이 바로 스포츠를 대하는 시바타의 기본자세다. 그는 "감각적인 파노라마"로서 스포츠를 바라보며 "병적이며 지적인 환상"을 경기장에서 즐기지만, 결코 흥분하지도 열광하지도 않는다. 그저 별 비판의식 없이 유행에 따라 모던한 취미를 즐기는 심정으로 스포츠를 바라보는 것이다. 이러한 그의 자세는 당시 일본 사회나 일본의 문단에 유행하던 마르크시즘을 대하는 자세와 마찬가지다. 교제하는 여자의 영향으로 마르크시즘에 약간의 관심을 보이기는 하지만, 마르크시즘 역시 그에게는 전혀 심각성을 띠지 않고 스포츠와 마찬가지로 단순한 모던 취미의 일종일 따름이다.

한편으로 시바타는 스포츠를 정치적으로 이용하는 현상에 대해서도 언급한다. 그는 "스포츠맨은 지배계급의 호위병"이라는 매우 의미심장한 말을 한다. 스포츠에 열광하게 함으로써 군중을 원하는 방향으로 이끌어가고자 하는 지배계급에게 있어서 스포츠맨은 호위병과도 같은 존재라는 것이다. 당시 군국주의자들이 국민들의 사상의 선도를 위해 스포츠에 대한 지원책을 아끼지 않았던 현실을 이야기하는 것이다. 하지만 이런 말을 하면서도 그는 당시의 그런 현상에 대해 긍정도 부정도 하지 않는다. 자신의 주관을 배제하고 그저 현상을 객관적으로 전달하듯이 말할 따름이다.

「일독대항경기」에는 정치적으로 이용하려는 목적으로 스포츠를 바라보는 시선도 등장한다. 즉 S법학박사의 동료로 대학교수인 M박사의 시선이다. "지루한 듯이 하품을 하면서 여기저기 관중을 둘러보고" 있다는 표현을 통해서도 알 수 있듯이, 그는 스포츠 자체에는 별로 관심이 없다. 하지만 스포츠의 의미와 가치를 이해하고 그것을 이용하려고 하는 사람이다. 또한 그는 국수주의자로 표현된다. 일본정신을 중시하는 국수주의자들이 서양의 스포츠에 관심을 가질 리는 없다. 하지만 자신의 흥미와는 별도로 스포츠를 이용할 필요가 있다고 생각하기에, 그는 일부러 경기장까지 찾아와 하품을 하면서도 스포츠를 관람하는 것이다.

그런 M박사에게 시바타는 제국주의자 S법학박사에 비해서 "현명하다" 거나 "머리가 좋은 것 같"다는 식의 긍정적인 평가를 내린다.

「일독대항경기」에 제시되어 있는 스포츠를 바라보는 다양한 시선들은 이 작품의 배경을 이루고 있는 1929년의 일본 사회에 실제로 혼재하고 있었던 것들일 가능성이 높다. 마르크스주의자, 제국주의자, 국수주의자, 그런 사상들에 무관심하면서 근대적 자유를 추구하는 여성, 그리고 새로운 문화를 적극적으로 받아들이는 모더니스트 등과 같이 각기 다른 사상을 가진 사람들을 통해, 당시에 스포츠가 어떤 의미를 가졌는지를 이 작품은 다각적으로 보여주고 있는 셈이다. 이런 입체적인 표현은 스포츠사史에서는 보여주기 힘든 것이다. 소설이기에 가능했던 거라고 할 수 있다.

3. 신체와 찰나의 미학 : 무라노 시로 『체조시집』의 세계

1) 『체조시집』의 문학사적 의미

무라노 시로(村野四郎, 1901~1975)는 1939년에 각종 스포츠를 소재로 하여 쓴 시를 모아 『체조시집體操詩集』을 발표했다. 『체조시집』은 일본문학사에서 새로운 감각의 시 창작법을 개척했다는 평가를 받으며 독특한 위치를 차지하는 시집이다. 시에는 시인의 주관적인 감정이나 자아가 드러나야만 한다는 생각이 당시에 지배적이었으나, 무라노는 그러한 상식을 부정하고 시에서 주관과 감상을 배제하고자 노력했다. 대신에 사

무라노 시로(1901~1975)

물의 움직임이나 풍경 등의 순간적인 인상을 있는 그대로 포착해, 사물이 갖는 객관적인 형태의 아름다움을 표현하고자 했다.

무라노의 이런 새로운 시도는 독일에서 발생한 신즉물주의新卽物主義(원어로는 노이에 자흐리히카이트(Neue Sachlichkeit))의 영향을 받은 것이다. 신즉물주의는 1925년경 미술에서 시작된, 가혹할 정도로 사실적인 묘사를 추구했던 반反표현주의적인 전위예술운동이다. 이후에 음악이나 문학, 사진에도 영향을 미쳤으나, 나치스의 대두와 함께 현실 비판적이라는 이유로 퇴폐예술로 간주되어 퇴조했다.

신즉물주의는 탄생 직후인 1925년에 일본에 소개되었다. 하지만 본격적인 소개는 1931년에 창간된 『신즉물성문학新卽物性文學』이라는 잡지를 중심으로 이루어졌는데, 무라노도 이 잡지의 중심 멤버였다. 따라서 독일의 신즉물주의의 시를 번역 소개하기도 하고, 「신즉물주의의 전개新卽物主義の展開」라는 시론을 쓰기도 했다. 그리고 그러한 방법론을 자신의 시 창작에도 반영함으로써, 표현 대상을 있는 그대로 포착해 암유에 의해 메마

르고 지적인 아름다움을 묘사
한 『체조시집』이 탄생하게 된
것이다.

　　그렇다면 무라노가 스포츠
를 시의 소재로서 관심을 갖
게 된 배경은 과연 무엇인지
궁금해진다. 새로운 감각의,
그야말로 모던한 시를 창작하
고자 할 때, 당시에 역시 모던
한 문화로 여겨지던 스포츠는
매우 적절한 소재였을 거라는
것은 충분히 짐작이 가능하
다. 그리고 빠른 속도로 변화

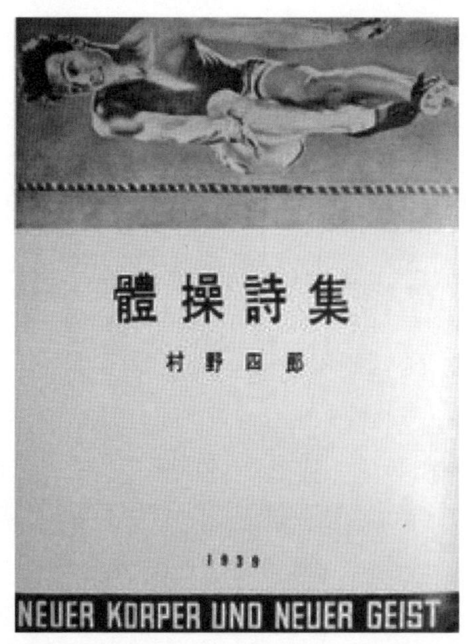

『체조시집』 초판본 표지

하는 스포츠 선수의 움직임을 생동감 있게 묘사하는 것은 신즉물주의에
서 배워 새로이 시도하고자 한 시 창작법에 잘 어울리는 방법이었을 것
이다. 그러나 무엇보다도 독일의 대표적인 신즉물주의 시인인 링겔나
츠(Joachim Ringelnatz, 1883~1934)에게 동명의 시집 즉 『체조시집*Turngedichte*』(192
3)이 있었다는 사실이 가장 중요한 배경이었을 것이다.[40] 실제로 무라노
는 링겔나츠의 시를 번역하기도 했으며 『체조시집』의 존재에 대해서도
물론 알고 있었다.

　　무라노의 『체조시집』 표지를 보면, 전면 하단은 새로운 육체와 새로
운 정신이라는 의미의 독일어 "Neuer Korper und Neuer Geist"가, 그리
고 후면 하단은 링겔나츠의 『체조시집』의 원제목인 *Turngedichte*라는 글
자로 장식되어 있다. 요컨대 무라노는 『체조시집』의 탄생에 스포츠를

---

[40]　고창범, 「독일신즉물주의와 현대일본시 Ⅰ」, 『비교문학』 13호, 한국비교문학회, 1988.12.

소재로 한 독일의 신즉물주의의 시가 중요한 역할을 했음을 공개적으로
선언하고 있는 셈이다.

　『체조시집』은 총 19편의 시로 구성되어 있다. 그러나 제목과는 달리
'체조'에 관한 시로만 구성되어 있는 것은 아니다. 그 이유는 서장에서도
언급했듯이 당시에 '체조'가 체육을 대신하는 용어로 사용되기도 했다
는 데 있을 것이다. 물론 아령이나 철봉 등과 같이 체조 관련 시가 7편에
이르러 체조가 중심을 이루고 있기는 하지만, 스키, 육상, 권투와 같은
종목도 포함되어 있다. 하지만 그 대부분은 단체종목이 아니라 개인종
목이라는 공통점을 갖고 있다. 게다가 특이한 것은 그러한 스포츠를 하
는 순간의 신체의 움직임을 마치 사진 찍듯이 시로 표현하고, 그러면서
동시에 시집의 하단에 각각의 종목과 관련이 있는 사진을 첨부했다는
점이다. 그렇게 해서 『체조시집』에는 총 열다섯 장의 사진이 첨부되어
있다. 말하자면 『체조시집』은 스포츠와 시와 사진이 만난 종합예술로
서의 성격을 띤다고 할 수 있다.

　서장에서 체조가 국가에 의해 어떻게 정치적으로 이용되었는가에 대
해 언급한 바 있다. 쇼와 시대 초기부터 체조는 우경화의 성격을 띠기
시작하며, 국가의 전폭적인 지원을 받았다. 1929년부터는 라디오체조
가 전국적으로 방송되기 시작하였는데, 이 라디오체조는 물론 명분상으
로는 국민들의 건강증진운동의 일환이었으나 실질적으로는 집단주의
의 상징과도 같은 의미를 갖는다. 라디오체조는 점차 확산이 되어, 1939
년 2월에는 전국라디오체조모임이 결성되기도 한다. 이처럼 『체조시
집』이 나온 1939년경은 국가가 개인의 신체를 통제하는 효과적인 수단
으로서 라디오체조를 본격적으로 이용하던 시기에 해당한다.

　그러나 사실 체조 그 자체는 미시마 유키오가 말하듯이, "아름다움과
힘의 접점이며, 예술과 스포츠의 접점"[41]이라고 할 수 있는 종목에 해당

한다. 미시마 유키오는 또 "체조만큼 스포츠와 예술의 경계선에 있는 것이 있을까? 거기서는 스포츠의 바다와 체조의 육지가 미묘하게 뒤섞이고 서로 뒤엉켜 있다"[42]라는 말을 하기도 한다. 국가주의에 이용된 국민체조나 라디오체조로 인해 형성된 선입견만 배제한다면, 사실 체조만큼 예술에 근접해 있는 스포츠 종목도 없을 것이다.

그렇다면 『체조시집』에서 무라노는 체조를 비롯한 스포츠를 어떤 식으로 묘사했는지가 궁금해진다. 군국주의가 기승을 부리던 당시의 정치적 상황, 그리고 예술작품에 대한 사전검열이 이루어진 당시의 시대적 상황을 고려한다면, 당연히 표현의 자유를 상실해 정치적인 색깔이 짙은 시를 담고 있을 가능성이 매우 높기 때문이다. 그런데 그러한 예상을 뒤엎고, 이 시집에는 정치성이 완전히 배제되어 있다. 아니 아예 일본이라는 현실 자체가 철저하게 배제되어 있다. 삽입된 사진이 그렇듯이, 객관화된 스포츠 선수의 움직임을 대상으로 하여 일본의 현실과는 동떨어진 이국적이며 이질적인 사념과 사유의 세계가 펼쳐져 있는 것이다.

2) 『체조시집』의 세계

『체조시집』은 극단적인 암유와 추상적인 관념을 담은 시어들로 가득 메워져 있다. 난해한 시집으로 정평이 나있는 『체조시집』에 대해 하가 슈지로芳賀秀次郎는 면밀한 평석과 분석을 담아, 『체조시집』의 이해를 위해 반드시 참고해야 하는 선행연구인 『체조시집의 세계 : 무라노 시로体操詩集の世界 : 村野四郎』(右文書院, 1983)를 완성했다. 그밖에 와다 히로부미和田博文와 히키다 마사아키疋田雅昭의 연구 결과[43]도 참고하며, 이제 『체조시

41　三島由紀夫, 『實感的スポーツ論』, 共同通信社, 1984, 45면.
42　위의 책, 69면.

집』의 세계로 들어가 보기로 하자.

『체조시집』은 1939년에 500권 한정판으로 출간되었다. 당시로서는 파격적인 형태의 스포츠시집이 탄생하게 된 동기는 책날개에 실린 무라노 시로의 서문에서 확인할 수가 있다. 서문에 의하면, 무라노 시로는 이미 발표한 자신의 시들 가운데서 스포츠를 소재로 한 시들을 모아 나열하자, 그것들이 하나의 명제를 중심으로 쇠사슬처럼 서로 엮여 특별한 의미를 갖는다는 것을 알게 되었다고 한다. 그렇게 해서 스포츠시집을 구상하게 되었으며, 거기에다 시집의 목적을 더욱 효과적으로 달성하기 위해 사진을 곁들였다는 것이다. 그러한 사진들에 대해 무라노는 '반주(伴奏)'라는 표현을 사용했다. 요컨대 무라노는 사진을 반주로 체조를 연기하는 심정으로 『체조시집』을 꾸민 셈이다.

『체조시집』에 삽입된 사진들은 무라노가 서문에서도 밝혔듯이, 1936년에 개최된 베를린 올림픽의 장면들을 담은 사진집과 레니 리펜슈탈이 제작한 기록영화 『민족의 제전』에서 차용한 것들이다. 첨부된 사진의 모델들이 모두 서양인이라는 점을 둘러싸고 일찍부터 논란이 있었는데, "일본식 머리띠를 두른 스포츠맨은 내가 선호하는 형태가 아니어서 피했다"[44]고 말하는 무라노 자신의 고백에 의해 시인의 의도적인 선택이었음을 알 수가 있다.

사진을 찍듯이 사물이 움직이는 순간을 포착하는 기법은 앞에서 검토한 여러 정황으로 볼 때 독일의 신즉물주의의 영향인 것이 분명하다. 하지만 한편으로는 일본 전통시의 한 형태인 하이쿠(俳句)에서 활용되던 기법이기도 하다. 가령 하이쿠의 대가 마쓰오 바쇼(松尾芭蕉, 1644~1694)의

---

[43] 和田博文, 「作品と寫眞との遭遇——村野四郎『体操詩集』成立の文脈」, 『日本近代文學』, 1990.5; 疋田雅昭, 「寫眞との邂逅、寫眞の不在、そして避けられる物語——村野四郎『体操詩集』をめぐって」, 『日本文學』, 2002.11; 「スポーツ, 政治, そして詩人たち——村野四郎の『近代修身』を視座に」, 『昭和文學研究』, 2004.3.

[44] 村野四郎, 「後記」, 『新領土』, 1939.12.

유명한 구 '해묵은 연못이여! 개구리 뛰어드는 물소리'의 경우를 보자. 개구리가 연못에 뛰어드는 순간의 시각적, 청각적 이미지를 포착하여 읊는, 이런 식의 기법은 신즉물주의와 통하는 점이 많다. 하이쿠를 창작하던 아버지의 영향도 있어, 무라노는 하이쿠에 관심이 많았다. 그렇기 때문에 무라노의 시적 출발은 하이쿠에서 비롯되었다는 견해가 지배적이다.[45] 요컨대 『체조시집』에는 일본의 전통시가의 기법과 독일의 근대적인 표현기법이 어우러져 있는 셈이다. 이제 수록된 시 중 세 편에 대한 구체적인 분석을 통해 스포츠와 시와 사진의 만남, 신즉물주의와 하이쿠의 만남의 실상을 확인해 보고자 한다.

3) 시 「철봉」과 시인의 경험

『체조시집』에는 「철봉」이라는 제목의 시가 두 편 수록되어 있다. 그 중 일곱 번째로 수록되어 있는 시 「철봉」을 감상해 보기로 하자.

철봉

나는 지평선으로 달려든다.
가까스로 손가락 끝이 걸렸다.
나는 세계에 매달려 있다.
근육만이 내가 의지하는 것.
나는 빨개진다. 나는 수축한다.
발이 올라간다.
오오 나는 어디로 가는가

45　芳賀秀次郎, 『体操詩集の世界 : 村野四郎』, 右文書院, 1983, 34~38면 참조

세계가 크게 한번 회전하여
내가 위로 올라간다.
높은 곳에서의 부감俯瞰
아아 두 어깨에 유연한 구름

이 시에는 철봉에 매달린 채 다리를 벌리고 크게 회전하는 모습을 포착한 서양인 남자 선수의 사진이 곁들여져 있다. 긴바지를 입고 있어 다리 근육은 옷 속에 감추어져 있다. 하지만 상반신에는 소매 없는 흰 셔츠를 걸치고 있어 잘 단련된 팔과 어깨의 근육이 도드라져 보이는 사진이다. 지평선으로 표현되어 있는 가느다랗고 연약해 보이는 철봉에 비해 선수의 팔은 몇 배의 굵기여서, 근육에만 의지해 "세계에 매달려" 있다는 시의 구절이 사진으로 인해 더욱 구체화되어 독자에게 다가온다. 그러다가 크게 회전하여 허공에 높이 뜬 채로 '나'는 아래를 내려다본다.

그때 철봉에서 몸의 균형을 유지해 주는 역할을 하는 근육질의 두 어깨를 구름이 부드럽게 감싸주는 듯한 충만감이 '나'에게 밀려온다.

이 시는 1932년에 「기계체조」라는 제목으로 잡지 『문학文學』에 발표되었다가 『체조시집』에 수록되면서 약간의 자구의 수정과 함께 제목이 「철봉」으로 바뀌었다. 수정된 내용 중 가장 눈에 띄는 것은 바로 시적 화자인 '나'라는 단어다. 일본어에서 성별이 명확하게 드러나지 않는 일인칭인 '와타시私'에서 남성 일인칭 '보쿠僕'로 바뀐 것이다. 『체조시집』에 수록된 시 19편 가운데 「철봉」에서처럼 '보쿠'가 시적 화자인 경우는 총 10편에 이른다. "현대는 여성의 감상적 문학을 원치 않으며 남성의 웅건하고 눈물을 보이지 않는 문학이 요청된다"고 생각하며 "종래의 여성적인 영탄적 서정은 이미 낙후적인 현상"[46]으로 보는 무라노의 문학관이 반영된 결과로 보인다. 그런 배경에 의해 남성성이 강조된 스포츠를 소재로 한 「철봉」과 같은 시가 탄생하게 된 것이다.

무라노는 단순히 체조 선수의 사진을 보며 시를 창작한 것은 아니다. 당시의 엘리트층이 대부분 그러했듯이, 무라노 역시 중학생 시절부터 다양한 스포츠를 체험했다. 그중에서도 특히 철봉을 가장 좋아했다고 한다. 당시를 회상하며 무라노는 "학창시절의 공부의 성과는 지금은 흔적도 남아 있지 않지만, 체조의 흔적만은 지금도 대흉근이나 어깨 부근에서 즉물적으로 만져진다. (…중략…) 요즘도 틈만 있으면 철봉에 매달리는데, (…중략…) 독서나 집필에 지쳐 철봉에 매달려 철봉 주위를 삼차원적으로 한 차례 회전하고 나면 주위의 부용꽃 등이 일제히 이제까지와는 다른 새로운 모습으로 되살아나니 참으로 신기하다"라고 수필집 『시인의 닭詩人の鷄』에서 고백하고 있다.[47] 이것은 1957년에 발간된 수필집이므로, 시인의 나이 이미 쉰이 넘었을 때인데도 불구하고 틈만 나면

---

46 고창범, 앞의 글.
47 하가 슈지로, 앞의 책, 136면에서 재인용.

철봉에 매달린다는 것이다. 그러면서 철봉에서 한 바퀴 회전한 후에 이제까지와는 전혀 다른 새로운 세계가 펼쳐진 느낌을 받았다는 경험담을 털어놓는다. 시 「철봉」의 세계를 그대로 재현한 듯한 경험담인 셈이다.

요컨대 『체조시집』이라는 스포츠시집의 탄생에는 독일의 신즉물주의가 직접적인 영향을 미쳤으나, 그에 못지않게 시인의 스포츠 경험도 중요한 역할을 했다고 할 수 있을 것이다. 하지만 무라노는 최대한 감상을 배제한 채 근육에 의지한 순간적인 운동을 담담하고 건조하게 표현하고 있다.

4) 은유의 결정체로서의 시 「다이빙」

체조라는 스포츠 종목이 중심을 이루고 있는 『체조시집』에서 무라노가 체조 다음으로 비중 있게 다룬 스포츠는 다이빙이다. 다이빙은 신체와 찰나의 미학을 추구하는 무라노에게 있어서 신즉물주의 이론의 실험을 위한 최적의 소재라고 할 수 있다. 무라노는 다이빙을 소재로 하여 역동적이면서도 아름다운 신체의 순간적인 움직임을 포착한 시 두 편을 「다이빙飛込」이라는 동일한 제목으로 『체조시집』에 수록했다. 따라서 여기서는 기술의 편의상 먼저 실린 작품을 「다이빙(1)」, 나중에 실린 작품을 「다이빙(2)」로 부르기로 한다. 우선 「다이빙(1)」부터 분석해 보기로 하자.

다이빙(1)

꽃처럼 구름들의 의상이 펼쳐진다.
물이 반사되어

당신의 나체에 줄무늬를 만든다.

당신은 마침내 뛰어내린다

근육의 날개로.

햇볕에 탄 작은 벌이여.

당신은 꽃을 향해 떨어져

내리꽂듯이 잠수한다.

이윽고 저편의 꽃그늘에서

당신이 나타난다.

액체에 젖은 채

자못 무거운 듯이

시인의 직접적인 체험이 토대가 되어 탄생한 시 「철봉」에서의 행동의 주체는 '나'였다. 그에 비해서 「다이빙(1)」에서는 '당신'이 행동의 주체이며, '나'는 '당신'의 모습을 객관적인 시선으로 바라보는 입장이라는 점이 두 시의 가장 두드러진 차이점이라고 할 수 있다. 하지만 두 시 모두 자신과의 싸움을 벌이고 있는 스포츠 선수의 고독한 모습을 그려냈다는 공통점을 갖고 있다.

시 「다이빙(1)」에는 수영복을 입은 여자 선수가 구름을 배경으로 마치 날개를 펼치고 날아가는 새처럼 양팔을 벌리고 하강하는 모습이 담긴 대형 사진이 한쪽 면을 장식하고 있다. 하강하는 순간의 선수의 표정을 볼 수 있는 각도에서 찍은 것으로, 마치 공중에서 정지해 있는 것처럼 보이는 사진이다. "당신은 마침내 뛰어내린다 / 근육의 날개로"라는 시 구절에 정확히 부합하는 사진이다. 이처럼 『체조시집』은 독자들로 하여금 육체의 아름다운 형태미가 도드라져 보이는 순간이 포착된 사진을 바라보며 시를 감상하도록 구성되어 있다는 점이 가장 중요한 특징이라고 할 수 있다.

이 시는 다이버의 구름판 위에서의 준비 자세부터 물속으로 뛰어내리는 순간의 동작을 거쳐 수면 위로 떠오르기까지의 일련의 과정을, 마치 고속카메라로 촬영한 것 같은 수법으로 그려낸 것이다. 표현 기법상으로는 꽃, 벌, 꽃그늘과 같은 다양한 은유가 사용되었다. 수면에 비친 구름을 꽃에 비유하더니, 구름판 위의 '당신'이 하강하는 모습을 꽃을 향해 달려드는 벌의 모습에 비유하는 등, 매우 치밀하고 섬세한 표현기법이 돋보이는 시다.

「다이빙(2)」는 「다이빙(1)」과 동일한 종목을 소재로 하고, 마찬가지로 다이버가 구름판에 선 순간부터 다이빙을 마치고 수면으로 모습을 드러내기까지의 과정을 표현하면서도, 여러 면에서 「다이빙(1)」과 대비를 이루고 있다. 따라서 두 시를 나란히 『체조시집』에 수록한 시인의 의도 역시 상당히 치밀한 계산을 바탕으로 하고 있다는 생각이 든다.

다이빙(2)

나는 흰 구름 속에서 걸어 나온다
구름판 한 장 거리距離의 끝까지.
나는 몸을 뒤로 젖힌다.
시간이 거기로 주름져 다가온다.
발로 찬다. 나는 찼다.
이미 공중이다.
하늘이 나를 끌어안는다.
허공에 매달린 근육
하지만 탈락한다.
쫓기듯 내려와 꽂힌다.
나는 투명한 촉각 속에서 허우적거린다.

머리 위의 물거품 밖으로
여자들의 미소와 허리가 보인다.
나는 해안의 빨간 우산의
커다란 줄무늬를 붙잡으려고 기를 쓴다.

우선 「다이빙(1)」에서는 다이버를 관찰하고 묘사하는 화자가 별도로 존재했으나, 「다이빙(2)」에서는 다이버가 직접 자신의 움직임을 서술하는 식으로 바뀌어 있다. 그리고 이번에는 남성 다이버가 등장한다. 「철봉」에서처럼 여기서도 '나'는 명백한 남성 일인칭인 '보쿠'가 사용되었다.[48] 따라서 사진도 「다이빙(1)」에서 근육의 날개를 달고 훨훨 나는 듯한 아름다운 모습 대신에, 팔과 등의 근육이 도드라져 보이는 남성 다이버의 뒷모습을 찍은 것이 삽입되어 있다. 크기도 훨씬 작아져, 전체적으로 사진이 주는 효과가 「다이빙(1)」에 비해 감소한 느낌을 준다. 또한 인간의 육체가 갖는 아름다움에 대한 묘사에 초점이 맞춰져 있던 「다이빙(1)」에 비해서, 「다이빙(2)」는 다이버의 역동적인 움직임, 그리고 그런 움직임이 공간에 그리는 기하학적 형태를 감정을 배제한 채 있는 그대로 표현하는 데 역점을 두고 있다.

무라노는 이러한 여러 상반된 요소들을 적절히 구성함으로써, 자칫하면 중복되는 느낌을 줄 수도 있는 동일한 소재의 시 두 편을 나란히 배열하여 오히려 표현의 시너지 효과를 얻고자 했던 것 같다. 하지만 여전히 은유를 사용한 표현 기법이 주를 이루고 있다. 가령 다이버가 구름판 위에서 다이빙의 순간을 기다리고 있는 긴장감에 대해 "시간이 거기로

---

48 이 시는 1931년에 잡지 『기어(旗魚)』에 「풀에서(プールにて)」라는 제목으로 발표한 것을 『체조시집』에 수록하면서 수정을 가한 것이다. 두 편의 시를 비교했을 때 가장 주목할 만한 차이는 「다이빙(2)」에서의 남성 일인칭 '보쿠'가 「풀에서」에서는 남성 삼인칭 '그'에 해당하는 '가레[彼]'로 표현되어 있다는 점일 것이다.

주름져 다가온다"와 같은 은유적인 표현을 사용한 것이 그 대표적인 예다. 이런 시각적인 표현을 통해 무라노는 시간마저도 물질화하여 다이버의 긴장감을 표면화하는 것이다. 또한 "쫓기듯 내려와 꽂힌다"라는 간결한 표현으로 가속도가 붙어 점점 빠른 속도로 하강하여 물속으로 떨어지는 다이버의 모습을 선명하게 부각시킨다. 그러면서 그렇게 하강하는 모습을 포착한 사진을 시에 삽입하여 시적 표현에 대한 시각적 효과를 극대화시키기도 한다. 바로 이런 구절들로 인해 무라노는 일본문학사에서 극단적인 은유 표현을 사용한 최초의 시인이라는 평가를 받고 있는 것이다.

1939년에 500부 한정판으로 출간된 『체조시집』의 책날개에는 상단에 무라노 시로의 서문이, 그리고 하단에 기타조노 가쓰에北園克衛의 서문이 실려 있다. 시인이자 사진가인 기타조노는 『체조시집』의 구성을 맡았던 인물이다. 서문에서 기타조노는 『체조시집』에서의 시와 사진의 관계에 대해 다음과 같이 규정하고 있다.

저자는 완벽한 작품 하나하나에 대해 매우 선명한 사진을 대립시키고 있는데, 우수한 그 사진들은 강렬한 물질감에 의해 작품에 충격을 가하고, 작품의 효과를 더욱 극대화시킨다. 하지만 여기서 주목할 것은, 그 사진들이 결코 소위 말하는 삽화의 개념으로 삽입된 것도 아니며, 또한 그 작품이 사진의 해설로서 부여된 것도 아니라는 점일 것이다. 이러한 거의 돌발적이라 할 수 있는 작품과 사진과의 만남이 이 시집을 새로운 성격의 시집으로 규정짓는 요소인 셈이다.

그러면서 『체조시집』은 스포츠시집이자 곧 스포츠사진집이기도 하다고 말한다. 사진을 '반주'로 시를 연주했다고 한 시인 무라노와는 달리, 기타조노는 시와 사진에 대해 동일한 비중을 두고 『체조시집』을 구성했음이 이 서문에서 확인된다. 그 정도로 이 시집에서 사진이 갖는 의미는 크다고 할 수 있다. 이런 식의 시와 사진의 만남을 주선한 것은 바로 신즉물주의라는 전위예술운동이었다. 독일에서 미술 분야로부터 출발한 신즉물주의는 문학만이 아니라 사진에도 영향을 주었기 때문이다. 그렇게 해서 스포츠를 소재로 한 무라노의 전위적인 시와 독일의 사진가가 찍은 전위적인 사진이 만남으로써 일본문학사에서 유례를 찾기 힘든 독특한 구성의 『체조시집』이 탄생하게 된 것이다.

4. 올림픽과 문학: 다나카 히데미쓰의 『올림포스의 과일』

1) 로스앤젤레스 올림픽과 『올림포스의 과일』

일본의 대표적인 스포츠 소설로서, 스포츠와 문학에 대해 논할 때면 반드시 거론해야만 하는 작품이 있다. 바로 1940년 9월에 『문학계文學界』에 발표된 『올림포스의 과일オリンポスの果實』[49]이라는 중편소설이다. 저자는 와세다대학 재학 시절에 조정선수로 활약한 경력을 가진 다나카 히데미쓰(田中英光, 1913~1949)다. 그는 1932년에 로스앤젤레스에서 열린 제10회 올림픽에 국가대표로 참가한 경험이 있는데, 그때의 경험을 토대로 자신의 대표작이라 할 수 있는 『올림포스의 과일』을 탄생시켰다.

저자 다나카 히데미쓰는 『올림포스의 과일』에서 스스로 밝히고 있듯

49　국내에는 『올림포스의 과일』이라는 제목으로 1999년에 번역되어 단행본 『취한 배(醉どれ船)』(유은경 역, 소화)에 수록되었음. 이 글에서의 작품 인용은 이 번역본을 중심으로 하여 필요한 경우 수정한 것임.

국가대표로서 로스앤젤레스 올림픽에 참가할 당시의 단복을 입고 찍은 단체사진으로, 다나카 히데미쓰는 맨 뒷줄 우측에서 여섯 번째에 있다. 『올림포스의 과일』의 첫 부분에서 주인공이 출항 전날 재킷을 분실하는데, 이것이 바로 그 문제의 재킷이다.

이,[50] 스포츠에 관심이 많거나 운동신경이 뛰어나서 조정 선수가 된 것은 아니다. 단지 체구가 크다는 이유만으로 선수로 발탁되었기에, 대학 졸업 후에는 스포츠와는 인연을 끊고 회사에 취직하게 된다. 그런 다음 1935~1938년까지, 그리고 1941~1944년까지 두 차례에 걸쳐 식민지 시대의 경성에 주재원으로서 체재하게 된다. 그러면서 그 기간 모던도시로서의 경성의 모습, 경성에서 교유했던 조선 문인들의 모습을 글로 남겼다. 그리고 『올림포스의 과일』의 서두 부분도 경성을 배경으로 하고 있다. 그런 점에서 우리와는 인연이 많은 작가라고 할 수 있다.[51]

---

50 "비교적 문학소년이었던 내가, 단지 체격이 크다는 이유만으로 뽑혀 조정선수생활을 한 지 약 1년." 위의 책, 17면.
51 다나카 히데미쓰의 경성 체재 경험은 국내에 번역 소개된 『취한 배』와 『사랑과 청춘과 생활(愛と靑春と生活)』 등에서 확인할 수 있다.

캘리포니아 롱비치에서 열린 로스앤젤레스 올림픽 조정 에이트 종목 경기 장면. 후미 3번째가 다나카 히데미쓰이며 결과는 예선 탈락이었다.

『올림포스의 과일』은 1940년에 발표되었으나 과거를 회상하는 수기 형식을 취하고 있어, 실제로 작품의 배경을 이루고 있는 것은 1932년에 개최된 로스앤젤레스 올림픽이다. 따라서 작품 분석으로 들어가기에 앞서, 우선 이 올림픽이 갖는 의미에 대해 간단히 살펴볼 필요가 있다. 서장에서도 언급했듯이, 이 올림픽은 일본에게는 특별한 의미를 갖는 대회이기 때문이다. 만주사변 직후에 개최된 올림픽이라는 점에서 그렇다. 즉 대내적으로는 전쟁으로 인한 국민들의 불만을 잠재우기 위해, 그리고 대외적으로는 만주사변으로 실추된 국제사회에서의 일본의 이미지 제고를 위해, 일본 정부는 올림픽선수단에 대해 전폭적인 지원을 했다. 그렇게 해서 직전의 암스테르담 올림픽에 비해 세 배가 넘는 대규모 선수단이 파견되기에 이른 것이다. 세계대공황 직후여서 다른 나라들은 선수단의 규모를 축소해서 파견한 것과는 대조적이라고 할 수 있다. 그러한 지원에 힘입어 일본 선수단은 그 어느 때보다도 좋은 성적을 거두었다. 즉 획득한 메달 수에서 참가국 38개국 중 5위를 차지하여 스포츠신흥국으로서 세계의 주목을 받게 되었다는 점에서, 1932년은 일본 올림픽사에 있어서 기념할 만한 해이다.

로스앤젤레스 올림픽 출전 선수단 환송 인파(1932)

귀국하는 선수단 환영 인파(1932.8.17)

   올림픽을 둘러싼 당시 일본 사회의 분위기는 『올림포스의 과일』을 통해서도 확인 가능하다. 가령 선수단이 탄 배의 출항에 맞춰 요코하마 항에 모여든 대대적인 환송 인파의 선물 및 사인 공세를 비롯하여, 기항지 하와이, 그리고 샌프란시스코와 로스앤젤레스에서의 일본 교민들의 환대, 또한 귀국하는 선수단을 환영하기 위해 "부두를 메운 새까만 군

중"과 모여드는 기자들의 모습 등과 같이 작품 곳곳에 산재되어 있는 묘사들에 그런 분위기가 잘 드러나 있기 때문이다.

이처럼 일본열도에 올림픽 열기가 고조되기까지는 정부의 지원책과 더불어서 매스미디어, 그중에서도 호외까지 발행하며 보도경쟁을 벌인 『아사히신문』과 『마이니치신문』이 지대한 역할을 했다. 특히 아사히신문사는 〈올림픽 파견선수 응원가〉의 가사를 현상·모집하여 당선작에 작곡가 야마다 고사쿠山田耕筰의 곡을 붙여 보급시킴으로써, 개최 이전부터 올림픽에 일본 국민의 관심을 집중시키는 데 커다란 기여를 했다.[52] 당선작 〈달려라! 대지를走れ大地を〉의 제1절은 다음과 같은 내용으로 이루어져 있다.

달려라! / 대지를 / 있는 힘을 다해
헤엄쳐라! / 당당하게 / 물보라를 일으키며
그대들의 팔은 / 그대들의 다리는
우리 일본의 / 고귀한 일본의
팔이다 / 다리다!

여기서 주목해야 할 것은 스포츠와 내셔널리즘의 결탁이다. 올림픽에 참가하는 선수 개개인의 팔과 다리가 곧 "고귀한 일본"의 신체라는 표현에서 그러한 조짐을 엿볼 수가 있다. 이런 응원가의 보급을 통한 스포츠 내셔널리즘의 확산은 바로 일본 정부가 의도했던 바다. 이 응원가는 선수들 사이에서도 유행했던 듯, 『올림포스의 과일』에는 선수들이 아침운동을 하면서 합창하는 장면이 삽입되어 있다. 단, 『올림포스의 과일』에는 제3절 "올리자 일장기 / 녹색 바람에 / 울려 퍼져라 기미가요 / 흑조黑潮를

---

52 현상모집에 응모한 작품은 총 4만 8,581편에 달했다고 한다. 이 부분은 사카우에 야스히로 [坂上康博]의 『권력장치로서의 스포츠(權力裝置としてのスポーツ)』, 講談社, 1998, 181~ 182면을 참고하여 기술하였다.

넘어서 / 그대들의 명예는 / 그대들의 영광은 / 우리 일본의 / 청년 일본의 명예다 영광이다!"의 일부가 소개되어 있다.

이처럼 스포츠 내셔널리즘이 고조된 시대 분위기 속에서 다나카 히데미쓰는 올림픽에 참가했으

앞줄에서 미소 짓고 있는 여성이 주인공 사카모토가 흠모한 육상 선수 구마모토 아키코의 실제 모델로 알려져 있는 사가라 야에[相良八重]

며, 자전적 소설 『올림포스의 과일』을 완성한 것이다. 게다가 이 작품이 발표된 1940년은 도쿄에서 올림픽이 개최될 예정이었던 해다. 그러나 중일전쟁의 장기화로 재정이 악화되어 개최를 포기하고, 독일·이탈리아와 3국조약을 맺어 군국주의가 더욱 기승을 부리게 된 것도 1940년의 일이다. 또한 1940년은 히틀러의 지시를 받아 나치의 선전용으로 레니 리펜슈탈이 제작한 베를린 올림픽 기록영화 『민족의 제전』이 일본에서 상영되어 올림픽에 대한 관심이 부활된 해이기도 하다.

그런데 『올림포스의 과일』의 특이한 점은 그런 시대 분위기에 너무나도 냉담하다는 데 있다. 주인공 사카모토의 관심은 올림픽보다도 로스앤젤레스로 향하는 배 안에서 만난 한 여자 육상선수에 집중되어 있다. 물론 올림픽에 참가하기 위해 요코하마를 떠난 일본 선수들이 하와이를 거쳐 로스앤젤레스로 향하던 배 안이 작품의 배경이므로 자연히 스포츠가 중요한 소재로 다루어져 있으며, 로스앤젤레스가 가까워지면서 국가대표로서 가져야 할 애국심과 연심 사이에서 잠시 갈등하는 모습이 언급되어 있기는 하다. 하지만 작품의 대부분은 사랑타령으로 일관되어 있다고 해도 과언이 아니다. 그런 결과가 과연 의도적인 것이었는지, 아니면 실제로 시대 분위기에 무관심했던 탓인지, 이제 그 배경과

이유를 살펴보고자 한다.

2) 『올림포스의 과일』과 다자이 오사무

　다나카 히데미쓰는 일본문학사에서 중요한 위치를 차지하며 여러 작품이 번역되어 우리에게 친숙한 작가이기도 한 다자이 오사무太宰治의 제자다. 다나카는 다자이의 자살에 충격을 받아 이듬해에 스승의 무덤 앞에서 자살을 했을 정도로 다자이에게 많은 영향을 받은 작가다. 다나카의 작품 중 특히 『올림포스의 과일』은 집필에서 발표까지 다자이가 많은 관여를 했다. 따라서 작품 분석에 앞서 우선 다나카와 다자이의 관계에 대해 검토할 필요가 있다. 그 경우 『올림포스의 과일』이 발표되기 직전인 1940년 1월에 다자이가 쓴 「요즈음このごろ」[53]이라는 글이 귀중한 정보를 제공해준다. 따라서 이 글을 토대로 두 사람의 관계를 재구성해 보고자 한다.

　두 사람의 문학적 사제관계가 시작된 것은 1935년경부터로, 동인지에 실린 다나카의 소설에 대한 평을 다자이가 잡지에 기고한 것이 계기가 되었다. 하지만 「요즈음」이 발표된 1940년 1월 시점까지 두 사람이 직접 만난 적은 없다. 그 기간 다나카는 경성에 있었거나 두 차례의 징집으로 중국의 전선에서 군복무를 했기 때문에 일본에 머문 적이 거의 없었다. 따라서 서신 왕래를 통해 문학적 지도가 이루어졌다. 다나카는 전선에서도 틈틈이 전쟁을 소재로 한 소설을 써서 다자이에게 보냈는데, 소설의 완성도는 그리 높지 않았던 듯하다. 그러다가 「흑두루미鍋鶴」라는 작품이 다자이의 인정을 받아 다나카는 1938년에 다자이의 추천으로 문단에 데뷔하게 된다.

53　『國民新聞』, 1940.1.31, 『太宰治全集』11卷, 筑摩書房, 1999에 수록.

그렇다면『올림포스의 과일』의 탄생에는 다자이가 어떤 기여를 했는지 살펴보기로 하자.[54] 다나카가『올림포스의 과일』을 쓰기 시작한 것은 1938년 2월경으로, 작품 서두의 배경을 이루고 있는 경성에 체재하고 있을 때다. 다자이의「요즈음」에 의하면, 다나카가 중국의 전선에서 싸우던 1938년 7월부터 1940년 1월까지 여러 작품을 다자이에게 보냈으나, 그것들은 주로 전쟁을 소재로 한 소설이었다고 하니 그 목록에『올림포스의

고치현립문학관에서 다나카 히데미쓰 탄생 100주년을 기념하여 개최한 〈다자이 오사무와 다나카 히데미쓰전〉 포스터

과일』은 포함되어 있지 않은 듯하다. 그러다가 제대 후인 1940년 4월 두 사람의 첫 만남이 이루어진다. 이후 다나카는『올림포스의 과일』의 초고를 다자이에게 보여 지도를 받았으며, 몇 차례의 수정 지시를 거쳐 1940년 9월에 다자이의 추천으로『문학계』에 게재하게 된다. 따라서 『올림포스의 과일』의 집필에서 발표까지 다자이가 많은 영향력을 발휘한 셈이다. 뿐만 아니라 다자이는 제목 결정에도 관여를 했다. 다나카의 자전적 소설「생명의 과실生命の果實」[55]에 의하면, 다자이는 다나카가 청춘의 사랑에 대한 상징의 의미를 담아 붙인 제목『살구 열매杏の實』를 그리스신화의 일화에서 유래한『올림포스의 과일』로 바꿨다고 한다.[56] 제목만이 아니라 일인칭소설이라는 시점, 그리고 서간체의 문체 등도 다자이가 애용하던 수법이어서 여기에도 다자이의 입김이 작용한 것으로 추측해볼 수가 있다.

---

54 이 부분은 주로 미야자와 마사유키[宮澤正幸]의「小說『オリンポスの果實』の眞實」(『Number』 92号, 1984.2,『「文藝春秋」にみるスポーツ昭和史』1권에 재수록)을 토대로 작성했다.

55 『田中英光全集』4卷, 芳賀書店, 1965.

56 이것은 "신의 비밀을 누설한 죄로, 연못 속에 턱까지 잠겨 있는 제우스신의 아들 탄타로스는, 목이 말라서 물을 마시려고 하면, 물이 줄어들고, 머리 위에 주렁주렁 달린 열매를 먹으려고 하면, 가지가 위로 올라가 버려, 영원히 계속되는 기갈 속에서 괴로워한다는 이야기"(『취한 배』, 484면, '역자의 말')에 힌트를 얻어 붙인 제목이라고 한다.

같은 해 5월, 다자이는 단편 「달려라 메로스走れメロス」를 발표한다. 사형을 당할 운명인 메로스가 사형 직전에 친구의 목숨을 담보로 하고 고향집에 다녀오겠다고 한 왕과의 약속을 지키기 위해 온갖 역경을 무릅쓰고 달려 결국 약속을 지킨다는 내용이다. 시대적 배경은 고대 그리스 로마 시대이며, 장거리 달리기 즉 마라톤을 소재로 한 작품이다.[57] 그렇기에 마라톤의 발상지인 그리스가 공간적 배경으로 설정되어 있다. 또한 제1회 아테네 올림픽 마라톤 우승자를 의식한 듯, 주인공 메로스의 직업이 양치기로 설정[58]되어 있다. 이렇게 마라톤을 소재로 하고 올림픽을 연상시키는 설정을 하게 된 것은 다자이가 『올림포스의 과일』을 수정해 주던 시기에 이 작품을 썼다는 사실과 연관이 있을 것으로 추정된다.

그런데 앞에서도 언급했듯이, 1940년이면 스포츠가 전체주의와 군국주의의 확산을 위해 이용되던 시대다. 하지만 「달려라 메로스」에서는 그런 시대 분위기를 전혀 감지할 수가 없다. 오히려 그런 시대 분위기에 저항이라도 하듯, 고대 그리스라는 낯선 시공간을 작품배경으로 설정한 것으로도 보인다. 따라서 「달려라 메로스」에 나타난 다자이의 스포츠관은 전체주의적인 입장이나 개인주의적인 입장이 아니라, 스포츠가 '나'라는 존재에게 어떤 의미를 갖는가를 중요시하는 입장이라고 할 수 있다.[59]

실제로 다자이는 전체주의를 선동하는 스포츠에 대해 부정적인 견해를 갖고 있었다. 중학시절의 스포츠경험에 대해 털어놓은 「회상思ひ

---

57 참고로 소개하면, 다자이가 스승으로 모신 이부세 마스지[井伏鱒二]도 1939년에 '달리기'를 소재로 한 소설 「러닝(ラーニング)」을 발표한 바 있다. 또한 이부세 마스지와 친구 사이로 그리스를 배경으로 한 환상소설을 쓰던 마키노 신이치[牧野信一]도 '달리기'를 소재로 하여 「달밤의 마라톤(月下のマラソン)」(1919), 「달리는 아침(駈ける朝)」(1929)과 같은 스포츠 소설을 썼다.

58 西川貴子, 「'わたし'と'わたしたち'の狹間―'走る'ことを語ることの意味」, 『スポーツする文學』, 靑弓社, 2009, 287면.

59 來田享子, 「太宰治のスポーツ觀―大正・昭和初期のスポーツ觀の一事例として」, 『体育史研究』 6, 1989.

出」을 보면, 달리기나 수영과 같은 스포츠를 통해 몸을 단련시키는 것은 좋아했으나, 당시 유행하던 야구, 테니스, 유도 등의 학교대항시합에서 "나도 응원단의 한사람으로서 선수들에게 성원을 보내야만 했는데, 그 점이 더욱더 중학생활을 싫어하게 만들었다"[60]고 고백한다. 응원단장의 구호에 맞춰 일사불란하게 응원하고 일제히 응원가를 불러야만 하는 것이 너무나도 '창피했다'는 것이다. 그래서 몰래 도망치곤 했다고 한다.

이러한 다자이의 스포츠관은 음으로 양으로 『올림포스의 과일』에도 영향을 미쳤을 것이다. 뿐만 아니라 그렇게 해서 국가대표로서 올림픽에 참가하면서도 국가보다는 한 여성을, 애국심보다는 한 여성을 향한 사랑을 소중히 여기는 한 개인의 고백을 담은 스포츠 소설답지 않은 스포츠 소설이 탄생하게 되었다.

3) 육체와 정신의 불균형

『올림포스의 과일』의 주인공이자 작가의 분신이라고도 할 수 있는 사카모토는 키가 크고 체격이 좋아 조정선수로 뽑혔으나, 그런 강인한 외모와는 달리 내면은 여리고 순수한 문학청년이다. 그의 문학청년으로서의 기질은 올림픽선수단이 탈 예정인 배의 출항 당일 일부러 헌책방에 들러 이시카와 타쿠보쿠石川啄木의 시집 『슬픈 장난감悲しき玩具』(1912)을 사서 배 안에서 읽는 모습 등 작품 곳곳에 드러나 있다. 하고 많은 책 가운데 『슬픈 장난감』을 선택한 이유가 궁금해지지 않을 수 없는데, 『슬픈 장난감』은 이시카와 타쿠보쿠가 폐결핵으로 요절하기 직전에 쓴 와카和歌들을 모아 사후에 출간한 시집이다. 따라서 시집 곳곳에 죽음의 그림자가 드리워져 있다. 그렇다면 승리를 향한 여정에 죽음의 그림자

60　『太宰治全集』1, 筑摩書房, 1971, 41면.

가 드리워진 시집을 동반한 셈이다.

실제로 사카모토는 출항 전날 국가대표 유니폼을 분실하자 죽고 싶다는 생각을 하게 된다. 그러면서 "그렇게 간단히 자살을 생각한 데는, 아마 탐독한 소설의 악영향도 있었을 겁니다"라고 자신의 자살충동을 문학 탓으로 돌린다. 스포츠 선수답지 않은 나약한 정신력과 문학적 취향으로 인해 사카모토는 선배들에게 놀림을 받기도 하고 다른 선수들과 어울리지 못하고 겉돌게 된다. "마음 약한 내가, 그것도 혼자만이 신인으로, 다부진 선배들과 어깨를 나란히 하며 단련하고 있었으므로, 나에게는 육체적인 고통도 고통이었지만, 그보다도 정신적인 피로가 더 참기 힘들었습니다"라는 고백 속에 문학청년 사카모토가 스포츠 선수로서 겪어야 했던 정신적 고통이 잘 드러나 있다.

이처럼 사카모토에게는 국가대표로서의 자긍심이 결여되어 있다. 하와이에서 교민들의 환영을 받자 "어쨌든 간에 일장기 아래에서 싸우지 않으면 안 되는 자신의 막중한 책임감"을 느끼기도 하고, 하와이를 지나 샌프란시스코가 가까워지자 "새삼스럽게 자신이 일본 선수라는 느낌"을 자각하기도 한다. 하지만 그런 감정은 일시적인 것에 불과하고, 그의 관심은 또다시 오로지 구마모토 아키코라는 한 여성에게 집중된다.

국위 선양을 위해 최선을 다해야 하는 국가대표임에도 불구하고 사랑타령만 하고 있는 사카모토의 모습은 로스앤젤레스 올림픽을 전후해서 내셔널리즘이 고조되었던 당시의 시대상황과는 상당한 괴리감이 느껴진다. 게다가 주목해야 할 것은 이 작품이 저자 다나카가 전선에서 조국을 위해 치열한 전투를 겪은 직후에 완성되었다는 사실이다. 그럼에도 불구하고 신기할 정도로 『올림포스의 과일』에서는 저자가 체험한 전쟁의 흔적이 전혀 발견되지 않는다. 주인공 역시 애국심이나 강인한 정신력으로 무장한 군인과는 거리가 먼 인물이다. 그렇게 된 배경은 다나카가 어떤 군인이었는지를 알게 되면 조금은 이해하기 쉬워진다. 앞에서 인용한 다자이의 「요즈음」이 군인 다나카의 모습을 엿볼 수 있는 단서를 제공해 준다.

다자이는 일면식도 없는 다나카에게 위문품을 보내는데 그 안에 『당시선唐詩選』 상·하 권 두 권을 넣어 보냈다고 한다. 그러면서 "당시선은 성공한 것 같았습니다. T군(다나카 히데미쓰―인용자)은 각지를 전전하면서 여기는 이태백이 술에 취했던 곳, 여기는 두보가 통곡을 하던 곳, 하는 식으로 당시선을 생각하며 다니니 싸울 때의 마음도 풍요로워져 마치 시성詩聖들과 함께 취하기도 하고 통곡하기도 하는 기분이라는 답장을 보내왔습니다"라고 덧붙인다. 중국을 상대로 싸우고 있는 군인에게 시집을, 그것도 중국의 시집을 위문품으로 보낸 다자이의 행동은 물론이고, 그에 대한 다나카의 반응 역시 당시의 상식에서 벗어난 것이다. 전쟁터에서 틈틈이 『당시선』을 읽는 다나카의 모습은 『올림포스의 과일』에서 출항 직전에 시집 『슬픈 장난감』을 구입해 배 안에서 탐독하는 사카모토와 중첩된다. 마치 전쟁터에서 문학적 감수성을 감추고 적과 싸워야만 했던 다나카의 경험이 그대로 사카모토에게도 투영된 듯하다.

육체와 정신의 균형, 스포츠와 문학의 조화를 위해 부단한 노력을 기울인 일본의 대표적인 작가로 미시마 유키오를 들 수 있다. 그는 에세이에서 육체와 정신의 균형이 무너진 문학인 세 명을 거론한 적이 있는데, 그 가운데 다자이와 다나카가 포함된다. 그러면서 그 세 사람을 전후의 파멸형 소설가로 분류하며, 세 사람 다 체구가 큰 편이어서 몸에는 상당히 자신이 있었기에, 육체멸시의 사상에 사로잡혔다는 것이다. 그렇게 해서 자신들의 건장한 육체에 적의를 불태우며, 그 육체를 파괴할 정도의 사상을 생각해내기 위해 생활을 엉망진창으로 만들어 버림으로써, 일부러 무리를 해서 불균형을 초래했다는 분석을 내놓았다.[61] 그런 불균

---

[61] 또 한 명은 사카구치 안고坂口安吾]다. 미시마 유키오의 스포츠에 관한 에세이집 『실감적 스포츠론(實感的スポーツ論)』, 共同通信社, 1984, 86면.

형으로 인해 다자이와 다나카가 자기파멸적인 삶을 살다가 결국 자살에
이를 수밖에 없었다고 비판하는 것이다. 하지만 두 사람과 정반대로 미
시마 유키오는 점차로 정신보다도 오히려 육체를 신뢰함으로써 정신과
육체의 조화가 깨지게 된다(제3장 참고). 그러면서 미시마 유키오 역시 자
살로 생을 마감하기에 이른다. 물론 다자이나 다나카와는 자살의 의미
와 성격은 다르지만 결국 같은 길을 택하게 되는 셈이다.

4) 내셔널리즘과 마르크시즘 사이에서

『올림포스의 과일』에는 문학청년 사카모토가 스포츠 선수로서 겪는
육체와 정신의 불균형 이외에 또 한 가지 주목해야 하는 정신적인 갈등
이 있다. 바로 국가대표로서의 필수 덕목인 내셔널리즘과 마르크시즘
사이에서의 갈등이다. 작품 속에서 사카모토의 내셔널리즘이 고개를
들었을 때의 기술들을 전부 열거해 보면 아래와 같다.

> 그 무렵에야 자신의 기량이 미숙한 점은 둘째치고라도, 어쨌든 간에 일장기
> 아래에서 싸워야만 하는 자신의 막중한 책임감을, 당신에 대한 마음이 깊어짐
> 에 따라 깊이 자각하면서 자책하고 있었습니다.

(57면)

> 나 같은 남자도 일본의 대표선수로서 경쟁해야 한다. 온힘을 다해 싸워야만
> 한다. 사랑 같은 개인적인 감정은 없애 버려라. 그게 의무라고 하는 목소리도
> 들린다.

(71면)

어린 사회주의자였던 나지만, 하와이를 지나 샌프란시스코가 가까워지자 새 삼스럽게 자신이 일본선수임을 실감했습니다. 그 무렵 나는 틈만 있으면 남몰래 노 젓는 연습을 했습니다.

(80면)

폭스극장에서 들었던 기미가요의 장엄함은 아직도 귓전에 맴도는, 심각한 무언가가 있었습니다.

(86면)

특히 그 날(올림픽 개회식 날―인용자), 탑 위에서 휘날리는 만국기 속에서 본 일장기의 유별난 아름다움은 미숙한 마르크스주의자였던 나지만, 저절로 배어나오는 아름다움으로 내 눈에 비쳤습니다. 그것은 전율이 느껴질 만큼 강렬한 인상이었습니다.

(104면)

오랜만에 보는 고국 일본의 모습은 아름다웠습니다. 이미 화려하게 장식한 여러 척의 환영선이 우리를 맞이하러 나와 있었습니다. 부두를 메운 새까만 군중 속에서 일장기가 언뜻언뜻 보이자, 패하고 돌아왔다는 사실이 떠오르며 새삼 미안한 마음이 복받쳤습니다.

(155면)

위의 기술들 가운데 우리의 눈길을 끄는 부분이 있다. 내셔널리즘이 고개를 들려고 할 때면 사카모토는 멋쩍어하며 "어린 사회주의자였던 나지만", 혹은 "미숙한 마르크스주의자였던 나지만"과 같은 변명하는 대목이다. 왜 사카모토는 이런 변명을 해야만 했던 것일까? 다나카는 작품을 끝맺으면서 사카모토의 사상적인 배경과 변화과정에 대해 밝히고 있다. 『올림포스의 과일』은 자전적인 소설이기에 사카모토의 사상의 변화과정은 곧 저자 다나카 자신의 경험이기도 하다. 따라서 다나카의 전기도 참고하며 그 과정을 정리해 보기로 하자.

다나카는 도쿄제국대학 출신인 형의 영향으로 중학생 때부터 마르크시즘에 관심을 갖게 되었다. 그렇기 때문에 주인공 사카모토를 통해 올림픽에 참가했던 1932년 당시의 자신을 "미숙한 마르크시스트" 혹은 "어린 사회주의자"로 자처하고 있는 것이다. 올림픽에서 돌아온 직후에는 역시 형의 지도를 받아 본격적으로 좌익운동에 빠져든다. 이후 전향轉向하여 1934년 봄부터는 열정적인 문학청년이 되었으며, 그 이듬해부터 서신으로 다자이의 문학 지도를 받기 시작하면서 『올림포스의 과일』이 탄생한다.

이런 과정을 살펴보면, 『올림포스의 과일』에서 내셔널리즘이 배제 혹은 절제되어 있는 이유가 조금은 납득이 갈 것이다. 사카모토는 마르크시즘의 영향, 그리고 문학의 영향을 받아 의도적으로 내셔널리즘에 대해 거리를 두며, 스포츠 내셔널리즘이 팽배해 있던 당시의 세태에 저항하고자 했던 것이다.

5) 『올림포스의 과일』을 통해 본 올림픽의 이면

여성의 올림픽 참가가 가능해진 것은 1928년에 개최된 제9회 암스테르담대회부터다. 일본의 전설적인 육상선수 히토미 기누에人見絹枝가 800m 달리기에서 은메달을 따서 일본 최초의 여성 메달리스트가 탄생한 대회다. 하지만 이 대회에서는 우여곡절 끝에 실험적으로 허용한 것이며, 정식으로 여성의 올림픽 참가가 인정된 것은 제10회 로스앤젤레스대회부터다.[62] 게다가 암스테르담대회 때는 남녀가 각기 다른 배를 타

고 갔다. 『올림포스의 과일』에서 선수단 임원 G박사도 말하듯이, 남자
선수와 여자선수 사이에 불미스러운 일이 일어날 것을 염려했기 때문이
라고 한다. 따라서 남녀가 같은 배를 타고 간 것은 로스앤젤레스대회 때
가 처음인 셈이다. G박사는 "엄숙한 자유" 운운하며 남녀를 동승시켰다
는 식으로 말하지만, 실제로는 대공황 직후여서 경제적으로 어려웠기에
비용을 절감하기 위한 선택이었다고 한다. 그 결과 『올림포스의 과
일』과 같은 청춘소설이 탄생하게 된 것이다.

이처럼 『올림포스의 과일』은 올림픽 혹은 스포츠와 관련된 당시의
시대상황을 들여다보는 창문 역할을 하기도 한다. 요코하마에서 출발
하여 하와이를 거쳐 샌프란시스코에 도착하기까지 배 위에서 선수들이
어떤 일과를 보냈으며, 종목별로 각기 체력관리를 위해 어떤 식으로 훈
련을 했는지 등 선수들의 생활이 생생하게 묘사되어 있기 때문이다. 더
불어서 하와이나 로스앤젤레스에서 교민들이 선수단의 사기를 북돋기
위해 베푼 환영 행사 등의 실상도 엿볼 수가 있다. 또한 승리가 절대가
치인 스포츠의 세계에서 주인공 사카모토와 같이 좋은 성적을 거두지
못한 선수들이 어떤 심경으로 귀국했으며, 어떤 시선으로 환영인파를
바라봤는지 등도 알 수가 있다. 이렇게 『올림포스의 과일』과 같은 스포
츠 소설은 올림픽사나 스포츠사에서는 다루지 않을 만한 숨겨진 일화들
의 소중한 기록이다. 그런 기록을 통해 매스컴이나 역사의 조명을 받지
않은 올림픽의 이면을 들여다볼 수 있다.

62　正田雅昭, 「スポーツしない文學者—祭典の熱狂から抜け落ちる『オリンポスの果實』」, 『ス
　　ポーツする文學』, 青弓社, 2009, 303면.

제3장 : 전후 일본문학과 스포츠
미시마 유키오를 중심으로

1. '관능적 애국주의자' 미시마 유키오

미시마 유키오(三島由紀夫, 1925~1970)는 전후의 일본 근대문학을 대표하는 작가다. 1944년에 도쿄대학 법학부를 졸업한 그는 가와바타 야스나리의 추천으로 문단에 데뷔하였으며, 1949년에 자신의 동성애적 성향에 대한 고백이 담긴 장편소설 『가면의 고백仮面の告白』을 발표하여 커다란 파문을 일으킴과 동시에 문단에서 확고한 지위를 차지하게 되었다. 초기의 그의 문학작품은 주로 전후세대의 니힐리즘을 다룬 지적인 경향이 강했다. 그러다가 낭만적이고 탐미적인 경향을 띠게 되는데, 그런 탐미적인 경향이 정점을 이루게 된 것이 바로 『금각사金閣寺』(1956)다. 이것은 실제로 있었던 방화사건을 소재로 한 지극히 탐미적인 작품이다. 전후문학을 대표하는 작품이자 미시마 유키오의 대표작이라 할 수 있는 이 작품의 영향으로 미시마에게는 탐미주의자라는 타이틀이 따라다니게 되었다.

그러나 1960년경부터 그의 작품세계에는 커다란 변화가 일어나게 된다. 그는 현실에 대한 관심이 깊어지면서 점차 급진적인 민족주의자로 변해 가는데, 그런 그의 사상적인 변화가 작품세계에도 그대로 반영되어 나타나게 된 것이다. 1961년 1월에 발표한 작품으로 미시마의 사상이 잘 응집되어 있는 사상소설 『우국憂國』이 그 시발점이라고 할 수 있다. 그러면서 미시마 자신의 표현대로 '관능적 애국주의자'[1]로서 행동하고 창작하게 된다. '관능적 애국주의자'란 탐미주의자와 민족주의자라고 하는 서로 어울릴 것 같지 않은 두 종류의 이미지를 아우르는 표현인 셈으로, 이 신조어는 1960년경부터 자살에 이르기까지의 10년 동안의 그의 삶과 작품세계를 표현하는 적절한 용어라고 할 수 있다. 특히 만년에 이르러서는 사상표현이 더욱 과격해지면서 점차 '관능'을 벗어던지고 '애국주의자'로서의 활동에 치중하더니, 급기야는 1970년에 자위대의 각성과 궐기, 군국주의의 부활 등을 외치며 할복자살을 하기에 이른다.

그렇다면 이처럼 미시마의 작품세계가 돌변하게 된 계기는 과연 무엇일까? 그 계기에 대해서는 물론 여러 각도에서의 조명이 가능할 것이다. 실제로 미시마 전문가들의 연구에 의해 이미 다양한 해석이 이루어진 바 있다. 그러한 연구 결과를 참고하면서 여기에서는 그 계기를 미시마의 스포츠에 대한 관심과 연관 지어서 생각해보고자 한다. 왜냐하면 미시마 유키오의 실제의 삶을 살펴보면, 그러한 과도기에 일어난 가장 주목할 만한 변화 중의 하나가 바로 스포츠에 대한 관심이기 때문이다. 단순히 관심을 가진 정도가 아니라 미시마는 보디빌딩으로 몸을 다지고 복싱을 배우는 등 직접 스포츠의 세계에 뛰어들게 된다.

---

1   上田三四二, 「文体と肉体'群像 日本の作家18'」, 『三島由紀夫』, 小學館, 1990, 49면.

이처럼 미시마가 스포츠의 세계에 빠져들었다는 것은 잘 알려져 있는 사실이다. 하지만 그의 스포츠관에 대해 논하고 그것을 정리한 연구는 찾아보기 힘들다. 따라서 이 글에서는 그가 남긴 스포츠 관련 글들에 대한 면밀한 분석을 통해 미시마에게 있어서 스포츠가 어떤 의미를 가졌는지 살펴보고자 한다. 또한 스포츠 세계에 대한 체험, 나아가서는 육체에 대한 지대한 관심이 결국은 미시마의 문학세계에 변화를 일으키는 일종의 기폭제 역할을 했으므로, 스포츠가 그의 삶과 문학에 미친 영향에 대해서도 살펴보기로 하겠다.

2. 미시마 유키오와 스포츠

1970년 11월 25일, 할복자살 직전에 미시마 유키오는 1,000여 명의 자위대원을 연병장에 모아 놓고 미일안보조약의 개정과 평화헌법의 폐기를 요구하는 연설을 하는데, 그때의 그의 일거수일투족은 텔레비전으로 생중계되었다. '칠생보국七生保國'[2]이라고 적힌 띠를 이마에 두른 건장한 체구의 호전적인 미시마의 모습은 사진으로 남아 있어 우리가 쉽게 접할 수 있는데, 그 모습은 『금각사』와 같은 탐미적인 작품을 쓴 소설가의 이미지와는 상당한 거리가 있어 생경한 느낌을 받지 않을 수 없다. 실제로 그는 초등학교(귀족학교인 학습원 초등과) 1학년 때 병으로 50일을 결석할 정도로 매우 허약한 체질이었으며, 문학청년으로 성장한 후에도 자신의 육체에 대해 콤플렉스를 갖고 있었다고 한다.[3] 그러던 그가 어느

---

2   일곱 번 다시 태어나도 천황을 위해 목숨을 바치겠다는 의미.
3   中井英夫, 「肉体の背信」, 『三島由紀夫』新文芸讀本, 河出書房新社, 1990, 49면.

사진가 호소에 에이코가 미시마 유키오를 모델로 찍은
나체사진집 『장미형(薔薇刑)』에 수록된 사진

틈엔가 근육질의 단단한 체구로 변해, 사진집[4]의 나체 모델로 나설 정도로 자신의 육체에 자신감을 갖게 된 것이다.

그러한 변화의 계기가 된 것은 과연 무엇이었을까? 바로 1955년 9월부터 시작한 보디빌딩이다. 처음에는 일주일에 세 차례씩 집으로 코치를 초빙해 보디빌딩을 배웠으나, 12월부터는 직접 체육관으로 가서 본격적인 보디빌딩 훈련을 받으면서, 그의 몸은 나날이 단단하고 건장해졌던 것이다. 그 기간에 일어난 변화에 대해 그는 "이 1년 동안의 보디빌딩의 결과, 여하튼 체육이 내 몸으로 스며들어, 이른바 체육이라는 독毒에 완전히 물든 것 같은 그 느낌은 내가 처음 경험해보는 것이었다"(『실감적 스포츠론實感的スポーツ論』, 共同通信社, 1984, 89면, 이하 제목과 면수만 표기)라고 표현하고 있으며, 또 다른 글에서는 "30년의 열등감이 1년으로 치유된 셈이므로 내가 (보디빌딩에 대한—인용자 주) 신자가 되는 것도 무리는 아닐 것이다"(『실감적 스포츠론』, 85면)라고 고백하기도 했다. 책상에 앉아서 하는 정신적인 활동에만 치중하던 그가 보디빌딩을 시작하고, 또 이듬해의 9월에는 복싱을 배우기 시작하고 1958년 12월부터는 검도의 세계에 입문하는 등, 다양한 스포츠를 체험하고 육체적인 활동에 뛰어들면서 그의 사상과 문학은 많은 변화를 겪게 되는 셈이다. 그런데 다행스러운 것은 그러한 변화의 과정을 더듬어볼 수 있도록 미시마가 스포츠에 관한 자신의 경험과 생각을 수시로 글로 남겨놓았다는 점이다. 잡지나 신문 등에 기고했던 스포츠를 주제

---

4   細江英公寫眞集 『薔薇刑』, 集英社, 1963.

로 한 글들은 그의 사후에 『실감적
스포츠론實感的スポーツ論』(1984)이라는
제목의 단행본으로 출판되었는데,
이것은 미시마의 스포츠관을 검토
하고자 할 때 매우 귀중한 자료로서
의 기능을 한다. 따라서 『실감적 스
포츠론』에 실린 다양한 종류의 글
들을 종합하여 그의 스포츠와의 인
연을 재구성해보고, 육체와 정신의
상관관계에 대한 그의 고민, 혹은
스포츠에 대한 그의 생각을 분석하
고 정리해보고자 한다.

『실감적 스포츠론』 표지

3. 미시마 유키오와 도쿄 올림픽

우선 미시마의 스포츠관을 검토하기에 앞서, 그가 보디빌딩을 시작
한 1955년부터 자살한 1970년까지의 15년 사이에 일본에서 있었던 가장
큰 스포츠 이벤트인 도쿄 올림픽에 대해 언급하지 않을 수 없다. 왜냐하
면 도쿄 올림픽이 개최된 해인 1964년은 미시마가 작가로서 원숙기라고
할 수 있을 정도로 한창 왕성한 활동을 하던 시기였으며, 게다가 10년
가까이 다양한 운동을 해오면서 스포츠에 대해서도 전문가에 가까운 일
가견을 갖게 된 시기이기도 하여 올림픽에 대해 많은 관심을 표현했기
때문이다. 특히 올림픽 개최 직전에 미시마는 자신의 스포츠와의 인연

1964년에 개최된 도쿄 올림픽 포스터

에 대해 소개한 에세이 「실감적 스포츠론」을 신문에 연재하는데, 이 글에 대해서는 다음 장에서 상세히 분석하기로 하자.

도쿄 올림픽 개최기간 미시마는 개회식을 비롯하여 폐회식에 이르기까지 직접 참관했고, 또한 각종 경기가 벌어지고 있는 경기장을 찾아다니며 열심히 취재를 해서 그 관전기를 신문에 기고하기도 하는 등 일종의 취재원으로 활약하기도 했다. 그렇게 해서 그가 올림픽 개최기간 중 신문에 기고한 올림픽 관련 글은 총 9건이다.[5] 그 글들은 대체적으로 개회식과 폐회식, 그리고 복싱, 역도, 육상, 체조, 여자배구, 여자수영, 남자수영의 경기 광경을 문학적으로 표현한 신선한 감각의 관전기로 평가할 수 있다.

또한 올림픽이 끝난 후에도 그 여운을 즐기듯이 미시마는 올림픽을 소재로 한 글을 썼다. 그 대표적인 것이 「추동수필秋冬隨筆」 중의 「환락이 끝나고歡樂果てて」라는 글로, 이것은 올림픽이 끝난 직후에 발표된 것이다.

올림픽이 끝나고 허탈상태에 빠진 사람들이 상당히 많다.

생각해 보면, 일본이 세계의 근대사에 편입된 지 대략 100년, 이따금 제등행

---

5 1964.10.11~25 보름 동안 미시마는 『마이니치[毎日]신문』에 4건, 『호치[報知]신문』에 4건, 그리고 『아사히[朝日]신문』에 1건을 기고했다.

렬이 있었고, 이른바 국민적 흥분은 전쟁을 겪으며 몇 번인가 맛본 셈이지만, 이렇게 완벽하게 평화로운, 게다가 엄청난 돈을 들인 사치스러운 축제가 2주일이나 계속된 적은 일찍이 없었다. 게다가 그것은 '안전한 전쟁' '피가 흐르지 않는 전쟁' '깨끗한 전쟁'의 요소를 갖고 있어, 모두가 안심하고 '전쟁'을 즐기고, '일본의 승리'를 즐길 수가 있었다.

(『실감적 스포츠론』, 169면)

올림픽을 전쟁에 비유하며, 올림픽에서 스포츠 경기를 통해 맛보게 되는 흥분을 전쟁에서의 흥분과 연결시키고 있는 점이 주목을 끈다. 이것은 미시마가 일종의 전쟁을 치르는 기분으로 올림픽을 바라봤으며, 일본의 승리를 즐겼음을 엿볼 수 있게 하는 대목이다. 승리를 위해 상대방을 분석하고 자신을 단련시키는 노력을 기울인다는 점에서 전쟁과 스포츠는 유사한 점이 많다고 할 수 있다. 그렇기 때문에 히틀러를 비롯한 많은 독재자들이 국민들에게 스포츠를 장려하고 스포츠에 대한 지원을 아끼지 않았던 것이다.[6] 히틀러의 경우처럼 내셔널리즘의 확산을 위해 스포츠를 이용한 사례는 역사적으로 매우 많다. 따라서 미시마가 올림픽 경기를 전쟁에 비유한 것은 단순한 문학적 수사로만 보기는 어려운데, 여기서 잠시 결론을 유보해 두고 계속해서 「환락이 끝나고」라는 글을 검토해보기로 하자.

위의 인용문 바로 다음에는 올림픽 개회식에서 개회선언을 하는 천황에 대한 묘사가 이어진다. 즉 "개회식 때 폐하의 더할 나위 없이 수려한 모습과, 브런디지 IOC회장의 간청을 받아들여 개회선언을 하시는 당

---

6 실제로 미시마는 1968년 12월에 『문학계(文學界)』에 「우리의 벗 히틀러(わが友ヒットラー)」라는 희곡을 발표했을 정도로 히틀러에게 관심이 많았다. 히틀러는 독일 국민의 우월성과 정통성을 전 세계에 알리려는 목적에서 올림픽을 정치적으로 이용하기 위해 1936년에 개최된 베를린 올림픽에 대해 전폭적인 지원을 아끼지 않았던 인물이다.

미시마 유키오가 "맥아더 원수와 나란히 선 슬픈 사진"으로 표현한 사진

당한 모습을 보고, 나는 19년 전(1945년을 의미 – 인용자 주)의, 맥아더 원수와 나란히 선 슬픈 사진과 비교가 되어 감개가 무량했다. 이때 19년 전을 떠올린 사람은 나 하나만은 아닐 거라고 생각한다"(『실감적 스포츠론』, 169~170면)라고 기술하고 있는 부분이다. 19년 전, 즉 제2차 세계대전에서의 패전 직후 일본의 신문에는 체구가 큰 맥아더 장군과 함께 키가 작고 왜소한 한 일본인이 나란히 서 있는 사진이 실렸다. 그 일본인은 대중 앞에 처음으로 모습을 드러낸 쇼와昭和 천황 히로히토였다. 현인신現人神으로 추앙받던 존재인지라 처음으로 대중에게 천황의 사진이 공개된데다가, 위압적이고 당당한 맥아더 장군 옆에 자신 없는 모습으로 힘없이 서 있는 천황의 모습에 일본인들은 엄청난 충격을 받았다고 한다. 스무 살에 패전을 경험한 미시마 역시 그 사진에 상당한 충격을 받았는지 그때의 기억을 되살리며 천황이 올림픽 개회선언을 하는 모습을 감개무

량한 심정으로 바라봤던 모양이다.

그러면서 미시마는 패전의 충격에서 벗어나 세계인을 대상으로 한 화려한 축제를 성공리에 마치고 훌륭한 성적까지 거두게 된 것을 "일본인의 승리"로 받아들이며 흐뭇해한다. 말하자면 일본이 올림픽을 통해서 세계를 향해 패전국으로서의 이미지를 씻어 버리고 부활했음을 당당하게 알렸듯이, 천황 역시 올림픽 개회선언을 통해 자신이 더 이상 패전국의 수장이 아니라 부활한 일본을 이끄는 지도자로서 재기했음을 선언한 셈이다. 그런 의미에서 본다면 도쿄 올림픽은 미시마의 내셔널리즘의 고조, 그리고 천황에 대한 인식의 변화에 크나큰 기여를 한 셈이라고 할 수 있다.[7]

4. 에세이 「실감적 스포츠론」 분석

미시마는 도쿄 올림픽 개최에 맞춰 요미우리신문에 「실감적 스포츠론」이라는 제목의 에세이를 5회에 걸쳐 연재한다.[8] 스포츠를 주제로 미시마가 남긴 글들을 모아 단행본으로 간행할 때 표제로도 사용되었듯이, 이 글은 스포츠에 대한 미시마의 생각을 이해할 수 있는 매우 귀중한 정보를 제공해 준다. 따라서 이제부터 미시마에게 있어서 스포츠가 어떤 의미를 가졌는지를 확인하기 위해 「실감적 스포츠론」을 상세히 분석해 보고자 한다.

7　도쿄 올림픽과 미시마의 내셔널리즘과의 상관관계에 대해서는 홍윤표, 「미시마 유키오〔三島由紀夫〕와 1964년 도쿄 올림픽－세계화와 내셔널리즘 사이에서」(『일본학보』 77집, 한국일본학회, 2008.11)에 상세한 분석이 있다.

8　1회는 1964.10.5, 2회는 10.6, 3회는 10.9, 4회는 10.10, 그리고 5회는 10.12 신문에 게재되었다. 그 전문을 번역하여 이 책의 말미에 부록으로 실었다.

가쿠슈인 중등과 4년(16세)때의 "창백한 문
학청년" 시절의 미시마 유키오

이마에 '칠생보국'이라고 쓴 띠를 두른 자살
무렵의 미시마 유키오

"나도 체육의 세계에 발을 들여놓은 지 그럭저럭 10년이 되려고 하는 지금 체육에 대해 언급해도 좋은 시기가 되었다고 생각한다"로 시작되는 「실감적 스포츠론」의 첫 번째 글에서 미시마는 우선 자신이 '체육을 하게 된 계기'에 대해 밝히고 있다. 즉 소년 시절부터 허약한 체질이었던 자신의 몸에 대해 "강렬한 육체적 열등감"(『실감적 스포츠론』, 150면)을 갖고 있었으며, 창백한 문학청년이었던 자신이 30대에 접어들면서 갑자기 스포츠를 시작하고 점점 스포츠에 빠져들어 가는 과정을 기술한다.[9] 다음의 두 장의 사진을 보면 동일인물이라고는 생각하기 힘들 정도로 달라진 모습을 확인할 수가 있다. "창백한 문학청년" 시절의 미시마, 그리고 보디빌딩으로 다져진 강인한 체구의 미시마. 이러한 변화는 그야말로 몸을 기르는 '체육'으로 인해 일어난 것이었다.

이어서 두 번째로 연재된 글에서는 보디빌딩, 그리고 그다음 회에서는 복싱과 인연을 맺게 된 계기와 관심을 갖게 된 이유에 대해 언급한다. 요컨대 1년 동안 계속해온 보디빌딩 덕분에 자신의 육체에 대해 자신감을 갖게 되면서 "조금 더 곤란한 스포츠, 조금 더 격렬한 스포츠, 30대에

9　이 글에는 나와 있지 않으나 미시마가 '체육을 하게 된 계기'와 관련해 주목할 만한 일이 있다. 미시마가 『아사히신문』의 특별통신원 자격으로 세계일주여행을 한 경험이다(1951.12 ~1952.8). 그때의 체험을 기록한 기행문 『아폴로의 잔(アポロの杯)』을 보면, 미시마는 북미와 남미, 유럽을 돌아보며 그리스와 로마 시대의 조각상에 깊은 관심을 보였음을 알 수가 있다. 그중에서도 특히 그는 바티칸에서 본 단단한 근육질의 늠름한 전사(戰士) 안티노우스의 조각상의 아름다움에 매료되었는데, 그러한 체험이 귀국해서 보디빌딩을 통해 육체의 개조를 시도하게 된 계기가 되었을 것으로 추측할 수 있다.

접어든 남자 대부분이 겁에 질릴 만한 스포츠"로서 복싱에 도전하게 되었다는 것이다. 또 다른 글에서는 복싱을 시작하게 된 계기에 대해 다른 관점에서 설명하고 있다. "왜 복싱을 하고 싶어졌는가 하면, 복싱이 격렬하고 스피디한 운동이기 때문이다. 보디빌딩의 정적인 세계는 육체의 사색의 세계라고 할 만한 것으로, 그런 세계에서는 움직임과 스피드에 대한 욕구가 반동적으로 고조되게 마련이다. 그리고 움직이는 것, 스피디한 것의 아름다움에 대해 소크라테스도 거론한 바 있다."(『실감적 스포츠론』, 93면) 즉 정적인 보디빌딩과는 대조적으로 매우 역동적이며 스피드가 요구되는 스포츠이기에 복싱에 끌렸다는 것이다.

이유야 어찌 되었든 보디빌딩도 그렇지만 복싱 역시 운동 강도가 매우 높은 종목이다. 둘 다 운동초보자가 선뜻 도전하기 쉽지 않은 종목인데, 미시마가 그런 종목을 선택하게 된 데에는 미시마의 독특한 운동관과 관련이 있는 듯하다. 스포츠에서 투지를 중시하고 파이터 기질이 있었던 미시마는 "대체로 적당한 운동이란 안이한 생각으로, 운동을 하려거든 조금 과격하게, 조금 무리하게 하지 않으면 운동을 하는 의미가 없다"(『실감적 스포츠론』, 137~138면)라고 단언하고 있다. 그런 그의 운동관에 비추어볼 때 복싱은 "인간의 투쟁본능을 가장 노골적으로 드러낸 스포츠"(『실감적 스포츠론』, 149면)로 자신의 기질에 잘 맞는 종목이었던 셈이다.

여기서 복싱과 관련해서 한 가지 주목할 사실이 있다. 문학작품에 복싱선수가 주인공으로 등장하며 발표와 더불어 젊은이들 사이에서 커다란 반향을 일으켰던 작품인 이시하라 신타로石原慎太郎의 「태양의 계절太陽の季節」이 발표된 것이 바로 1955년의 일이라는 사실이다. 이 작품은 그해 '문학계文學界 신인상'을 수상했다. 그리고 그 이듬해 1956년에는 영화로도 상영되었으며, 또한 제34회 '아쿠타가와상'을 수상하기도 했다. 공교롭게도 바로 그해 9월에 미시마가 복싱을 시작한 셈이 된다. 그로부터 몇 달 후 즉 1957년 1월에 그는 「복싱과 소설」이라는 단문을 쓴다. 이 글에는 스포츠와 예술, 나아가서는 육체와 정신의 조화를 꿈꾸는 소설가이자 복서로서의 꿈이 담겨 있는데, 거기에서 『태양의 계절』에 대해 언급[10]하고 있는 것을 보면, 미시마도 이 작품을 읽었음을 알 수가 있다. 따라서 미시마가 복싱에 입문하게 된 데에는 『태양의 계절』의 영향도 있었을 것으로 짐작해볼 수가 있다. 미시마는 직접 복싱을 하는 한편으로 복싱 시합을 관전하는 것을 좋아해 자주 경기장을 찾았는데, 그때마다 문학적인 수사를 곁들인 생생하고 독특한 관전기를 신문에 기고하기도 하여, 그런 글들이 단행본 『실감적 스포츠론』에 수록되어 있다.

　보디빌딩과 복싱에 이어 미시마는 검도의 세계에 입문하게 된다. 따라서 그 순서에 따라 「실감적 스포츠론」 제4회에서는 검도에 대해 논하고 있다. "나는 현재 검도를 하고 있는데, 이제야 자신에게 가장 잘 맞는 스포츠를 발견하였으며, 검도에서 안심입명의 경지를 터득한 느낌이 든다. (…중략…) 여기에 내 고향이 있고, 육체와 정신의 조화에 대한 이상이 있으며, 이것으로 인해 스포츠에 대한 나의 오랜 향수가 치유된 것 같다"(『실감적 스포츠론』, 158면)는 표현에도 잘 나타나 있듯이, 미시마는 검도에 대해 극진한 애정을 느꼈으며, 그 애정은 평생 변하지 않는다. 그런데 잘 알다시피 검도는 보디빌딩과 복싱과는 그 성격이 전혀 다른 스포츠다. 아니 스포츠라고 하면 거부감을 느낄 사람이 있을 정도로 정신적인 측면을 유난히 강조하는 종목이다. 본래 검술劍術로 불리다가 검도劍道로 명칭이 바뀐 것을 봐도 알 수 있듯이, 검도에서는 기술적인 훈련 못지않게 정신수양을 중요시한다.

　보디빌딩과 복싱을 통해 군더더기 하나 없는 완벽한 육체를 만들어가는 과정에서 몸과 체력에 대한 자신감을 갖게 되면서 미시마는 점차 강인한 힘과 절대적인 세계에 대한 신봉자로 변해갔는데, 검도의 세계에 입문하

10　『실감적 스포츠론』, 94면.

며 그런 그의 신념은 더욱더 확고한 정신적인 기반을 확보한 셈이 된다.

그런데 검도가 보디빌딩이나 복싱과 다른 점이 한 가지 더 있다. 즉 보디빌딩은 미국, 그리고 복싱은 영국, 이처럼 둘 다 서양에서 시작된 외래 스포츠인 데에 반해서, 검도는 일본의 전통적인 스포츠라는 차이점이 있는 것이다. 이 점 역시 미시마에게는 검도의 매력으로 작용하게 된다. 그렇기 때문에 검도와 펜싱을 비교하며 검도의 우위성을 주장하기도 하고, 검도복을 입은 모습과 야구 유니폼을 입은 모습을 비교하며 야구 유니폼이 얼마나 경박하고 추악한지에 대해 언급[11]하기도 하는 등, 검도에 관한 그의 글에는 항상 내셔널리즘이 배어 있는 것이다. 실제로 그는 당시에 일본에서 가장 인기가 있었던 스포츠인 야구도 싫어했으며, 상류층에서 점점 그 영역을 확대시켜 가던 골프에도 전혀 관심을 가지지 않았는데, 그 중요한 이유 중의 하나는 바로 야구나 골프가 외래 스포츠라는 데 있었다.[12]

미시마가 다닌 중학교[13]에서는 검도를 비롯해 유도, 궁도, 마술馬術이 필수과목이었다고 한다. 그때 그는 전체적으로 육체적인 활동을 싫어 했으므로 당연히 검도도 싫어했다고 한다. 특히 검도를 할 때의 그 기합 소리가 반문명적이며 반문화적이고 반이지적이며 동물적인 소리로 들려 참으로 싫었다고 고백한다. 그런데 다시 검도를 시작하면서 그 기합 소리를 좋아하게 되었다고 한다. 그 이유에 대해 그는 "나 자신의 정신의 심연에 있는 '일본'의 외침을 스스로 인정하고 스스로 허용하게 되었기 때문이라고 생각한다. 이 기합소리에는 근대의 일본이 스스로 수치

---

11 『실감적 스포츠론』, 164면.

12 미시마는 「골프를 하지 않는 이유(ゴルフをやらざるの弁)」(『주간 아사히[週刊朝日]』, 1959.1.4)라는 글에서 서양인이 발명한 것에 대한 혐오감을 노골적으로 드러낸다. 그러면서 서양에서는 육체와 정신을 확실하게 구분하지만, 동양에서는 육체의 단련에 반드시 정신적인 것을 포함한다는 주장을 펴는데, 이러한 주장의 근거가 된 것이 바로 검도였을 것으로 추측된다.

13 미시마는 초등과에 이어 중등과도 가쿠슈인[學習院]에 다녔다.

스러워하며 필사적으로 감추고자 하는 것이 숨김없이 드러나 있다. 그것은 가장 어두운 기억과 이어져 있고, 흘러내린 선혈鮮血과 이어져 있으며, 일본의 과거의 가장 정직한 기억에 근원을 두고 있다. 그것은 피상적인 근대화의 저변에 숨어 흐르고 있는 민족의 심층의식의 외침이다"라고 설명하고 있다. 그러면서 "이러한 외침을 외면한 일본의 근대사상은 하나같이 천박한 것이라는 생각이 든다"(『실감적 스포츠론』, 159면)라고 하며 민족주의자로서의 면모를 숨김없이 드러낸다. 또한 "나는 앞으로도 검도가 유도처럼 붙임성이 좋은 국제적인 스포츠가 되지 않고 언제까지고 그 반反시대성을 잃지 않기를 바란다"라는 표현 등을 통해서도 알 수 있듯이, 그는 검도가 보디빌딩이나 복싱처럼 외래 스포츠가 아니라 일본고유의 스포츠이며 일본정신을 담고 있는 스포츠이기에 사랑한 것이다. 그러한 사랑은 곧 그의 정신세계의 변화에 지대한 영향을 미쳐, 말년에 그로 하여금 일본정신을 강조하고 천황제와 군국주의의 부활을 외치며 철저한 내셔널리스트로서 생을 마감하게끔 한 것이다.

마지막으로 제5회에서는 미시마는 자신이 체험한 일본의 스포츠교육과 스포츠관의 오류에 대해 쓰고 있다. 자신의 학창시절을 돌이켜보며 스스로를 강한 자만이 살아남는 식의 "약육강식의 스포츠교육"의 희생자라고 하며, 자신이 이상적으로 생각하는 '스포츠공화국'의 건설에 대한 꿈을 펼쳐 보인다. 즉 스포츠에 재능이 있는 사람만이 아니라 모든 사람이 스포츠를 즐길 수 있으며, 선수가 아닌 평범한 사람들도 자유롭게 스포츠 시설을 이용할 수 있는 그런 나라를 미시마는 '스포츠공화국'이라 부르고 있다.

이상으로 에세이 『실감적 스포츠론』을 토대로 미시마 유키오의 스포츠관을 살펴봤는데, 5회에 걸쳐 연재된 글 가운데서도 가장 주목해야 할 것이 바로 제4회의 검도에 관한 글이다. 그가 검도의 세계에 빠져들게 됨으로써 사상에 변화가 일어나면서 극단적인 민족주의자로 변하고, 그럼으로써 자연스럽게 그의 작품세계에도 변화가 일어나게 되었다는 것을 추측할 수 있게 해 주는 글이기 때문이다. 그 점에 대해 미시마의 절친한 친구이자 『태양의 계절』의 작가이며 일본의 대표적인 우익정치가인 이시하라 신타로 역시 부정적인 평가를 내린 바 있다. 어느 잡지사에서 마련한 대담[14]에서 노사카 아키유키野坂昭如가 미시마에게 있어서 육체는 의상衣裳에 불과했으며, 그 육체로 인해 황폐해져 갔다고 말하자, 이시하라 신타로는 좀 더 구체적인 분석을 한다. 즉 그는 보디빌딩은 육체를 인공적으로 단련시키는 기술인 데 반해, 검도는 육체의 순수한 번뜩임을 요구하는 스포츠이므로 서로 대조적인 성격을 갖고 있다고 한다음, 따라서 보디빌딩을 하고 있던 미시마가 동시에 검도의 세계에 뛰어든 것은 잘못된 선택이었다는 것이다. 허구와 생생한 진실만큼이나 대조적인 성격의 이 두 스포츠가 미시마의 내면에서 불협화음을 일으켰으며, 그러한 영향은 그의 문학세계에도 고스란히 나타난다는 것이 이시하라 신타로의 해석이다.

한편, 미시마는 "스포츠의 기적은 단련 여하에 따라 인간의 육체가 전혀 생각지도 않은 곳에서, 전혀 생각지도 않은 낙원을 발견할지도 모른다는 점에 있다. 보통사람은 알 수 없는 별세계의 감각의 발견……. 술이나 아편과는 정반대의 것이지만, 스포츠를 그만둘 수 없게 되는 것은 역시 그런 감각의 발견이 있기 때문일 것이다"(『실감적 스포츠론』, 46~47면)라는 식으로 스포츠의 중독성에 대해 언급한 바 있는데, 말년의 미시마의 삶을 보면 내셔널리즘도 스포츠 못지않게 중독성이 강하다는 생각이 들지 않을 수 없다. 아니 내셔널리즘은 단순히 중독성만이 아니라 가속성 또한 대단하다. 자살하기 3년 전인 1967년부터 자위대에 체험입대

14　「三島由紀夫の榮光と挫折」, 『すばる』, 1995.12.

를 수차례 반복하는가 하면, F104 전투기를 시승하기도 하고, '방패회楯
の會'를 결성해 본격적인 애국활동을 벌이더니, 결국 1970년에는 군복 차
림으로, 게다가 일본의 전통적인 무사도정신에 근거한 가장 일본적인
방법을 택해 할복자살을 하기까지에 이르렀으니 그의 내셔널리즘은 단
몇 년 사이에 엄청난 가속도가 붙은 셈이다. 요컨대 규칙적이고 지속적
으로 관리를 해오던 스포츠에 비해 그의 내셔널리즘은 통제가 불가능한
영역으로 벗어나서 엄청난 속도로 벼랑을 향해 치달은 것이다. 강력한
힘을 토대로 한 군국주의에 대한 미시마의 한없는 동경은 체력에 대한
자신, 육체에 대한 몰입 등이 낳은 결과이며, 그 계기는 스포츠가 마련
해준 셈이라고 할 수 있다.

5. 미시마 유키오의 문학과 스포츠

이상으로 스포츠가 민족주의자로서의 미시마의 사상 형성에 어떤 영
향을 미쳤는지에 대해 살펴봤다. 그렇다면 이제부터는 스포츠가 그의
문학관과 문학세계의 변화에 미친 영향을 검토해 보고자 한다.

미시마는 작가로서는 보기 드물 정도로 스포츠를 소재로 한 글을 많
이 남겼는데, 그 가운데는 문학과 스포츠를 비교하여 쓴 글도 있다. 즉
1956년 10월에 발표한 「문학과 스포츠」[15](『신체육(新體育)』)라는 제목의 단
문이다. 1956년 10월이면, 미시마가 보디빌딩을 시작한 지 1년쯤 지났으
며, 복싱에 입문한 직후에 해당하는 시기다. 그렇기 때문에 그는 이 글의

---

15 이 글은 전문을 번역하여 이 책의 말미에 부록으로 게재하였다.

서두부분에서 자신이 '문학과 스포츠'라는 주제의 글을 쓰는 것에 대해 조심스러워하며 변명을 늘어놓는다. 하지만 이론적으로는 문학과 스포츠의 관계에 대해 예전부터 많은 생각해왔다고 하며, 문학과 스포츠에는 유사한 점도 있으면서 동시에 차이점도 있다고 운을 뗀 다음 조심스럽게 자신의 생각을 피력해간다.

「문학과 스포츠」에서 미시마는 보디빌딩을 시작하기 전과 후로 분명하게 선을 그으며 자신의 문학관에 커다란 변화가 일어났음을 밝히고 있다. 이 부분은 미시마의 문학과 스포츠의 관련성을 이해하는 데 있어서 매우 중요한 부분이므로, 조금 길더라도 미시마의 문장을 직접 인용해보기로 하겠다.

> 그 결과, 내 안에서 두뇌적, 정신적 피로와 육체적 피로가 확실히 구별되게 되었다. 이 점은 또한 소설에 대한 내 태도와도 관련이 있다. 나는 더 이상 소설을 스포츠처럼은 쓰지 않게 되었다. 감각을 추구하고, 신경을 긴장시켜, 몸의 힘으로 쓰는 그런 소설은 쓰고 싶지 않아졌다. 소설은 점점 내 안에서 지적인 영역의 작업이 되었다. 좋은 현상인지 나쁜 현상인지는 모르겠지만, 나는 감각이나 감수성에만 의존하는 창작태도를 경멸하게 된 것이다.
>
> 이것은 내가 서서히 육체적인 힘에 자신을 갖게 된 것과 무관하지 않을 것이다. 일단 체력에 자신이 붙으면, 지적인 영역에 그만큼 깊이 몰입할 수 있게 마련이다. 왜냐하면 내가 제아무리 지적인 사람이 된다 한들 어딘가에서 육체가 나를 지탱하고 있으며 작품의 육체적 활력을 보증해줄 것이기 때문이다.

(『실감적 스포츠론』, 89~90면)

위의 문장을 읽으면 미시마가 운동을 통해 육체의 개조를 시도한 이후로 그의 작품세계가 변화한 이유를 이해할 수 있을 것이다. 위의 인용문에서 미시마는 운동을 시작하기 전에는 "감각을 추구하고, 신경을 긴

장시켜, 몸의 힘으로 쓰는 그런 소설"을 썼으나 체력에 자신감을 갖게 됨으로써 "감각이나 감수성에만 의존하는 창작태도를 경멸하게 된 것"이 그 이유인 것이다. 그러면서 "지적인 영역의 작업"으로서 소설을 창작하게 되며, 그의 작품세계는 점차 감성보다는 지성을 중시하는 방향으로 나아가게 된다. 그 변화에 대한 미시마 스스로의 함축적인 표현을 빌리면, 그의 작품세계는 "감성적인 것에서 지적인 것으로, 여성적인 것에서 남성적인 것으로"(『자기개조의 시도(自己改造の試み)』) 비약하게 된 것이다. 그리고 '감성적'이며 '여성적'인 마지막 작품이 바로 그의 대표작 『금각사』인 셈이다. 따라서 『금각사』 이후로 그의 작품세계에서 변화가 느껴질 수밖에 없다.

도쿄 올림픽에 이어서 일본인의 문화적 긍지를 드높여준 일대사건이 1968년에 일어난다. 바로 가와바타 야스나리의 노벨문학상 수상이다. 수상자 발표 직후에 미시마는 축하해 주기 위해 가와바타 야스나리에게 달려갔다고 하지만, 그 속마음은 그리 편치만은 않았을 것이다. 왜냐하면 1965년경부터 계속 후보로 거론되던 미시마의 노벨문학상 수상이 가와바타 야스나리의 수상으로 인해 사실상 수포로 돌아간 셈이기 때문이다. 만약 미시마가 노벨문학상을 수상했다면, 그의 내셔널리즘에는 어느 정도의 제동이 걸리지 않았을까 하는 생각을 해본다. 그리고 그렇다면 그런 비극적인 최후를 맞이하지도 않았을 것이다.

문학적인 기준으로만 본다면 미시마에게는 노벨문학상을 수상할 만한 충분한 자격이 있었다. 가와바타 야스나리 스스로도 미시마가 노벨문학상을 받았어야 한다고 말했을 정도다. 미시마의 수상을 방해한 가장 큰 요인은 바로 그의 우익적인 행동에 있다. 실제로 스웨덴 측에서 그 점에 대해 난색을 표명했다고 한다. 말하자면 『금각사』 이후로 그의 문학세계와 사상에 변화가 일어나고, 내셔널리스트로서의 과격한 행동을 하게 되면서 수상 기회를 놓친 셈인 것이다.

미시마는 「문학과 스포츠」를 마무리하며, "예술이 나에게 있어서 스포츠의 위생학이며, 스포츠가 나에게 있어서 예술의 위생학이라는 식으로 생각하고 있다. 이 두 가지는 서로 균형을 이루어야 하지만, 한편으로 불균형이 심할수록 창작도 심화되지 않을까 하는 생각을 해본다"(『실감적 스포츠론』, 90면)라는 식으로, 예술(문학)과 스포츠의 상관관계에 대해 함축적으로 기술하고 있다. 그의 말대로 예술과 스포츠가 적당히 균형을 이루었다면 스포츠를 시작한 이후에도 그의 문학세계에 그리 커다란 변화가 일어나지는 않았을지도 모른다. 그러나 그는 불쑥 "불균형이 심할수록 창작도 심화"될지도 모른다는 생각을 드러내고 있는데, 실제로 말년의 작품세계는 그런 불균형으로 인해 심화된 창작의 소산물이라고 할 수 있다.

이제까지 검토한 바를 통해, '문학과 스포츠'는 일견 상당히 이질적으로 보이지만 미시마 유키오의 경우를 보면 반드시 그렇지만도 않다는 걸 확인할 수가 있었다. '문학과 스포츠'는 바꾸어 표현하면 '정신과 육체'가 될 것이다. 스포츠에 입문한 초기에는 그동안의 정신 위주의 생활에 대한 반성과 더불어서 곧바로 정신과 육체의 조화에 대해 심각하게 고민하게 된다.[16] 그렇기 때문에 보디빌딩을 시작한 지 거의 1년이 되어가던 해에 이미 "내가 생각하기에 지성에는 아무래도 지성과 균형을 이루기 위해 어느 정도의 양의 근육이 필요한 것 같다. 지성을 정신으로 바꾸어 표현해도 좋다. 정신과 육체는 남자와 여자처럼 아름답게 화합하지 않으면 안 되는 것인 듯하다"(「보디빌딩 철학(ボディ・ビル哲學)」, 『실감적 스포츠론』, 86면)와 같은 글을 발표했던 것이다.

또한 보디빌딩에 이어서 복싱을 배우면서도, "나는 자신이 살고 싶어

---

16 「실감적 스포츠론」에서의 미시마의 표현을 직접 인용해 보기로 하자. "나도 육체와 정신의 상관관계에 대해서는 오랫동안 생각하고, 오랫동안 고민해왔다. 예술가로서는 오히려 예술 창작에 필수적인 불건전한 정신을 강렬하고 깊이 유지하기 위해 건전한 육체가 필요한 것이 아닐까?"『실감적 스포츠론』, 155면.

하는 이상적인 세계를 생각하는데, 그곳에서는 복싱과 예술이 아무런 부자유스러움도 없이 악수하고, 육체적 활력과 지적 활력이 힘을 합해 달리고, 삶과 예술이 미소를 나누고 있다"(「복싱과 소설(ボクシングと小説)」, 『실감적 스포츠론』, 94면)와 같이 복싱과 예술, 즉 스포츠와 문학, 육체와 정신이 조화를 이루는 이상적인 삶에 대한 꿈을 피력하기도 했다.

앞에서도 언급했듯이, 보디빌딩과 복싱으로 육체를 단련시킴으로써 오랜 세월 콤플렉스를 느껴온 신체의 개조에 착수한 미시마는 소기의 성과를 거두었을 무렵에 개조된 육체에 걸맞은 정신의 수양을 위해 검도의 세계에 뛰어들었다. 일본의 사무라이들이 추구했던 '문무양도文武兩道'의 길로 접어든 셈이다. 그러다가 어느 순간부터 정신과 육체의 조화가 깨지고, 점차로 정신보다도 육체를 더욱 신봉하게 되었으며, 심지어는 육체의 단련을 통해 정신을 개조할 수 있다는 생각까지 갖게 되었다.

또한 육체와 정신의 부조화가 일어나며 그의 문학세계에도 부정적인 영향을 미쳤다. 재능이 넘치는 천재작가라는 타이틀이 따라다녔으며 노벨문학상 후보로도 거론되었던 작가 미시마로서는 불행한 일이라 하지 않을 수 없다.

미시마 유키오는 에세이 『실감적 스포츠론』의 마지막 부분을, "운동을 마친 후의 샤워의 맛에는 인생에서 가장 필요한 것이 포함되어 있다. 어떤 권력을 쥐어도, 어떤 방탕을 거듭해도, 이 샤워의 맛을 모르는 사람은 삶의 희열을 진정으로 알았다고는 할 수 없을 것이다"(『실감적 스포츠론』, 163면)라는 감동적인 문장으로 마무리하고 있다. 왜 이 에세이에 '실감적 스포츠론'이라는 제목이 붙게 되었는지를 이해할 수 있게 해 주는 대목이다. 스포츠를 직접 체험해보지 않고는, 그리고 스포츠의 세계에 몸을 담아보지 않고는 이런 감동적인 표현은 결코 나올 수 없는 법이다. 실제의 체험을 토대로 작성된 스포츠론, 그것이 바로 미시마 유키오의 『실감적 스포츠론』인 것이다.

자료 1 : 우정

저자 : 무샤노코지 사네아쓰

상권

1

　노지마가 스기코를 처음 만난 것은 제국帝國극장 2층의 정면 복도에서였다. 노지마는 각본가를 자처하고는 있었으나 연극은 즐겨 보지 않았다. 그 날도 그는 친구가 가자고 하지 않았다면 안 갔을 것이다. 가자고 해도 안 갔을지도 모른다. 그 날은 무라오카의 연극이 상연되는 날이었다. 하지만 그는 그 사실을 알고도 아무 말도 하지 않았다. 그러나 친구 나카다가 가자고 하자 갑자기 가고 싶어졌다. 스기코도 함께 간다고 했기 때문이었다.

　그는 스기코를 만난 적이 없다. 사진으로 한 번 본 적이 있을 뿐이다.

친구 서넛과 함께 찍은 열두세 살 때의 사진이었는데, 그는 그 사진을 자신도 모르게 몇 번이고 쳐다보지 않을 수 없었다. 그중에서 눈에 띄게 아름다울 뿐만 아니라 청순한 느낌도 들었다. 그는 그 사진을 책상 앞에 장식해두면 틀림없이 좋은 각본을 쓰고 싶어질 것만 같았다. 그러나 그는 나카다에게 그 사진을 달라는 말은 할 수가 없었다. 하지만 그 후로는 나카다의 집에 가도 다시는 그 사진을 볼 수가 없었다. 그리고 스기코를 직접 만나지도 못했다. 한 번 목소리를 들은 적은 있다. 그러나 어쩌면 스기코가 아니라 스기코의 여동생 목소리였는지도 모른다.

노지마는 조금 일찍 제국극장에 도착했다. 그는 복도로 나와서 나카다가 스기코를 데리고 나타나기를 애타게 마음속으로 기다리고 있었다. 그러면서도 젊은 여자를 데리고 나타나는 남자가 나카다가 아니면 오히려 안심하기도 했다.

그는 그때 친구 두셋과 함께 큰소리로 떠들면서 다가오는 무라오카와 마주쳤다. 그는 무라오카와 어떤 모임에서 한번 만난 적은 있지만 겨우 목례 정도나 주고받을 정도의 사이였다. 게다가 요즘은 만나도 모르는 척하려고 노력하고 있었다. 노지마가 무라오카의 작품을 종종 혹평했기 때문이다. 오늘 상연되는 연극도 공개적으로는 아니지만 상당한 혹평을 한 적이 있다. 하지만 그것은 문학을 하는 친구들을 상대로 한 비평으로, 법학도인 나카다에게는 그런 문학 이야기는 거의 한 적이 없다. 그렇기 때문에 나카다는 그가 무라오카의 작품을 싫어한다는 사실을 몰랐다. 새로운 작품이고, 게다가 평판이 좋은 작품이니까 그가 틀림없이 보러 갈 거라고 생각했다. 그래서 설명을 들을 겸해서 그에게 같이 연극을 보자고 한 것이다. 그도 그 점을 잘 알고 있었다. 그리고 귀찮다는 생각도 들었다. 그러나 거절할 수는 없었다.

그와 무라오카의 얼굴이 마주쳤다. 서로가 인사를 한 것처럼 보였다. 그러나 어느 쪽도 먼저 나서서 인사를 하려 하지는 않았다. 아첨을 하는 것처럼 보이기 싫었을 것이다. 어쩌면 먼저 인사를 해서 상대방에게 얕잡아 보이는 게 싫었을지도 모른다. 적어도 무라오카는 노지마보다 네다섯 살 많았으며, 사회적으로도 이미 인정을 받고 있었다. 노지마는 대여섯 편의 짧은 각본을 썼지만, 그 누구의 관심도 받지 못한 것이 사실이다. 하지만 상대를 경멸하고 있었기에 자기가 먼저 머리를 숙이고 싶지는 않았다.

결국 인사를 하지 않고 무라오카가 지나쳤다. 노지마가 문득 뒤돌아봤을 때, 무라오카가 친구를 돌아보며 무슨 말인가 건네고 있었다.

"저게 노지마야."

"그 형편없는 각본을 쓰는 자 말인가?"

그런 말을 하는 것 같았다. 그러자 갑자기 불쾌해져 얼굴을 돌리자, 저쪽에서 나카다가 여동생 스기코와 함께 다가오고 있었다.

사진보다는 훨씬 어른스러워진 느낌이었다. 하지만 생기가 있어 보였고 아름다웠다.

"벌써 와 있었군."

"응, 조금 전에."

"친구 노지마다. 이쪽은 내 여동생이고."

두 사람은 잠자코 정중하게 인사를 했다.

2

노지마는 스기코하고는 거의 말을 하지 않았다. 푹 빠져서 연극을 감상하는 것 같은 스기코의 모습에 불쾌감을 느꼈다. 그러나 무리도 아니라는 생각이 들었다. 나카다도 감탄하는 듯한 말을 했으나, 그것은 오히려 노지마의 비위를 맞추기 위한 말처럼 들리기도 했다.

"역시 새로운 것은 우리에게 친근한 느낌을 주는군."

나카다가 그런 말을 했을 때, 노지마는 별로 반대하고 싶은 마음이 들지 않았다.

"밥 먹으러 가자."

나카다가 그렇게 말하고 먼저 일어서서 갔다. 세 사람은 마주앉아 밥을 먹었다. 나카다의 여동생은 노지마의 존재에 별로 신경 쓰지 않는 것 같았다. 그러나 거의 아무 말도 하지 않았다. 그렇다고 두 사람의 이야기를 주의 깊게 듣는 것 같지도 않았다. 그보다는 또래의 여자가 있으면, 그 여자 쪽에 관심이 가는 것 같았다.

노지마는 사정이 달랐다. 그에게는 스기코가 그 누구보다도 아름다워 보였다. 그리고 스기코 옆에 있다는 사실이 신경 쓰이지 않을 수 없었다. 평소에는 나카다에게 스스럼없이 무슨 말이든 할 수 있었던 그가 오늘은 말 한 마디 한 마디에 신경이 쓰였다. 무라오카의 작품에 대한 혹평도 과감하게 할 수가 없었다. 그러나 그는 마음속으로 무척 기뻤다. 그래서 평소보다도 긍정적인 이야기에만 열을 올렸다. 비굴하다는 생각도 들었지만, 마음속에서 느끼는 기쁨이 어느 틈에 말이 되어 밖으로 흘러나왔다. 그리고 스기코가 조금이라도 웃으면 그는 행복을 느꼈다. 이윽고 막이 오르는 종소리가 들려도 그는 언제까지고 그 자리에 앉아 있고만 싶었다.

그러나 스기코는 서둘러 일어섰다.

두 사람도 뒤따라서 연극을 보러 갔다. 그는 이제 연극에는 관심도 없었다. 그저 자연스럽게 스기코의 얼굴을 바라볼 기회만 노리고 있었다. 여기에 자연이 만든 가장 아름다운 꽃이 있다. 게다가 자기 손이 닿을지도 모르는 곳에. 그러나 그는 스기코하고는 단 한 마디도 나눌 기회가 없었다. 단지 그녀가 오빠와 나누는 대화 내용을 듣고, 생각보다는 쾌활하고 스스럼없는 성격이라는 생각이 들었을 따름이다. 그리고 분명하게 자신의 생각을 말하는, 머리가 나쁘지 않은 여자라는 생각도 들었다.

다음 막이 시작되기 전에 그는 결국 묻고야 말았다.

"자네 여동생은 몇 살인가?"

"열여섯. 아직 어린애라네. 키만 컸지."

"그래? 이제 열일곱이나 열여덟 정도 됐을 거라고 생각했네."

그는 사실은 열아홉이나 스물 정도 되지 않았을까 하고 생각하고 있었다. 열여섯이라면 아직 안심이다. 자신과 일곱 살 차이다. 자신이 어느 정도 유명해질 무렵이면 열아홉이나 스물이 될 것이다.

그는 그런 생각까지 하고 있었다. 그는 여자를 보면 곧바로 결혼과 직결시키려 드는 사람이었다. 결혼하고 싶지 않은 여자, 결혼할 수 없는 여자. 그런 여자에게는 그는 전혀 관심을 가질 수가 없었다.

그런 여자 중에 괜찮은 여자가 있으면 그는 일종의 질투까지 느꼈다. 여자는 그에게는 아내로서가 아닌, 다른 가치는 전혀 없는 존재였다. 결혼이 그에게는 전부였다. 여자가 오로지 자신에게만 의지하기를 원했다.

그런 그가 스기코를 보고 곧바로 자신의 신붓감으로 생각하는 것은 당연했다. 그는 그런 여자를 찾고 있었다. 그리고 스기코가 그런 여자가 아닐까 하고 남몰래 생각하고 있었다. 하지만 사실은 지나치게 이상적으로 보였다. 자신에게는 조금 분에 넘친다는 생각도 들었다. 그리고 나카다가 그녀를 여동생이라는 이유로 함부로 대하는 것을 못마땅하게 여겼다.

그날 밤 집으로 돌아와서도 스기코 생각을 떨칠 수가 없었다.

3

이삼 일이 지나도 그는 스기코를 잊을 수가 없었다. 오히려 점점 더 이상적인 여성으로 변해갔다. 그는 마음의 평정을 잃기 시작했다. 그다음 일요일 아침에 그는 나카다를 만나러 그의 집으로 찾아갔으나, 스기코의 목소리조차 들을 수가 없었다. 그는 나카다와 대화를 나누면서도 스기코에게 정신이 팔려 나카다의 말을 놓칠 때도 많았다. 그리고 어딘지 모르게 초조해 보였다. 나카다하고는 러시아 과격파에 대해 얘기하고 있었다.

"배가 고프면 인간은 뭐든지 한다네. 일본도 지금보다 쌀값이 배 이상 뛰면 가만히 있어도 모두가 과격파가 될 거네. 아무리 압박해도 어디엔가 틈은 있게 마련이지. 러시아에 과격파가 생긴 것은 당연한 셈이야. 그리고 과격파에 반대하는 사람들이 나오는 것도 당연하고, 당연한 것과 당연한 것이 부딪쳐서 서로 죽이는 것도 당연한 일이고. 하지만 그로 인해서 쌀값이 점점 오르는 것도 당연한 일이지. 이 당연한 것들을 어떻게든 해결하여 모두가 밥을 먹을 수 있도록 하는 게 문제라네. 지금은 지켜보는 수밖에 없지."

나카다가 이렇게 말했다.

"당연하지만 폭력적인 방향으로 점점 가속도가 붙을 거 같군. 그것도 당연한 일이지. 그러나 이미 모두 평화를 동경하고 있을 거네. 지금 위대한 사람이 나와서 민중의 희망과 힘을 합하게 되면 대단한 일을 할 수가 있지. 그러나 그것은 단순히 상상에 그치지 않고 하나의 사실로서, 러시아에는 인물도 많을 테니까, 조만간 사실에 근거해 어떤 해결책을 제시해줄 거네. 그 해결책이 세계의 사상에 지대한 영향을 미칠 거네. 나는 레닌이나 트로츠키 이상의 인물이 머지않아 등장할 거라고 믿네. 어딘가 생각지도 않은 곳에서."

노지마는 그렇게 말하면서도 마음은 다른 데 가 있어서 평소처럼 흥분은 할 수 없었다. 뭔가 석연치 않았다. 왠지 초조했다. 그는 일어섰다가 앉았다가를 반복했다. 책을 이것저것 꺼내서는 대충대충 건너뛰어가며 읽었다.

"자넨 어떤 사람을 존경하는가?"

나카다가 느닷없이 그렇게 물었다.

"자네 여동생 같은 분을"이라고 문득 말하고 싶어졌지만, 차마 그렇게 말할 수는 없었다.

"나는 역시 정의에 대한 관념이 강하고, 의지가 강하며, 신념을 실행에 옮기는 사람을 좋아한다네. 그러나 가능하면 타인의 운명을 존경하는 사람을 좋아하지. 누가 뭐래도 성인이나 신과 같은 존재는 위대하다네. 일시적인 크고 작은 물결에 떴다 가라앉았다 하는 사람은 존경할 수가 없네. 그리고 잔인하고 냉정한 사람도 싫어하지. 항상 손해를 보지 않으려고만 하는 사람도 싫고. 어딘지 인간미가 느껴지지 않는 사람도 싫네."

이 때 옆방에서 스기코의 웃음소리 같은 소리가 들렸다. 그러나 그 소리는 곧바로 사라지고, 맞은편 방으로 가버린 듯했다.

"자네의 이상은 어떤가?"

"나는 망설이고 있다네. 지금의 정치가의 생각, 지금의 법률의 기반은 부실하기 짝이 없다는 생각이 드네. 앞으로의 정치는 어떻게 손을 써야 좋을지 모르겠네. 목적은 전 세계의 평화, 인류의 행복에 있다는 것은 알고 있네. 그것을 해치지 않은 채, 국민의 행복을 확보해야만 한다는 것도 알고 있다네. 부의 불균형, 특히 굶주리고 있는 사람들의 운명을 지금 그대로 두어서는 안 된다는 것도 알고 있네. 그러나 그것을 어떻게 하면 가장 좋을지 그것은 알 것 같다가도 잘 모르겠네. 우선 관리가 될 생각도 없고, 사업가가 될 생각도 없네. 학자가 되고 싶은 마음도 있으나 폭풍이 부는데 차분히 방 안에 틀어박혀 있는 것이 진실인지 거짓인지도 모르겠네. 실제로 지금의 법학과 학생들 중에는 제대로 된 자각을 갖고 있는 자가 별로 없을 거네. 뭔가에 조종을 당하고는 있겠지만, 그래서 모두 말만 많은 거라네."

나카다는 노지마가 건성으로 듣고 있다는 것을 알았는지 말을 뚝 끊었다.

"뭐든 좋지. 부딪치면 알게 될 거네. 그 사람이 갖고 있는 가치를 전부 발휘할 수는 없으니까."

4

노지마는 정오가 되어서 나카다의 집을 나왔다. 끝내 스기코는 만나지 못했다. 그는 어쩐지 허전한 마음으로 길모퉁이를 오른쪽으로 돌았다. 그러자 30m쯤 떨어진 곳에서 꽃꽂이를 배우러 갔다 오는지 엽란葉蘭을 기름종이에 싸서 들고 오는 스기코의 모습이 보였다. 그는 뜻밖이라 깜짝 놀라서 멈춰 섰다. 그리고 정신이 들어 다시 걷기 시작했을 때, 스기코가 다가와서 살짝 미소를 지으며 인사를 했다. 그도 당황해서 정중하게 인사를 했다. 그는 말을 걸고 싶었다. 하지만 말이 나오지 않았다.

스기코가 지나쳐 갔다. 그는 정신없이 이삼십 발짝 걸은 후에 뒤돌아보니 이미 스기코의 모습은 보이지 않았다. 그러나 이 사소한 일이 느닷없이 그를 딴사람처럼 쾌활하게 만들었다.

물질론자의 표현을 빌리면, 사랑하는 사람의 호의를 느끼면 정체를 알 수 없는 어떤 물질이 혈관 속에 생겨 자기도 모르게 쾌활해진다. 노지마는 스물셋이나 되었지만 아직 여자 경험이 없다.

노지마의 그런 기분은 집에 돌아가서도 지속되었다. 그리고 누군가에게 스기코에 대한 찬미를 하고 싶어졌다. 그는 이제 스기코가 있는 이상, 인생을 저주할 마음이 없어졌다. 그는 자연이 어쩌다가 아깝지도 않은지 지상에 그런 걸작을 만들고는 늙어가게 하는 건지 이해할 수 없는 심정이었다.

여하튼 그는 일본 여자 중에, 특히 자기 주변에 스기코 같은 여자가 있다는 사실을 찬미하고 감사하고 싶은 마음이 들었다. 그래서 일기에 이렇게 적었다.

"인생은 텅 빈 것인지도 모르지만, 그래서 색즉시공色卽是空일지도 모르지만, 이런 기쁨은 어디서 오는 걸까, 이런 기쁨을 우리에게 준 자를 찬미할지어다."

그는 집에 가만히 있을 수가 없었다. 어디론가 나가지 않으면 마음이 안정되지 않았다. 그는 가장 친한 친구인 오미야를 찾아가기로 했다.

집에 있기를 바랐는데, 역시 그는 집에 있었다. 그 친구는 소설을 써서 조금씩 인정을 받게 되어, 자신보다는 좋은 평가를 받고 있었다. 그 점은 때로는 그를 쓸쓸하게 했다. 그러나 그런 일로 오미야와의 우정에 금이 가거나 하는 일은 없었다. 서로 존경하고 있었다. 오미야는 특히 그의 작품에 호의를 보여, 사람들에게 나쁜 평가를 받아 쓸쓸해하는 그를 위로하느라 애를 썼다. 그런 모습을 보며 노지마는 눈물이 핑 돌았다. 노지마가 자신 있는 작품들을 모아 책을 냈을 때도 오미야는 마치 자기 책이라도 내는 양 많은 도움을 주었다. 그리고 그 책에 대해 어떤 사람이 혹평을 했을 때는 오히려 노지마를 축하해 주었다.

"자네는 복수를 당하고 있는 셈이니, 그런 말에 조금도 기죽을 필요 없네."

그는 그때 울고 싶을 정도로 오미야의 우정에 감동했다. 그리고 오미야를 절친한 친구로 생각하며, 그의 기대를 저버리지 않으리라고 결심했다. 두 사람은 서로를 위로하고 격려했다. 물론 어떤 때는 서로에게 신랄한 비평을 가해 화를 낼 때도 있으나 곧바로 화해를 하고 오히려 상대방의 말이 옳다는 걸 느끼고 나중에 마음속으로 감사하며 우정이 더욱더 돈독해지는 것을 느꼈다.

오미야의 서재에는 '이사야서' 40장의 "주님께 바라는 이들은 새 힘을 얻고 독수리처럼 날개 치며 올라간다. 그들은 뛰어도 지칠 줄 모르고 걸어도 피곤한 줄 모른다"라고 최근에 쓴 문구가 붙어 있었다. 노지마는 그 문구를 보며 깊은 뜻이 담긴 강렬한 말이라는 생각을 했다.

5

그러나 노지마는 스기코를 화제로 삼을 기회가 없었다. 기회를 만들어볼까 하다가도 동시에 내키지 않기도 했다.

두 사람은 문단에 대해 이야기하거나, 자신들의 일이나 읽은 책에 대해 이야기했다. 그리고 자신들이 해야만 하는, 어렵지만 희망적인 일에 대해 이야기했다.

그때 오미야가 아침에 잡지사에서 소설을 써달라고 부탁하러 왔다는 말을 했다. 그 잡지는 유명한 잡지로, 그 잡지에 소설을 내면 소설가로서의 존재가 세상에 알려지게 된다.

그는 그 이야기를 들었을 때 역시 조금 쓸쓸해졌다. 물질론자라면 아마도 그 한마디로 노지마의 뇌 속에 어떤 독소가 분비되었다고 말할 것이다. 노지마 역시 그런 느낌이 들었다. 질투라는 이름의 독소. 그는 그것을 이겨내려 했다. 친구의 성공은 자신의 성공을 의미하는 거라고 생각해보려고도 했다. 그러나 독소는 사라져주지 않았다. 그는 실제로 자기 자신을 믿고 있지만, 이따금 그런 신념에 불안감이 들곤 했다. 그런 그의 마음을 오미야는 금세 눈치 챈 것 같았다.

"일전에 쓰다를 만났더니 자네 작품을 무척 칭찬하더군."

오미야의 이 한마디는 그의 독소를 제거하기에 충분한 효력을 가진 주사였다. 그는 스스로도 어이가 없을 정도로 타인에 의해 자신의 기분이 좌지우지되는 걸 느꼈다. 그는 오미야와 희망적인 이야기를 나누었고, 그리고 오미야가 이번에 그 잡지에 실을 작품이 잘될 거라는 믿음과 함께 자신들이 목표를 향해 바싹 다가가고 있는 것을 자축했다.

집으로 돌아오는 길에 그는 별로 고상하지 못한 자신의 인격에 대해 반성을 했다. 자신은 스기코의 남편이 될 자격이 없는 사람이다. 더 열심히 공부해야지 하고 생각했다.

그는 자신에게 의지하라고 스기코에게 요구하고 있었다. 자신을 믿고, 자신을 찬미하라고 요구하고 있었다. 그런데 지금은 스기코에게 그 역할을 떠넘기고 싶어 했다. 스기코는 그가 하는 일을 절대적으로 믿어주어야만 했다. 스기코가 세상에서 노지마만큼 훌륭한 사람은 없다고 생각해 주기를 바랐다. 그가 하는 일을 이해하고 찬미하며, 그의 내면에 있는 오만한 피를 그대로 토해내도 뒷걸음질 치지 않고 오히려 함께 기뻐해줄 수 있는 사람이어야만 했다.

그러나 그는 자기 자신을 돌아본다. 그리고 자신이 존경하는 사람들을 떠올려본다. 자신이 얼마나 무력한 존재인지를 뼈저리게 실감하지 않을 수 없었다. 아직 스물셋이긴 하다. 하지만 그렇게 훌륭한 자질이 있을까? 단지 자기도취에 불과한 것은 아닐까?

그는 일본 문단의 선배들을 은근히 경멸하고 있었다. 그러나 자신의 현재 모습을 생각하면, 그들보다 낫다고 할 수는 없을 것 같았다.

그는 입센이나 스트린드베리, 톨스토이와 같은 사람들을 떠올리자 맥이 풀렸다. 자신이 문학을 하는 것이 주제넘은 짓은 아닐까 하고 생각했다.

세상에는 폭풍이 휘몰아치고 있다. 사상의 폭풍이. 그 폭풍 속에서 한 그루의 커다란 나무처럼 자신이 일어선 채 한 발짝도 물러나지 않을 그런 힘이 필요했다.

그리고 그 힘을 주는 것은.

바로 스기코다. 스기코가 자신을 믿어주는 것이다.

"저는 당신을 믿어요. 당신은 승리하실 분이에요. 당신의 성실함과 진지함은 당신을 끝없이 성장하게 할 거에요. 외로울 때는 제가 곁에 있을게요. 자신이 믿는 길을 뚜벅뚜벅 걸어가세요. 당신의 길은 멀어서,

멍청한 사람들은 당신을 경멸할 거예요. 하지만 당신은 당신이 아니면 할 수 없는 사명을 갖고 계세요."

이렇게 말해준다면. 그 아름답고 청초하며 생기발랄한, 그리고 순수한 스기코가.

그는 우선 그럴 만한 자격을 갖추어야겠다고 마음먹었다.

"스기코는 아직 어리다. 4년 후에는 나도 지금의 나는 아닐 것이다."

6

그는 그런 생각을 해보기는 했으나, 스기코를 열여섯으로는 생각할 수가 없었다. 게다가 열일곱이나 열여덟에 결혼할 수도 있지 않은가. 스기코의 미모는 남자의 관심을 끌기에 충분하다. 스기코를 보고 마음을 빼앗기지 않는 남자가 어디 있겠는가. 나카다는 친구가 상당히 많다. 그들이 스기코를 가만 놔둘 리가 없다. 그러고 보니 언젠가 스기코에게 편지를 보낸 불량청년이 있다는 말을 나카다한테 들은 적이 있다. 그는 불안감을 느끼지 않을 수 없었다. 사랑하는 사람이 느끼게 되는 불안감이 밀려 왔다.

그에게도 여동생이 하나 있어, 지금은 남편과 함께 외국에 가있다. 올해 스물한 살이다. 그는 여동생이 시집갈 나이가 되자 여러 남자들이 접근하려 했던 것이 생각났다. 동생은 그렇게 예쁜 편이 아니었다. 그런데도 환심을 사기 위해 동생을 찾아오던 남자들이 있는 것 같았다. 동생은 거문고를 배우러 다녔다. 같은 곳에서 퉁소를 배우던 남자가 이따금 찾아오곤 했다. 그는 그 남자를 싫어했으며, 그의 뻔뻔스러움을 염려했다. 그래서 동생이 웃으면서 태연하게 그 남자와 얘기하는 모습을 보면 불안한 마음마저 들었다. 그러나 동생도 그 남자를 경멸하고 있다는 것을 알고 안심했다.

또한 그의 친구 중에 여자라면 사족을 못 쓰는 남자가 자신에게 말도 하지 않고 동생에게 이런저런 선물을 사다주기도 하고, 편지를 보내기도 하고, 카드놀이를 하려고도 해서 신경이 쓰인 적이 있다. 이것저것 생각하니, 그는 결혼적령기의 딸을 가진 부모나 오빠나 언니의 염려하는 마음을 확실하게 느낄 수가 있었다. 부디 여동생을 진정으로 생각해 주고 사랑해 주는 성실한 사람이 매부가 되었으면 좋겠다고 생각했다.

그러나 다행히도 그의 동생은 바보가 아니었다. 운명이 허락한 최고의 사람을 선택했다. 그는 그때 진심으로 안심했다. 스기코 생각을 하니 굶주린 늑대들이 틈을 노리고 있는 것만 같았다. 자신의 동생보다 몇 배나 더 아름다운 만큼 그는 그런 걱정하지 않을 수 없었다.

나카다는 친구가 많은 편이었다. 특히 나카다의 어머니는 사교적인 사람으로, 남편이 말수가 적어서인지 상냥하게 대하며 젊은 사람들이 찾아오는 것을 반기는 것 같았다. 노지마도 나카다의 어머니를 두세 번 만난 적이 있다. 그때 나카다의 어머니는 상냥하게 말을 건넸으나, 그가 무뚝뚝한 편이라서 요즘은 거의 나와 보지도 않았다.

딸을 공략하려면 먼저 어머니부터 공략하라. 그런 말을 하더니 어머니에게 공을 들여 결국 원하던 대로 결혼에 성공한 남자 이야기를 언젠가 오미야가 해준 적이 있다. 그는 그때 무척 불쾌하여, 오미야와 둘이서 그 남자의 험담을 한 적이 있다. 그러나 스기코의 어머니가 자신에 대해 좋지 않은 인상을 갖고 있다는 것은 지금의 그에게는 약간의 타격이었다.

7

노지마는 결혼이라는 것은 두 사람에게 행복이어야만 하고 기쁨이어야만 한다고 생각했다. 스기코가 자신에게 기쁜 마음으로 와주지 않는다면, 결혼하고 싶지 않다고 생각할 정도로 그는 자존심이 셌다. 하지만 그는 스기코를 잃는다는 것은 생각조차도 하기가 싫었다.

그는 그 후로 나카다네 집을 서너 번 방문했으나 스기코를 만나지는 못했다. 스기코가 학교에서 돌아올 시간에 두 번 찾아가 한 번 만났다. 그때 스기코는 친구 네댓 명과 함께 기쁜 듯이 웃으며 큰소리로 얘기를 하고 있었는데, 그를 보더니 평소의 붙임성 있고 천진난만한 표정으로 인사를 했다. 그도 정중하게 인사했다. 그는 무척이나 기뻤다.

그는 어느 날 밤 오미야네 집에 놀러 갔다. 돌아오는 길에 배웅해준 오미야에게 그는 스기코를 사랑하고 있다는 것을 고백했다. 오미야와 나카다는 친구 사이가 아니었다. 하지만 오미야는 스기코에 대해 알고는 있었다.

"그 사람이라면 내 사촌여동생하고 같은 학교에 다니는 사람일 거네. 어떤 사람인지 사촌동생에게 물어봐주지. 물론 좋은 사람이겠지만."

"물어봐줄 수 있으면 그렇게 해 주게나. 아무리 평판이 나빠도 그녀에 대한 내 믿음은 변함이 없겠지만."

"나도 한번 사촌동생 집에서 사진을 본 것 같네. 상당히 예쁘더군."

"상당히 정도로는 부족하지."

두 사람은 웃었다.

"여하튼 잘 되면 좋겠네."

"하지만 아직 열여섯이라서."

"일이 년은 괜찮겠지만."

"지금 그런 이야기를 하면 우선 장본인이 놀랄 거네. 아직 순진무구한 여자이니까."

그는 속내를 털어놓았기 때문에 그 후에도 이따금 오미야를 찾아가서 스기코를 찬미했다. 오미야가 친구에게, "노지마가 오는 건 괜찮은데 스기코 이야기에는 질렸다네"라고 말할 정도였다.

그는 그 말을 듣고 오미야에게는 스기코 얘기를 하지 않으리라고 결심했다. 하지만 그 결심은 금세 잊혀져, 여전히 스기코 얘기를 하러 오미야를 찾아갔다. 그리고 일본 여자에 대해 험담하는 사람이 있으면, 그는 마음속으로 비웃었다.

"자네들은 아직 진정한 일본 여자를 본 적이 없어서 그런 말을 하는 거라네. 그런 여자를 보게 되면 더 이상 그런 말은 못할 거네."

어느 나라에나 진정으로 착한 사람은 많지 않다. 아니 극히 드물다. 아름다운 사람도 많지는 않다. 극히 드물다. 그러나 없는 것은 아니다. 단지 그런 사람을 만나기가 힘들 따름이다.

그는 그렇게 좀처럼 만나기 힘든 사람을 만났다. 그는 스기코와 부부가 될 것을 생각하니, 낙원에 있는 것만 같은 기분이었다. 신문을 봐도, 잡지를 봐도, 그리고 책을 봐도 스기라는 글자가 눈에 들어왔다. 그런 때면 깜짝 놀라곤 했다. 하지만 그는 아직 스기코하고 제대로 말 한 마디 나눠보지 못했다.

어느 날이었다. 그는 또다시 나카다네 집을 방문했다. 그때 외출하려고 하는 스기코와 대문간에서 마주쳤다. 너무나도 갑작스러운 일이었기에 그는 편한 마음으로 말을 걸 수가 있었다.

"오빠 집에 있나요?"

"네."

"어디 가시나 보죠?"

"꽃꽂이 강습 받으러 가요."

이 정도의 대화가 그에게는 적장의 목을 베기라도 한 양 기뻤다. 용케도 말을 걸었다고 스스로 생각해도 신통했다. 그리고 그녀는 자신을 싫어하지는 않는 것 같다고 생각했다.

그는 자기 방에 스기코가 꽂은 꽃을 장식하는 공상을 했다. 그는 평소의 세 배나 활기에 찬 목소리로 나카다와 이야기를 했다.

나카다가 무슨 이야기를 하다가 중단하더니 이런 말을 했다.

"세상에는 참으로 이상한 놈도 다 있더군. 언젠가 여동생에게 편지를 보냈던 녀석이 또 편지를 보내왔다네. 아직 열여섯도 채 안 된 어린 여자애한테 벌써부터 그렇게 열을 올리다니. 어떻게 그럴 수가 있는 건지. 내참 어이가 없어서."

8

그는 그 편지를 좀 보여 달라고 했다.

"무척 뻔뻔스러운 편지라네. 자기 생각만 하고 상대방의 의사는 전혀 안중에도 없는 것 같더군. 여자를 마치 물건처럼 생각하며 자신이 얼마나 원하는지만 강조하며 요구하는 내용의 편지라네."

"상대는 어떤 사람인가?"

"작가 지망생이라던데, 그런 사람들이라는 게?"

라고 말하다가 중단하더니,

"자네는 제외하고" 하고 나카다가 웃으며 덧붙였다.

"그래서 자네 여동생한테 그 편지를 보여줬나?"

"아니. 아직 어린애니까. 그런 문제에 벌써부터 말려들게 하고 싶지 않거든. 적어도 스스로 남자의 장단점을 확실히 알게 될 때까지는. 그리고 결혼이라는 것에 대해 제대로 알고, 자진해서 결혼하고 싶은 마음이 들 때까지는. 자네도 자네 여동생의 결혼에 대해 무척 염려하지 않았나. 나도 아직 열여섯밖에 안된 여동생의 결혼 문제를 벌써부터 걱정해야 한다고 생각하니 정말 싫다네. 벌써 청혼하는 사람들이 가끔 있으니 참을 수가 없네. 전부 내가 묵살하고 있다네. 좀 더 독립적으로 생각할 수 있을 때까지는. 적어도 남편을 선택할 권리만은 당사자를 위해 남겨두고 싶으니까."

노지마는 나카다의 한마디 한마디에 자신의 마음이 좌지우지당하고 오르락내리락 하는 것을 추하고 천박하게 여겼다.

나카다는 일어서더니 잠시 후에 편지를 갖고 왔다.

"오늘 우연히 제 생일에 석 달 만에 길에서 당신을 뵌 것을 저는 단순한 우연이라고는 생각하지 않습니다. 그래서 다시 편지를 쓰게 되었습니다. 저에게는 당신을 아무 관계도 없는 남으로는 생각할 수가 없습니다. 자연이 이 정도로 강렬하게 당신 생각을 하지 않을 수 없도록 저를 창조해준 것을 저로서는 무시할 수가 없습니다. 거기에는 어떤 의미가 담겨 있으며, 당신을 얻기 위해 최대한 노력하라고 저에게 명령하고 있는 듯합니다. 그 명령에 따른다는 명분으로 이런 염치없는 편지를 티 없이 맑은 당신에게 쓰는 겁니다. 제 마음을 당신은 이미 알고 계실 겁니다. 저는 아무 말도 하고 싶지는 않습니다. 저는 당신에 비하면 한없이 부족한 사람이라는 것을 알고 있습니다. 그러나 저는 당신 없이 사는 것이 너무나도 쓸쓸합니다. 운명이 당신을 만들고, 나를 만들고, 그리고 두 사람을 만나게 한 것을 저는 무시할 수가 없습니다. 두 사람이 하나가 되는 것이 우리 둘에게 최고의 행복이며, 또한 그것이 누군가의 의지라고 생각합니다. 저는 그 누구보다도 당신의 운명에 상처를 입힐까봐 두려워하고 있습니다. 당신의 행복을 바라고 있습니다. 당신이 저한테 오는 것이 당신에게도 최고의 행복이라고 생각하기 때문에 이런 편지를 쓰는 겁니다. 저는 신경 쓰지 마시고, 당신의 최고의 행복을 자유롭게 붙잡기를 바랍니다. 당신 앞에 무릎을 꿇고 울며 당신의 손을 요구하고 싶지만, 저도 남자입니다, 그리고 당신의 의사를 존중합니다. 저한테 돌아오는 것이 옳다고 생각하신다면 돌아와 주세요. 길을 깨끗이 치우고 기다리고 있겠습니다."

나카다는 편지를 읽고 있는 노지마를 쳐다보며 말했다.

"일종의 정신병자지. 바보야 바보. 내 참 어이가 없어서."

노지마는 자신의 풍자화를 본 듯한 기분이었다.

"자네 여동생은 그 남자에 대해 알고 있나?"

"응. 동생을 만나면 멈춰 서서 이상한 눈초리로 쳐다보니까 정신병자인 것 같다며 무서워하고 있다네."

9

노지마는 스기코가 자신에 대해서도 그런 식으로 생각한다면 견딜 수 없을 것 같았다. 그러나 그 편지를 오빠의 독단에 의해 스기코에게 보이지 않는 것도 횡포라는 생각이 들었다.

"편지를 보여주지도 않는다니 그 사람이 가여워지는군."

"여동생이 열여덟쯤 되면 보여줘도 되겠지. 하지만 그때가 되면 이 남자는 이미 다른 여자와 결혼해서 여동생과 결혼 못한 것을 오히려 행복으로 여기고 있을 거네."

"그럴지도 모르지. 그 정도로 불성실한 사람 같지는 않네만."

"믿을 수 없다네. 내가 아는 녀석 중에 어떤 여자에게 푹 빠져서, 그 여자와 결혼 못하면 죽겠다고 하던 녀석이 있었다네. 그런데 그 여자가 병에 걸려 죽었지. 그때는 미친 사람처럼 울더니 반년도 채 지나지 않아 아내를 맞아서 지금은 행복하게 살고 있다네."

"그러나 가끔은 그 여자 생각을 하겠지."

"그러나 반드시 그 여자여야만 하는 건 아니지 않나. 남자와 여자의 관계는 그렇게 융통성이 없는 게 아니라네. 모두 뭔가에 푹 빠져드는 성격을 갖고 있다네. 상대방은 그런 환영을 깨뜨리지 않을 정도의 자격만 갖추고 있으면 되는 거지. 사랑이 화가라면, 사랑의 대상은 캔버스에 해당하네. 사랑하는 사람의 재능 여부가 캔버스 위에 나타나는 거지. 단테에게 베아트리체는 단순한 여자가 아니라 신과 같은 존재였을 거네. 그러나 사랑하는 다른 남자에게는 단순한 여자에 불과하지. 어떤 남자에게는 암컷에 불과할 수도 있네. 맹목적인 사랑이란 제멋대로 상대방의 좋은 점만을 보는 것을 뜻하지. 상대는 그렇게 단 한 명밖에 없는 건 아니라네. 그 사람을 못 만났다고 해서 사랑을 못하는 건 아니라는 거지. 사랑할 만한 자격이 있는 여자는 세상에 몇 천, 몇 만 명이 있다네. 그러니까 자기 안에 있는 사랑도 살아 있는 거라네. 만일 그런 여자가 이 세상에 단 한 사람밖에 없다면, 결혼할 나이가 되면 모든 걸 버리고 상대를 찾으러 돌아다녀야만 할 거네. 그러나 사랑할 상대를 만나는 것 정도는 학문을 하면서 조금만 틈을 내는 것으로 충분하다네. 또한 자기 일을 하면서 남는 시간으로 충분하지. 오히려 만나지 않으려고 해도 만나게 될 정도로 그런 상대는 이 세상에 우글우글하다네.”

“그러나” 하고 노지마가 말했다. “하지만 평생 그런 여자를 만나지 못하는 사람도 있지 않을까?”

“아니지. 그런 사람은 캔버스가 있어도 그림을 못 그리는 사람이라고 할 수 있지.”

“그러나 한 번 채운 캔버스는 비어 있는 캔버스와는 다르지 않은가. 어떤 사람의 사랑을 받을 자격이 있는 여자가 유일하지는 않을지도 모르네. 하지만 일단 사랑해 버리면 그 사람에게 그 여자는 유일한 사람이 되지. 내가 아는 사람 중에 더 괜찮은 여자를 만날 수도 있을 거라는 생각에서 좀처럼 결혼할 마음이 들지 않는다고 하던 녀석이 있었네. 그런데 어쩌다가 어떤 여자, 우리가 보기에는 좀 더 괜찮은 여자가 얼마든지 있을 것 같은 여자였는데, 그런 여자를 알게 되었고, 그러다가 곧 깊이 사랑하게 되었다네. 하지만 그 여자와 결혼할 수 없는 사정이 있어, 결국 둘이서 동반자살을 하고 말았지."

"세상에는 다양한 경우가 있지. 이치에 맞는 일만 일어나는 건 아니라네. 부모의 뜻에 따라 결혼해서 행복해진 녀석이 있는가 하면, 자신이 사랑하는 여자와 무리해서 결혼하더니 금세 싫증을 내는 녀석도 있다네. 결혼을 못해서 동반자살을 하려다 미수에 그쳐 목숨을 건진 남녀가 얼마 후에 서로 얼굴도 보기 싫어할 정도가 된 경우가 있는가 하면, 5년이 지나도 10년이 지나도 같은 여자만을 생각하며 끙끙거리는 녀석도 있지. 그러나 대부분의 사람들은 적당히 사랑하고, 적당히 결혼을 하지. 그게 영리한 거라네. 요컨대 사랑이 인생의 전부는 아니니까. 우리에게는 해야 할 좀 더 중요한 일이 있지."

"그야 물론이지."

그는 나카다와 더 이상 사랑이야기는 하고 싶지가 않았다. 그래서 화제를 바꿨다.

10

그날 밤 노지마는 오미야가 무척 만나고 싶었다. 오미야는 자신의 마음을 이해해줄 것 같았다. 오미야는 집에 있었다. 그리고 그가 온 것을 기뻐했다.

"그녀에 대해 얘기를 들었네. 무척 칭찬하더군. 자네는 납득 못하겠지만, 용모는 보통 정도라고 하던데. 하지만 순수하고 쾌활한 성격이어서 함께 있으면 묘하게 남의 기분을 유쾌하게 하고, 몸매가 좋은 사람이라고 하더군. 나는 그 말을 듣고 더더욱 자네하고 잘 되기를 바라게 되었네."

"그녀의 아름다움을 다른 사람은 잘 몰라볼 거네. 오늘 실은 나카다네 집에 갔다가 대문간에서 만났다네. 그리고 얘기도 나눴지. 정말로 그렇게 아름다운 사람은 좀처럼 없다네."

"자네만이 그녀의 아름다움을 알아보는 셈이로군."

"하지만 여보게. 그녀의 아름다움을 이해하는 것은 나만이 아니라네. 여기저기서 벌서 청혼이 들어왔다더군."

그러고는 그는 그녀에게 편지를 보낸 남자와 나카다의 연애관에 대해 애기를 했다.

"정말 싫더군. 그런 오빠가 있어서야 그녀도 제대로 된 여자가 되긴 힘들 것 같았네. 정나미가 떨어질 정도로 냉정하니 말일세. 여자 따윈 누구든 상관없다는 거네. 그리고 사랑 같은 것에 동정하는 것을 바보스러운 정도를 넘어서서 한심하게 생각하더군. 내가 자기 여동생을 좋아하는 것을 알아차리고 일부러 그런 말을 한 게 아닌가 하고 생각하니 화가 나더군. 그 녀석도 한 번 사랑을 해봐야 하는데."

"난봉꾼은 사랑이 뭔지 모르는 법이지. 나카다에게는 어떤 여자도 마찬가지일 거네. 하지만 진심으로 사랑을 한 사람은 실연은 할 게 못된다고 하더군. 너무나도 쓸쓸해서 견딜 수가 없을 정도라더군. 사랑했던 여자의 꿈이라도 꾸게 되면 감당할 수 없을 정도로 쓸쓸해지니까, 실연은 정말로 할 게 못된다고 생각한다더군. 그러니 자네도 주저하지 말고 어쨌든 부딪쳐 보도록 하게."

"하지만 한 여자를 여러 사람이 사랑하는 게 자연스러운 일이라는 걸 생각하니 정말로 싫어지더군. 모두가 정색을 하고 때 묻지 않은 한 처녀를 노리고 있다는 걸 생각하니 두려워진다네. 그중에는 온갖 녀석이 있을 거네. 출세하려고 한다거나, 혹은 지참금을 목적으로 하는 자도 있을 거네. 농락하려고만 드는 자도 있을 거네. 그리고 달콤한 생각만 하는 자도 있을 거고. 생각만 해도 견딜 수가 없네. 나 자신도 그중 한 사람이라고 생각하니 더더욱 싫어지네. 그리고 그녀가 아무것도 모르는 듯한 표정으로 그런 것을 원하고 있다고 생각하니 묘한 기분이 든다네. 꿀벌이 수태할 때의 이야기가 있다네. 여왕벌이 최대한 높이 날면, 수많은 수벌들이 뒤쫓는다네. 날개가 약한 놈부터 떨어져나가 점점 수벌의 숫자가 줄다가 마지막에 두세 마리가 남게 되고, 그 두세 마리가 또다시 서로 최선을 다해 경쟁해 결국 한 마리가 남게 되지. 그것은 수벌 중에서 가장 용감한 벌로, 소임을 다하면 몸이 바스러지며 죽어서 떨어진다네. 인간과 꿀벌은 물론 다르지. 인간으로서 가장 우수한 남자를 그녀가 선택해 주면 좋겠지만, 달콤한 말이나 아첨하는 낯빛에 속는다면 견딜 수 없을 것 같네. 나는 사랑이란 나카다가 말한 것처럼 캔버스 위에 그림을 그리는 것과는 다르다고 생각하네. 그것은 상대방을 너무 무시하는 거라네. 물론 그런 경향이 있는 사랑도 있겠지. 실제로 사랑을 할 수 없는 사람이 많을지도 모르네. 그리고 캔버스는 가장 아름답게 자기 위에 그림을 그릴 수 있는 사람을 사랑할지도 모르겠네. 하지만 좀 더 서로의 정신이 어딘가에서 활동하고 있을 거라고 생각하네. 의식할 수 없는 곳에서 서로를 끌어당기고 있다고 생각하는 거지. 그때 서로가 너무 굶주려 있어서는 곤란하다네. 하지만 그렇지 않으면 서로의 마음이 하나가 되기 때문에 거기에 있는 행복의 전당, 미의 전당이 완성되는 거라고 생각하네. 상대방의 의지와는 상관없이 혼자서만 설치는 사랑도 있을 거네. 그런 사랑은 자연스러운 것이라고는 할 수 없지.”

노지마는 말하면서 스스로 뭐가 뭔지 종잡을 수가 없어졌다.

11

오미야가 말했다.

“여하튼 사랑을 우습게 여겨서는 안 되네. 인간에게 사랑이라는 특별한 감정이 주어진 이상, 그것을 우습게 여길 권리는 우리에게 없다네. 아무리 노력해도 이룰 수 없을 때는 어쩔 수 없겠지. 그러나 그렇다 해도 끝까지 포기해서는 안 된다네. 사랑이 있기에 상대방의 운명이 염려가 되고, 상대방의 운명을 자신의 운명과 연결시키고 싶어 하는 거라네. 그래야만 가정이라는 것이 자연스러워지지. 사랑을 우습게 여기니까 결혼이 저속해지고, 남녀 관계가 비뚤어지는 거라네. 진정한 사랑을 모르는 사람이 많기 때문에 순금을 모르는 자가 도금鍍金된 것을 집는 거라네."

오미야가 해준 이런 말은 노지마에게 커다란 힘이 되었다. 자신은 천박한 인간이 아니며, 부정한 생각을 마음속에 품고 있는 자가 아니라고 생각할 수가 있었으니까.

"진정한 사랑을 알리는 것도 우리가 해야 할 일 중 하나지."

"물론이지. 아름다운 여자들에게 '부정한 남자에게 현혹되지 마라, 농락당하지 마라, 옷을 입은 늑대를 조심해라'라고 주의를 주며 그런 것을 꿰뚫어보는 기술을 가르치는 것도 우리가 해야 할 일 중 하나라네. 그러면 여자의 운명이 꼬이거나 하는 일은 없게 되지."

"참으로 옳은 말이네."

노지마는 가슴이 후련해지는 느낌이었다.

"여하튼 일본사람들은 사랑을 너무 경멸하는 경향이 있다네. 나카다와 마찬가지로, 자신의 딸을 사랑해 주는 남자보다는 생면부지의 남자에게 딸을 주는 게 더 안심이라고 생각하지. 게다가 젊은 사람들은 여자를 원하는 것과 사랑을 동일시하는 경향이 있네. 우선적으로 여자의 운명을 염려하는 것이 곧 사랑이고, 자신의 욕망을 채우려고만 하는 것은 육욕肉慾이지. 딸이나 여동생을 가장 순수하게 사랑하는 사람에게 주는 것이 부모형제의 의무라네. 그러나 남녀 사이의 교제를 너무 억압하게 되면, 사랑해서는 안 될 사람을 사랑하거나, 사랑이 아니라 육욕을 위해 여자를 원하는 사람들이 나오게 되니 조심해야 하네. 나는 결혼이라는 것에 묘한 공포심을 갖고 있다네. 죽은 누나가 몸도 건강한 편은 아니었지만, 잘못된 결혼에 희생을 당한 셈이라고 할 수 있거든. 어머니가 어떻게든 편한 곳으로 시집을 보내고 싶어 했다네. 어머니는 시어머니와 시동생, 시누이 때문에 무척 힘들게 살았기에, 어떻게든 편한 사람, 즉 가족이 없고 주색을 멀리 하는 고지식한 사람을 골라 결혼을 시켰지. 누나는 별로 내키지는 않았지만, 좋은 사람이라는 말을 들은 데다 딱히 반대할 이유도 없었고 스스로도 성실한 사람이라는 생각이 들어서 결혼을 했지. 매형은 성실한 사람으로 주색을 가까이하지는 않았네. 그러나 그 대신 자기 집에서 난봉꾼과도 같은 쾌락을 맛보려 했다네. 누나를 아내로서 사랑하는 것이 아니라 이른바 맹목적인 애정을 퍼부었지. 성욕의 부조화도 문제가 되었네. 그래서 결국 누나는 폐병에 걸려 죽고 말았다네. 누나는 매형의 집요함을 싫어했던 것 같네. 그러니 아무리 겉보기에는 괜찮아 보여도 그런 부분은 베일에 싸여 있으니까 어떻게 할 도리가 없는 문제라네. 난 역시 누나가 자신이 진심으로 좋아하는 남자와 결혼하기를 바랐네. 그랬으면 안 죽었을지도 모르지. 그랬는데도 죽었다면 그래도 쉽게 체념할 수가 있었을 거네.”

그런 말을 할 때 오미야의 눈에는 살짝 눈물이 맺혀 있는 것 같았다.

“누나는 정말로 죽기 싫어했다네. 투병 중일 때는 집에 돌아와 있었지. 하지만 병이 나아서 또다시 남편이 있는 집으로 돌아가야 한다고 생각하니, 살아봤자 별 수 없다는 생각이 들어 언제까지고 병이 낫지 않았으면 하는 마음도 있었다고 하더군.”

“참으로 안 됐군.”

“아아, 누나 생각하면 돌이킬 수 없는 잘못을 저지른 기분이라네. 그때 나는 열여섯 살이었으니 아무것도 몰랐다네. 지금의 나라면 조금은 누나를 도와줄 수도 있었을 텐데.”

“어떤 경우든 타인의 의지에 의해 결혼을 해서는 안 된다고 생각하네. 일전에 길을 걷다가 이런 생각을 한 적이 있네. 사람을 죽였으면 그 죽인 사람이 책임을 질 거네. 그러나 다른 사람이 죽였는데 그 책임을 자신이 떠맡는다는 건 견딜 수 없는 일이지. 결혼도 마찬가지일 거네. 자신의 의지로 결혼했다면 책임을 지겠지만, 아무리 부모라도 남의 의지에 의해 떠밀려서 결혼해서는 안 된다네.”

12

오미야를 찾아가면 언제나 그는 가슴이 후련해졌다. 좋은 친구를 둔 것에 감사하지 않을 수 없었다. 자신이 무슨 짓을 해도 적어도 오미야만은 이해해줄 것 같았다. 나카다는 만나고 싶지 않았다. 왠지 차가운 것이 그의 마음에 닿아, 그의 마음이 나카다의 마음을 원해도 항상 거부당하는 느낌이었다. 특히 스기코를 사랑한다는 것을 눈치 채고 미리 예방 차원에서 선을 그어두려고 하는 것만 같았다. 하지만 그는 나카다를 찾아가지 않을 수가 없었다.

늦은 봄 일요일의 일이었다. 벌써 상당히 덥게 느껴지는 날이었다. 나카다를 찾아가기로 결심하고 그는 나카다네 집 문 앞까지 갔으나 선뜻 들어갈 용기가 나지 않아 한 번 지나쳐갔다. 그러나 결심을 하고 되돌아와서 집으로 들어갔다. 나카다는 그 어느 때보다도 활기차 있었으며, 그가 온 것을 반겼다.

“오랜만이로군. 지난 주 일요일에 올 줄 알았네.”

“올까 했지만 왠지 자네가 집에 없을 것 같아서” 하고 5분의 1 정도는 사실이 섞인 변명을 했다.

“나는 외출을 싫어해서 언제든지 누가 찾아와 주는 걸 좋아하니까 주저하지 말고 와주기 바라네.”

“고맙네.”

그는 나카다에 대한 껄끄러운 감정이 사라졌다.

"시험은?"

"이제 얼마 안 남았지만 워낙에 조바심을 내는 성격이 아니라서. 낙제해봤자 결혼에 지장이 있는 것 외에는 별로 곤란할 것도 없으니까. 그리고 낙제했으니까 찾아오지 않겠다고 하는 녀석이 있으면 내가 오히려 사절하겠네. 하하하하."

별로 우습지도 않은데도 나카다가 웃었다. 노지마도 우습지도 않은데 웃었다.

"어제 여동생이 만들어 달라고 해서 탁구대를 만들었다네. 자네도 한번 치지 않겠나?"

"난 잘 못 치는데."

"그건 나도 마찬가지라네."

"하지만 나는 거의 친 적이 없다네."

"어쨌든 해보지 않겠나?"

"그럴까?"

두 사람은 탁구를 쳤다. 노지마는 전혀 흥이 나지 않았다. 그러나 탁구 치는 소리가 스기코를 불러내지는 않을까 하는 공상에 사로잡혔다. 그래서 나카다가 그만 치자고 할까봐 염려스러울 정도였다.

그러나 그 소리는 전혀 듣기 좋은 소리가 아니었다. 두 사람은 보기 드물 정도로 서툴러, 그 소리가 채 다섯 번도 이어지지 않았다. 거의 승부에는 관심도 없고 서로 받아치기에만 급급했는데도 나카다가 이렇게 말했다.

"자네는 보기보다 운동신경이 좋군."

"그렇지도 않네. 그러나 자네도 보기보단 못 치는군."

"딱 적당한 상대로군. 여동생하고 치면 처참할 정도로 일방적으로 당하기만 한다네."

두 사람은 별 감흥도 없이 한 시간 가까이를 계속 쳤다. 그러나 스기코는 나타나지 않았다.

"이제 그만 칠까?"

노지마는 몇 번이고 그렇게 말하려다 말았다. 그러나 그는 점점 자신이 어리석게 느껴지며, 마음이 점점 공허해지는 느낌이었다.

이제 결단을 내려 그만 치려고 했다. 그때 부엌 쪽으로 난 문이 열렸다. 그리고 이윽고 스기코가 들어왔다.

갑자기 한 줄기 빛이 비치는 느낌이었다.

인사를 마친 후에 나카다가 말했다.

"오늘은 일찍 왔구나."

"탁구가 치고 싶어서 서둘러 돌아왔어."

"마침 잘 됐구나. 노지마 군은 상당히 잘 친단다."

"그래?"

"거짓말입니다. 나카다 군보다도 더 못 칩니다."

세 사람은 웃었다. 그리고 노지마는 스스로 창피해질 정도로 유쾌해졌다.

"인간은 마음먹기에 따라 기분이 달라지는 법이로구나" 하고 생각했다.

13

스기코는 노지마와는 비교도 안 될 정도로 잘 쳤다. 그러나 스기코는 그를 농락하지는 않았다. 오히려 그를 감싸줬다. 그에게는 치기 좋은 공만 돌아왔다. 나카다하고 칠 때보다 공이 오가는 소리가 더 오래 지속되었다. 그는 이따금 치기 힘든 공을 보내려고 했다. 우습게 보이는 게 싫어서. 그러나 스기코는 그런 의도를 눈치 채지 못한 듯이 치기 좋은 공을 보내왔다. 그는 그런 모습을 보며 스기코의 성격을 느끼지 않을 수 없었다. 그는 그것을 이상적으로 해석했다. 순수하고 친절한데다 영리하고 쾌활하며, 태연한 얼굴로 부정한 것을 올바르게 하는 방법을 터득하고 있다고 그는 생각했다. 어디에 이토록 때 묻지 않은, 아름답고 깨끗하며 배려심이 있는 사랑스러운 여자가 있겠는가? 신은 자신에게 이 여자를 주려고 하고 있다. 주지 않는다면 너무나도 참혹하다. 그녀는 자신을 아직 사랑하지는 않을 거다. 하지만 싫어하지도 않을 거다. 그녀는 잘 웃는다. 그 웃음이 얼마나 순수한가?

이제까지보다 훨씬 더 활기에 찬 분위기 속에서 탁구 시합이 치러졌다. 웃음소리가 끊임없이 들렸다. 스기코의 여동생까지 왔고, 마침내 어머니까지 보러 왔다. 노지마는 어머니에게 정중하게 인사를 했다. 어머니도 미소를 지으며 인사했다.

그는 지상에서 이런 기쁨을 맛볼 수 있으리라고는 생각지도 않았다. 행복해서, 너무나도 행복해서 누군가에게 감사하지 않을 수 없었다. 모두에게 감사하지 않을 수 없었다.

나카다에게도, 나카다의 어머니에게도, 그리고 스기코를 지상에 태어나게 한 자연에게도.

그의 마음속에 깊숙이 자리 잡고 있던 음울함도 꺼림칙함도 말끔히 사라졌으며, 시간이 흐르는 것도 잊었다. 단지 이따금 "이제 가야지. 너무 오래 있어서 나를 싫어하게 되면 곤란하니까" 하고 생각했다. 그러나 모두의 즐거워하는 모습을 보자, 그는 좀 더 있어도 좋다는 허락을 받은 것만 같아 기뻐하며 감사해했다. 그에게는 그런 기쁨이 황송했다.

그도 그 어느 때보다 농담을 하거나 익살을 부렸다. 그리고 모두를 웃기고 자신도 웃었다. 스기코에게도 아무렇지도 않게 농담을 했다. 그리고 그것은 그에게 물론 기쁨이었다.

모든 것은 신이 그를 위해 보내준 기쁨의 향연처럼 보였다. 그는 그것을 겸손한 마음으로, 그러나 솟구치는 기쁨에 순순히 몸을 맡기고 행복을 만끽하고 있었다.

그러던 차에 하녀가 들어왔다.

"하야카와 씨가 오셨습니다" 하고 말했다.

"마침 잘 됐군. 이리 모셔오도록 해" 하고 나카다가 말했다. 그는 문틈으로 바람이 들어와 그의 옆얼굴을 스치고 지나간 것만 같았다. 그러나 그는 그렇게 생각하는 자신을 한심해하며 태연하게 하야카와를 맞이하리라고 마음먹었다.

그는 지금까지 하야카와와 두세 번 나카다네 집에서 만난 적이 있다. 나카다와 동급생이며 장학생이라는 말을 들은 기억이 있다. 그때는 그런 말을 들어도 별로 신경 쓰지 않았다. 그리고 만나도 가볍게 인사를 하는 정도로 거의 한 마디도 나누지 않았다.

그러나 지금은 태연하려고 해도 어떤 예감을 느끼지 않을 수 없었다.

나카다가 손님을 맞으러 나갔다. 잠시 후에 하야카와가 나카다와 뭔가 재미있는 이야기를 하며 웃으면서 들어왔다. 그러더니 나카다의 어머니에게 붙임성 있게 친근감이 느껴지는 인사를 했다. 나카다의 어머니는 마흔대여섯 정도의 나이에 비해서 젊어 보이는 편으로, 그녀의 통통한 얼굴에는 친근감이 넘쳐흘렀다.

하야카와는 스기코하고도 인사를 했다. 두 사람은 잘 아는 사이이긴 하지만 서로에게 별 관심은 없는 사람들끼리의 형식적인 인사를 주고받았다. 두 사람은 사랑하는 사이가 아니고, 서로 마음에 두고 있지도 않으며, 별로 존재를 의식하지도 않는 사이로구나 하고 그는 생각했다. 하야카와는 그에게도 친한 사람에게 하듯이 인사를 했다. 그도 살짝 미소를 지으며 인사했다.

14

노지마와 스기코는 그때 탁구 시합을 하고 있던 참이었다. 그는 하야카와가 보는 앞에서 시합을 계속하고 싶지 않았다. 자신의 실력이 너무 딸리기 때문이다. 하지만 그만 치겠다고 하기도 곤란해서 시합을 계속하는 수밖에 없었다. 그러나 더 이상 순수한 기쁨은 느낄 수가 없었다. 어딘지 거북했다. 그러나 순진무구하게 웃는 스기코나, 노지마가 생각보다 잘 받아내자 놀리듯이 칭찬하는 나카다 덕분에 금세 유쾌해질 수가 있었다. 하야카와는 웃으면서 쳐다보고 있었지만, 전혀 경멸하는 것처럼 보이지는 않았다.

"탁구를 못 친다는 것은 부끄러워할 일은 아니다."

이렇게 그는 변명을 해보지만, 만약 잘 친다면 지금처럼 주눅 들지 않고, 겸연쩍을 정도로 의기양양해질 것만 같았다. 못 치니까 오히려 경박한 근성을 노골적으로 드러내지 않아 다행이지만, 잘 쳤다면 거리낌 없이 더욱더 의기양양해질 수 있었을 거라는 생각이 들어 아쉬웠다.

노지마는 시합에 져서 물러나고, 대신 하야카와가 스기코를 상대했다. 두 사람은 좋은 적수였다. 스기코는 전혀 다른 사람처럼 보일 정도로 실력을 발휘해, 머리도 손도 민첩하게 움직이며 빈틈없이 상대방의 틈을 노렸다. 하야카와 역시 지고만 있지는 않았다. 그는 그 광경을 보며 기분이 좋았다. 그리고 점점 더 스기코를 찬미하고 싶어졌다. 그리고 잘 한다고 스기코를 칭찬하고 싶어졌다. 문장으로가 아니라 감탄사로. 자신도 모르게 그런 감탄사가 튀어나와 쑥스러워졌으나 그것을 신경 쓰는 사람은 아무도 없었다.

스기코의 얼굴은 달아오르고 활기차 있었으며, 공의 움직임에 따라 몸이나 손이 다양한 형태를 취했다. 그 모습이 그를 기쁘게 했다. 그는 하야카와에 대해서는 잊고, 오로지 스기코의 생기에 찬 모습과 두뇌의 움직임과 손의 움직임, 그리고 그에 따른 신체 전체의 변화를 감탄하며 바라보고 있었다.

1승 1패의 막상막하의 시합이라 사람들은 모두 진지한 자세로 시합을 구경하고 있었다. 나카다도, 그리고 스기코의 어머니도 자랑스러운 것 같았다. 노지마 역시 자랑스러웠다. 실제로 하야카와보다도 스기코의 자세가 더 아름다웠다. 승부를 중요시하기보다 연습이라도 하는 듯이 순수한 마음으로 치고 있었다.

날아오는 공을 주의 깊게 바라볼 때의 생기에 찬 눈빛, 잘 쳐서 천진난만하게 기뻐할 때의 입가의 미소, 앞으로 숙이고 백핸드 드라이브를 칠 때의 팔 모양, 흘러내리는 머리를 급히 쓸어 넘길 때의 손놀림과 이마, 그는 그런 모습들을 탐닉하듯이 응시하고 있었다. 어떤 일이 있어도 스기코를 잃고 싶지 않다. 그건 너무 참혹한 일이다. 스기코를 만나게 한 운명이여, 너에게 책임이 있노라.

그는 그런 생각을 하며 시간이 가는 것을 두려워하며 잊고 있었다.

한 시간 가까이 두 사람은 시합을 하고 있었다.

"이제 그만 두는 게 어떤가?"

나카다가 말했다.

"노트 갖고 왔나?"

하야카와에게 말했다.

"갖고 왔네."

노지마는 그 말을 들었을 때, 자신이 너무 오래 있었다는 것을 깨달았다.

"나도 모르게 그만 너무 오래 있었군."

"더 있다 가도 괜찮네."

"오늘은 이만 실례하겠네."

"그런가? 그럼 또 오게."

그는 나카다의 집에서 나온 후에도 스키코를 찬미하고 싶은 마음을 떨칠 수가 없었다.

왜 이런 여자가 지상에 있는 걸까? 그리고 그녀도 다른 여자들과 마찬가지로 나이를 먹어가겠지. 그녀가 다른 사람과 똑같은 법칙에 따라 사는 것이 그에게는 오히려 이상하게 여겨졌다.

그는 곧바로 집으로 돌아가지 않고 여기저기 돌아다녔다.

"그녀는 지나칠 정도로 천진난만하다. 게다가 나를 싫어하지는 않는다."

그 점이 그에게는 너무나도 황송했다.

자신은 반드시 성공해야만 한다.

그는 집으로 돌아온 후에 일기에 이렇게 썼다.

"이 기쁨은 어디서 오는 걸까? 하늘에서 오는 걸까? 하늘치고는 너무 깊다. 그녀의 아름다움은 어디서 오는 걸까? 하늘에서 오는 걸까? 그런 것치고는 너무 아름답다. 그녀는 어디서 왔을까? 왜 왔을까? 그녀의 존재가 곧 하늘일까? 하늘치고는 너무 맑다. 스쳐 지나가는 아름다움일까? 그런 것치고는 너무 고귀하다. 마력일까? 그런 것치고는 너무나도 강력하다. 사랑하지 않을 수 없다. 절대로 잃고 싶지 않다. 결단코 그러고 싶지 않다. 신이시여, 불쌍히 여기소서. 우리 두 사람 위에 행복을 내리소서. 신이시여 저를 그녀와 만나게 하고, 이토록 그녀를 깊이 사랑하게 해 주신 신이시여. 그녀를 저한테서 빼앗아가지는 않겠지요? 그건 너무 잔인합니다."

15

그날 밤 오미야가 노지마를 찾아왔다. 노지마가 웃으면서 말했다.

"오늘 탁구를 쳤다네."

"탁구를? 왜?" 오미야는 별일도 다 있다는 듯한 표정을 지었다.

“나카다네 집에서 치게 되었네.”

“아, 그래?” 오미야가 웃었다.

노지마는 스기코의 탁구 실력을 칭찬하며 자초지종을 이야기했다. 그리고 자신이 탁구를 우습게 여겨 치지 않았던 것을 후회했다며 웃었다.

“가르쳐줄까?”

“아직 있을까?”

“찾으면 어딘가 있겠지.”

“배울까?” 노지마가 농담처럼 말했다.

오미야는 모든 운동을 잘했다. 테니스도 잘 쳤지만, 탁구는 친구들 중에는 그를 따를 자가 없었다. 4, 5년은 전혀 치지 않았지만.

“하지만 여자를 위해 탁구까지 배운다는 건 일종의 타락이지.”

노지마가 변명처럼 말했다.

그 후로 노지마는 또다시 오미야네 집을 방문했지만, 오미야는 탁구에 대해서는 까마득히 잊은 것 같았다. 노지마도 말을 꺼낼 용기가 없었다. 노지마는 그 후에 나카다네 집에 가고 싶었지만, 나카다도 시험 때문에 바쁠 것 같아서 참았다.

그러나 스기코는 하루만 안 만나도 걱정이 되었다. 큰 병이라도 걸리지 않았는지, 어디 크게 다치지는 않았는지 하는 걱정까지 했다. 자신을 싫어하지는 않는지, 자신을 못 만나 쓸쓸해하지는 않는지, 그런 생각도 해봤다. 여하튼 노지마는 길에서라도 좋으니까 스기코를 만나지 않고는 견딜 수가 없었다. 그러나 노골적으로 만나러 가서 스기코에게 편지를 보낸 남자처럼 취급당할까 염려가 되었다. 우연히 만난 것처럼 하고 싶었다. 그리고 만나면 틀림없이 나카다에게 “오늘도 노지마 씨를 만났어” 하고 말할 것이 분명했다. 그건 역시 그리 기분 좋은 일은 아니었다.

만나러 가는 것은 참기로 하자. 그러나 열 번 중 한 번은 만나러 가지 않을 수 없었다.

처음 갔을 때는 어쩐 일인지 스기코를 못 만났다. 학교 교문 앞까지 갔는데도 못 만나서 허전하기는 했지만, 한편으로는 안심이 되기도 했다.

두 번째로 갔을 때도 역시 못 만났다. 이번에는 걱정이 되었다. 스기코가 병에 걸렸나 보다, 그것도 어쩌면 생명이 위태로운 큰 병일지도 모른다는 생각을 했다. 그래서 가만히 있을 수가 없어 다음날 다시 만나러 갔다.

이번에는 만났다. 뿐만 아니라 그의 눈에는 역시 스기코가 친구들 속에서 여왕처럼 돋보였으며, 스기코가 웃으면 모두가 따라 웃고, 스기코가 침묵하면 모두가 입을 다무는 것처럼 보였다. 그리고 스기코는 더욱 건강하게 보였으며, 그를 보더니 조금도 부끄러워하지 않고 쾌활하게 인사를 했다. 모두가 그를 쳐다봤다. 그는 여왕에게 인사를 받은 것처럼 영광스러웠다. 그는 무늬 있는 무명베로 만든 옷을 입고 있었으며 헌팅캡을 쓰고 있었다. 워낙에 그는 옷차림에 무신경한 편이었다.

이런 학생 차림의 그에게 그녀는 모두가 보는 앞에서 아무렇지도 않게 정중하게 인사해 주었다. 이 점이 그에게는 더더욱 기뻤다.

"고귀한, 고귀한, 그대여.

나는 당신의 남편 자격을 갖춘 사람이 되겠습니다.

부디 그때까지 다른 사람과 결혼하지 말아 주십시오."

그는 그렇게 말하며 기도하고 싶은 심정이었다.

그러나 생각하면 할수록 그는 자신에게 그녀의 남편이 될 자격이 있다고는 생각할 수가 없었다. 하지만 그렇다면 누가 그녀의 남편이 될 자격을 갖추고 있는 걸까?

그런 남자는 지상에는 없다.

그녀는 너무나도 청순하고, 너무나도 아름답다.

그는 어떤 남자보다도 자신이 훌륭하다고 생각하는 타입의 남자였다. 세상은 자신을 우습게 볼 것이다. 하지만 인간의 가치를 제대로 아는 사람이 있을 테고, 틀림없이 그녀가 바로 그런 사람일 것이다.

16

나카다가 방학을 맞을 때까지 그는 길에서 세 번 스기코를 만났다. 마지막으로 만났을 때는 스기코의 인사가 그 어느 때보다도 냉담했다.

그는 자신이 너무 뻔뻔해서 스기코가 결국 화났을지도 모른다고 생각하며, 오지 말걸 그랬다고 후회했다. 혹은 스기코에게 뭔가 걱정거리가 있는 건 아닌가 하는 생각도 해봤다. 혹은 시험을 망치기라도 한 건 아닐까 하고 생각했다. 그러나 아무래도 자신이 너무 자주 만나러 가서 뭔가 눈치를 채고 불쾌해진 게 아닐까 하는 생각이 들었다. 그 후로는 그는 만나러 가기를 주저했다.

걱정스러워서 더더욱 상황을 엿보러 가고 싶기도 했지만, 조만간 방학이 시작되기 때문에 참았다. 방학이 되자 곧바로 나카다가 그를 찾아왔다.

"한동안 오지 않아서 어떻게 지내는지 궁금했네" 하고 말했다.

그는 그 말을 듣고 기뻤다.

"시험에 방해가 될까봐서" 하고 그가 말했다.

"이제 방학했으니까 언제든지 찾아오게. 탁구 실력도 조금은 늘었다네."

"그래? 그럼 이제 내 상대가 안 되겠군."

"일단 오게나. 가르쳐줄 테니까."

"자네가 선생이라니 불안하군."

"이제 하야카와하고 붙어도 일방적으로 당하지만은 않는다네."

"그 정도로 늘었나?"

"시험공부를 하다가 머리가 아파지면 여동생을 상대로 연습을 했지."

그는 약간 부러운 마음이 들었기에 화제를 바꿨다.

"이번 여름방학에 어디 갈 예정인가?"

"역시 가마쿠라鎌倉에 있는 별장에 갈 생각이네."

"모두 같이 가나?"

"아버지와 어머니는 바쁘시니까 가끔 들르실 거네. 괜찮으면 자네도
와서 자고 가게나."
"고맙네."
"자네 수영은 할 줄 알겠지?"
"못하네. 운동은 잘하는 게 없다네."
"하야카와는 운동은 뭐든지 잘한다네."
"그래? 내 친구 오미야도 대단한 스포츠맨이지. 아마 하야카와 군 이
상일 거네."
"오미야 군 요즘 유명해졌더군. 벌써 일류작가가 되다니. 자네보다
세 살 위니까 스물여섯이지?"
"그렇다네."
"그런데 벌써 일류작가라니 부럽군. 동생도 오미야 군의 작품을 애독
하고 있다네. 가장 감탄하며 읽는 작품일 거네."
"그런가?" 그는 친구에 대한 칭찬을 기쁜 마음으로 듣고 싶었으나 왠
지 불안했다. 스기코가 자신을 가장 존경해 주기를 바랐기 때문이다.
"동생 친구 중에 오미야 군의 사촌동생이 있다더군. 그 친구한테서 오
미야 군 이야기를 종종 듣는 것 같아. 그 사촌동생도 오미야 군을 숭배
하는 사람으로 재미있는 사람이라더군. 우리 집에도 가끔 오는데, 얼굴
은 예쁜 편은 아니지만 무척 기가 센 편으로, 남자 따윈 우습게 여긴다
더군. 그런데 오미야만은 예외라는 거네. 오미야라는 사람은 무척 머리
가 명석한 사람이라더군."
"아, 명석한 사람이지."
"게다가 글을 봐도 알 수 있는데, 상당히 배려심이 있는 사람이라더군."
"그렇다네."
"게다가 집에 돈도 있어서 마음 놓고 일할 수 있으니 범에 날개를 단
격이로군."

"흠 잡을 데 없는 친구지."

그는 어쩐지 오미야를 칭찬하고 싶지가 않았다. 그러나 그런 만큼 더 더욱 칭찬해야만 할 것 같았다.

"실제로 일본에서 가장 유망한 소설가는 누가 뭐래도 오미야일 거네. 조만간 틀림없이 세계적으로 인정받아 일본의 국위를 선양해줄 거네."

17

나카다는 얼마 후에 가마쿠라에 갔다.

오미야의 별장도 가마쿠라에 있었다. 오미야의 권유로, 아니 오히려 권유를 하도록 만들어서 노지마도 가마쿠라에 가서 오미야와 함께 지냈다.

오미야와 문학이나 인생에 대해 이야기했다. 신에 대해서도, 사랑에 대해서도 이야기했다. 두 사람은 이야기가 잘 통했다. 서로 공감이 가는 이야기만 했다. 그 정도로 두 사람은 친했다. 처음에는 가끔 의견이 다를 때도 있지만, 어느 틈엔가 두 사람의 의견이 비슷해져 갔으며, 그러다 보면 반론을 제기할 필요가 없어졌다. 서로 감화를 받고, 감화를 시켰다. 두 사람 중에서도 나이가 어린 노지마가 더 많이 오미야를 감화시켰다. 그러나 노지마가 더 많은 위로를 받았다. 오미야는 사람들의 평가에 비교적 관대하고 태연해질 수 있었지만, 노지마는 툭하면 상처를 받곤 했다.

오미야는 일찍 인정을 받았기 때문이기도 하다. 비슷한 정도의 나쁜 평가를 받아도 노지마가 훨씬 그것을 심각하게 받아들였다. 화도 내고, 외로워하기도 했다.

여하튼 둘은 좋은 친구사이였다. 둘이 알게 된 것은 서로에게 감사할 일이었다.

노지마는 오미야가 자신보다 훨씬 평판이 좋기 때문에 이따금 일종의 질투를 느낄 때가 있지만, 오미야가 노지마에 대한 변함없는 신뢰와 존경을 표현해 주기 때문에 감사히 여기지 않을 수 없었다. 그리고 오미야의 작품이 조금이라도 나쁜 평가를 받으면 화를 내지 않을 수 없었다.

어느 날 오미야가 아버지와 다투며, 문학을 계속하겠다고 고집을 피워 자칫하면 의절을 당할 뻔했을 때, 노지마는 진심으로 오미야가 생활고에 시달리게 되면 자신이 최대한 도우리라고 다짐했다.

두 사람은 같은 집에서 지내고 있었지만, 각자 자유롭게 행동했다. 함께 종종 산책도 하고, 대화도 나누고, 수영도 했다. 그러나 혼자 있고 싶을 때는 혼자가 되었다. 노지마는 이따금 나카다를 찾아갔다. 나카다도 노지마를 찾아와, 오미야하고도 친해졌다. 나카다는 오미야에게도 놀러 와 달라고 했다. 그러나 오미야는 말도 안 되는 이유를 대며 어떻게든 나카다네 별장에 가지 않으려 했다.

노지마도 혼자서만 나카다네 별장에 가는 것이 마음에 걸렸다. 그래서 이따금 오미야에게 같이 가자고 해봤다. 그러나 오미야는 항상 가기를 싫어했다.

"이런 말을 하는 건 실례겠지만, 나는 나카다가 마음에 들지 않는다네"라는 말을 하기도 했다.

어느 날 밤, 달빛이 좋을 때 노지마는 오미야와 함께 산책을 했다. 그리고 사람들이 별로 가지 않는 모래언덕 쪽을 걸었다. 그러자 여자의 노랫소리가 들렸다.

"목소리가 좋군."

오미야가 감탄하듯이 말했다. 그러고 보니 노지마도 좋은 목소리라는 생각이 들었다. 그러자 동시에, "틀림없이 그녀일 거네"라고 말했다.

"그렇다면 자넨 행복한 사람이네" 하고 오미야가 놀리듯이 말했다.

"도가 지나친 사랑은 약점이 되지. 어쩐지 독립심이 없어지는 것 같고, 뭔가에 넋이 빠져 있는 것 같은 불안감이 든다네. 나는 사랑을 하고 있지 않은 자네가 오히려 부럽네.”

“그게 과연 본심일까? 나는 그렇게까지 한 사람을 사랑할 수 있는 자네가 오히려 부럽다네.”

노래가 뚝 그쳤다. 두 사람의 그림자를 의식했기 때문이리라.

거기에는 서너 명이 모여 있었다. 두 사람이 그 옆을 지나쳐가려 했을 때, 노지마가 말했다.

“나카다 군 아닌가?”

“노지마 군인가? 오미야 군도 함께로군. 마침 잘 됐네. 괜찮다면 함께 산책하도록 하지.”

그때 오미야가 불쑥 말했다.

“유감스럽지만 나는 오늘은 실례하겠네. 하고 싶은 일이 있어서. 노지마 군은 같이 산책하게나.”

18

노지마는 오미야에게 감사하고 싶은 심정이었다. 그러나 자신만 남을 수도 없었다. 다른 사람에게는 목례를 하고 모두와 헤어졌다. 스기코는 달빛이 비치지 않는 곳에 있어 잘 보이지는 않았다.

“자네는 남지 그랬나.”

“하지만 나카다가 자네한테 남아 달라고 권한 것 같았기에.”

“여하튼 자네는 아까운 기회를 놓친 기분이겠지?”

“그렇지는 않네. 그 노래를 들은 것만으로 대만족이네. 자네의 말을 듣고서야 비로소 스기코 씨가 노래를 잘한다는 사실을 알았네.”

오미야가 잠시 침묵한 후에 말했다.

“자네의 행복을 비네.”

"고맙네."

노지마는 진심으로 감사했다.

"그 옆에 있던 사람은 하야카와라는 사람이지?"

"미처 못 봤네."

"어처구니없는 사람이로군, 자넨. 어머님이 계신 것은 알았나?"

"어머님처럼 보이는 사람이 계셨던 것 같기도 하네."

"자네 정신을 좀 차려야겠네. 너무 스기코 씨 생각만 해서는 안 되네. 자네는 하야카와의 적수가 못 되네. 하지만 사촌동생에게 일러두어야겠네. 스기코 씨가 하야카와를 신용하지 않게끔. 그는 신용할 수 없는 남자라네."

"난 그렇게는 생각하지 않는데. 시원시원하고 남자다운 면이 있는 사람이라고 생각하네. 약삭빠른 사람이긴 하지만."

"난 이미 간파했다네. 자네 때문에 애 좀 써야겠군."

"고맙네."

"자넨 사람이 너무 좋아 탈이라네."

오미야가 웃으면서 말했다.

"나라면 아까 모두와 함께 산책을 했을 거네. 자네가 돌아가겠다고 하면 자네를 보내고서."

"내 처지라면 자네도 그렇게 뻔뻔하게 굴 수는 없을 거네."

"사랑은 뻔뻔하지 않고는 불가능한 법이라네."

"진정한 사랑은 뻔뻔한 사람에게는 불가능하다네."

"여하튼 사랑도 일종의 정복이니까."

"나도 자네 정도의 위치에 있다면, 아마도 적극적으로 나서라고 말할지도 모르겠지만. 뻔뻔하게 구는 사람이 있으면 더욱더 움츠러들게 된다네."

"나에게 맡기게. 자네에게 맡겨둬서는 불안하니까."

오미야가 웃었다.

"그러나 그 점이 자네의 좋은 점이지" 하고 위로하는 건지 놀리는 건지 알 수 없는 말을 덧붙였다.

노지마는 돌아온 후에도 스기코의 노래를 칭찬하며 나보고 행복한 사람이라고 했던 오미야의 말을 종종 떠올렸다. 그리고 하야카와가 자신에게 강적이라는 것도 뼈저리게 느꼈다.

그는 하야카와를 좋아하지는 않았다. 경멸하고 증오하고 싶었다. 그러나 그 동기가 너무나도 뻔해서, 오히려 하야카와에 대해 나쁘게 말할 수가 없었다. 의외로 좋은 사람일지도 모른다고 생각하려고 애쓰기도 했다. 그러나 하야카와가 스기코 어머니의 비위를 맞추는 것을 보면 불쾌했다. 그리고 스기코에 대해서도 노골적으로 아첨하는 모습을 보면, 자신은 그런 흉내는 내고 싶지 않다고 생각했다.

자신은 사랑하는 여자를 위해 천박한 흉내는 내고 싶지 않다. 더욱더 훌륭한 사람이 되도록 노력하고 싶을 따름이다. 자신의 아내가 될 사람에게 자신을 속이는 것은 부끄러운 일이다. 자신의 진가를 알아주고, 그래도 결혼할 마음이 생기지 않는 여자, 그런 여자는 필요 없다. 러스킨은 단지 "기독교를 믿는다"는 말을 못해서 실연을 하고 병까지 걸렸다는 것을 노지마는 기억하고 있다. 그리고 바로 그게 러스킨다운 점이라고 생각했다. 정직한 남자라는 자부심을 버리면서까지 여자의 환심을 사려고 하는 것은 그에게는 너무나도 부끄러운 일이다. 그것은 자신의 일생을 더럽히는 일이다. 그는 아무리 사랑하더라도 자존심은 못 버리는 사람이었다.

19

그로부터 일주일쯤 후에 오미야의 사촌여동생이 오미야의 어머니와 함께 별장에 왔다. 그녀는 다케코라는 이름으로 스기코보다 한 살 위지만, 아직 벌어질 기미가 보이지 않는 단단한 꽃봉오리와도 같았다. 스기코는 한 살 아래인데도 이미 피어나는 꽃 같은 면이 있었는데.

다케코의 아버지는 상당히 유명한 정치가였으며, 다케코는 첩의 소생으로 어머니의 행방은 모르는 상태였다. 그래서 오미야의 어머니를 가장 따랐고, 오미야를 오빠라고 불렀다.

스기코는 풍만한 느낌의 여자였으나, 다케코는 조금 마른 편이며 감정적이어서 생각한 것은 뭐든지 말하는 성격이었다. 첩의 소생답지 않게 다케코는 제멋대로에다가 오기가 있었으며, 그러면서도 정에 약한 면이 있었다.

노지마는 다케코를 처음 봤을 때, 스기코하고는 비교가 되지 않을 정도로 여성스러운 매력이 없는 여자라고 생각했다. 그래서 오히려 편안하게 얘기를 할 수가 있었다.

얘기를 나누는 사이에 그는 생각했던 것보다도 다케코가 아름다우며 영리하다는 것을 알게 되었다. 그러나 스기코하고는 비교가 안 된다고 생각했다. 더욱더 그는 스기코의 아름다움을 느끼지 않을 수 없었다.

다케코가 오고 나서는 스기코도 종종 놀러 왔다. 함께 바다에도 들어갔다. 노지마도 이제까지보다 스기코와 편안하게 얘기를 나눌 수 있게 되었다. 그는 스기코에 대한 자신의 사랑이 들통 나는 게 싫어서, 스기코에게 얘기할 때는 다케코에게도 얘기를 하며, 두 사람을 똑같이 대하려고 애썼다. 오미야도 이따금 같이 어울렸다. 그러나 오미야는 스기코에게는 무척 냉담했다.

오미야가 어느 날 노지마에게 이런 말을 했다.

"스기코라는 사람은 손가락이 아름다운 사람이더군. 나는 아직 그렇게 아름다운 손톱을 가진 사람을 본 적이 없네."

전체적인 것밖에 볼 줄 모르는 노지마는 "그래?"라고 말하는 수밖에 없었다.

옆에 있던 다케코가 그 말에 찬성했다.

"정말로 스기코의 손은 참 아름다워요."

노지마는 그 말을 듣고 나서 주의 깊게 봤지만, "그러고 보니 그런 것 같군" 하는 정도밖에 알 수가 없었다.

그는 자신이 사랑하는 것은 스기코의 정신이고, 스기코라는 사람 그 자체이며, 그 전체라고 생각하고 싶었다. 그러나 스기코의 손이 아름답다는 말은 노래를 잘한다는 말과 함께 잊을 수 없는 자랑거리 중 하나였다.

그는 그 무렵부터 점점 노골적으로 하야카와에게 일종의 질투심을 느꼈다. 자신보다 체격이 좋고, 서글서글하고 남자다우며, 게다가 눈치가 빠르고 영리해 보이는 점을 그는 경계하지 않을 수 없었다. 자신보다는 몇 배나 여자에게 사랑받을 자격을 갖추고 있다고 생각했다. 게다가 하야카와는 법학과의 장학생이어서 스기코 어머니의 신용을 얻고 있었다. 그리고 항상 스기코의 환심을 사려고 노력했으며, 그런 마음을 순진한 것처럼 노골적으로 드러냈다. 순진무구한 스기코는 점점 더 하야카와를 신용하는 것처럼 보였다. 어느 날, 스기코가 말했다.

"하야카와 씨, 수영 좀 가르쳐주세요."

"네, 가르쳐드리죠."

이렇게 말하며 하야카와가 스기코의 손을 잡고 헤엄을 치게 하면, 스기코는 발을 최대한 움직여 물장구를 쳤다. 그리고 두 사람은 천진난만하게 큰소리로 웃었다.

"바보같으니라고." 노지마는 마음속으로 그렇게 말했다.

"저런 여자는 돼지에게나 줘버려야 해. 내가 사랑할 만한 가치가 없는 여자로군."

그는 그렇게 화를 내며 바다에서 뛰쳐나와 집으로 돌아가려고 했으나, "정말로 스기코 씨는 순진한 건지도 몰라. 이상하게 생각하는 내가 더 이상한 사람일지도 몰라" 하고 생각을 바꿔, 아무렇지도 않은 얼굴을 하고 잠자코 해안에 서서, 멀리 있는 구름을 멍하니 쳐다보고 있었다. 그러자 다케코가 와서, "저 구름은 악마처럼 보이네요. 마치 하야카와 씨의 얼굴처럼" 하고 속삭였다.

노지마는 미소를 짓지 않을 수 없었다.

20

"스기코, 스기코."

다케코가 숨 가쁘게 스기코를 불렀다. 스기코가 "왜?"라고 하더니 서둘러 바다에서 나와 노지마와 다케코 옆으로 왔다. 순수하고 혈색이 좋은 얼굴에는 미소를 띠고 있었다.

노지마는 빠져들듯이 바라보며 생각했다.

"아무래도 그녀를 잃을 수는 없다. 이런 천사가 어디에 있겠는가?"

"저 구름을 봐. 누군가의 얼굴을 닮지 않았니?"

"어떤 구름?" 스기코가 재미있어 하며 다케코가 손가락으로 가리키고 있는 구름을 쳐다봤다.

"정말로 사람 얼굴 같네."

"누군가의 얼굴을 닮았지?"

"누구의 얼굴일까?"

"모르겠어?"

"몰라."

"하야카와 씨 얼굴이야."

"어머나, 가엾게도."

"오히려 구름이 더 가엾지."

두 사람은 유쾌한 듯이 웃었다. 다케코는 또 하야카와에게 말을 걸었다.

"하야카와 씨, 하야카와씨의 사진이 있어요."

하야카와가 당황하며 바다에서 나왔다.

"어디죠?"

"하늘, 저기에, 저 구름이 하야카와 씨 얼굴을 빼닮았어요."

"하하하하. 다케코 씨를 만나면 당할 수가 없군."

다케코는 웃음을 터뜨렸다.

노지마는 왠지 쓸쓸했다. 그리고 오미야가 혼자서 파도타기를 하고 있는 쪽으로 향했다.

세 사람은 여전히 무슨 말인가를 하며 큰소리로 웃었다.

오미야는 흰 물결을 일으키며 기세 좋게 해변으로 밀려오는 파도에 상반신을 드러내고 서핑보드를 가슴에 붙인 채로 기분 좋게 타고 왔다. 수심이 얕은 곳까지 오자, 일어서서 노지마 쪽으로 미소 지으며 다가왔다.

그때 또다시 스기코의 웃음소리가 들렸으나, 뒤돌아보지 않으리라고 결심했다. 그리고 그런 것에 무관심한 오미야를 존경하고 싶어졌다. 무슨 말을 해도 자신의 진심을 이해해 주는 사람은 오미야다. 그리고 자신이 완전히 신용할 수 있는 사람도 오미야라고 생각했다. 감사하고 싶은 마음이 들었다. 오미야가 그의 곁으로 다가와서 말했다.

"지금 파도타기를 하면서 이런 생각을 했네. '파도는 운명이고, 인간이 파도를 잘 탈 수 있으면 뭐든지 생각한 대로 기분 좋게 이루어지지만, 한 번 잘못 타면 아무리 애태우거나 당황해도 생각한 대로 앞으로 나아갈 수가 없다. 현명한 사람만이 다음 파도를 기다린다. 그리고 운명은 파도처럼 자신들을 규칙적으로 찾아와주지만, 자신들은 그것을 천에 하나도 제대로 살리지 못한다. 그것을 제대로 살린다면 대단한 사람이다'라고 생각했다네."

노지마는 오미야의 말을 자신의 사랑에 대입시켜 보고는 공감을 했다. 그러자 또다시 모두의 웃음소리가 들렸다. 그는 자기도 모르게 그만 고개를 돌리고 말았다.

나카다도 같이 있었으며, 스기코와 하야카와는 나란히 서 있었다. 신장도 체격도 참으로 잘 어울리는 부부라는 생각이 문득 들었다. 그는 자신의 체격이 보잘것없고, 오히려 부자연스러울 정도로 마른 것을 반성하지 않을 수 없었다.

"너 자신을 알라" 그런 말을 떠올리지 않을 수 없었다. 하지만 그는 자신의 정신의 우수함으로 체격에 대한 열등감을 이겨내고 싶었다. 하지만 그것은 지금의 경우 너무나도 무력한 변명이었다. 그는 직시하고 싶지 않은 자신의 정체를 본 것만 같았다. 그리고 아무 생각 없이 뒤돌아서 오미야를 쳐다봤다. 그리고 근육이 단단하고 균형이 잘 잡힌 오미야의 몸을 발견했다. 그리고 그 옆에 선 자신의 추한 모습을 생각했다. 스기코가 그것을 보고 있다! 하지만 자기만큼 뼈저리게 느끼고 있지는 않을 거다. 그것이 그의 유일한 변명이었다.

다케코가 앞장을 서서 모두가 노지마와 오미야가 있는 쪽으로 왔다.

21

다케코가 말했다.

"지금 모두 함께 신이 있는지에 대해 토론하고 있었어요. 오빠는 신의 존재를 믿죠?"

"글쎄. 신에 대해서는 노지마에게 묻는 편이 나을 거다. 노지마는 그 점에 대해서는 내 선생이니까."

노지마는 스기코 앞에서 자신에 대한 신용을 보여준 오미야가 고마웠다.

"그러면 노지마 씨, 판단해 주세요. 저는 신이 있다고 생각하는데, 다른 분들은 없다고 하시네요.”

“그건 신에 따라 다르겠죠. 신이라는 개념에 따라. 신이라는 말만큼 애매모호한 말은 없으니까요. 모두 그 말을 제멋대로 해석하고는 있다는 둥 없다는 둥 얘기하는 겁니다. 둘 다 옳다고도 할 수 있고, 둘 다 그르다고도 할 수 있겠지요.”

노지마는 알쏭달쏭한 말을 했다.

“저는 말이죠” 다케코가 조금 불만스러운 듯이 말했다. “눈에 보이는 신이 있다고 말하는 것은 아니에요. 제 주장은 오빠의 주장을 더 어설프게 바꾼 것이니까, 저 역시 노지마 씨의 제자에 해당하는 셈입니다만.”

다케코와 스기코가 천진난만하게 웃었다.

그 웃음소리를 듣자, 노지마는 마음속의 응어리가 기분 좋게 풀리는 느낌이 들었다.

“저는 인류나 자연과 같은 말로는 표현할 수 없는 어떤 존재가 있다고 생각해요. 그 존재에게 몸을 맡길 때에만 인간은 마음의 안정을 얻을 수 있다고 생각하는 거지요. 그런데 다른 사람들은 그 어떤 존재라는 것이 뭔지 보여 달라는 거예요. 저는 보이지 않는 존재이기 때문에 보여줄 수가 없다고 했지요.”

또다시 모두가 큰소리로 웃었다. 노지마도 같이 웃었다.

“노지마 씨가 보여주세요.” 스기코가 웃으며 노지마의 얼굴을 쳐다봤다.

“저도 보여줄 수가 없습니다.”

스기코도 노지마도 웃었다.

“하지만 저는 그것을 분명하게 느낄 수는 있습니다.”

노지마가 진지하게 말했기에 아무도 웃지 않았다.

“사람에 따라 도덕이라고도 하고, 인류적 본능이라고도 할 겁니다. 혹은 이성이라고도 하지요. 하지만 그 이상의 어떤 것에서 나오는 것 같은 느낌이 듭니다. 좋은 일을 하면 기분이 좋은 것은 도덕적인 차원의 문제지요. 인류적 본능으로도 설명할 수 있을 겁니다. 하지만 아침 일찍 백사장에 나가 걸을 때, 아직 아무도 없거나, 있더라도 드문드문 두세 사람밖에 없는 곳을 맨발로 걸으며 파도에 발을 살짝 적신다고 합시다. 그런 때 우리는 왠지 모르게 유쾌해질 겁니다. 그래서 혼자서 노래를 부르고 싶어지기도 하고, 설교를 하고 싶어지기도 할 겁니다."

"그건 여보게, 신체가 건강해지기 때문에 기분이 좋은 거라네. 오존의 작용 탓이지."

하야카와가 그렇게 말했다.

"그럴지도 모르지만, 그것만으로는 지나치게 단순한 해석이라고 할 수 있지."

노지마는 열심히 말하고 있는데 말허리를 잘렸기에 조금 화가 치밀었다. 그래서 하야카와를 상대로 토론을 하고 싶어졌다.

"하지만 신을 들먹일 필요는 없지."

"그럼 자네는 건강해지면 왜 기분이 좋아지는지 알고 있나?"

"건강해지면 기분이 좋아지는 건 당연한 일이지."

"우리는 건강해야만 하니까 건강해지면 기쁠 수밖에 없고, 병을 앓아서는 안 되니까 병에 걸리는 것을 고통으로 받아들이도록 만들어졌다고 볼 수 있을 거네. 치과의사가 치신경을 제거하면 이는 아프지 않을 거네. 그 대신 이가 얼마나 나빠졌는지 못 느끼게 되지."

하야카와가 무슨 말인가를 하려고 했다.

"내 말을 끝까지 듣게나. 머리카락이나 손톱은 잘라도 통증이 없네. 잘라도 통증이 없는 것을 이상하게 여기지도 않지. 그렇게 만들어져 있는 거라네. 신경을 온몸에 빈틈없이 분포시켜 인간의 몸을 보호하고 있는 셈이지. 그렇게 보호하고 있는 것은 인간이 아니라네. 자연이라고 해야 할지 뭐라고 해야 할지 모르겠군. 여기서 신을 들먹이는 것이 성급하다는 것쯤은 나도 알고 있네. 그러나 여하튼 인간이 아닌 뭔가의 의지가 개입이 되는 것만은 분명하다네. 이런 이야기는 별로 하고 싶지 않지만, 신경이라는 것은 최대한 건강을 지키기 위해서 존재하는 거라네. 그러나 인간과 같은 존재에게 건강을 지키게 하는 게 무슨 의미가 있겠느냐고 생각할 수도 있겠지. 우리가 인간을 만든 것은 아니라네. 인류가 인간을 만든 것도 아니라네. 도덕이나 이성이 인간을 만든 것도 아니라네."

"벼룩을 만든 어떤 존재가 인간을 만들었겠지. 구더기를 만든 어떤 존재가 인간을 만들었을 테고."

하야카와는 깨달음을 얻은 사람처럼 미소를 지으며 말했다.

"물론 그렇지. 그러나 벼룩이나 구더기에게는 건강은 필요하지만 신은 필요 없다네. 신이 필요한 것은 오로지 인간뿐이라네."

분위기가 조금 썰렁해졌다. 노지마는 하야카와가 시비를 건 것만 같아 화가 났다. 주위를 의식할 만한 마음의 여유가 없어졌다.

"미美나 무한이나 불멸은 구더기나 벼룩에게는 불필요한 것이라네. 구더기나 벼룩을 만든 존재가 그런 것을 요구할 본능마저도 주기를 꺼려한 것이지. 손톱이나 머리카락에 신경을 집어넣기를 꺼려했던 바로 그 존재가 구더기에게 신을 원하는 마음을 집어넣기를 꺼려한 셈이지."

"그렇다면 자네는 나나 스기코 씨를 구더기라고 생각하는 셈이로군."

하야카와가 냉정하게, 그리고 냉소적으로 말했다.

"그렇다네. 무한이나 불멸이나 미와 같이 영원한 것과 합치를 이루는 기쁨을 전혀 원치 않는 사람은 구더기나 마찬가지지."

"우린 그런 헛소리에는 관심이 없어도 잘 살아갈 수 있다네."

"그렇게 말할 건 아니지."

나카다가 중재에 나섰다.

"하지만 구더기 취급을 당하면서 잠자코 있을 수는 없지 않은가? 무한이랄지 불멸 같은 것은 나에게는 외국인의 헛소리로밖에 여겨지지 않으니까. 스기코 씨도 동감하시죠?"

"전 뭐가 뭔지 잘 모르겠어요. 하지만 건강하고 행복하게 살아가는 데에는 신이 필요 없다고 생각해요."

"스기코 씨, 당신은 자신을 속이고 있어요. 당신의 마음은 틀림없이 신을 원하고 있습니다" 하고 노지마가 말했다.

"전 신에 대해서는 잘 모르겠어요. 그리고 하찮은 벌레도 인간도 결국은 같다고 생각해요."

"아닙니다. 그렇지 않아요. 인간에게는 정신이 있지요. 영혼이 있어요. 벌레들한테서는 예수도 석가모니도 나오지 않아요."

"이제 너무 늦었으니 우리는 먼저 실례하겠습니다"라고 나카다가 말했다.

"그러시겠습니까?" 하고 오미야가 말했다.

"안녕히 가세요" 하고 모두 인사를 했다.

하야카와는 화난 듯이 먼저 일어섰다. 나카다와 스기코가 하야카와를 뒤따라가, 셋이서 무슨 얘기를 하며 걸어갔다.

노지마는 그 뒷모습을 바라보고 있다가 느닷없이 울음을 터뜨렸다.

"무슨 일이세요?" 하고 다케코가 깜짝 놀랐다.

"신경 쓰지 마십시오."

"다케코, 바다에 들어가자. 자네도 바보 같은 하야카와 따위에게 화내고 있지 말고 바다에 들어가는 게 좋겠네."

"그래요. 노지마 씨도 가요."

다케코는 기세 좋게 바다로 뛰어들었다. 노지마는 잠자코 있었으나 가까스로 기운을 내어 바다로 뛰어들었다. "마음대로 해라! 스기코하고는 절교다." 그런 생각도 했다.

그러나 노지마는 바다에 들어가도 흥이 나지 않았다. 그는 바다에서 나와 말도 없이 혼자서 집으로 돌아갔다.

그는 우물가에서 물을 끼얹고 몸의 물기를 닦은 후에 자신이 쓰고 있는 방으로 들어가 벌렁 드러누워, "아아아?" 하고 소리를 내봤다. 쓸쓸함과 분노와 후회가 뒤섞인 심정이었다. 그는 그런 심정을 극복해 털어버리고 기분전환을 하고 싶었다. 하지만 그럴 힘이 없었다. 금세라도 울음이 터질 것만 같았다.

그때 다케코가 왔다.

"책 좀 빌려 갈게요."

"네, 그러시죠."

다케코가 책을 찾고 있는 뒷모습을 보며 그는 다케코가 스기코라면, 다케코의 마음이 스기코의 몸 안에 들어 있다면 얼마나 좋을까 하고 생각했다. 자신은 역시 스기코의 마음을 사랑하는 것이 아니라 미모와 몸, 목소리, 겉모습 같은 것을 사랑하는 거라는 생각이 들었다. 그러나 그런 생각을 할수록 이제 곧 피어날 복숭아꽃의 꽃봉오리와도 같은 스기코의 모습이 더더욱 그리워졌다. 잃기에는 너무나도 고귀한 것이다.

그러나 굴욕은 더더욱 견디기 힘들다는 생각이 들었다.

22

노지마는 저녁을 먹은 후에 혼자서 몰래 바닷가로 나갔다. 역시 스기코 생각을 하고 있었다. 스기코를 미워하는 마음은 이미 사라졌다. 스기코가 자신을 싫어한다는 생각도 버렸다. 오히려 스기코는 아무 생각도 없는데, 자신이 지레짐작으로 쓸쓸해하기도 하고 화를 내기도 했다는 생각이 들었다.

그는 백사장의 돌을 주워 바다로 던졌다. 그러고는 그 돌이 세 번 이상 파도를 타고 튀어 오르면 스기코가 자신과 결국 결혼하게 된다는 징표라고 믿었다. 그러나 돌은 파도 위에서 한 번만 크게 튀어 오르더니 곧바로 가라앉고 말았다.

"아무 근거도 없는 걸 갖고."

하지만 기분이 썩 좋지는 않았다. 이번에는 짝수면 결혼 못하고, 홀수면 결혼하는 것으로 정했다. 한 번만 튀어 오른 것은 두 사람이 하나가 된다는 의미일지도 모른다. 이번에는 너무 많이 튀어 올라 미처 셀 수가 없었다.

삼세 번이라 하지 않던가? 세 번째가 진짜다.

그는 부서지려고 하는 파도마루를 겨냥해 던졌다. 그날은 유난히 파도가 잔잔한 날이었다.

돌은 물을 스치듯 지나가 멋지게 세 번 튀어 오른 다음 가라앉았다.

"운이 좋군."

그는 기분이 좋았다. 하지만 신용할 수만도 없었다. 그는 또다시 파도에 닿을락 말락한 곳에 자그맣게 스기코의 이름을 썼다. 그리고 파도가 열 번 밀려올 때까지 그 이름이 지워지지 않으면 스기코는 자기 것이라고 생각했다. 그는 파도를 노려보며 다가오지 못하게 하리라는 표정을 지은 채 서 있었다. 파도가 한 차례 밀려왔으나 5m쯤 앞에서 밀려갔다.

"거 봐."

파도가 또다시 왔다. 그것은 2m 정도까지 다가와 그를 걱정시켰으나 노려보는 그의 눈초리에 밀려 되돌아갔다.

세 번째, 네 번째, 다섯 번째 파도가 끈기 있게 밀려왔다 밀려갔다 했으나 스기코의 이름은 지워지지 않았다.

"앞으로 다섯 번만 오지 말아다오. 제발 오지 말아다오."

그러나 파도는 글자를 지우고 싶은 건지 질리지도 않고 밀려왔다. 여섯 번째 파도는 상당히 위협적이었다. 30cm 앞까지 왔다. 일곱 번째는 1m 정도 앞에서 멈췄으나 여덟 번째는 유유히 와서 스기코라는 글자를 지웠고. 게다가 2m쯤 주변을 훑은 다음 밀려갔다.

그는 낙담했다.

"노지마! 자네 거기 있었나? 지금 스기코 씨가 왔다네."

"어떻던가?"

"평소와 다름없던데?"

"지금은?"

"다케코하고 얘기하고 있네."

"혼자서 왔나?"

"응. 자, 집으로 돌아가자."

"난 좀 더 있겠네."

"그래선 안 되지."

"스기코 씨는 나를 만나는 걸 기뻐하지 않을 거네" 하고 오미야의 의견을 떠보듯이 말했다.

"그녀는 다른 사람을 미워하거나 할 수 있는 사람이 아니라네."

"그렇다면 다른 사람을 사랑할 수도 없다는 의민가?"

"그런 뜻이 아니네. 그러나 정열가는 아니라는 거지. 하지만 그건 자네가 더 잘 알고 있을 거네."

"아니, 오히려 자네 의견을 듣고 싶네. 그녀가 하야카와를 사랑하는 것 같나?"

"아직 사랑하는 것 같지는 않네. 그녀는 아직 아무도 사랑하고 싶은 마음이 없다네. 하지만 솔직히 말하면 지금이 무서운 때라고 생각하네. 지금이 가장 중요하고 위험한 때라고 생각하지. 다케코보다 한 살 어리다고 하지만, 다케코와 달리 이미 남자들에게 사랑받을 준비를 갖추고 있지. 누군가 한 사람을 사랑해 의지하고 싶어 할 거네. 그러나 처녀의 본능으로 그것을 지금 주의 깊게 음미하고 있다네. 아직 의식은 못하고 있겠지만. 그러니까 자네는 지금은 오히려 조금 뻔뻔스러울 정도로 스기코 씨를 자주 만나는 게 좋다네. 자네의 장점은 만날수록 알게 되거

든. 처음에는 알기가 힘들다네. 그런 만큼 자네의 장점을 알게 되기만
한다면 모든 것이 자네 뜻대로 될 거네. 그러니까 자네는 지금 주저할
때가 아니라네. 스기코 씨가 조금이라도 어느 한 쪽으로 기울어지면, 문
제가 복잡해질 거네.”

노지마는 오미야의 말이 지당하다고 생각했다.

23

두 사람은 오미야의 방으로 들어갔다. 다케코의 방에서는 이따금 두
사람의 웃음소리가 들렸다. 노지마는 그쪽에 정신이 팔려 아무 말도 하
고 싶지 않았다. 하지만 그런 만큼 더더욱 뒤가 켕겨 무슨 말이라도 꺼
내려 했다. 하지만 그러는 게 더 인위적이고 어색하게 느껴져 내키지가
않았다. 마음이 안정이 되지 않았다.

그때 발소리가 나더니 다케코가 들어왔다.

“오빠, 카드 게임 안 할래요?”

“해서는 안 될 이유 없지?” 하고 오미야가 노지마에게 물었다.

“좋네.” 노지마는 기쁨을 감추려고도 하지 않고 말했다. 이 친구에게
는 모든 걸 감출 필요가 없다고 생각했다.

“그럼 여기서 하자.”

다케코가 스기코를 부르러 갔다.

스기코는 들어올 때 조금 주저하는 것 같았다. 들어설 때 얼굴이 불그
스레해지는 것처럼도 보였다. 두 사람은 잠자코 정중하게 인사를 했다.
평소처럼 미소를 짓고 있었다.

노지마는 왠지 기뻤다. 스기코는 화해하러 온 거다. 나를 염려하고 있
는 거다. 나를 싫어하지는 않는 거다. 어쩌면 어느 정도 호의를 갖고 있

을지도 모른다.

스기코는 잠시 주저하는 모습을 보였으나 다케코의 말에 따라 곧바로 방석 위에 앉았다.

"뭘 할까?"

"뭐든지 좋아" 하고 다케코가 말했다.

"편을 나눠서 플러스, 마이너스를 할까?"

"좋아."

"어떻게 편을 짤까? 노지마하고 스기코 씨가 한 편이 되면 어떨까?"

아무도 대답하지 않았다.

"아니면 남자와 여자로 편을 나눌까? 그런 용기가 있을까요?"

"있고말고. 그렇지 스기코?"

"네. 남자 분들만 그럴 용기가 있다면" 하고 스기코가 쑥스러운 듯이 말했다.

"이거 놀랍군."

모두 웃었다. 편이 정해져, 오미야가 능숙하면서도 자연스럽게 카드를 나눠줬다.

카드 게임은 거의 다케코와 오미야 두 사람 사이의 승부였다. 스기코와 노지마는 이따금 어처구니없는 짓을 했다. 노지마는 때로는 잘하기도 했지만 실수도 많이 했다. 스기코는 이따금 자신이 카드 게임을 하고 있다는 사실 자체를 잊은 사람처럼 보이기도 했다. 다케코의 주의를 받고 당황해서 터무니없는 패를 내기도 했다. 얼굴은 점점 붉어지고, 어찌 보면 손까지 떨고 있는 것 같았다.

정신을 차린 듯이 멀쩡하게 게임하는 것 같다가도 금세 어처구니없는 짓을 했다. 노지마도 그런 모습을 보자 왠지 초조해졌다. 뭔가 봐서는 안 될 것을 본 것만 같았다. 스기코는 사랑을 하는 거다. 나를? 아니 어쩌면 오미야를? 만약 그렇다면?

노지마는 언뜻 그런 생각을 했다. 그러나 늘 그렇듯이 자신의 지레짐작일 거라고 생각했다. 그러다가 스기코도 안정을 되찾았다. 그리고 평소처럼 쾌활해졌다. 그래서 노지마도 괜한 걱정을 했다고 생각했다. 그리고 그런 생각을 했다는 사실 자체를 잊어버렸다. 하지만 그 후에도 오미야를 경계하는 마음만은 남았다.

그는 오미야의 모습을 살펴보지 않을 수 없었다. 그러나 오미야는 평소와 전혀 다름이 없었다. 스기코에게 관심이 있는 것 같지도 않았다. 평소보다 좀 더 쾌활해 보였지만, 그저 그뿐이었다. 오미야의 그런 태도가 그에게는 감탄스러웠다. 다케코는 그야말로 천진난만했다. 그래서 조금만 이겨도 기뻐했다. 그리고 조금이라도 질 것 같으면 화를 냈다. 그리고 스기코를 여동생에게 하듯이 야단치기도 하고, 가르치기도 하고, 치켜세우기도 했다.

스기코는 다케코에게 순종적이었다. 거의 말대답조차 하지 않았다. 그리고 다케코가 하라는 대로 했다.

그런 순종적인 면이 더욱더 가련해 보였다. 다케코는 이따금 무척 심하게 다그치기도 했다.

"어머, 그런 걸 내면 어떻게 하니?"

"다른 거 낼 것이 없는걸."

"그럼 아까 내가 낼 때 말을 하지 그랬니."

"난 노지마 씨가 좀 더 좋은 패를 낼 줄 알았지."

"게다가 그 카드는 노지마 씨가 방금 가져간 거야. 정신이 딴 데 가 있어서 못 봤지?"

"미안."

모두 웃었다. 노지마에게는 그때의 스기코의 표정이 한없이 귀여워 보였다.

카드 게임은 두 시간쯤 계속되었다. 노지마는 시간도 다른 모든 것도 잊고 행복해 했다. 그리고 스기코가 기뻐할 때는 진심으로 기뻤다.

"이제 가야겠어" 하고 스기코가 느닷없이 말했다.

"좀 더 놀다 가지 그래?"

"한없이 있을 수만은 없으니까. 그럼 내일 꼭 와."

"알았어."

"그럼 이만 실례할게요."

"잘 놀았습니다."

스키코가 오미야에게 인사를 했다.

"스기코네 별장까지 모두 같이 산책하지 않을래요?"

"그러지 뭐."

"배웅해 주시지 않아도 괜찮아요."

"아니야, 배웅하게 해줘. 산책 겸해서."

"죄송해서 어쩌나."

"사양하면 화낼 거야."

네 사람은 밖으로 나왔다. 그리고 해안을 통과해 스기코를 바래다주러 갔다.

스기코가 노지마에게 불쑥 말을 걸었다.

"노지마 씨, 무라오카 씨 아세요?"

"언젠가 나카다 군과 스기코 씨와 함께 보러 갔던 연극의 희곡을 쓴 무라오카 말인가요?"

"네. 그 분이 친구와 함께 가마쿠라에 와계셔서 아까 잠깐 오셔서 노지마 씨에 대해 묻더라고요."

"아, 그래요?"

"그 분은 이번 달 29일에 집에서 연극을 하는데, 여배우가 없으니 저한테 출연해 달라는 거예요. 하야카와 씨의 친구여서 하야카와 씨도 그러라고 하고. 하지만 저는 왠지 썩 내키지가 않아 거절하려고 해요."

"그건 거절하는 게 좋겠지?" 하고 노지마가 오미야에게 동의를 구했다.

"그건 물론 거절하는 편이 낫지요."

"오빠가 노지마 씨나 오미야 씨에게 여쭤보고 결정하라고 했거든요. 그렇다면 거절할게요."

"네가 거절하지 않으면 난 너하고 절교할 거야. 난 무라오카 씨만큼 싫은 사람이 없더라" 하고 다케코가 말했다.

"왜 그렇게 싫으니?"

"그냥 이유는 없지만 싫어. 넌 그 사람의 작품을 싫어해야만 해."

"그렇다면 싫어할게."

모두 웃었다.

그날 밤 노지마는 행복했다. 스기코는 나를 싫어하지는 않는다. 어쩌면 나를 사랑하고 있는지도 모른다. 그 사람은 다케코의 말이라면 무슨 말이든지 잘 듣고 또 믿는다. 다케코는 나의 가치를 알고 있다. 스기코도 조금씩 나의 장점을 알아가고 있는 게 분명하다. 그는 다케코와 오미야에게 감사하고 싶었다. 그날 밤은 잠을 잘 이룰 수가 없었다.

24

다음날이었다. 아침 일찍 그는 해안으로 나가 모래언덕 위에 앉아서 바다를 바라보고 있었다. 행복감이 그의 마음에 충만해 있었다. 희망이 빛나고 있었다. 그는 뭔가에 감사하고 싶은 심정이었다. 그와 동시에 뭔가에 미래의 행복을 위해 기도하고 싶었다.

그는 스기코와 꾸리는 가정에 대해 생각했다. 스기코가 자기만을 의지하고, 자기에게만 애교를 떨고, 자기만을 위해 미소를 짓고, 화장을 하고, 자신의 원고를 정리하고, 자신을 위해 요리를 하고……. 그는 그런 생각을 하자 천국에 있는 것보다도 더욱 행복해진 기분이었다. 그때 자신은 정신세계의 제왕이 되고, 스기코는 여왕이 된다. 자신의 각본은 세계를 정복한다. 자신의 각본에 스기코가 출연한다. 둘이 함께 여행을 한다…….

그는 제멋대로 그런 꿈을 꾸고 있었다. 그때 오미야가 다가왔다.

"일찍 일어났군."

"자네야말로 일찍 일어났군."

"나는 잠을 잘 못 이뤘거든."

"그럴 거라고 생각했네. 나는 오늘 자네가 기뻐할 말을 해주려고 하네. 어제 비로소 나는 자네가 왜 그토록 스기코 씨를 사랑하게 되었는지를 알았다네. 나는 지금까지 스기코 씨의 가치를 내심 과소평가하고 있었다네. 그 목소리와 그 표정에 대부분의 남자들이 넘어가는 것은 당연하다고 생각했지. 나조차도 자네 아내가 될 사람으로서 존경하는 마음이 없었다면 마음을 빼앗겼을지도 모르네. 그러나 그것만이 아니라네. 나는 스기코 씨가 자네의 장점을 알아보기 시작했다는 걸 알았네. 다케코에게도 자네 칭찬했다고 하더군. 하야카와는 그다지 신용하고 있지 않고."

"하지만 나보다 자네를 존경하고 있을지도 모른다네."

"그럴 리가 있나. 나는 그 사람하고 제대로 얘기를 나눈 적도 없는데. 적어도 자네를 신용하는 것만은 분명한 것 같네. 여하튼 나는 어제 스기코 씨를 보고, 자네의 결혼을 진정으로 바라게 되었다네. 이렇게 말하면 실례가 되겠지만, 지금까지는 조금 미심쩍어하고 있었다네. 하지만 이제 안심이 되었네."

"고맙네. 자네가 그렇게 말해 주니 나는 정말로 안심이 되네. 나만큼 행복한 사람은 없을 거네."

"자네는 행복해질 자격이 있는 사람이라네. 함부로 침착성을 잃거나 하는 사람이 아니니까."

"나는 아직 기뻐하는 것은 이르다는 걸 알고 있네. 그러나 여하튼 나는 자네와 다케코 씨의 신뢰를 저버리지 않는 사람이 되겠네."

노지마의 눈에 살짝 눈물이 맺혔다.

"바다에 들어갈까?" 하고 노지마가 말했다.

"그러지 뭐."

"그런 다음 난 한숨 자야겠네."

"나는 소설을 쓰기 시작했네."

"그래? 나도 뭔가 하고 싶어졌네. 공부도 하고 싶고."

"우리 둘 다 훌륭한 사람이 되기로 하지."

"틀림없이 그렇게 될 거네. 자네가 있어줘서 내가 얼마나 기쁜지 모르네. 일본도 앞으로 재미있어질 거네. 제대로 된 일을 하지 않으면 망신을 당하게 되지."

"어제 무라오카의 이야기를 듣고 깜짝 놀랐네."

"상당히 뻔뻔한 녀석이더군."

"이제 보게나. 스기코 씨가 거절하면 틀림없이 연극 상연을 포기할 거네. 그 패거리 중에서는 그래도 무라오카가 나은 편이지. 더욱 심한 바람둥이가 있다네."

"하지만 한번 거절당했다고 포기할 사람이 아니지. 방법을 바꿔서 다시 접근할 거네."

"아무리 방법을 바꿔서 접근해도 다케코가 있으니까 안심이라네. 다케코는 자랑은 아니지만 무척 심지가 굳은 편인데다가 우리를 신뢰하고 있다네. 게다가 나카다의 집에서도 다케코에게 호의적이고."

25

스기코를 중심으로 여러 남자가 모이기 시작했다. 나카다의 집이 사교의 중심이 되었고, 그 중심에 나카다가 있었다. 또한 스기코도 누구에게나 어떤 점에서는 거리낌 없이 애교를 떠는 성격이었다. 게다가 하야카와도 사교적인 사람이었다.

나카다와 조금이라도 친분이 있는 사람이나, 하야카와의 친구 같은 사람들 대여섯 명이 종종 나카다의 집에 모였다. 모두 함께 카드 게임을 하기도 하고, 탁구를 치기도 하고, 함께 해수욕을 하기도 했다. 그렇기 때문에 노지마는 스기코 옆에 붙어 있기가 싫어졌다.

하야카와하고도 관계가 조금 어색해졌다. 그런 상태에서 무라오카의 친구가 접근하고, 어떤 제1고등학교 학생이 접근하여, 북극성 주위를 북두칠성이 돌듯이 스기코 주위를 빙빙 돌고 있었다. 모두가 스기코를 노골적으로 찬미하는 것이 유행처럼 되었다. 다케코조차도 스기코네 집에 가는 것을 싫어했다. 그러나 나카다 남매는 틈을 내서 오미야의 집을 찾아왔다. 오미야를 만나러 오는 건지, 노지마를 만나러 오는 건지, 다케코를 만나러 오는 건지 알 수가 없었다.

여하튼 스기코나 나카다의 방문 목적이 다케코에게 있는 것 같다고 노지마는 생각했다. 어쨌든 스기코가 종종 찾아와주는 것은 무엇보다도 기뻤다. 그것을 호의로 해석할 수 있을 때는 더더욱 기뻐했다.

오미야는 점점 더 스기코에게 냉담해졌다. 오미야는 여기저기서 원고 청탁을 받은 탓도 있어 서재에 틀어박혀 있을 때가 많아졌다. 나카다는 노지마를 만나러 오는 것처럼 보였다. 종종 네 사람은 노지마의 방에 모여서 뭔가를 했다. 다케코가 이따금 오미야를 데리러 갔지만, 써야 할 글이 있으니 양해해 달라고 했다는 말을 전했다. 그 말을 들으면 노지마는 어떤 자극을 받았다. 하지만 스기코와 놀 때는 오미야에 대해서도,

써야 할 각본에 대해서도 말끔히 잊었다. 그저 스기코가 돌아갈 때가 다가오는 것이 두려울 따름이었다. 스기코는 이제 노지마와 무척 가까워졌다.

"오미야 씨는 노지마 씨와 달리 노력파로군요"라고 말하기도 하고, 다케코에게 "오미야 씨가 오빠를 싫어하는 게 아닐까?"라고 말하기도 했다.

그러나 가끔은 오미야도 서재에서 나왔다. 그리고 나카다하고도 사이좋게 놀았다.

어느 날 나카다의 집에서 탁구대회를 여니까 괜찮으면 와달라는 통지를 스기코가 갖고 왔다.

칠 수는 없지만 구경하러 가겠다고 대답했다. 오미야는 가고 싶어 하지 않았으나, 노지마의 부탁으로 같이 가기로 했다.

세 사람은 일부러 조금 늦게 갔다. 세 사람은 모두의 환영을 받았다. 하야카와는 먼저 오미야를 모두에게 소개했다. 모두 호기심과 존경심을 보였다. 무라오카는, "오미야 씨의 작품은 하나같이 감탄하며 읽고 있습니다"라고 말했다.

오미야는 "대단히"라고 말하더니, 그 뒤에 이을 "감사합니다"를 입 밖에 내지는 않고 적당히 말끝을 흐렸다. 그것이 겸손에선지 오만에선지는 알 수가 없었다.

다음으로 노지마가 소개되었는데, 그때는 모두가 노골적으로 냉담한 반응을 보였다. 약속이라도 했나 싶을 정도로 두 사람 사이에 존경심의 격차를 보여줬다.

노지마는 정중하게 인사한 것을 물리고 싶은 심정이었다. 그러나 시치미를 떼고 있었다. 다케코는 모두의 주목을 받았으나 전혀 개의치 않고 가볍게 인사를 하더니 스기코 곁으로 갔다.

나카다의 어머니도 마침 와있었다. 나카다의 어머니는 다케코에게 좋은 자리를 권했고, 오미야에게는 일부러 소개해 달라고 하며 강력한

호의를 보이더니 좋은 자리를 권했으며, 노지마에게는 가족과 같은 친
근감을 보이며 오미야의 옆자리를 권했다. 제각기 다른 모양의 의자가
열 개 정도 놓여 있었다. 하야카와와 무라오카의 친구는 건너편에 앉아
있었다. 우선 다섯 명을 탈락시키는 경기가 시작되었다.

26

모두 별로 잘 치지는 못했다. 제1고등학교 학생 한 명의 실력이 돋보
였다. 그는 무라오카를 숭배하고 있는 것 같았다. 그 밖의 사람들은 실
력이 비슷했다. 제1고등학교 학생이 네 명을 이겼다. 그러자 아무도 치
겠다고 나서는 사람이 없었다.
"스기코 씨는 오늘은 안치시나요?"
"전 오늘 구경만 할게요."
"그래선 안 되죠" 하고 누군가가 말했다.
"하지만 전 지는 게 싫어요."
"이기기도 하고 지기도 하기 때문에 재미있는 게 아닐까요?"
"계속 지기만 해서는 재미없어요."
"스기코 씨는 지지 않아요. 제가 못 당할 걸요" 하고 제1고등학교 학
생이 나섰다.
"치지 그래" 하고 다케코가 화난 듯이 말했다. 모두가 이러쿵저러쿵
떠들어대는 게 듣기 싫은 듯이.
"다케코가 저렇게 말하니 지더라도 칠게요."
노지마와 오미야를 제외하고는 모두 박수를 쳤다.
제1고등학교 학생은 실수인지 고의인지 연달아 3점을 빼앗겼다. 스기
코가 점수를 따거나 잘 치거나 하면 모두 뻔뻔할 정도로 갈채를 보냈다.

"자넨 적수가 못 되는군."

"스기코 씨에게는 도저히 못 당한다네."

스기코도 2점정도 빼앗겼으나 결국 이겼다. 모두 박수갈채를 보냈다.

"그렇다면 어디 오빠가 상대해줄까?"

나카다가 그렇게 말하며 나섰다. 모두 크게 웃으며 박수를 쳤다. 전체적인 분위기가 갑자기 고조된 느낌이었다.

나카다를 응원하는 사람은 아무도 없었다. 나카다가 못 치면 모두 기뻐하며 웃었다. 그리고 스기코의 실력을 법석을 떨며 과장해서 칭찬했다. 그런 모습이 노지마에게는 공허할 정도로 경박하게 들렸으며, 속셈이 뻔히 드러나 보이는 것만 같았다. 그의 얼굴은 점점 더 벌레 씹은 표정이 되었다. 오지 말걸 그랬다. 매일같이 이런 짓을 하며 모두 법석을 떨고 있을 거라고 생각하니 혐오감이 들었다. 그는 나카다의 편을 들어주고 싶었다. 하지만 잠자코 미소조차 짓지 않았다. 오미야는 좀 더 자연스런 태도를 취하고 있었다. 웃어야 할 때는 웃었다. 불쾌할 때는 얼굴을 살짝 찡그렸으나 곧바로 또다시 유쾌한 듯이 모두와 함께 웃었다. 하지만 손뼉도 치지 않았으며, 말도 하지 않았다.

나카다는 커다란 웃음소리 속에서 시합에 져서 물러났다.

"그렇다면 내가 어디 나카다 군의 원수를 갚아줄까?"

하야카와가 그렇게 말하며 새로운 상대로 나섰다. 모두가 박수를 쳤다. 스기코는 실제로 그날 잘 치기도 했다. 이따금 위기를 맞기도 했으나 잘 넘겼다.

그때마다 모두가 기뻐했다. 칭찬을 했다. 스기코도 기쁜 것 같았으며, 조금 상기된 얼굴은 평소보다 생기가 있고 아름다워 보였다. 모든 신경이 한 곳에 모여 있었으며, 손이 민첩하게 움직였다. 노지마도 모든 걸 잊고 찬미하고 싶은 심정으로 바라보고 있었다. 그러나 이따금 모두가 경쟁하듯이 아첨하는 모습에는 기가 막혔다.

하야카와도 져서 물러났다.

"오늘은 스기코 씨의 날이로군."

모두가 기뻐했다.

네 번째로 무라오카가 나섰다.

"그렇다면 지기 위해 한 번 해볼까?"

무라오카의 친구가 크게 박수를 쳤다. 무라오카도 상당히 잘 쳤다. 그러나 반은 장난을 치듯이 쳤다. 스기코가 기회를 놓치지 않고 강한 공으로 공격하자 못 받아넘겼다.

그때마다 모두가 기뻐했다. 무라오카도 졌다. 이번에는 당장은 아무도 나서지 않았다.

"오늘의 스기코 씨에게는 당할 자가 없군. 다섯 명을 이긴 셈이로군" 하고 누군가가 말했다.

"정말로 대단한 실력이로군. 모두 너무 방심했어."

"노지마 군, 어떤가?" 하고 하야카와가 말했다.

모두가 박수를 쳤다. 노지마는 정말로 어이가 없었다. 그러자 오미야가 말했다.

"노지마 대신 제가 치죠."

27

모두 커다란 기대를 품고 승부를 지켜봤다. 한층 더 자주 박수소리가 울렸다. 모두가 오미야는 한 수 위로 보고 있는 것이 여실히 느껴졌다.

스기코는 얼굴이 상기된 채 멍하니 서 있었다. 뜻밖의 적을 만나 도망치고 싶은 것 같았다. 무슨 말인가를 하려 했지만, 입 밖으로 나오지는 않았다. 용기를 북돋우기 위한 준비를 했다.

심판이 신호를 보내, 오미야가 먼저 서브를 맡았다. 첫 번째 서브는 아웃이 되긴 했으나 스기코를 박살내려는 듯이 맹렬한 기세로 들어갔다. 스기코는 간담이 서늘해진 듯이 바짝 움츠러드는 것 같았다. 두 번째는 그 정도는 아니었지만 회전이 되는 공이었다. 스기코는 간신히 받아넘겼으나 그다음의 심술궂은 공에는 손도 대지 못했다.

모두가 오미야의 실력에 놀랐다. 그러나 그의 가차 없는 공격에 더더욱 놀랐다. 다른 사람들은 여왕을 상대로 탁구를 쳤다면, 오미야는 사자가 토끼를 죽이기 위해 전력을 다하듯이 쳤다. 두 판을 쳐서 승부를 결정짓기로 했다.

서브 차례가 돌아와 스기코가 처녀와도 같은 온순한 공을 보내자, 그 공이 또다시 쏜살같은 기세로 돌아왔다. 스기코는 완전히 그 기세에 눌려 버렸다. 그러나 스기코는 포기하지 않았다. 최선을 다해 폭군을 상대하는 것처럼 보였다.

노지마는 바라보면서 조마조마했다. 애처로운 마음도 들었다. 다른 사람들에 대해서는 통쾌했지만. 다케코는 기쁜 표정으로 바라보고 있었다. 승부는 간단히 끝났다. 분위기가 조금 썰렁해졌다.

"오미야 씨는 정말로 대단한 실력이시네" 하고 스기코가 조금 말을 더듬으며 진정으로 감탄한 듯이 다케코에게 말하며, 상기된 얼굴로 쏟아져 내린 머리를 쓸어 올렸다.

"무척 난폭하지?"

"저렇게 치는 게 제대로 치는 거야. 우리가 치는 탁구는 소꿉장난에 불과하고."

제1고등학교 학생이 오미야의 상대로 나섰다. 격렬한 기세로 승부를 겨뤘으나 오미야의 적수는 아니었다. 나카다가 나섰으나 곧바로 졌다. 더 이상 나설 사람이 없었다. 오미야는 노지마를 보며 쑥스러운 듯이 웃으면서 물러났다. 그의 그런 모습을 보자, 노지마는 기뻤다.

탁구는 거기서 끝이 나고, 그다음에는 모두가 과자를 먹거나 차를 마시며 이야기를 했다. 노지마를 비롯한 세 사람은 적당한 때를 봐서 일어섰다.

여름의 저녁은 기분이 좋았다. 별장이 모여 있는 길은 기분이 좋았으며, 매미 울음소리도 그다지 크지 않아 여름 저녁의 정취를 더해 주었다. 세 사람은 제각기 무슨 생각을 하고 있는 것 같았다. 얼마 후에 다케코가 말했다.

"난 속이 후련했어."

"나는 나중에는 어른스럽지 못하게 군 것 같아 씁쓸해졌어. 하지만 노지마가 난처해하는 모습을 보자 나서지 않을 수가 없었지. 나섰다면 그렇게 칠 수밖에 없었고."

그리고 노지마에게는, "자네를 불쾌하게 한 건 아닌지 염려가 되었네"라고 말했다.

"그럴 리가 있나."

"모두가 너무 속 들여다보이는 아첨만 하고 있어서 말이네. 나서지 않는다면 몰라도, 나설 바에는 난 그렇게 칠 수밖에 없었다네. 스기코 씨에 대한 존경심은 잃지 않으려고 했네만."

"스기코는 조금도 불쾌해하지 않았어. 오히려 오빠를 칭찬하던데."

"탁구 잘 치는 게 자랑거리는 아니지."

"하지만 그런 시합에서도 그 사람의 성격이 드러나는 법이거든."

"그런 말을 들으니 창피해지는군. 금세 정색하고 공격하는 나 자신을 보며 우스꽝스럽기도 하고 창피하기도 했다네."

"자네의 태도를 조금도 부끄러워할 필요 없다고 생각하네. 나는 정말로 기분이 좋았고, 속이 후련했다네. 나는 스기코 씨를 상대하라는 말을 들었을 때 어떻게 해야 할지 몰랐다네. 자네가 대신 나서 주어서 정말로 기뻤네."

"자네가 그렇게 말해 주니 나도 안심이 되는군."

28

다음날 아침이었다. 노지마는 갑자기 한기가 들며 두통이 났다. 열을 재보니 38.9도였다. 그는 이불을 덮고 누워 있었다. 그러나 기력은 잃지 않았다. 그는 누운 채로 서양의 책이나 그림을 보고 있었다. 오미야와 다케코는 걱정을 했지만, 그는 오히려 안심하고 있었다. 의사에게 진찰 받을 필요도 없고 곧 나을 거라고 말했다. 그러고는 감기약을 먹었다. 오후에 두 사람은 해수욕을 하러 갔다. 노지마는 꾸벅꾸벅 졸다가 잠이 들었다. 그러다가 문득 발소리 때문에 잠이 깰 때까지 세 시간 정도를 내리 잤다.

오미야가 혼자서 들어와, "좀 어떤가?" 하고 물었다.

"많이 좋아졌네. 이제 한기도 들지 않고, 이러고 있어도 두통이 느껴지지 않게 되었네"라고 말했다.

"스기코 씨가 몸조리 잘하라는 전갈을 보내왔더군."

"아, 그래?" 하고 감사하는 마음으로 노지마가 말했다.

오미야는 스기코에 대한 이야기는 더 이상 하지 않았다. 그리고 노지마의 머리맡에 있는 서양미술사 책을 보고 있었다. 그러더니 느닷없이 말했다.

"서양에 가고 싶군."

"왜?"

"레오나르도 다빈치나 미켈란젤로, 렘브란트가 그린 그림을 직접 보고 싶어졌네. 베토벤의 음악도 직접 듣고 싶다네, 마테를링크나 로망 롤랑도 만나보고 싶고."

노지마는 오미야가 서양에 가고 싶어 하는 것은 예전부터 알고 있었다. 그러나 오미야는 서른 두셋이 된 후에 가겠다고 말하곤 했다.

"물론 나도 가보고 싶네. 하지만 지금은 역시 일본에 있는 게 좋을 거라고 생각하네."

"자네는 일본에 있어야만 하네. 스기코 씨하고의 관계가 있으니까. 나는 자유로운 입장일 때 다녀오고 싶네."

"자네는 서른 두셋이 되면 가겠다고 하지 않았나?"

"요즘은 당장 가고 싶어졌다네."

"그런 말은 전혀 들은 적이 없는걸."

"솔직히 말하면 지금 문득 가고 싶어졌다네. 이 책을 보고 있었더니."

"뭐야? 나는 좀 더 근거가 있는 이야기인 줄 알았더니. 지금 자네가 가 버리게 되면 난 너무나도 쓸쓸할 거네."

"나도 지금 자네와 헤어지고 싶지는 않네. 하지만 가게 되면 책이랑 그림을 부쳐주지."

"정말로 갈 생각인가?"

"아아, 난 이미 결심했다네."

노지마의 마음속 어디선가는 이 사실을 기뻐했다. 그는 스기코가 하야카와나 그 이외의 사람들을 존경하지 않는다는 것을 느끼기 시작하고 있었다. 그와 동시에 그에게 있어서 강적은 사실은 친구인 오미야라는 것을 깨닫지 않을 수 없었다. 오미야는 안심이지만, 스기코 쪽이 오미야에게 너무 빠져들어서는 곤란하다고 생각했다. 그러나 그렇게 생각하는 만큼 너무 노골적으로 속내가 드러날 수 있으니 만류해야만 할 것 같았다. 게다가 실제로 지금 오미야와 헤어지는 것은 쓸쓸하기도 했다. 그러나 어느 쪽 마음이 더 강할까? 억누르려 해도 억누를 수 없는 기분은 어느 쪽일까? 그것은 오히려 오미야가 외국으로 가기를 바라는 마음이었다. 그리고 안 가기로 했다고 말할까봐 오히려 두려운 마음도 들었다. 외국으로 갈 거라고 생각했는데 안 가게 되면 실망하지는 않을까 하는 불안마저 느꼈다. 그리고 그런 심보를 스스로도 추하게 여겼다. 그것이 자신의 본심일까? 자신의 우정일까? 노지마는 그런 생각을 하자 자신이

뼛속까지 이기주의자라는 생각이 들었다. 그러나 오미야는 외국에 가면 거기서 뭔가 목표한 바를 이루고 돌아올 남자다. 오미야는 어디에 가도 얻을 것을 확실하게 얻어내는 남자다. 지오토나 미켈란젤로, 레오나르도 다빈치, 뒤러, 렘브란트의 진품을 볼 것이다. 그리고 들라크루아, 밀레, 샤반, 세잔 등의 진품을 볼 것이다. 그리고 좋은 연극과 좋은 음악과 좋은 책을 볼 것이다. 자유로운 마음으로. 그는 그렇게 생각하자 그 점에 또다시 일종의 두려움을 느꼈다. 아아, 난 얼마나 한심한 남자인가?

자신의 진가를 발휘하도록 정신 차려야만 한다. 스기코, 나를 믿어주기 바라오. 나를 의지해 주기 바라오. 이 사자에게 날개를 달아주기 바라오.

노지마는 그런 생각을 했다.

29

그때 다케코가 들어와서, "몸은 좀 어떠세요?" 하고 물었다.

"고마워. 이제 많이 좋아졌어"라고 노지마가 말했다.

"열 재보실래요?"

"고마워."

그는 다케코의 친절이 고마웠다. 병으로 마음이 약해져 있었기에 더욱더 고마웠다. 스기코가 이렇게 해준다면 자신은 병이 난 것을 얼마나 감사해했을까 하고 생각했지만.

열은 38.2도 정도로 내려가 있었다.

"뭔가 드시고 싶은 거 있으세요?"

"고마워. 특별히 없는데."

"입이 바싹 마를 거예요. 배라도 갖다드릴까요?"

"그게 좋겠군" 하고 오미야가 말했다.

"고마워."

다케코가 나가더니 곧바로 돌아왔다.

노지마는 스기코에 대해 묻고 싶었다. 자신의 병을 진심으로 걱정했는지, 그저 예의상 안부를 물었는지, 조금은 걱정해 주고 있는지, 전혀 걱정하지 않았는지 등등. 그러나 물을 수가 없었다.

오미야가 다케코에게 서양에 갈까 한다는 이야기를 했다.

"어디로 가는데?"

"이태리로 갔다가 프랑스로 갈 거 같아."

"부럽다. 언제 갈 건데?"

"9월이나 10월에."

"그렇게 빨리? 정말이야?"

"정말이지."

"스기코가 무척……."

다케코가 말을 하려다가 당황하며 입을 다물었다. 그러나 그 말은 노지마에게는 상당한 타격이었다. 그러나 잘못 들었을 거라고도 생각했다. 세 사람 모두 그 말을 못 들은 척하고 있었다.

"나도 가고 싶다."

"가면 되잖아."

"난 못 가. 오빠가 간다고 하면 숙모님이 무척 걱정하시겠네."

"빠른 시일 내에 가는 게 오히려 낫다고 생각해. 6,7년 후에 가는 것보다."

"음악에 재능이 있다면 서양에 가겠지만. 단지 보는 것만으로는 성에 차지 않아. 게다가 어머니가 허락하지 않으실 거야. 내가 옆에 있는 것은 싫어하시지만. 나를 이제 어딘가로 시집보내려고 알아보고 계시는 걸. 내후년쯤 되면 난 신혼여행으로 외국에 갈지도 몰라."

"그러면 그때 서양에서 만날까?"

"서양에서 만나면 무척 기쁘겠지? 루브르박물관에 데려가줘. 그리고 연극이랑 음악회에도."

노지마는 두 사람의 대화를 들으며 묘하게 소외된 느낌을 받았다. 그의 집은 간신히 먹고살 정도였다. 오미야하고는 그런 점에서 세계가 달랐다. 그러나 그 점은 그래도 괜찮았다. 두 사람은 역시 자신에게 생판 남이라는 생각이 들었다. 다케코도 자신을 그저 오미야의 친구로서 어느 정도 호의를 갖고 있을 뿐으로, 오미야를 얼마나 신용하고 의지하고 있는지를 분명하게 안 것 같았다.

스기코도 마찬가지다. 그는 쓸쓸히 외톨이가 된 심정으로 빨리 어머니한테 돌아가고 싶었다. 그는 건강할 때는 어머니 곁에 있는 것을 싫어했다. 어느 정도의 나이가 되면 아이들은 부모의 손에서 벗어나고 싶어 하는 본능을 갖고 있다는 것을 종종 느꼈다. 하지만 남의 집에서 병에 걸리니 어머니가 그리웠다. 어머니라면 진정으로 자신을 걱정해 주고, 열이 있으면 걱정스러워 틈 날 때마다 와서 머리를 식혀주기도 하고, 귀찮을 정도로 몸 상태를 묻기도 할 것이다. 거기에 진심이 담겨 있음을 의심할 여지가 없다. 그러나 어머니 이외에는 지금의 자신에게는 모두 남이다. 하지만 그건 무리는 아니다.

30

그날 밤은 꾸벅꾸벅 졸다가 문득 여러 사람의 웃음소리가 들린 것 같아 눈을 뜨자, 오미야 방에 손님이 온 것 같았다. 나카다의 목소리가 들렸다. 또다시 모두의 웃음소리가 들렸다. 그 속에 천진난만하다기보다 바보스럽다고 하고 싶을 정도의 스기코의 웃음소리가 섞여 있었다. 병문안을 온 걸까? 아니다. 놀러 온 것이다. 자신의 병 따위에는 스기코는 관심도 없다.

그는 화가 치밀기 시작했다. 마음대로 하라는 생각이 들었다. 하지만 쓸쓸했다. 고독감이 한층 더 강렬해졌다. 자신은 스기코가 병에 걸렸다는 말을 들으면 진심으로 걱정할 것이다. 그러나 스기코는 자신의 병에는 전혀 관심도 없다. 누가 뭐라고 해도 저 웃음소리로 알 수가 있다. 그렇게 생각하자 고독감이 밀려왔다.

오미야도 웃고, 다케코도 웃고, 나카다도 웃고, 스기코도 웃는 것은 당연한 일이다. 하지만 노지마는 스기코만은 웃지 않기를 바랐다.

스기코가 내 병을 걱정해서 모두가 이상하게 생각하는 것도 무시하고 이 방으로 와서 나를 간호해준다면 얼마나 기쁠까? 극락도 그보다 더 좋을 수는 없을 것이다. 그렇게 생각할수록 스기코의 무신경함에 화가 나고 쓸쓸했다.

오미야가 서양에 간다. 고소하다. 이제 스기코 따위 생각이나 하나 봐라.

나는 나 자신이 위대한 사람이 되도록 노력해야겠다. 나는 거지가 아니다. 사랑을 애걸하지는 않겠다. 자신을 사랑할 수도 존경할 수도 없는 사람은 필요 없다.

그러나 그는 쓸쓸했다. 그리고 머리맡의 공책에 썼다.

"스기코여, 스기코여, 내가 아플 때는 부디 웃지 말아줘. 부탁이야. 넌 친절하고 좋은 사람이잖아? 너만은 웃지 말아줘."

그러나 스기코의 웃음소리는 신경을 쓸수록 그의 귀에 울렸다.

그는 아직 스기코가 병문안을 올 거라는 희망을 갖고 있었다. 그러나 안 오는 게 당연하다는 생각도 들었다. 그리고 스기코는 결국 오지 않았다. 11시를 알리는 시계소리를 들었지만, 나카다 남매가 돌아간 것은 그로부터 한참 후였다. 그는 그런 탓에 자신의 병이 더 심해졌다고 생각했다.

그러나 다음날이 되자 체온이 완전히 정상으로 돌아왔으며 건강해져 있었다. 일어나자 약간 비틀거리고 힘은 없었지만. 그래서 오후에 모두가 수영하러 갈 때, 오미야와 다케코가 말렸는데도 그는 스기코의 모습이 보고 싶어서 같이 나갔다.

스기코는 이미 와있었다. 그리고 노지마를 보자, 미소를 지으며 다가와 친근하게 인사를 하며 물었다.

"몸은 이제 괜찮으세요?"

"네."

그는 더할 나위 없는 행복을 느꼈다. 그는 모래 위에 주저앉았다. 스기코는 수영복 차림으로 옆에 앉으며 물었다.

"오미야 씨가 서양에 가신다는 게 사실이에요?"

"네."

"오미야 씨가 가시면 노지마 씨가 외로워지시겠죠?"

"네. 오미야가 가면 저는 이제 대화를 나눌 상대가 없어지지요."

"저는 그런 상대가 안 되나요?"

"스기코 씨라면 충분히 대화 상대가 되지요."

노지마는 행복을 느꼈다.

"전 요즘 점점 신이라는 존재가 있는 것 같다는 생각이 들게 되었어요."

"고맙군요."

"앞으로 모르는 것이 있으면 여러 모로 가르쳐주세요."

"저에게 가능한 일이라면 그러지요."

"노지마 씨는 오미야 씨의 선생님이시죠?"

"그럴 리가 있나요."

"어제 오미야 씨와 다케코 씨가 노지마 씨에 대해 무척 칭찬하더라고요."

"전 칭찬을 받을 만한 자격이 없는 사람입니다."

그는 진심으로 그렇게 생각했다. 그리고 오미야와 다케코에게 사죄하고 싶은 심정이었다.

31

그는 진정한 행복을 느꼈다. 분에 넘치는 행복이 자신에게 미소 짓고 있는 느낌이었다. 그는 모든 사람을 사랑과 감사의 마음으로 바라보고 싶어졌다. 자연은 왜 이토록 아름다운 걸까? 하늘, 바다, 햇빛, 물, 모래, 소나무, 이 모든 게 너무나도 아름답다. 그리고 갈매기의 나는 모습이 얼마나 즐거워 보이는가. 그리고 인간에게 어떻게 이토록 깊은 기쁨이 주어질 수 있는가. 눈이 부시다. 그는 그렇게 생각했다. 내 옆에 스기코가 있다. 그리고 나를 존경하고, 나를 의지하려 하고 있다. 나에게는 분에 넘치는 행복이 나를 둘러싸고, 슬픔과 외로움을 향해 그가 스스로 준비하고 있던 갑옷과 투구가 어느 틈엔가 자취를 감췄다. 그러나 그는 아직 왠지 운명을 전적으로 믿을 수는 없어, 어딘지 모를 불안을 느끼고 있다. 그러나 억누를 수 없는 기쁨이 틈만 나면 밀려왔다.

그는 모두에게 감사하고 싶었다. 특히 신에게.

"경애하는 신이시여. 최선을 다하겠습니다. 부디 딱 한 가지만 들어주시기 바랍니다. 부탁드립니다. 스기코를 갖게 해 주십시오. 스기코를 저한테서 빼앗아가지 말아 주십시오. 저는 당신을 위해 최선을 다하겠습니다. 모두의 행복을 위해 노력하겠습니다. 당신의 의지를 최대한 따르겠습니다. 그러니까 저를 가엾이 여겨 당신께서 주신 무한한 행복을 빼앗지 말아 주십시오."

그는 스기코가 언제까지고 자기 옆에 있어 주기를 바랐다. 그러나 스기코가 일어서서 가버릴 때가 오는 게 두려워서 빨리 적당한 때에 일어서 주었으면 하고 바라기도 했다. 너무 행복할 때는 그는 일종의 두려움을 느낀다. 인간에게는 아직 그런 행복을 받아들일 준비가 되어 있지 않다고 그는 생각했다. 태어난 자는 죽고, 만나는 자는 또다시 헤어진다. 그런 사상은 언제든 그의 마음에 자리 잡고 있었다.

‘행복하기를’ 하고 그는 마음속으로 빌었다. 잠깐 침묵이 이어졌다.

“스기코 씨는 거의 병치레를 하지 않지요?”

“네. 저는 무척 건강해요. 다케코에게 놀림을 받을 정도지요. 넌 낙천적이라서 병에 걸리지 않는다나요. 하지만 저도 걱정거리는 있어요.”

“어떤 걱정거리죠?”

“인간은 누구나 죽잖아요. 운명이란 알 수 없는 것이잖아요. 지금 이 순간에도 어머니가 돌아가시지 않으리라고 누가 보장할 수 있겠어요?”

“하지만 그럴 리가 있겠어요?”

“그럴 리가 없을 거라고 생각하기 때문에 이러고 있는 거지, 아니면 벌써 달려갔겠죠.”

“너무 걱정하지 않는 편이 좋아요. ‘한밤중에 태풍이 불지 않을까’로 시작하는 노래가 있지요. 그러나 우리는 6천 번에서 7천 번의 밤을 무사히 지냈으니까요. 무사한 게 오히려 이상하다는 생각도 들지만. 여하튼 지나친 걱정은 해가 되죠.”

“저도 그렇게 진심으로 걱정하고 있지는 않아요.”

“스기코 씨는 최대한 몸을 소중히 여기셔야 합니다.”

“고마워요. 노지마 씨도요.”

“고마워요. 저는 정말로 몸을 소중히 여깁니다.”

“오미야 씨가 말씀하시더군요. 노지마 씨는 의지가 강한 분이어서 몸이 약한 것을 의지로 충분히 만회하고 있다고. 그러나 너무 무리하시지 않는 게 좋아요. 오미야 씨는 또 노지마 씨 얘기를 하며, 왜 저렇게 좋은 사람이 일본에 태어났는지 모르겠다는 말씀도 하셨어요. 정말로 오미야 씨는 좋은 분이에요.”

“네. 네. 그렇게 좋은 사람은 없지요. 저는 오미야를 한없이 존경하고 있어요. 그렇게 우정이 돈독하고, 사람의 마음을 잘 헤아리고, 배려심 있는 남자는 없지요.”

"정말이에요. 전 그렇게 우정이 돈독한 분은 처음 봤어요."

32

그는 이제 공포심을 느끼지 않고 그저 기뻤다.

"오미야가 없었다면 얼마나 쓸쓸했을까요? 오미야의 위로로 용기를 되찾은 적이 몇 번 있었는지 몰라요."

"정말로 두 분은 좋은 친구네요. 그야말로 진정한 친구라고 늘 다케코와 얘기하곤 하죠."

그때 나카다가 나타났다.

"아팠다며? 이제 괜찮은가?"

"응. 이제 다 나았네."

"어제 오미야 군과 다케코 씨가 걱정하더군."

"그래? 이제 괜찮아."

"빨리 나아서 다행이로군."

"고맙네."

"난 조만간 도쿄로 돌아가기로 했네."

"왜?"

"이제 슬슬 서늘해지기도 했고, 여기 있으면 소란스러워서 공부가 안 되니까."

"공부할 건가?"

"공부해야지. 나도 요즘 학구열이 샘솟는다네."

"그거 대단하군."

"대단하지? 앞으로의 세상은 누가 뭐래도 공부가 중요시되는 세상이 니까."

“그야 그렇지.”

“차분히 공부하고 싶어졌네. 오미야 군도 서양으로 가서 열심히 공부한다고 하더군. 오미야 군이 서양에 가서 공부하게 되면 그야말로 사자에 날개를 단 격이 되겠지.”

“그렇겠지.”

“세계적인 업적을 남길 거야.”

“그렇겠지.”

“나도 오미야 군의 이야기를 듣고 있으니 공부하지 않으면 안 되겠다는 생각이 진정으로 들었다네. 지금이 바로 공부할 때라고 생각했네. 앞으로의 세상을 살아가려면 사상을 제대로 갖춰둬야 하니까.”

“그야 물론이지.”

“나도 열심히 공부할 거네. 자네도 열심히 하게.”

“하지. 나도 지고만 있지는 않을 거네.”

“오미야 군은 진정으로 자네를 믿고 있다네. 오미야 군이나 다케코 씨의 이야기를 듣고 있으면 자네를 존경하고 싶어진다네. 자네는 좋은 친구를 두었다는 생각이 드네.”

그때 오미야와 다케코가 왔다.

넷이서 이야기하고 있다가 느닷없이 내일 함께 도쿄로 돌아가기로 결정했다.

오미야는 서양에 갈 준비를 시작하겠다고 했다.

“몇 년 예정으로 가시나요?” 하고 스기코가 물었다.

“3, 4년, 아니면 더 걸릴지도 모릅니다.”

“좀 더 일찍 돌아오실 수도 있겠지요?”

“확실한 것은 모릅니다.”

“저도 가고 싶네요. 뭐든 좋으니까 도착하시면 뭔가 보내 주세요” 하고 스기코가 애교를 떨듯이 말했다.

"저는 게으른 편이어서 약속은 못 드리겠습니다."

"그래도 노지마 씨에게는 뭐든 보내실 거잖아요."

"노지마는 예외입니다."

"다케코에게는요?"

"다케코의 어머니가 부탁하신다면."

"제가 부탁해서는 안 되나요?"

"안 됩니다. 그러나 뭔가 필요한 것이 있으면 노지마에게 부탁하세요."

스기코는 그 말에는 대답하지 않고 입을 다물어 버렸다.

노지마는 오미야의 완고함에 놀랐다. 자신이 오미야의 위치에 있어도 그 정도로 단호하게 잘라 말할 수는 없을 것 같았다. 거짓말을 못한다는 점에서는 서로 비등비등하지만. 노지마가 더 완고한 면도 있지만, 도덕적인 결벽증에 있어서는 오미야를 당할 수가 없다고 생각했다.

33

귀경길의 기차는 즐거운 분위기였다. 노지마는 오랜만에 도쿄로 돌아가는 것이 기뻤다. 여름의 저녁 무렵의 도쿄를 노지마는 좋아했다. 특히 책방에 가서 책 찾는 것을 좋아했다. 또한 오랜만에 가족들을 만나는 것도 집으로 돌아가는 것도 기뻤다. 그러나 기차가 언제까지고, 언제까지고 도쿄에 도착하지 않기를 바랐다. 그대로 극락까지 가도 좋다고 생각했다.

거기에 스기코가 있다. 기분이 좋아 보인다. 노지마에게도 편하게 말을 건다. 배를 깎아준다. 건강을 염려해준다. 미소를 지어준다. 눈에 띄게 친근감이 배어났다. 주위 사람들은 즐거워 보이는 다섯 사람을 쳐다본다. 부러워하는 사람도, 불쾌하게 여기는 사람도, 함께 덩달아 따라

웃는 사람도 있었다.

노지마에게는 그건 관심 밖이었다. 기차가 평소보다 더 빠른 속도로 달리는 것 같은 느낌이 들 따름이었다.

어느 틈에 요코하마에 도착했다.

"빠르군."

"빨라?" 하고 오미야가 조금 놀리듯이 말했다.

요코하마를 출발하자 기차는 더욱더 빨라졌다. 도쿄역에서 헤어져 네 사람은 인력거를 탔다. 노지마만은 전차를 타려고 했다. 그러나 전차가 좀처럼 안 왔다. 몸은 조금 고단했으나 걷고 싶은 마음도 들었다. 그래서 전찻길을 지나서 히비야 쪽으로 걸었다. 아침 11시 무렵이어서 해가 상당히 강렬히 내리쬐어, 주위에 햇빛이 반사되어 뜨거웠지만, 그는 오랜만에 도쿄의 흙을 밟는 것이 기뻤다. 돌아가면 틀림없이 어머니가 기뻐할 것이다. 그러나 그는 그런 것보다도 스기코 생각을 하고 있었다. 부쩍 친절해진 스기코 생각을 했다.

스기코의 입에서 새어나온 한 마디 한 마디를 떠올리며 되새겼다. 그런 말에 배어 있는 자신에 대한 친근감과 호감을 음미했다. 그는 기쁘지 않을 수 없었다.

34

그 후에 오미야는 외국으로 떠날 준비로 바빴다.

9월 말에 떠나기로 정해졌다. 그날 노지마는 요코하마까지 배웅을 가기로 했다. 오미야를 배웅하기 위해 도쿄역에 나온 사람은 5, 60명쯤 되었다. 다케코의 아버지와 어머니도 와 있었다. 다케코는 오미야의 어머니를 따라서 요코하마까지 가기로 되어 있었다. 잡지기자나 문학자들도 보였다. 신문기자도 와서 오미야와 뭔가 얘기하고 있었다. 그러나 노지마는 그 사람들에 대해서는 별로 신경 쓰지 않았다. 그가 신경을 쓴 것은 물론 오미야를 배웅하러 와 있는 스기코였다. 스기코는 평소보다 짙게 화장하고 있어 아름다워 보이기는 했으나 천진난만해 보이지는 않았다. 그리고 그 누구하고도 얘기를 하지 않고 혼자서 쓸쓸히 서 있었다. 조심스럽게, 하지만 뭔가 생각하고 있는 듯한 모습으로. 조금 여윈 것 같았다.

다케코가 그녀의 모습을 발견하고 다가가자 미소를 지어 보이긴 했다. 오미야가 노지마에게 다가왔다.

"자네의 행복을 빌겠네" 하고 오미야가 느닷없이 말했다. 그는 울고 싶은 심정이었다. 오미야도 눈물을 글썽이는 있는 것 같았다.

"고맙네. 몸조심 하게나."

"고맙네. 내가 가 있는 동안 둘이 함께 오게나. 여비 정도는 어떻게든 마련해줄 테니까."

"그렇게 가게 되면……."

노지마는 그다음 말을 이을 수가 없었다. 오미야의 어머니가 와서 노지마에게 인사한 후에 오미야에게 말했다.

"이름은 모르겠지만 어떤 분이 오셨으니까 인사하고 오너라."

"잠깐 실례하겠네."

"다녀오게."

개찰을 시작할 시간이 되었기에 모두들 앞을 다투어 들어갔다.

노지마가 평생 잊을 수 없었던 것은 그 날의 스기코의 태도와 눈이었다. 스기코는 그 누구의 눈에도 띄지 않는 곳에 서서 아무도 모르게 한 곳을 응시하고 있었다.

오미야를 응시하고 있는 것이었다. 노지마는 스기코의 마음을 확실히 알 수가 있었다.

여기서 얘기를 좀 건너뛰어야겠다. 노지마는 스기코가 오미야를 사랑하고 있음을 순간적으로 직감했다. 기차가 움직이기 시작해 모두가 만세를 부르며 손을 흔들거나 모자를 흔들었다. 스기코도 사람들 뒤에서 조심스럽게 손수건을 흔들고 있었다. 그녀의 모습은 움직이는 사람들 때문에 보였다 안 보였다 했다. 그러나 그 눈은 기차의 창문으로 고개를 내밀고 모두에게 답례하고 있는 오미야를 향하고 있었다. 노지마는 오미야의 눈을 훔쳐봤다. 그러나 오미야는 스기코를 이따금 보는 것 같기도 하고 안 보는 것 같기도 했다. 노지마는 오미야가 떠난 후에도 이따금 나카다네 집에 가서 스기코를 만났다. 스기코의 태도에 별다른 변화는 없었다. 오미야 얘기도 때로는 나왔지만, 노지마에게는 별로 신경 쓰이지 않았다. 탁구도 쳤다. 카드 게임도 했다. 하지만 예전만큼의 활기가 없었다. 노지마는 점점 불안해졌다. 언젠가 스기코가 다른 사람의 아내가 될지도 모른다는 생각이 들었다. 그래서 그는 결국 1년 후에 중간에 사람을 세워서 스기코에게 청혼을 했다. 하지만 보기 좋게 거절당했다. 그는 그래도 포기하지 않았다. 그래서 나카다에게, "스기코 씨의 본심을 알려주었으면 좋겠네" 하고 편지를 썼다. 나카다는 "당사자가 지금 결혼할 생각이 전혀 없는 것 같네"라는 답장을 보내왔다. 그는 그 이후로는 나카다의 집에 갈 수가 없어졌다. 그렇다고 나카다의 편지만으로 단념할 수도 없었다. 나카다는 약삭빠른 남자다. 스기코의 진심이 아닌 것도 그녀의 진심인 양 쓸 수도 있는 남자다. 스기코의 진심을 제대로 알기 전에는 단념하고 싶어도 단념할 수가 없는 심정이었다.

그래서 그는 용기를 내서 스기코에게 편지를 썼다.

"저는 당신 없는 세상을 살아가는 쓸쓸함을 충분히 맛보고 있습니다. 그 쓸쓸함을 견디기가 힘들어 실례를 무릅쓰고 편지를 씁니다. 제 마음은 이미 알고 계실 겁니다. 더 이상 아무 말도 하지 않겠습니다. 단지 부탁을 드리겠습니다. 당신의 진심을 알려주시기 바랍니다. 저는 몇 년이든 기다리겠습니다. 조금은 희망이 있는 건가요? 전혀 희망이 없는 건가요? 무슨 말이든지 좋으니 정직하게 말해 주세요. 저는 두렵습니다. 그러나 당신의 말을 듣지 않고는 차분히 있을 수가 없습니다. 조금이라도 희망적인 말을 저는 기다리고 있습니다. 알지도 못하는 신에게 기도를 합니다. 울면서 기도를 하지요. 실낱같은 희망이라도 갖게 해달라고. 하지만 진심을 말해 주시기 바랍니다. 저도 남잡니다. 진심을 알면 포기해야만 할 때는 포기하겠습니다. 그런 때가 오지 않기를 빌고 있습니다만. 부디 답장을 주십시오. 저는 당신으로부터의 선고를 조심스럽게 희망을 불태우며 기다리고 있겠습니다."

스기코는 그 편지에 간단히 답했다.

"편지 잘 받았습니다. 당신처럼 존경스러운 분이 그 정도까지 말씀해 주시다니 그저 송구스러울 따름입니다. 그러나 아버지나 오빠가 답해 드린 것 이상의 답을 저도 드릴 수가 없습니다. 부디 양해해 주시기 바랍니다. 진심으로 사죄드립니다."

노지마는 이 차가운 편지를 몇 번이고 읽었다. 그리고 절망적이라는 것을 느꼈다. 그는 완전히 풀이 죽어서 흐느껴 울었다. 그는 그로부터 2, 3일 후에 베토벤의 초상에다 다음과 같은 베토벤의 말을 원문으로 갈겨 쓰고는 그것을 기둥에다 못으로 박았다.

"너는 인간이 아니다. 자신을 위해 사는 인간이 아니다. 단지 남을 위해서만 살 따름이다. 너에게는 자기 자신 안에 예술 이외의 행복이 없다. 신이시여, 스스로를 극복할 힘을 저에게 주시옵소서. 저를 인생에 묶어둘 것은 아무것도 없습니다. A와 이렇게 되고나서는 모든 것을 잃었습니다."

여기에서 단지 A가 S로 바뀌었을 따름이다. 그는 이 사실을 파리에 있는 오미야에게는 물론 보고했다. 오미야는 이따금 편지를 보내오거나, 책이나 그림 같은 것을 보내왔으나, 그 무렵부터 스기코에 대해서는 일절 언급하지 않았다. 그는 그것을 자신의 상처를 건드리지 않기 위한 것으로 해석했다.

그로부터 1년쯤 후에 이미 결혼한 다케코가 남편과 서양에 갈 때 뜻밖에도 스기코와 함께 간다는 말을 노지마는 듣게 되었다.

노지마는 그 말을 믿지 않았다. 그는 문단에서 조금씩 인정을 받게 되어, 연극도 두세 편 상연되었다. 물론 그 연극은 일반사람들의 주목을 끌 힘은 없었지만, 일부 사람들의 기대를 받기도 하고 두려움의 대상이 되기도 했다. 그러나 노지마는 그걸로 만족할 수는 없었다. 그는 그저 쓸쓸할 따름이었다. 스기코를 잊을 수가 없었던 것이다.

한 번 그는 길거리에서 우연히 스기코와 마주쳤다. 눈부시게 아름다워졌다고 그는 생각했다. 스기코는 그를 알아봤다. 그리고 사죄하듯이 그에게 인사를 했다. 그도 정중하게 죄인처럼 인사를 했다. 한 마디도 나누지 않았다. 그는 이미 마음이 텅 비어 버린 사람처럼 멈추어 서서 그녀를 뒤돌아봤다. 그녀는 뒤돌아보지도 않고 가장 가까운 사거리에서 오른쪽 길로 갔다. 그는 스기코가 인사해준 것이 기뻤다. 그리고 감사했다. 그러나 동시에 잃어서는 안 될 것을 잃었다는 생각을 하지 않을 수 없었다. 자신은 그야말로 온 세상을 잃은 셈이라는 생각이 들었다. 그는 마루젠(서양서적을 취급하는 서점 – 옮긴이)에 가려고 나왔으나 곧바로 생각을 바꿔 집에 돌아가서 울었다. 그러고는 오미야가 보내준 베토벤의 데스마스크에 얼굴을 갖다 댔다. 그것은 베토벤의 초상을 기둥에 못으로 박아두었다는 사실을 알렸을 때, 얼마 후에 오미야가 보내온 것이다. 그때 그는 오미야의 우정에 감사하며 눈물지었다. 그때의 그에게 그것만큼 고마운 선물은 없을 거라고 생각했기에. 그는 친구란 꼭 필요한 존재라는 생각을 했다. 스기코가 서양에 가는 것은 사실이었다. 그는 느낌이 이상했지만 애써 무시했다. 그는 아무도 만나지 않고 산책과 독서와 집필, 그리고 우는 것으로 나날을 보내고 있었다.

스기코가 떠나고 서너 달 지났을 때, 그는 오미야한테서 묘한 편지를 받았다. 그것은 미켈란젤로의 피에타(성모 마리아가 죽은 예수를 안고 비탄에 잠겨 있는 모습을 묘사한 조각—옮긴이)가 담긴 그림엽서 뒷면에 영어로 적혀 있었다. 오미야는 불어와 영어가 가능했다. 노지마는 독일어와 영어가 가능했다. 그래서 영어로 쓴 것이다.

"존경하는 위대한 친구여. 자네에게 사죄해야 할 일이 있다네. 모든 것은 어느 동인지에 낸 소설(?)을 보면 알게 될 거네. 읽어봐 달라는 말은 못하겠네. 나 자신의 고백이라네. 그것으로 우리를 심판해 주기 바라네."

이 '우리'라는 말에 노지마는 묘한 느낌이 들어 신경이 쓰였다. 오미야가 말한 동인지는 오미야를 존경하는 사람들이 내는 잡지로, 노지마도 증정본을 받아보고 있었다. 그는 그 잡지를 받자, 곧바로 오미야의 글을 읽었다. 그리고 놀랐다. 현기증이 났다. 거기에는 다음과 같은 내용이 적혀 있었다.

하권

1

오미야 씨, 화내지 말아주세요. 제가 편지를 쓰기까지에는 상당한 용기가 필요했습니다. 제가 이제까지 편지를 쓰려다가 행여 당신을 불쾌하게 하지는 않을까 염려되어 몇 번을 그만두었는지 모릅니다. 당신이

화를 내시면서 편지를 보내면 곤란하다고 말씀하시게 되면, 저는 더 이상 설자리가 없게 되거든요. 당신이 저를 경멸하고 싫어하게 될까봐 두렵기도 했습니다. 하지만 이제 저는 그런 것을 걱정하고 있을 수가 없습니다. 제 일생에 관한 일입니다. 정말로 중요한 일이기에 어찌 되었든 편지를 쓰기로 했습니다. 화를 내시더라도, 저에게 정나미가 떨어지시더라도 이런 기분으로 있는 것보다는 나을 거라고 생각합니다.

며칠 전 다케코를 미쓰코시 백화점에서 만났습니다. 남편 되시는 분도 같이 계셨지요. 다케코는 정말로 예뻐졌더군요. 남편도 훌륭한 분으로 잘 어울리는 부부라고 생각했습니다. 그때 저는 아는 척을 할지 말지 망설였는데, 다케코가 정중하게 인사를 하더니 저를 남편에게 소개시켜 주었고, 그러고는 남편이 출근하고 나면 심심하니까 와달라고 하기에, 저도 무척 기쁜 마음에 그저께 다녀왔습니다. 그리고 당신 소식도 듣고, 최근의 사진도 봤습니다. 서양사람 다 되셨다고 둘이서 말하며 웃었지요. 하지만 조금도 경박한 느낌이 들지 않는 것이 이상하다고 했습니다. 제가 그때 오미야 씨에게 부탁드리고 싶은 것이 있는데 괜찮겠느냐고 다케코에게 물었습니다. 물론 얼마든지 부탁해도 된다고 하더군요. 그래서 주소를 알게 되었죠. 다케코도 올해 11월에는 둘이서 파리에 간다더군요. 얼마나 부러웠는지 모릅니다. 파리는 저도 꼭 한 번은 가고 싶은 곳이거든요. 갈 수 있을 것 같지 않지만 가장 좋아하는 도시입니다. 일본을 제외하고.

사실은 부탁드리고 싶은 것은 아무것도 없습니다. 아니, 너무 많다고도 할 수 있지요. 하지만 오늘은 사양하겠습니다. 당신의 반응을 살펴보고, 그 반응 여하에 따라 차근차근히 부탁드릴 생각이지만, 틀림없이 매정하게 거절하실 것만 같아서요.

노지마 씨는 요즘 전혀 집에 안 오십니다. 일전에 제국극장 복도에서 언뜻 뵈었는데, 어느 틈에 도망치셨더군요. 상세한 것은 노지마 씨가 말씀하셨겠지만, 저는 깜짝 놀랐습니다. 노지마 씨는 제가 두 번째로 존경하는 분입니다. 좋은 분이라고 생각하고 있지요. 저에게는 과분한 분이라는 생각도 듭니다. 당신은 아마 그렇게 생각하고 계시겠지요. 하지만 저는 노지마 씨의 아내가 될 생각은 추호도 없습니다. 이 점을 당신에게 밝혀 두겠습니다. 부모님이 반대하셨기 때문이 아닙니다. 오빠는 가볍게 권유하기도 했습니다. 하지만 저는 아무래도 노지마 씨 곁에는 한 시간 이상은 있고 싶지 않습니다. 이유가 뭔지는 저도 모릅니다. 저 자신에게는 설명이 가능하지만, 그것은 요컨대 제 신경에 관한 것이어서 편지에 쓸 내용은 아니라고 생각합니다.

노지마 씨는 제가 없어도 더욱더 훌륭해질 수 있는 분입니다. 요즘 쓰시는 작품에는 무서울 정도로 강렬한 느낌이 살아 있더군요. 하지만 저는 당신 작품을 훨씬 더 좋아합니다. 당신이 쓰시는 작품은 빠짐없이 읽었지요. 당신에 대해 쓴 글도 전부 읽고 있고요. 저는 당신의 가장 훌륭한 독자가 되고자 합니다.

당신을 존경하는 분은 많이 있을 겁니다. 하지만 다른 분들이 모르는 부분도 저는 전부 이해하고 있다고 믿고 있습니다.

그렇게 생각하지 않으면 분하니까, 그렇게 생각하고 있습니다. 매일 같이 당신의 건강과 행복을 빌고 있습니다. 부디 용서해 주세요. 아무리 짧아도 좋으니까 답장이라도 주신다면 뛸 듯이 기쁠 겁니다.

2

편지 잘 읽었습니다. 솔직히 말하면, 당신의 편지를 받지 않기를 저는 바라고 있습니다. 받아도 답장을 보내지 않는 편이 낫지 않을까 하는 생각도 했습니다. 하지만 노지마에 대해 다시 한 번 생각해 주실 것을 부탁드리고자 합니다.

당신은 아직 노지마의 장점을 제대로 모르십니다. 노지마의 겉모습만을 보고 꺼려하시는 것 같군요. 노지마의 영혼을 보셨으면 합니다. 친구라서 노지마를 칭찬하는 게 아닙니다. 노지마는 실제로 칭찬해도 좋은 극소수의 사람 중 하나입니다. 그런 남자의 사랑을 받는 것은 당신에게 명예로운 일이지요. 그럴 만한 가치가 당신에게 없다는 뜻은 아닙니다. 저는 당신을 노지마와 떼어놓고 생각할 수가 없습니다. 저는 노지마의 아내가 될 사람으로 당신을 존경해 왔습니다.

당신은 노지마를 두 번째로 존경한다고 했습니다. 첫 번째가 서양인이라면 현재로서는 방법이 없습니다. 그러나 그 사람이 일본인이라면, 당신은 노지마를 제대로 모르는 겁니다. 솔직하게 말하겠습니다. 당신은 그런 표현으로 저를 존경하고 있다는 것을 암시하려 하셨던 거겠지요. 저는 노지마보다 훌륭한 사람이 아닙니다. 노지마는 제가 존경해야 마땅한 사람입니다. 호의를 갖고 다시 한 번 노지마를 봐주시기 바랍니다.

노지마를 부디 사랑해 주십시오. 사랑 받을 가치가 있는 남자입니다. 사교성이 부족하고 무뚝뚝하며 화를 잘 내는 성격이죠. 그러나 지극히 좋은 사람입니다. 진지하게 다시 봐주시기 바랍니다. 저를 믿는다면, 노지마를 사랑해 주세요. 반드시 여러 가지 좋은 점을 발견하실 겁니다. 애원합니다. 노지마를 사랑해 주시기 바랍니다.

3

편지 잘 읽었습니다만, 그것만은 불가능합니다. 저도 마찬가지로 솔직하게 말씀드리겠습니다. 당신이 이 세상에 안 계셨다면, 당신을 만나지 않았다면, 저는 오히려 하야카와 씨의 아내가 되었을 겁니다. 저는 그때도 노지마 씨의 아내가 될 생각은 없습니다. 제가 노지마 씨를 사랑할 수 없다는 것이 죄일까요? 그렇지는 않을 겁니다. 노지마 씨가 저를 사랑하시는 것이 솔직히 말씀드리면 저에게는 부담스러울 따름입니다. 안 됐다는 생각도 듭니다. 그리고 저 같은 사람을 그렇게 진심으로 사랑해 주시는 게 의아하기도 합니다. 여하튼 저는 어떤 일이 있어도 노지마 씨를 존경은 하지만 사랑할 수는 없습니다. 옳고 그르고를 떠나서 이것은 저에게는 절대적인 사실입니다. 제 힘으로는 어떻게 할 수도 없습니다. 당신의 부탁이라도 이것만은 들어드릴 수가 없습니다.

모든 걸 말씀드리겠습니다. 그리고 제 일생을 결정하고 싶습니다. 그것은 너무나도 두려운 일입니다. 그러나 잠자코 운명에 맡길 수만은 없습니다. 저는 죽을힘을 다해 운명과 싸우겠습니다. 싸운다기보다는 운명을 개척하려고 합니다. 조용히 문 옆에 서서 문이 저절로 열리기를 기다리고 싶기도 했습니다. 그러나 지금은 그 문을 온 힘을 다해 두드리고자 합니다. 제 진심이 통하지 않으면 할 수 없겠지요. 여하튼 저는 평생에 단 한 번의 용기를 내서 문을 두드립니다.

오미야 씨, 저를 하나의 독립된 인간, 여자로서 봐주세요. 노지마 씨에 대해선 잊어주세요. 저는 저입니다. 노지마 씨를 잊고 저에 대해 생각하신 다음에, 그 생각을 상세히 써 보내주시기 바랍니다. 솔직하게 무슨 말이든지 써주세요. 그렇게 해서 포기해야 한다면 깨끗이 포기하겠습니다.

제 사진을 동봉합니다. 제가 하고 싶은 말이 무슨 뜻인지 충분히 이해하셨을 겁니다.

4

당신이 무슨 말씀을 하시려는 건지 충분히 알고야 말았습니다. 저는 그 점을 두려워하고 있었습니다. 저도 솔직히 말하죠. 당신이 저에게 호의를 갖기 시작했다는 걸 느꼈기에, 제가 있어서는 안 된다고 생각해서 일본을 떠나기로 했던 겁니다. 저만 없으면 당신은 당연히 노지마를 사랑하게 될 거라고 생각한 거지요. 그리고 결혼만 해 버리면, 당신이 저에게 냉담해지실 것이 당연하고요. 저는 그렇게 되기를 바라고 있었습니다. 물론 옛날부터 이곳에 오고 싶긴 했습니다. 그리고 오길 잘했다고 생각하고 있었습니다. 노지마에 대해서도 당신에 대해서도 거의 잊고, 매일같이 그림을 보거나, 음악을 듣거나, 연극을 보거나, 책을 뒤지거나, 산책하거나, 건축물을 보거나 하며 지내고 있지요. 여기에 온 이후로 많은 생각을 했습니다. 우리는 사랑 같은 것에 취해 있을 여유가 없다고 생각합니다. 하고 싶은 일, 해야 할 일이 너무 많지요. 일본은 너무 약합니다. 최대한 힘을 키워서 일본의 문명을 드높이고 사상을 강화하여 세계적인 일을 척척 해나가지 않으면, 일본인은 세계적 존재의 가치를 잃게 됩니다. 지금이 중요한 때죠. 우리가 떨치고 일어서야만 할 때입니다. 당신도, 노지마도. 부탁이니 노지마에게 친절하게 대해 주십시오. 노지마가 쓸쓸해하고 있습니다. 의기소침하여 풀이 죽어 있지요. 아마도 노지마는 곧 일어설 겁니다. 하지만 외로움은 언제까지고 그를 따라다니겠지요. 저는 지금 노지마의 각본을 한 편 번역해서 서양인에게 보여주려고 합니다. 저는 당신을 미워하지는 않습니다. 그러나 노지마에게 그렇게 냉담하다는 말을 들으면 기분이 안 좋군요. 하야카와의 아내가 되었을 거라는 말은 충격적이군요. 당신에겐 남자의 진정한 가치를 알아보는 능력이 아직 없는 것 같군요. 당신은 노지마를 사랑할 수 없다고 했습니다. 그러나 그것은 거짓말입니다. 노지마의 장점을 발견하게 되면, 호의를 갖지 않을 수 없을 겁니다. 일단 호의를 갖게 되면 그것이 사랑으로 변할 수도 있는 거지요. 당신은 저에 대해서도 제대로 모르십니다. 저를 이상적인 사람으로 만들고 있지요. 저한테 시집온다고 가정하더라도 당신이 행복할 거라는 보장은 없습니다. 저는 언젠가 노지마에게 정복당할 인간입니다. 이렇게 말하는 것은 유감이지만, 솔직하게 말하는 겁니다.

5

　편지 잘 읽었습니다. 당신은 거짓말쟁이입니다. 정말로 거짓말쟁이에요. 저는 잘 알고 있습니다. 모든 것을 알고 있지요. 저는 당신이 없는 세상은 생각할 수 없습니다. 그리고 당신이야말로 진정으로 저를 사랑하고 계시지요. 당신은 저를 싫어하는 척하시며 억지로 냉담하게 대하고 계십니다. 하지만 저의 장점을 있는 그대로 인정하고 계시는 분은 오로지 당신뿐입니다. 노지마 씨, 노지마 씨, 하고 노지마 씨를 계속 거론하는 것은 싫지만, 노지마 씨는 저라는 사람과는 별도로 자기 마음대로 저를 이상적인 인간으로 만들어서 제멋대로 찬미하고 있는 겁니다. 따라서 만약에 결혼하게 되어서, 제가 평범한 여자라는 걸 알게 되면 놀라시겠지요. 그 분은 의지가 강한 분입니다. 쓰시는 글은 당신 작품보다도 세상을 정복하게 되겠지요. 그러나 그때가 되어도 당신은 한쪽에서 여전히 빛나고 계실 겁니다. 당신은 모든 걸 알고 계시면서도 우정을 핑계로 다른 것들은 억지로 보지 않으려고 하십니다. 노지마 씨는 제가 당신과 결혼하면 더욱 훌륭해지실 분입니다. 절대로 의기소침해 있지만은 않을 겁니다. 저는 여자입니다. 당신에게 도움이 되는 것 이외에는 바라는 것이 없습니다. 당신 곁에 있으면서 당신을 통해 세계를 위해 일하고 싶고, 인생을 위해 일하고 싶습니다. 이런 제 소원을 부디 우정이라는 돌로 깨부수지 말아주세요. 노지마 씨에게는 최대한 친절하게 대하고 존경도 하겠습니다. 하지만 그 이상의 것은 불가능한 것이 죄라고는 생각하지 않습니다.

6

　당신의 편지를 기다리고 있습니다만, 아직 오지 않는군요. 걱정이 됩니다. 화를 내고 계신 건가요? 저를 불쌍히 여겨 답장해 주세요. 파리에 가고 싶습니다. 당신을 뵙고 싶습니다. 그러면 죽어도 여한이 없을 것 같습니다. 다케코는 올 연말에 떠납니다. 부러울 따름입니다. 답장을, 답장을 기다리고 있겠습니다.

7

　뭐라고 답장을 써야 할지 모르겠군요. 저는 망설이고 있습니다. 노지마에게 상의하고 싶군요. 하지만 상의할 용기는 없습니다. 노지마가 너무나도 가엾습니다. 훌륭하게 되겠지요. 일본의, 아니 인류의 자랑거리가 되어주겠지요. 하지만 그때 우리는 어떤 역할을 하게 될까요? 그러나 그런 것은 문제가 되지 않습니다. 그러나 저는 친한 친구가 사랑하는 여자를 빼앗을 수는 없습니다. 그것은 친구를 파는 일입니다. 저 존경할 만한, 그리고 저를 믿고 의지하고 있는 친구를. 당신은 왜 저를 그토록 사랑하시나요? 제가 노지마에 대한 배려로 당신에게 구애하지 않고 냉담하게 대하던 태도를 오히려 과대평가하신 게 아닌가요? 노지마가 없었다면 노지마보다도 제가 더 적극적으로 당신에게 구애를 했을지도 모릅니다. 저는 이 편지를 보낼까 말까 망설이고 있습니다. 보내지 않는 게 옳다고 생각합니다. 하지만 보내겠습니다. 노지마, 용서해 주게.

8

　당신의 편지가 얼마나 저를 기쁘게 했는지 모릅니다. 고맙습니다. 고맙습니다. 저는 지금 천국에 있습니다. 당신이 이 세상에 계십니다. 저는 정말로 감사하게 생각합니다. 저만큼 행복한 사람은 세상에 없을 겁니다. 조만간 장문의 편지를 쓰겠습니다. 지금은 너무 기뻐서 아무 말도 쓸 수가 없습니다.

　오미야 씨, 저만큼 행복한 사람은 없다는 걸 절감합니다. 당신 같은 분이 이 세상에 살아 계시는 게 감사할 따름입니다. 당신 같은 분을 만나 뵙고 애기할 수 있었다니. 게다가 저에게 호의를 갖고 계시다니. 저는 정말로 행복한 사람입니다. 당신이 쓰신 작품을 읽었을 때부터 저는 당신을 남으로 생각할 수가 없었습니다. 그리고 언젠가 노지마 씨와 함께 연극을 보러 오신 모습을 뵙고 난 이후로, 저는 당신 같은 분이 이 세상에 계시는 것이 진정으로 기쁘고 뿌듯했습니다. 저는 그때 아직 열여섯으로, 노지마 씨하고도 아직 애기를 나눈 적이 없었지만, 당신의 남자다운 멋진 모습을 그 후에도 잊을 수가 없었습니다. 저는 그것을 창피하게 여겼습니다. 그리고 그런 생각을 언젠가 잊게 되기를 바라고 있었습니다. 실제로 잊고 있었습니다. 그 후에 길에서 한 번 뵈었을 때까지는. 그건 다케코네 집에 갔다가 둘이서 친구네 집에 갈 때였지요. 당신의 집 앞을 지나쳐서 조금 걸어가다가 커다란 책 보따리를 무거운 듯이 들고 바쁜 걸음으로 귀가하시는 당신 모습을 우연히 뵈었습니다. 마음속으로 놀라고 있을 때, 당신이 미소를 지으며 인사를 하셔서 제가 얼마나 놀랐는지 모릅니다. 저도 얼굴이 빨개지며 당황해서 인사하려고 했을 때, 당신이 다케코에게 인사한 거라는 것을 깨닫고는 쑥스럽기도 실망스럽기도 했습니다. 샘이 나기도 했습니다. 그리고 다케코한테서 당신과 사촌남매 사이라는 말을 들었을 때 부러운 마음이 들었습니다. 당신은 다케코와 뭔가 이야기하고 계셨습니다. 좋은 화집을 샀다며 기뻐하고 계셨지요. 다케코는 조만간 보러 가겠다고 하더군요. 저는 다케코에게 부탁해서 화집을 보고 싶다고 얘기하려 했다가 참았습니다. 여기서 또 한 가지 고백할 게 있습니다. 당신 집 앞을 지나갈 때, 당신 집이 너무 멋져서 놀랐다는 점입니다. 그러나 저를 허영심이 많은 여자라고는 생각하지 말아 주세요. 노지마 씨가 당신의 위치에 있고, 당신이 노지마 씨의 위치에 있었어도 저는 당신을 사랑했을 겁니다. 저는 당신에게만은 뭐든지 말씀드릴 수 있을 것 같아요. 세상에는 여자로 태어나도 여자로서의 진정한 기쁨을 맛볼 수 없는 사람이 많은 듯합니다. 오히려 진정한 기쁨을 아는 사람은 극히 적은 것 같습니다. 저도 당신을 만나서 당신과 얘기를 나누고, 당신과 함께 놀거나 웃거나 하기까지는 이 세상에 이런 기쁨이 있고, 인간이 이렇게까지 즐거울 수 있으리라는 것을 몰랐습니다. 모를 때는 상관없었습니다. 하지만 한 번 안 이상은 그것을 잃고는 살아갈 수 없을 것 같습니다. 언젠가 당신과 카드 게임을 했을 때, 언젠가 당신과 해안에서 둘이서 산책했을 때, 당신이 외국에 가기로 결정했던 바로 그 날이죠, 그날 밤 또다시 댁을 방문했을 때, 저는 기뻐서 너무나도 기뻐서 어떻게 해야 좋을지 몰랐습니다. 신에게 감사하지 않을 수 없었지요. 인간으로 태어나서 다행이다. 여자로 태어나서 다행이다. 당신을 만나서 다행이다. 과분할 정도로 자신은 운이 좋다고 생각했습니다. 이유는 모르겠지만, 저는 그때 당신이 외국으로 간다는 사실을 심각하게 받아들이지 않았습니다. 제 힘으로 막을 수 있을 거라고 생각했거든요. 당신이 저에게 냉담하게 대하시려고 노력하실 때마다 오히려 저는 저에 대한 당신의 사랑을 믿을 수가 있었습니다. 탁구시합 때도 저는 그것을 느꼈기에 졌어도 기뻤던 거예요. 당신의 의협심과 남자다움, 여자에게 아첨하는 사람들에 대한 분노, 거기에다 또 저를 남몰래 다독여주시는 마음씀씀이를 저는 전부 느끼고 있었습니다. 저는 노지마 씨에 대해서는 무관심해서 전혀 눈치 채지 못했지만, 당신의 마음만은 전부 꿰뚫고 있었습니다. 하지만 역시 서양으로 떠나신다고 하기에 깜짝 놀랐습니다. 걱정스러워졌습니다. 그러나 도쿄역에서 배웅할 때, 또다시 당신의 마음을 읽었습니다. 그러나 저에게는 한 가지 납득할 수 없는 것이 있었습니다. 왜 당신이 그렇게까지 저에게 냉담한 척하며 외국으로 가시는 건지, 그 이유를 알 수가 없었습니다. 그런데 노지마 씨의 청혼을 받고서야 겨우 납득이 갔죠. 그래서 오히려 안심이 되기도 했습니다.

이제야 당신이 노지마 씨에 대해 그토록 칭찬을 늘어놓은 이유를 이해했습니다. 당신이 외국으로 떠나신 표면적인 이유 이외에 숨겨져 있던 진짜 이유도 이해했습니다.

지금도 당신은 노지마 씨를 염려하고 계십니다. 노지마 씨에 대한 의리를 위해 저를 버려도 좋다고 생각하고 계시지요. 당신의 돈독한 의리를 존경하지만, 제 생각도 좀 해 주세요. 그렇지 않으면 제가 너무 가여우니까요. 노지마 씨는 아마도 저를 잃어도 더 좋은 분을 만나실 겁니다. 그 증거로 저를 있는 그대로 사랑하시는 게 아니라는 점을 들 수 있습니다. 우선 제 마음에 노지마 씨의 사랑이 조금도 와 닿지 않는다는 걸 알 수가 있습니다. 오미야 씨, 당신은 저를 버려서는 안 됩니다. 저는 당신과 결혼해야만 합니다. 오미야 씨, 당신은 저를 택하는 것이 가장 자연스럽습니다. 친구에 대한 의리보다, 자연에 대한 의리가 낫다는 것은 『그 후』(나쓰메 소세키의 작품으로 사랑과 우정 사이에서 갈등하는 내용이 담겨 있음—옮긴이)의 다이스케도 말하고 있잖아요? 부디 저를 버리지 말아 주세요. 저는 당신 것입니다. 당신 것이죠. 제 일생도 명예도 행복도 자부심도 전부 당신 것입니다. 당신 것입니다. 당신 것이 되어야만 비로소 저는 제가 되는 셈입니다. 당신을 잃으면 저는 더 이상 제가 아닙니다. 그땐 저는 너무나도 불쌍한 존재가 되겠지요. 저는 그저 당신 곁에 있으면서 일을 도와드리고 당신의 아이를 낳기 위해서만(이런 말을 하는 걸 용서해 주세요.) 이 세상을 살아가는 여자입니다. 그리고 그 점에 대해 저는 여권 신장을 주장하는 그 어떤 사람 앞에서도 부끄럽지 않습니다. "당신들은 여자가 될 수 없었던 거야. 그러니까 남자처럼 살아가도록 해. 나는 여자가 되었어. 여자가 되었다고." 이렇게 말하며 웃고 싶습니다. 둘이서 살아갈 수 있는 사람은 행복한 사람입니다. 그렇지 않은가요, 오미야 씨?

9

당신의 편지를 읽고 저는 다음과 같은 대화를 써봤습니다. 제 마음의 어떤 부분을 헤아려 주시기 바랍니다.

"A. 자넨 무슨 생각을 하고 있나? 그녀 생각을 하고 있나?"

"그렇다네. 그녀 생각을 하고 있네."

"자네는 자네 친구 생각은 안 하나?"

"친구 생각을 안 해도 된다면 내가 왜 괴로워하겠나? 나는 둘 사이에 서 있다네. 둘 중 하나를 잃어야 할 처지지. 나는 친구 생각을 하네. 아니 친구 생각은 지나칠 정도로 했다네. 그리고 나는 그녀의 가치를 가능한 한 인정하지 않으려고 노력해 왔다네. 내가 그녀를 좋아해서는 안 된다고 생각했기에. 그러나 솔직히 말하면 내가 친구보다도 더 먼저 그녀를 좋아하게 되었을지도 모른다네. 그러나 그때 나는 한 번 보고는 한눈에 사랑스러운 여자라고 생각했을 뿐으로, 그 이상의 생각은 하지 않았다네. 그리고 그녀와 결혼하고 싶다는 생각 같은 건 꿈에도 하지 않았다네. 단지 사촌동생과 사촌동생네 집의 마당에서 줄넘기를 하고 있는 모습을 바라만 봤을 뿐, 그때는 그녀의 이름조차 묻지 않았지. 그러나 친구가 그녀를 사랑한다는 말을 했을 때, 나는 그녀가 아니길 빌었네. 그런데 그녀라는 것이 의심의 여지가 없어졌을 때, 나는 조금 낙담했다네.

그러나 나는 그것을 의식하는 것이 부끄러웠네. 그녀에 대한 마음이 아직 그렇게 심각한 상태는 아니었으니까. 그 후에 그녀를 두세 번 보기는 했지만, 그때는 단지 사랑스러운 아가씨라고만 생각했네. 그런데 친구가 와서 그녀에 대한 칭찬을 늘어놓더군. 나도 어떤 암시를 받은 것만 같았네. 그러나 친구가 사랑하는 여자이니까, 나하고는 상관없는 여자라고 생각하려고 노력했으며, 실제로 그렇게 생각하고 있었다네. 그리고 최대한 냉담하게 대해 좋아하는 마음이 생기지 않도록 조심했다네. 그러나 그 후에 어느 여름날 그녀를 K에서 만났을 때, 나는 그런 조심성이 자칫하면 없어지는 것을 느꼈다네. 그래서는 곤란하다고 생각했지. 그래서 그녀를 피하려고 했다네. 하지만 틈난 나면 만나고 싶은 마음이 자꾸만 고개를 들었네. 그리고 어느 달 밝은 밤에 친구와 걸으며 미래에 대해 이런저런 얘기를 나누고 있을 때, 아름다운 목소리로 노래를 부르는 소리가 들리더군. 그 소리가 묘하게 내 마음에 울렸네. 나는 그 여자를 한 번 보고 싶었네. 틀림없이 못생긴 여자일 거라고 생각했지. 그때 친구가 저 사람이 바로 자기가 말하던 여자라고 하더군. 나는 그때 일종의 질투심에 사로잡혔다네. 동시에 조심해야겠다고 생각했지. 그리고 그 여자가 정말로 그녀였다네. 우리의 발자국소리가 들리자 조심스러워하며 노랫소리가 멈췄네. 그리고 사람들 뒤에 서 있더군. 하지만 나는, 눈이 좋은 나는, 그녀가 나를 보고 있는 걸 느꼈네. 친구는 근시라서 못 봤을 거네. 나는 잠시 그 자리에 얼어붙은 듯이 멍하니 서있었다네. 하지만 곧 정신을 차렸네. 이 여자는 친구가 사랑하는 사람이다, 나는 사랑해서는 안 된다, 좋아해서도 안 된다고 생각한 거지. 그래서 말을 하고 혼자서 헤어져서 돌아가기로 했다네. 그러자 친구도 같이 따라왔네. 두 사람은 잠시 아무 말도 하지 않았네. 그러나 친구는 자랑스러운 것 같더군. 나는 그때부터 친구를 배반하고 싶은 마음이 들기 시작했네. 하지만 나는 두려웠다네. 그래서 오히려 친구에게 좀 더 적극적으로 나서라고 권했지. 그날 밤은 이상하게 마음이 안정이 되지 않았다네. '빨리 안정을 되찾고 싶다, 그녀에게 무관심해지고 싶다, 그리고 친구의 아내로서만 그녀를 보게 되었으면 좋겠다'는 생각을 했지. 어느 부분까지는 그런 노력에 성공했기에, 스스로 도덕적으로 자부심을 느꼈다네. 그리고 그 친구의 행복을 위해 노력하고 싶다는 생각까지 했지."

"그러나 그런 노력은 한 셈이 아닌가?"

"잘 모르겠네. 노력한 것 같기도 하네. 그러나 결과적으로는 노력하지 않은 셈이 되었고, 오히려 그 여자가 나에게 더 호감을 갖게끔 한 것 같네. 여하튼 그 여자가 그 친구를 사랑해 주었다면 문제는 없었을 거네. 그러면 그녀에 대한 내 감정을 호의 정도에 머무르게 할 수 있었을 거네."

"자네에게 그것이 가능했을까?"

"가능했지. 불가능했더라도 두 사람이 서로 사랑하고, 그녀가 내 존재에 무관심했다면, 틀림없이 나는 어쩔 도리가 없었을 거네. 하지만 나는 그 후에 곧바로 그녀가 나에게 진정으로 호의를 갖고 있다는 것을 알았네. 그녀는 나를 보면 얼굴빛이 변했으며, 우리 둘은 멍하니 얼굴을 서로 마주보는 일이 많아졌다네. 내가 그녀한테서 멀리 떨어져 있어도 두 사람의 눈은 자주 마주쳤네. 나는 그것을 거부하려 했네. 그러나 그것은 자력으로는 불가능한 일이었지. 나는 그녀가 친구를 사랑하도록 노력도 해봤다네. 실제로 그렇게 되었다면 마음이 허전했을지도 모르지. 사실 어딘가에서 안심하고 있었는지도 모르겠네. 그러나 여하튼 의식적으로 가능한 한 그녀를 피하고, 그럼으로써 친구에 대한 의무를 다하려고 했다네. 그러나 그것은 아무런 도움이 되지 않았네. 그리고 자칫하면 더 위험해졌지. 불안해졌네. 친구한테서 그 여자를 가로채고 싶은 마음도 들었네. 그대로 있어서는 안 되겠다고 생각했네. 나는 인간을 사랑하는 것에 대해 불안을 느끼는 남자였다네. 인간은 언제 죽을지 모르지. 인간의 마음도 언제 변할지 모르고. 게다가 나는 존경하는 친구와 한 여자를 둘러싸고 쟁탈전을 벌인다는 것이 한심했다네. 그녀 주위에 많은 남자들이 볼썽사납게 모여들어서, 그녀를 여왕처럼 떠받들며, 육욕을 감추고 접근하는 늑대의 무리에 섞이는 게 싫기도 했고. 나는 아직 그녀에게 푹 빠진 상태는 아니었기에, 지금이라면 친구에게 그녀를 양보할 수도 있을 것 같았네. 그러나 그대로 있어서는 위험하다는 것을 차츰 느꼈다네. 몇 번을 그녀 곁을 떠나려고 했는지 모르네. 친구를 위해서도, 나 자신을 위해서도. '내가 사라지면 그녀가 나를 잊겠지. 그리고 노지마를 사랑하게 될 수도 있겠지' 하고 생각했네. 나는 아직 그 여자 없이도 살아갈 수 있지만, 친구에게는 너무나도 치명적인 타격이었다네. 게다가 친구는 전부터 나에게 자신의 사랑을 고백하고, 나를 의지하고 믿어 철석같이 안심하고 있었으며, 오히려 감사하고 있었지. 남자가 자신을 믿고 있는 사람을 배신할 수가 있을까? 그럴 순 없지. 나는 친구를 위해 떠나야 한다고 생각했네. 그런 결심을 한 것은 그 여자가 와서 함께 카드 게임을 한 날 밤이었네. 그날 밤 잠을 설치고 아침 일직 일어나 해안으로 갔다네. 친구는 이미 백사장에 나와서 무슨 생각에 잠겨 있더군. 나는 역시 친구가 나보다도 훨씬 더 진심으로 그녀를 사랑하고 있다는 것을 느꼈네. 그래서 친구가 전날 밤 일을 행복해하는 모습을 봤을 때, 친구를 배신하는 것만 같은 느낌이 들어, 친구를 위해서 진정으로 어떻게든 하고 싶은 마음이 들었네. 친구가 기뻐하더군. 그리고 나에게 감사하는 것 같았네. 그러나 친구도 어느 정도 눈치 챈 것 같기도 했네. 그녀가 자네를 존경하더라고 했더니, 나를 더 존경할지도 모른다고 하더군. 나는 그럴지도 모른다는 생각도 했지만, 그런 생각을 떨치고 친구를 안심시키며 더욱 기뻐하도록 했네. 그러나 나는 시치미를 떼고 있는 자신에게 화가 치밀어, 그녀에 대한 칭찬을 늘어놓고는 자네가 사랑하는 건 당연하다고 한 후에, 자네가 사랑하는 사람이 아니었다면 나도 마음이 흔들렸을지도 모른다는 말을 했네. 나는 그 이후로 점점 더 의식적으로 망설이기 시작했네. 80퍼센트는 친구를 위해 희생할 마음으로 있었을 거네. 그러나 20퍼센트는, 아니 30퍼센트일지도 모르지만, 만약 그녀가 나를 진정으로 사랑하고 있다면, 친구에게 양보하는 게 옳은지 빼앗는 게 옳은지, 그걸 알 수가 없었다네."

"좋네, 이제 자네가 그 여자를 사랑하기 시작한 것도 친구를 위해 희생하려 한 마음도 잘 알았네. 그래서 자네는 어떻게 하려는 건가? 자네의 생각을 듣고 싶군."

"나는 좀 더 강력하게 친구를 위해 최선을 다하고, 친구를 위해 그녀를 단념하려고 노력했네. 그러나 지금 그 점에 대해서 자만할 생각은 없네. 나는 입과 행동과 편지로는 친구를 위해 노력했지. 하지만 마음으로는 그녀에 대해 점점 더 무관심해질 수가 없게 된 셈이라네. 이곳에 와서도 그녀를 완전히 잊을 수가 없었네. 그래서 뭔가를 계기로 친구가 그녀를 단념해 주기를 바라거나, 어떤 때는 문득 친구의 죽음을 생각하기도 했네. 친구가 죽어준다면 하고 생각하며 놀란 적도 전혀 없다고는 할 수 없네. 독신인 남자는 아무래도 여자에 대한 공상을 하게 마련이지. 그런데 나는 아무리 생각해도 그녀 외에는 생각할 수가 없었네. 하지만 서양에 온 지 일 년 반쯤 지나자 조금씩 잊기 시작했네. 물론 가끔은 너무 쓸쓸해서 그녀 생각을 안 하려고 애쓰는데도 생각난 적도 있네. 하지만 내 감정이 확실하게 사랑의 감정이라고 단언할 수는 없는 상태였다네. 그저 다른 여자를 생각할 수가 없어서 자신도 모르게 그녀만을 생각하게 되었다고도 할 수 있었지. 여하튼 나는 그녀를 어느 정도는 잊을 수 있게 되었다네. 아니 잊었다고 생각하고 어느 지점에서 억제가 가능해졌다고 느꼈다네. 그런데 그때 뜻하지 않게 그녀의 편지를 받게 되었네. 게다가 사진까지 왔지. 그리고 노골적으로 친구를 싫어하고, 좀 더 노골적으로 나에게 호의를 갖고 있다고 고백하는 내용이었네. 여보게, 이래도 내가 심경에 변화를 일으켜서는 안 되는 건가? 나는 그래도 싸우려고 애를 썼지. 하지만 냉담한 편지를 보낸 후에는 금세 후회가 되었네. 그리고 그녀한테서 오는 편지가 조금이라도 늦어지면, 돌이킬 수 없는 짓을 한 것만 같은 기분이 들면서, 친구를 원망하고 싶은 마음과 사죄하고 싶은 마음 사이에서 갈팡질팡했다네. 나는 이제 친구에게 할 만큼 했으니, 나머지는 자연에 맡기는 수밖에 없다는 생각도 했네. 마음대로 해라, 될 대로 되라, 어떻게 되든 나는 보다 나은 삶을 위해 노력할 것이다. 그렇게 생각해보기도 했지만, 점점 그녀를 잃는 괴로움이 강렬해졌다네. 특히 사진의 영향이 컸네. 사진이 묘하게 살아 있는 것처럼 보이는 거네. 나는 사진을 찢을까도, 누군가 서양인에게 줄까도 생각했지만, 그럴 용기가 없었으며, 또한 그녀에게 미안한 마음도 들었네. 그래서 일을 할 때, 그 사진을 책상 위에 놓는 습관이 들게 되었고, 어떤 때는 거기에 입을 맞추고 싶어지기도 했다네. 이제 모든 게 결정됐다고 스스로는 생각했네. 그것이 죄라고 해도 어쩔 수 없다고도 생각했네. 하지만 친구를 떠올리게 되면 동정심이 일지 않을 수 없었지. 내가 그녀를 잃는 괴로움을 알게 됨에 따라서 친구의 괴로움이 더욱 가깝게 느껴졌지. 친구가 보낸 편지에는 그런 심정이 노골적으로 적혀 있었네. 여기에 친구가 최근에 보내온 편지 한 통이 있네. 그 일부를 읽어 보도록 하지. '나는 외롭네. 그래서 일에 매달려 있다네. 무리할 정도로 일에 매달려 있지. 그렇게 해서 자신의 외로움을 극복하고자 노력하고 있다네. 하지만 쓸쓸하군. 매일같이 여기저기 헤매고 있네. 가고 싶은 곳도 갈 곳도 없다네. 교외의 논밭이나, 잡목림 속을 걷기도 하고, 시냇가에 앉아서 멍하니 물을 쳐다보거나 한다네. 그러다 보면 불현듯 울고 싶어지지. 나는 철저히 외톨이라네. 자네가 있다면 얼마나 좋을까 하고 생각하네. 정말로 실연이란 할 것이 못된다네. 자식을 잃은 어머니보다도 더 괴로울 거네. 자연은 무엇 때문에 인간에게 이런 외로움을 부여하는 걸까? 그리고 인간은 왜 이런 외로움을 견뎌내야만 하는 걸까? 나는 단련이 되었다고 생각하려고 애쓰고 있네. 하지만 너무 괴롭네. 그러나 자포자기하고 싶지는 않네. 그래서 점점 더 인생과 일에 매달리고 있다네. 아름다운 그녀여, 나를 가엾이 여겨, 미소로 된 햇빛을 잠시라도 좋으니까 비춰주기 바라오. 난 꽁꽁 얼어붙어 더 이상 생장生長이 불가능할 것 같네. 여보게, 나를 위로해 주게. 나는 외로움을 견디지 못하고 있다네. 억지로 용기를 내보려고 하고 있네. 여보게, 부디 나에게 용기를 주기 바라네. 자네한테서도 한동안 편지가 오지 않아 더더욱 모두한테서 버림받은 느낌이 든다네.'"

"그런데도 자네는 결국 그 친구의 애인을 빼앗게 되는 거로군."

"그렇다네."

"그럼 자네는 뭐라고 친구에게 답장을 했나?"

"나는 아무 말 없이 석고로 된 베토벤의 데스마스크를 보내줬네. 그리고 친구가 쓴 짤막한 각본 한 편을 번역해서 프랑스인 친구가 관계하고 있는 잡지에 싣기로 했다는 것과, 그 친구가 그것을 읽고 감탄했다는 보고를 했지. 그것이 최소한의 속죄라고 생각했다네."

"친구는 여전히 자네의 돈독한 우정에 감동했겠지?"

"그 생각을 하면 더욱 미안한 마음이 든다네. 하지만 그렇게 하는 것 이외에 달리 방법이 없었네. 친구는 이번 일로 꼭 정말로 단단해질 거네. 친구는 맥을 못 추거나 자포자기를 할 사람이 아니라네. 인류, 아니 신이라고 하고 싶은데, 인류는 그를 제대로 단련시켜 위대한 일을 시키려고 하는 건지도 모르지."

"그렇다면 자네는 그녀를 얻고 일을 잃는 셈이고, 친구는 그녀를 잃고 업적을 이룬다는 뜻인가?"

"그렇지는 않네. 나는 그녀를 얻고, 더 열심히 일할 힘을 얻을 거네. 그는 그녀를 잃고 진지한 태도로 일할 테고. 둘 다 일본과 인류에게 의미 있는 일을 하기를 나는 간절히 바라고 있다네."

"자네도 그녀를 잃으면 아마도 진지한 태도로 일하지 않을까? 그러는 편이 자네의 일을 위해서는 더 좋을 것 같은데."

"그렇게 말하지 말게. 나는 이제 그녀를 잃을 수가 없다네. 서로 사랑하고 있네. 혼자서는 살아갈 수 없는 심정이라네. 무서운 기세로 나는 두 사람이 아니고는 살아갈 수가 없다는 생각이 강렬해지고 있다네. 둘이서 사는 사람들은 행복한 사람들이라는 말은 맞는 말이라네."

"그건 자네가 한 말이지."

"그녀가 한 말이라네."

"하하하하."

"아무리 웃어도 그건 사실이라네."

"자넨 우정이 없는 남자로군."

"무슨 말이든 해도 좋네. 운명이 퍼붓는 비난을 달게 받겠네. 아마도 친구는 쓰디쓴 최후의 잔을 마실 것을 운명으로부터 강요당하고, 그럼으로써 그는 진정한 자신의 모습으로 살아가겠지. 나는 그녀를 얻고 자신의 진정한 모습으로 살아갈 테고. 그것은 자신들이 선택해서 정할 수 있는 길이 아니라, 강요에 의해 저절로 들어가게 되는 길이라네. 친구는 얻을 수 없는 것을 강렬하게 원했기에 뭔가 다른 것을 얻었고, 나는 원하기를 거부했지만 원하는 것을 얻을 기회를 잡았다네. 나는 그것을 행복이라고는 생각하지 않네. 다시 공격나팔이 울려 퍼진 거라고 생각하네. 그는 고독한 길에서 신의 말을 들을 테고, 내 곁에는 천사가 있어서 나를 위로하고 나에게 용기를 주겠지. 그것은 모두 내 힘으로 얻은 것이 아니라네. 의식해서 만들어낸 것도 아니라네. 하늘이 내려주는 것이지. 나는 오히려 앞으로의 '그'가 무섭네. 그러나 나도 지고 있지만은 않을 생각이네. 천사여, 나를 위해 공격나팔을 불어주오. 지금은 인류가 떨치고 일어서야만 할 때라네. 우리처럼 정신적인 활동을 하는 사람은 진지해져야만 할 때라네. 우리의 동료 중에는 프랑스인도 있으며, 영국인, 독일인, 이탈리아인, 중국인 인도인 등이 있다네. 모두 젊고 진지하지.

그리고 하나의 목적, 즉 인류를 위해 최선을 다하고 싶어 하지. 모두가 나를 믿어주고 있다네. 천사여, 나를 더욱 나답게 해 주기 바라오. 이 좋은 시기에 태어난 나를 무의미하게 죽게 놔두지 않기 바라오. 당신의 사진은 그런 사람들의 찬양을 받고 있다오. 어디에나 바보는 있게 마련으로, 파리에도 상당히 많다네. 하지만 그 아래에 살고 있는 세계 각국에서 모인 젊디젊은 피를 직접 느낄 때, 우리는 똑같은 형제라는 생각이 든다네. 일본에 좋은 사람이 있는 것을 그들은 진정으로 기뻐해 준다네. 그들에게 축복이 있기를.”

“사랑하는 나의 천사여, 파리로 다케코와 함께 오기 바라오. 당신의 갓난아이 때부터의 사진을 전부 보내주기 바라오. 나는 세상을 잃어도 당신을 잃고 싶지는 않소. 하지만 당신과 함께 세상을 얻는다면, 그건 만세를 부를 일일 거요.”

10

당신의 편지는 진정으로 저를 기쁘게 했습니다. 고맙습니다, 고맙습니다. 저는 이제부터 당장 다케코네 집으로 가겠습니다. 오빠에게 말했더니 오빠도 크게 기뻐하며 찬성해 주었습니다. 오빠는 당신을 진심으로 사랑하고 있습니다. 그러나 오빠도 안 됐어요. 다케코하고 마음이 잘 맞았는데. 지금은 완전히 잊었지만. 노지마 씨도 이제 곧 틀림없이 나와 결혼하지 않기를 잘했다고 생각하게 되실 거예요. 좋은 분이 얼마든지 계시니까, 결혼하셔서 아이라도 생기게 되면. 그러니까 너무 노지마 씨 걱정은 안 하셔도 좋을 것 같아요. 당신이 아닌 다른 분이 저를 사랑해 주신다는 건 부자연스러운 일이에요. 여하튼 저는 이제 너무너무 기쁩니다. 정말로 파리로 갈게요. 어떻게 해서든. 부모님에게는 오빠가 말해 주기로 했어요. 어머니는 틀림없이 기뻐하실 거예요. 다케코와 함께라면 그보다 더 기쁜 일은 없지요. 하지만 다케코에게 아직 아무 말도 안 했어요. 조금 쑥스러워서요. 하지만 이제는 결심을 했어요. 세상 사람들이 다 웃더라도, 그런 한가한 사람도 없겠지만, 저는 이제 아무렇지도 않아요. 제 사진을 전부 보낼게요. 우스꽝스러운 사진까지도. 보고 웃으세요. 그러나 다른 사람들한테는 잘 나온 사진만 보여주세요. 저를 그토록 칭찬해 주시는 것은 당신뿐이에요. 실물을 보고 너무 실망하지 않을 정도로 얘기해 주세요. 뵙게 되면 전 너무 기뻐서 울음이 터질 거예요. 이제 당신과 잠시도 헤어지지 않아도 되는 거죠? 어디든 따라갈게요. 저는 무슨 말이든지 잘 들을 테니까 진심으로 귀여워해 주세요. 어떤 옷을 입는 게 좋을까요? 다케코와 상의해야겠네요. 이제부터 다케코네 집에 가겠습니다. 돌아와서 또 이어서 편지를 쓸게요. 오빠가 지금 와서는, 어머니에게 말씀드렸더니 어머니도 기뻐하시며 승낙해 주셨다고 하네요. 전 어떻게 이렇게 행복할까요? 용기를 내서 편지 쓰기를 잘했다는 생각이 들어요. 뭐든지 솔직히 부딪치고 볼 일이네요. 신중에 신중을 기하느라 저는 2년 동안 생각을 했었어요. 무척 많은 생각을 했지요. 그러고는 틀림이 없다고 생각했지요. 대단하죠? 이제 곧 갈게요.

방금 다녀왔어요. 다케코는 이미 알고 있어서 제가 오기를 기다리고 있더군요. 동시에 보내주신 편지가 다케코네 집은 시내라서 더 일찍 도착한 거죠. 다케코는 깜짝 놀랐지만 기뻤다고 말해 주더군요. 정말로 다케코는 좋은 친구에요. 전 울고 말았지요. 둘이서 당신을 칭찬하고 격찬하며 얘기했어요. 함께 루브르박물관에 가서 모나리자 앞에 서서 그 미소를 흉내 내기로 약속도 했어요.

연극이랑 음악회에도 같이 데려가주세요. 오페라도 보고 싶어요. 당신과 함께 아무 거리낌도 없이 걸을 수 있다고 생각하니, 저는 정말로, 정말로, 정말로 기뻐요. 뭐든지 함께 보기도 하고 듣기도 하고 이야기할 수도 있는 거지요? 저는 프랑스어는 전혀 몰라요. 영어도 전혀 모르고 요. 하지만 당신이 외국 사람과 외국어로 이야기하며 유쾌해 보이는 모 습을 뵈면, 저도 이해한 것 같은 기분이 되어 무슨 뜻인지 몰라도 함께 웃을게요. 정말로 생각만 해도 웃음이 나오네요.

정말로, 정말로, 당신 같은 분이 이 세상에 계셔주어서 다행이에요. 신에게 최대한 감사를 드릴 거예요. 저도 훌륭한 사람이 되어 다른 사람 들 앞에 서도 부끄럽지 않은 사람이 되도록 노력할게요. 정말로 어느 나 라 사람이든 좋은 분은 좋지요. 당신을 칭찬하는 분은 전부 좋은 분이 죠. 너무 기뻐서 무슨 말을 쓰고 있는지 모르겠네요. 불쾌한 부분이 있 더라도 용서해 주세요. 이제 두 달만 있으면 일본을 떠나요. 당신이 계 시는 곳이라면 어디든 가까운 곳이지요. 고마워요.

11

내 친구여.

우리 둘이 주고받은 편지를 여기에 공표하네. 그리고 그것을 자네 면 전에 들이밀 생각이네. 사실을 있는 그대로 들이밀 생각인 거지. 나는 자네가 받을 충격을 생각해서 우리 둘의 편지를 고쳐서 자네에게 보일 까도 생각했네. 하지만 그것이 오히려 자네를 모욕하는 셈이 된다는 것 을 알았네. 나는 자네를 존경하고 있네. 자네는 충격을 받을수록 위대한 인간이 될 거라고 나는 믿네. 그리고 적나라하게 사실을 밝히면, 자네는 오히려 화를 내며 슬픔을 극복하게 될 거네. 또한 나는 자네에게 쓸데없 는 동정을 할 생각은 없네. 그리고 자네에 대한 나의 냉혹한 태도를 부 드럽게 꾸밀 생각도 없다네. 나는 단지 사실만을 말하겠네.

그것에 대해서 나는 아무런 변명도 하지 않겠네. 아니, 변명하고 싶은 것은 이미 쓴 셈이지. 여기서는 아무 말도 하지 않겠네. 그저 나는 미안한 마음과, 어떤 존재에 대한 일종의 공포를 느낄 뿐이라네. 나는 어떤 존재에게 사죄하고 싶네. 그리고 용서를 구하고 싶네. 한편 나는 나를 정당하다고 생각하고, 어쩔 수 없다고 생각하기도 하네. 그리고 내가 취한 태도는 필연적이었다는 생각도 드네. 하지만 무엇인가에게 사죄하고 싶다네. 자네에게 용서를 구하지는 않겠네. 그건 너무나도 뻔뻔스러우니까. 자네가 있는 그대로 받아들여 주면 되네. 자네는 자네답게 이 사실을 받아들여줄 거라고 믿네. 나는 물론 자네를 존경하고 자네에 대해 우정을 잃지는 않겠네. 하지만 그것이 오히려 자네를 모욕하게 될까 봐 두렵군.

이것으로 모든 사실을 밝힌 셈이네. 이렇게 해서 나는 스기코 씨와 결혼하게 되겠지. 이 점에 대해 자네가 우리에게 어떤 심판을 내리더라도 우린 물론 달게 받겠네. 하고 싶은 말은 무척 많다네. 하지만 내 위안이나 격려나 존경의 말 따위는 자네를 불쾌하게 만들 것만 같네. 물론 우리는 이미 충분히 자네를 불쾌하게 했을 거네. 지금 와서 염려하는 것도 우스운 일이지. 그러니까 솔직히 말하겠네. 나는 내일부터 마르세유에 도착하는 스기코 일행을 맞이하러 간다네. 우리 둘은 만일 자네가 허락해준다면 자네의 행복을 멀리서 빌겠네. 그리고 자네가 일본, 아니 세계의 자랑거리가 될 만한 사람이 되어줄 것을 믿고 또 빌겠네.

12

노지마는 그 소설을 읽고 울었다. 고마워하다가 화를 내다가 울부짖다가 하면서 간신히 끝까지 읽었다. 일어서서 방 안을 걸어 다녔다. 그러다가 오미야가 보내준 베토벤의 데스마스크가 책상 위의 문틀에 걸려 있는 것이 눈에 띄자, 그는 느닷없이 그것을 붙잡아서 힘껏 잡아당겨 매달려 있던 줄을 끊어버렸다. 그리고 마당의 돌 위에 내리쳤다. 석고로 된 데스마스크는 산산조각이 났다. 그러고는 책상 앞에 앉아서 오미야에게 편지를 썼다.

"여보게. 자네의 소설은 자네의 예상대로 나에게 최후의 타격을 주었다네. 특히 스기코 씨의 마지막 편지는 내 이마에 멋진 상처를 만들어 주었지. 그건 오히려 나에게 다행이었네. 나는 이제 처녀가 아니라네. 사자이지. 상처받은, 고독한 사자라네. 그리고 울부짖을 거네. 여보게, 일로 결투를 하기로 하지. 자네의 잔인한 처치가 나로 하여금 굳은 결심을 하게 했다네. 앞으로도 나는 이따금 쓸쓸할지도 모르겠네. 하지만 죽어도 두 사람의 동정을 받고 싶지는 않네. 나는 혼자서 견디겠네. 그리고 그런 쓸쓸함을 무엇인가로 승화시키겠네. 이제 보게나. 나도 남자라네. 맥 빠져 있지만은 않을 거네. 자네한테서 받은 베토벤의 데스마스크는 돌 위에 내동댕이쳤네. 언젠가 산 위에서 두 사람과 악수할 때가 올지도 모르겠네. 그러나 그때까지 여보게. 우리 두 사람은 각기 다른 길을 가기로 하지. 내 걱정은 안 해도 되네. 상처를 입어도 나는 나니까. 언젠가는 더욱 기세 좋게 일어설 거네. 이것이 신이 하사한 잔이라면 어찌 되었든 마셔야만 하지."

노지마는 편지를 다 쓰고서야 비로소 울었다. 그러고는 울면서 다음과 같은 문구를 일기에 적었다.

"나는 쓸쓸함을 간신히 견뎌왔다. 앞으로 더 많은 쓸쓸함을 견뎌야만 하는 걸까? 철저하게 혼자서. 신이시여, 도와주소서."

자료 2 : 일독대항경기 日獨對抗競技

저자 : 아베 도모지

9월. 시베리아는 잿빛으로 얼어붙었다. 동쪽으로 향하는 열차 안에 유럽이나 미국, 일본의 관광객, 거간꾼, 학자, 러시아의 사관士官, 그밖에 두 명의 감독이 인솔하는 십여 명의 독일 선수도 있었다. 1929년에 들어서서, 영국과 프랑스와 스위스를 이긴 그들은 혹독한 훈련으로 단련이 되어 오랜 여정으로 인한 나쁜 컨디션과 싸우면서 도쿄를 향해 가고 있었다.

열차는 러시아와 중국의 교전지역을 피해서, 치타에서부터 흑룡강을 따라 우회했다. 어느 날, 자작나무와 낙엽송의 삼림 속을 달리고 있었다. 식당 안에서 체구가 작은 일본인 노신사가 선수들과 나란히 앉게 되었다. 와이첼 감독이 그의 무릎에 놓인 독일신문의 한구석을 훔쳐봤다. "잠시 봐도 될까요?" "물론이죠." 노신사의 거대한 잿빛 수염이 물결쳤다. 장난기가 많은 학생선수 엘도라헬이 웃음을 터뜨린다. 웃음소리의 주인을 찾으려고 하던 노신사의 시선이 그때 압도하듯이 굵고 불그스름한 목과 두툼한 어깨와 가슴을 가진 육체와 마주쳤다. 노신사는 목을 움츠려 신문으로 얼굴을 감췄다.

10월 5일. 도쿄. 아카사카리큐赤坂離宮 뒤쪽에 있는 삼림공원과도 같은 언덕길을 수많은 자동차가 하나같이 같은 방향으로 달리고 있었다. 그 자동차들 중 한 대 안에서 법학박사 S교수의 부인은 순간 망설였다. 이 차들은 전부 경기장을 향해 달리고 있다. 그녀 역시 마찬가지고. 그녀는 왜 가는 걸까? 엄격한 가정과 교양, 엄격한 학자의 부인인 그녀는 이제 까지 도쿄의 모든 오락을 멸시해 왔다. 모든 스포츠에 대해 관심도 없었 다. 그녀는 스스로에게 경악한다. 입술이 파르르 떨린다. '스톱' 하고 말 할 작정이었는지도 모른다. 운전수의 고개가 갸우뚱해졌다. 하지만 이 수많은 차체의 흐름은 일정한 의지를 가진 듯이 시시각각 경기장을 향 하고 있다.

경기장 입구에서 박사의 조카 시바타가 지팡이를 만지작거리며 숱이 적은 콧수염을 떨면서 기다리고 있을 것이다. 그녀는 또다시 동요한다. 처음으로 그의 권유에 응한 것이다. 그녀의 남편이 외국에 간 사이에 끊 임없이 계속되었던 시바타의 구애를 받으며 우스꽝스럽다는 느낌 이상 을 받은 적이 있었던가? 그런데 지금 박사가 돌아온 후에 그의 유혹에 넘어가려고 하는 걸까? '드디어 오셨군요'라고 말하며 시바타는 그 희고 아름다운 뺨에 의기양양한 미소를 띨 것이다. 엄청난 치욕이다.

하지만 이미 나무들 위로 경기장의 첨탑과 일장기가 약한 햇빛에 빛 나고 있었다.

시바타가 그녀를 겨드랑이에 끼듯이 하고는 스탠드의 계단을 오른 다. 그녀는 경사면으로부터 쏟아지는 무수한 시선을 얼굴에 느끼며 불 처럼 빨개진다. 경기 시작을 기다리다 지친 관중은 무엇에든 왕성한 호 기심을 갖게 마련이다. 그녀는 몇 번이나 계단에서 비틀거린다. 시바타가 부드럽게 그 몸을 붙잡아주며 속삭인다. "자리를 구석 쪽으로 잡아 놨어요."

빨간 코트를 걸친 아가씨를 중심으로 한 몇 명의 독일인 뒤에 두 사람 이 앉는 순간 '기미가요(일본의 국가—옮긴이)'가 울려 퍼졌다. 황족들의 입 장. 기립한 사람들은 서로의 어깨와 어깨 사이를 비집고 귀빈석으로 시 선을 던졌다. 잠시 후에 그것에 질리자, 속이 텅 빈 거대한 타원형의 필 드와 트랙의 하얀 선을 목적도 없이 응시한다.

행진곡. 2시 40분. 좌측에서 오노가 든 일장기를 선두로 흑갈색의 말 과도 같은 서른 명의 일본선수가 입장한다. 우측에서 열다섯 명의 독일 선수가 입장한다. 금발, 유니폼 가슴 부근의 새빨간 선, 검은 독수리, 그 리고 죽 늘어선 길고 늘씬한 흰 다리. 그녀는 이처럼 생생하고 아름다운 감각을 맛본 적이 없다.

K전하, 포레치 대사, ○후작의 축사. 윗치만과 오다의 선서. 페넌트 교환. 몇 번씩 울려 퍼지는 '기미가요'와 '독일국가'. 하지만 그녀는 그것 들에 대해서는 무감각하다. 그녀는 독일선수의 선두에서 힌덴부르크 대통령을 애도하는 검은 천을 매단 삼색기를 높이 든 거한을 쳐다본다. 놀랄 만한 육체 덩어리. (프로그램) 투척선수 에밀 힐쉬펠트. 동프러시아 군단 중사. 포환던지기 세계기록보유자. 잠시 후 그녀는 중앙에 서 있는 한 선수의 아름다운 육체를 더욱 열심히 응시한다. 다갈색 머리, 소년 같은 얼굴, 햇볕에 그을린 황금색 피부. 부드럽고 매끄러운 탄력이 넘치 는 다리. (프로그램) 쿠르트 와이스. 이과理科 학생. 23세. 십종경기 선수. 그녀는 모든 것을 잊는다. 지금 그녀의 눈 속에 T항港의 아침의 푸른 파 도가 밀려오기 시작했다. 검역을 마친 선박 A호가 안벽岸壁에 도착한다. 배에서 내리는 사람들을 둘러싼 소용돌이 속에 그녀의 남편의 고양이등 과 수염이 흔들리고 있다. 그녀는 다가가려고 한다. 군중의 물결이 그녀 를 소용돌이의 중심으로 밀쳤다. 한 무리의 청년을 둘러싼 카메라맨의

조준照準 속으로 들어가 있었다. 그녀는 비틀거린다. 거대한 바위와도 같은 육체에 부딪친다. 그녀는 넘어지려고 한다. 그때 돌연 커다란 손이 그녀의 오른팔을 단단히 잡아, 묵묵히 그 혼란 속으로부터 구원해 주었다. 햇볕에 그을린 소년 같은 얼굴, 붙잡았을 때의 그 강건하고 부드러운 힘의 감각.

그가 와이스다. 그리고 그녀가 비틀거린 육체의 벽은 지금 깃발을 들고 있는 불그스름한 얼굴의 중사다.

"도이칠란트, 도이칠란트, 위버 알레스, 위버 알레스……." 독일인들이 작은 소리로 노래하고 있었다. 필드 한구석에 지금 국가와 함께 삼색기가 올라간다. 시바타는 휘파람으로 가볍게 따라하고 있다. "위버 알레스, 인데어 벨트" 시바타의 유혹? 시바타의 승리? 그녀는 지금 냉소한다. 그녀는 이제야 여기 온 이유를 깨달았다. 그리고 고통과도 닮은 전율을 온몸에 느꼈다.

110m 장애물경기 시작. 행진곡. 잠시 열광을 억누른 관중의 급속한 술렁거림. 트로스바흐의 몇 차례의 부정출발. 몇 차례의 피스톨. "트로스바흐!" 독일인들이 외친다. 순간 그녀 앞을 번개처럼 지나간 일본과 독일의 네 개의 육체 중에 비약하는 와이스의 모습을 그녀는 자신의 망막에 담았다. 트로스바흐의 자세가 몇 개짼가의 장애물에서 흐트러졌다. 미키의 속력. 와이스가 그 사이를 빠져나갔다. ① 미키, 15초 1(일본신기록) ② 와이스 ③ 시마 ④ 트로스바흐, 득점 일본 7점 독일 4점.

200m 경주의 스타트를 알리는 피스톨. 그녀는 이제 모든 것을 망각했다. 그저 그녀의 양무릎에 격렬한 전율이 흘렀다. 말과도 같은 산인山陰의 청년 요시오카의 출발. 엘도라헬의 짧은 허리. 희고 긴 다리. 그는 물고기가 헤엄치듯이 부드럽게 테이프를 끊는다. "투포환이에요. 보세

요." 시바타가 아이보리색의 오페라글라스를 건넨다. 다카다와 사이토의 다부지고 거무스름한 몸. 하지만 하얀 구릉처럼 부풀어 오른 힐쉐펠트의 어깨 근육이 꿈틀거릴 때마다 약한 햇빛에 빛났다. 하지만 그보다도 부드럽고 아름다운 리듬으로 파도치는 와이스의 근육이 있었다. 그녀는 지금 남성의 육체가 무엇 때문에 존재하고, 무엇을 의미하는지를 느꼈다. 납빛으로 은은히 빛나는 포환이 그 길고 흰 팔을 뻗을 때마다 낮게 밀려 날아간다. 포환이 모래 위에 떨어질 때의 둔탁한 소리가 그녀의 가슴을 두근거리게 했다. 가냘프고 흰 손가락이 오페라글라스를 꽉 쥔 채 놓지 않는다.

장대높이뛰기. 3m 60. 게헬만 실격. 3m 85. 오다 실격. 3m 90, 니시다가 새처럼 몸을 날려 뛰어넘었다. 웨그너는 두 차례 실패했다. 유니폼을 벗어 운동팬츠만 입고 있었다. 관중이 웃음을 그치지 않는다. 흙이 묻은 희고 넓은 가슴이다. 그녀 앞에 있는 아름다운 아가씨의 오페라글라스가 그 모습에 고정되어 있었다. 공중에 거꾸로 선 백인의 나체. 그녀는 박사가 언젠가 슈트케이스 안에서 꺼내 보여준 독일 남녀의 기괴한 나체 그림을 떠올렸다. 그녀가 갖고 있던 오페라글라스를 서둘러 시바타에게 돌려주려고 했다. "아니 전 필요 없어요. 더 보세요." (이 남자는 여자의 감정을 전부 알고 있어, 그것을 갖고 놀려고 하는 것이다.) 그녀는 반발심으로 오페라글라스를 눈으로 가져갔다. 경기장 위에 흔들리는 수목의 나뭇가지와, 그 위를 느릿느릿 흘러가는 구름이 오페라글라스 속에서 이동을 했다.

"저쪽 초대석에서 M박사가 이쪽을 보고 있네요. 전혀 알아보지는 못하는 것 같지만."

그녀는 목을 움츠렸다. 프록코트를 입은 뚱뚱한 M박사가 지루한 듯이 하품을 하며 여기저기 관중을 둘러보고 있었다. 그녀의 남편의 동료. 국수주의자 대학교수.

"저 분이 왜 왔을까요?"

"저 선생님은 당신 남편보다는 현명하다고 하더군요. 스포츠라는 것의 의미를 알고 있다는 것 같아요. 가령 이 힐쉐펠트는 모범군인으로 힌덴부르크에게 표창을 받았다고 적혀 있죠? 즉 스포츠맨은 지배계급의 호위병인 셈이죠. 그리고 저쪽에서 시끄러운 소리가 들리죠? 야구장에서 2, 3만 명의 사람들이 야구에 푹 빠져 있는 겁니다. 여기하고 합해서 5만 명이라고 하면, 도쿄 인구의 40분의 1 정도 되는 사람이 모든 걸 잊고 있는 거지요. 말하자면 취해 있는 셈이죠. 서로서로, 그리고 여러 가지 의미에서."

닥터 펠차의 기계인형처럼 규칙적인 보폭과 속도가 800m의 두 바퀴째에서 점점 일본선수를 멀리 떼어놓았다. 그는 파보 누르미(1920년대를 대표하는 핀란드의 중장거리 육상선수. 올림픽에서 총9개의 금메달을 획득했으며, 14번의 세계기록을 수립−옮긴이)도 이긴 적이 있다. 중거리왕국 독일. "그런 식의 말을 나는 최근에 들은 적이 있지요. 마르크시즘을 좋아하는 아가씨하고 사귀고 있어서요. 모스크바에는 스파르타키아드라는 것이 있다더군요. 프롤레타리아의 올림픽인 셈이죠. 나는 그녀에게서 많은 얘길 들었어요. 놀라울 따름이더군요."

그녀는 이 삐딱한 불량청년신사의 아름다운 옆얼굴을 증오했다. (마음대로 떠들어봐. 관심을 끌기 위해 떠드는 거라면 그것도 좋겠지.) 테이프를 끊은 펠차는 독일 소녀가 준 꽃다발에 입을 맞추고 있다.

"그런데, 저도 생각해 보면, 아무래도 저 M박사는 작은아버지보다 머리가 좋은 것 같아요. 흥미를 느끼지 않더라도 스포츠를 이용하는 게 좋다고 생각한 거겠죠. 어디서 들은 이야기인데, 실제로 작은아버지는 우연히 독일 선수와 함께 시베리아를 여행할 기회를 갖게 되었는데도 돌아올 때까지 단 한 마디도 말을 걸지 않았다고 하더군요. 그야말로 감탄할 만한 독일 부흥정신의 본보기라고 할 만하죠. 책만 읽어서는 안 돼

요. 어차피 우리 아버지의 동생이니까 작은아버지 머리가 좋을 리는 없
겠지만."

가냘프고 백합꽃처럼 창백한 디그만이 5000m의 몇 바퀴쨌가를 보폭
이 큰 기타모토를 추격하고 있었지만, 거리는 좀처럼 좁혀지지 않았다.
그렇게 해서 5000m는 일본의 전승. 일본과 독일은 동점이 되었다. 어둑
어둑해진 가운데 스웨덴 릴레이가 이어진다. 100, 200, 300, 400. 예측했
던 대로 일본이 졌다. 또다시 독일국가가 울려 퍼진다. 삼색기가 공중으
로 올라간다. 관중들이 여기저기서 웅성거렸다. 경기장 안도 밖도 완전
히 캄캄했다.

"호텔에서 저녁 드시지 않을래요?"

시바타가 택시를 잡았다.

"혼자서 가세요." 그녀는 다른 차를 불러 문을 닫았다. 시바타는 숱이
적은 콧수염을 꼬면서 웃으며 인사를 하고 사라진다. 작은 소리로 노래
를 부르고 있다. "할렐루야, 할렐루야……."

먼지가 뒤섞여 황백색으로 보이는 밤안개가 아스팔트길 위를 미끄러
져가며 수목과 사람들을 적시고 있었다. 그녀는 눈을 꼭 감은 채로 불이
밝혀진 거리를 달렸다. 새롭고 야릇한 감정으로 피곤해진 그녀의 의식
이 양털처럼 새하얗게 변해 퇴적되어 있었다.

집 안에서는 그녀의 어린 딸이 피아노를 치고 있었고, 박사는 기침을
하며 글을 쓰고 있었다. 그녀는 응접실로 들어가, 박사의 지시에 따라
소유하고 있던 시골의 삼림에 대한 매각서류를 검토한다. 십여 년 동안
그녀는 하루도 쉬지 않고, 남편의 권세와 재산을 위해 일을 해왔다. 또
한 그녀는 자신이 속해 있는 어떤 부인회를 위해서 회계보고서를 만들
어야만 한다. 피곤해서 고개를 들어 위를 올려다봤다. 판테온의 주피터
조각이 담긴 사진이 그녀를 향해서 지금 그 근육의 광택과 냄새를 상기

시키며 거대한 포환을 던지려고 하고 있었다.

둘째 날 경기가 시작되려고 하고 있었다. 눈에 띄지 않는 옷을 입은 그녀는 잔디석의 한구석에 학생들 속에 숨어서 앉아 있었다. M박사의 시선이 두렵기도 했고, 시바타를 피하기 위해서이기도 했다. 낡은 오페라 글라스를 눈에 갖다 대고 메인스탠드를 쳐다봤다. 아무도 그녀의 존재를 발견하지 못할 것이다. 하지만 여기서는 M박사의 모습도 보였다. 귀빈석의 앞으로 튀어나온 곳의 한구석에 숨어 있는 시바타의 하반신도 보였다. 그 옆에는 어제 그녀가 앉았던 자리에 파란 옷을 입은 아가씨가 있었다. 마르크시즘을 좋아하는 아가씨겠지? 그녀의 입가에 냉소가 퍼진다.

100m. 또다시 엘도라헬의 질주. 난부를 1m 차로 따돌린 그의 가슴을 장식하고 있는 검은 독수리 머리가 테이프를 자른다. 10초 6.

높이뛰기. 1m 88 이상. 라테데위와 오노가 각각 자신의 기록을 깨며 순위다툼을 할 때, 관중의 애국적 흥분이 물결쳤다. 옆에 있던 회사원이 독일선수에게 온갖 욕설을 퍼부었다. 그녀는 어제 시바타가 한 말을 떠올렸다. 하지만 정작 그는 이런 흥분의 도가니 속에서 소외된 듯이 냉담하게 모든 스포츠를 그저 감각적인 파노라마를 보듯이 바라보고 있을 것이다. 병적이며 지적인 환상을 스타디움 속에서 즐기고 있을 것이다. 그러나 또 한 사람, 이 열광에서 소외된 사람이 있다. 바로 그녀 자신이다.

그래서 방금 그녀에게 가장 가까운 위치에서 원반던지기가 시작되었을 때, 그녀는 미리 예감하고 있던 죄악을 의식했다. 또다시 힐쉐펠트의 육체, 어깨. 흉쇄유두근胸鎖乳頭筋, 활경근闊頸筋, 삼각근三角筋, 대흉근大胸筋, 승모근僧帽筋. 다리. 사두고근四頭股筋, 비장근腓腸筋, 하퇴신근군下腿伸筋群. 대퇴굴근군大腿屈筋群. 이 모든 것이 폭발하기 직전처럼 꿈틀거린다. 하지만 와이스의 유연한 육체의 회전은 어떤 무용보다도 아름답다. 그리고 지금 그녀는 화창한 날 바람을 가르며 번쩍이는 원반이 그의 팔에서 멀어

져갈 때, 그의 이마에 쏟아져 내리는 밤색 머리카락의 물결이 보일 정도
로 그가 가까이 느껴졌다. 힐쉐펠트는 결국 실패했다. 일본이 신기록을
달성하며 승리했다. 일본과 독일이 세 번째 동점이 된다. 하지만 그녀와
관중의 군국적인 소음 사이에는 아무런 관계도 없다.

　400m, 멀리뛰기, 1500m 그리고 마지막에 열리는 800m 릴레이에는
와이스가 출전할 것이다. 그러나 그녀는 그 모든 경기를 남겨둔 채 돌아
가지 않으면 안 된다. 미끄러지기 쉬운 잔디의 경사면을 비틀거리며 밖
으로 나왔다. 야구장과 트랙 두 곳에서의 함성이 외원外苑의 나무숲 위에
걸려, 거대한 웃음소리처럼 울려 퍼지고 있었다. 귀를 막듯이 하고 조용
히 거리로 피한다. 모든 흥분을 잊으려고 한다. 그러나 그녀의 몸은 파
르르 떨리고 있었다.

　옷을 갈아입고, 엄숙하고 우아한 귀부인이 되어 T회관으로 들어간다.
그녀와 함께 일하는 나이든 부인도 젊은 부인도 이미 식탁에 앉아 있었
다. 귀족, 정치가, 상인, 군인의 아내들. 그녀 옆에 있는 자작부인이 술
을 권한다. 신선한 과일향이 나는 차가운 술이 그녀의 감각에 불을 붙였
다. 앞에 놓인 장미와 백합이 이제까지의 몇 천 배의 밝기로 빛나기 시
작했다. 어제부터의 온갖 육체의 영상이 거기에 반사했다. 그녀는 담배
를 피웠다.

　식사 후에 '회의'가 있다. 그녀들은 남편들의 '활동'을 모방한 유희를
하는 셈이다. 원숭이처럼 교묘하게 각자의 남편을 모사模寫하듯이, 작은
학교의 설립에 대해 토의했다. 그녀는 가장 면밀하게 조사한 회계보고
서를 읽었다. 그리고 가장 먼저 그곳을 빠져나갔다.

　승강기를 탔다. 순간 눈을 감고 말았다. 지금 그녀는 몇 명의 쾌활한
일본의 스포츠맨들에게 둘러싸인 채 그 속에 섞여 있던 단 한 명의 독일
선수 옆으로 떠밀려갔다. (일독 대항 경기 후에 여기서 위로만찬회가 열린 것이

다.) 떡 벌어진 가슴의 단추 구멍에 꽂힌 빨간 카네이션이 그녀의 이마에 닿을락말락한다. 눈을 뜨고 있다. 와이스. 얇은 트위드 재킷 속에서 천천히 심호흡을 할 때마다 신선한 운동선수의 육체가 움직인다. 승강기가 낙하한다. 그녀의 호흡이 그의 가슴을 향해 흐른다. 와이스의 호흡이 그녀의 머리카락 속에 느껴진다.

승강기가 1층에 도착했다. 문이 열렸다. "헤르(영어의 미스터에 해당하는 독일어―옮긴이) 와이스!" 그녀는 입속으로, 혹은 입술 언저리에서 약하게 외친 것만 같았다. "응?" 그녀는 그 몸 가까이 어딘가에 그런 소리가 들렸다고 생각했다. 다른 그 누구에게도 들리지 않고, 에테르의 파도가 되어, 오로지 그녀만의 청각을 울렸다고 생각했다. 눈이 감겼다. 그녀는 빨간 카펫 위에서 비틀거리고 있었다. 대리석 바닥과 기둥이 내뿜는 냉기가 그녀를 다시 눈을 뜨게 했다. 거기에는 아무것도 없었다. 그는 가버렸다.

다음날 신문을 봤다. 79.5 : 71.5. 독일이 이겼다. 일본의 마지막 희망이었던 800m 릴레이에서 요시오카가 1m 이상 슈트루트를 따돌리고 제2주자에게 바통을 넘겼을 때, 시합은 일본이 거의 이길 것으로 점쳐졌다. 그러나 스프린터가 아닌 와이스가 의외로 분발해 오사와를 제쳐 독일의 승리가 확실시되었다. 트로스바흐는 다음과 같이 말했다. "오랜 여행으로 컨디션 조절에 실패한 선수들 가운데 놀랄 만한 컨디션을 보인 와이스의 분투가 독일을 승리로 이끌었다."

포트폴리오를 들고는 출근 직전의 박사가 방으로 들어왔다. 화선지 위에 모래가 놓여 있었다. (그제와 어제, 네가 어디에 갔었는지 이걸로 알 수 있지. 옷자락에 묻어 있던 모래다. 이것은 땅바닥이나 거친 콘크리트 위에 앉았다는 증거지. 물론 일독대항경기를 보러 간 거겠지. T항에서 그들을 보고 호기심을 가졌겠지만, 그건 참으로 부끄럽기 짝이 없는 일이다. 타락이다. 게다가 네가 누구와 함께 갔는지도 알고 있지. 시바타지. 그가 나에게 묻더군. 프리도리히스토라아세 정거장에서 타고 돌아왔냐고. 독일선수가 그곳에서 탔었지. 관심이 많다는 증거지. 만일 다른 이유로 물었다면 슈레에젠슈르 정거장이라고 했을 거야. 대부분의 승객들은 시베리아선을 탈 때는 그 정거장에서 타니까. 아니, 시바타는 내가 동승한 그들과 대화를 나누었는지까지 묻더군. 그런 놈과 그런 것을 보는 건 수치야. 국가로서의 수치지.) 그녀는 이런 말을 들었다고 생각했다. 침묵하고, 그의 저술 초고를 가방에서 꺼내 정서를 시작했다. (M박사가 그녀의 남편보다 현명할지도 모른다.)

"돌아와서 할 얘기가 있어." 그는 대학에 출근하기 위해 나갔다.

밤이 되었다.

그들의 오래된 저택의 수목은 비를 맞고 있었다. 젖은 금목서金木犀 향기가 창틈으로 스며들어 퍼져왔다. 그녀는 딸에게 피아노 연습을 시키고 있었다. 불이 밝혀진 박사의 방은 나무들 사이로 담배연기에 부옇게 보였다. 그를 둘러싼 법과대학생들이 그의 제국주의 담론을 경청하고 있을 것이다. 어쩌면 이 피아노 소리를 듣고 있을지도 모른다. 그녀는 고등학교 때 수재였던 시바타가 친척들의 기대를 저버리고 모든 것을 진지하게 받아들이지 못하는 지적인 불량청년이 된 이유를 알게 되었다. 딸은 학생들이 듣고 있다는 걸 의식하며 피아노를 치고 있는 것 같다.

"엄마, 난 아빠하고 뽀뽀하는 게 싫어. 수염이 따가운걸. 그래서 일전에 시바타 오빠에게 그렇게 말했더니, 수염이 있는 사람하고 하는 뽀뽀가 더 맛있다는 거야. 정말 그래?" 그녀는 딸의 어리석음에 대해 아무런 느낌도 들지 않는다. 박사의 수염, 박사의 수염. 보잘것없는 수염이다. 그녀 앞에 와이스의 숱이 적은 황금빛 수염이 떠올랐다.

학생들이 돌아갔다. 빗소리만 들렸다. 하지만 지금 XX호텔에서는 요란한 재즈가 울려 퍼지고 있을 것이다. 독일선수들이 도쿄에서 보내는 마지막 밤이다. 아마도 새벽까지 댄스파티가 계속될 것이다. 독일 여성들, 혹은 어떤 특권에 의해 초대받은 일본 여성들, 그들이 강건한 육체에 매달려 있는 것이다. 스포츠맨들의 건장한 어깨에 그녀들의 정신과 육체의 모든 중력을 맡긴 채, 그 근육을 전기처럼 반사시키고, 헐떡거리는 숨결을 그들의 가슴을 향해 내뿜는다. 그녀가 단추 구멍에 꽂힌 꽃을 향해 그렇게 했듯이. 힐쉐펠트. 세계에서 포환을 가장 멀리 던지는 그 팔이 왜소한 등을 밀고 있다. 닥터 펠차. 그는 기계처럼 정확히 선회하고 있을까? 디그만. 그는 창백한 새처럼 빙빙 돌고 있을까? 엘도라헬. 그의 쾌활한 웃음소리가 울려 퍼진다. 세계적으로 알아주는 그의 스피드는 춤을 출 때는 어떤 식으로 나타날까? 와이스. 그녀의 감정이 눈에 보이지 않는 속도로 그의 주위를 회전한다.

"헤르 와이스!" 그녀는 유리창에 입김을 내뱉었다. "응?" 그녀는 어두운 바깥쪽 유리면에서 그 소리를 들었다. "헤르 와이스!" "응?" 하지만 그 모든 것이 머지않아 지구의 반구半球의 저 멀리로 사라져 버린다. 그리고 그녀에게는 엄격한 생활이 시작된다. 박사의 여송연 냄새에 절은 철사처럼 앙상한 육체, 시바타의 연약한 심리, 그녀는 그 모든 것을 증오하게 될 것이다.

벨이 울렸다. 박사가 부르고 있다. 그녀는 그때 그들의 침실에 걸린 다빈치의 성聖 요한의 모사를 떠올렸다. 그것은 사실은 요한이 아니라 아도니스다. 와이스일지도 모른다. 햇볕에 그을린 젊고 아름다운 청년의 나신裸身을 그린 그림이다. 그는 앞으로 밤마다 그녀를 응시할 것이다. 야릇한 흥분과 수치심을 그녀는 느꼈다.

오사카. 경성. 마지막으로 봉천奉天에서 일본과 독일과 중국 삼국의 대항경기가 열렸다. 이 경기에서 주목할 만한 것은 중국의 스포츠맨의 대두였다. 단거리, 그 외의 몇 종류의 경기에서 그들은 확실하게 일본 선수를 압도할 만했다. 중국인들의 복수적 애국심이 이 정도로 만족을 느낀 적이 없을 것이다. 장학량(張學良, 1898~2001. 장쉐량이라고도 함. 중국의 군인이자 정치가로, 일본의 중국 침략에 대항하기 위해 장제스를 구금하는 시안사변을 일으킨 사람─옮긴이)의 정책 가운데 스포츠장려책만큼 그의 안전을 위해 성공적이었던 것은 없을 것이다. 베헬은 장학량의 초빙을 받았다. 펠차는 일본에서 잠시 코치를 한다. 모레스와 와이스는 필리핀에 초대되었다. 남은 선수들은 10월 말, 또다시 T항에서 배를 타고 시베리아로 향했다.

크라스노야르스크 부근의 밤. 예니세이 유역流域의 한기가 열차 안에 스며들어, 눈 냄새가 느껴졌다. 피로와 향수로 조금 우울해진 스포츠맨들은 모두 자고 있었다. 중사 힐쉐펠트도 침대로 들어가기 전에 셔츠를 하나 더 껴입으려고 슈트케이스를 열었다. 만주에서 와이스가 그에게 맡긴 일본의 기념품 꾸러미가 굴러 떨어졌다. (지금 그는 따뜻한 남지나해 위에 있을 것이다.) 힐쉐펠트는 꾸러미를 싸고 있는 일본의 신문지를 찢어서 다른 상자에 다시 싸려고 한다. 문득 그 기묘한 일본의 글자들 속에서 엥겔하트, 보르체, 위히만, 와이스 등이 T항 부두에서 찍은 사진이 보였다. 그는 잠시 응시했다. 위히만의 어깨 뒤로 검은 기모노를 입은 일본 부인의 얼굴이 희미하게 찍힌 모습을 바라본다. 그러나 잠시 후 신문지는 거의 찢어진 채, 다부진 그의 손바닥 안에 구겨져 있다. 그러더니 곧바로 더러운 바닥에 내팽개쳐졌다. (이 T항의 안벽을 배경으로 자그마한 일본 부인의 초상을 한구석에 넣은 사진을 그로 하여금 은밀히 보존하도록 한 것은 어쩌면 쿠르트 와이스의 의지가 아니었을까? 그에게는 그런 감정은 털끝만큼도 없었을 것이다.) 지금 중사의 90kg의 체중을 지탱하는 거대한 구두의 굽이 하얀 꽃과도 같은 그녀의 얼굴을 짓밟고 있다.

자료3 : 실감적 스포츠론

저자 : 미시마 유키오

지금 내가 스포츠맨처럼 굴게 되면, 예전에 창백한 문학청년시절의 나를 알고 있는 친구들은 마치 벼락부자가 가난했던 과거를 감추려고 하는 모습을 보는 것과도 같은, 경멸하는 듯한 미소를 지을 게 틀림없다. 그러나 가면도 쓰기 시작한 지 10년이 되면 자신의 얼굴이 되듯이, 나도 체육의 세계에 발을 들여놓은 지 그럭저럭 10년이 되어가므로, 이제는 체육에 대해 언급해도 좋은 시기가 되었다고 생각한다.

그래서 우선 제1회에는 체육의 세계에 발을 들여놓게 된 계기에 대해, 제2회에는 스포츠에 대한 가교 역할을 한 보디빌딩에 대해, 제3회에는 복싱에 대해, 제4회에는 검도에 대해, 그리고 제5회에는 내가 체험한 일본의 스포츠교육과 스포츠관의 오류에 대해 써보고자 한다.

나는 남들에 비해 유달리 소년시절부터 강렬한 육체적 열등감을 갖고 있었다. 나는 단 한 번도 자신의 나약한 육체를 좋아해본 적도 없으며 자랑스럽게 생각한 적도 없었다. 전시戰時라는 환경이 병약함을 용인해줄 만한 문학적 분위기를 마련해 주지 않았기에, 약육강식의 사례를 수없이 보지 않을 수 없었던 것이 열등감을 갖게 된 이유 중 하나였을 것이다. 만일 고티에가 쓴 것처럼 '창백함'을 자랑거리로 여기는 낭만파의 시대에 태어났다면, 나 역시 자신의 육체적 조건에 만족했을지도 모른다. 그런데 전후에도 약육강식의 시대는 형태를 바꿔 이어지고, 거기에 미국에서 도래한 새로운 육체주의가 더해져 점점 더 나의 육체적 열등감을 심화시키게 되었다.

그렇다고 해서 나는 불구도 아니었으며 병이 많았던 것도 아니었다. 그저 깡마르고, 소화기능이 약한 체질일 따름이었다. 아들러(Alfred Adler, 1870~1937. 오스트리아의 정신의학자이자 심리학자―옮긴이)의 열등감에 대한 보상설(일명 나폴레옹콤플렉스라고도 불리는 이론으로 부족한 것을 보상하고자 하는 욕구가 도약을 위한 분발심을 불러일으킨다는 주장―옮긴이)을 빌리지 않더라도, 오늘날 스포츠가 내 생활에서 필수불가결한 것이 된 데는 바로 이 열등감이 결정적인 역할을 했다. 세상에는 체구는 빈약하면서도 지력이나 재능에 대한 자신감으로 충만해 있어, 육체적 열등감을 전혀 느끼지 않는 사람도 수없이 많다.

그런데 문학에 관한 일을 하다 보니, 이 부자연스럽고 불건강한 작업은 종종 위통을 일으켰으며, 그대로 방치하면 삼십 대에 위가 엉망이 될지도 모른다는 실제적 위기감도 가세하여, 나는 중학교 시절에 잠깐 했던 승마를 또다시 조심스럽게 시작해 보기도 하고, 집 마당에 철봉을 만들어 매달려 보기도 했지만, 그 어느 것도 별 도움이 되지 않았다.

여전히 신이 주신 내 육체와 스포츠 사이에는 도저히 넘을 수 없는 높은 철벽이 있어, 그것을 무너뜨리기란 불가능한 것처럼 보였으며, 숙명적인 것이 나와 스포츠 사이를 가로막고 있는 것처럼 여겨졌다.

그렇게 해서 덧없이 20대가 지나갔고, 나는 무기력한 상태로 30대가 되는 것이 억울해서 견딜 수가 없었다. 세상의 상식에 의하면, 나는 이미 스포츠 연령을 초과한 셈이었다.

서른 살의 여름, 나에게 갑자기 복음이 찾아왔다. 이것이 바로 훗날 사람들의 웃음거리가 되고, 수많은 만화의 소재가 된 보디빌딩이라는 것이다.

나는 그 전에 미국 여행을 통해 보디빌딩에 대해 어느 정도의 예비지식을 갖고 있었지만, 자신과는 전혀 인연이 없는 세계로만 생각했었다. 잊을 수 없는 1955년 여름, 어느 주간지에서 와세다대학 보디빌딩부의 사진을 싣고 "누구나 이런 몸이 될 수 있다"라는 코멘트를 해놓은 것을 보고는, 환자가 뭐든지 신약을 먹어보려고 하듯이, 나는 망설임 없이 편집부에 전화를 걸어 와세다대학의 다마리 코치를 소개받았다.

다마리 씨는 처음에 닛카쓰日活 호텔 로비에서 만났는데, 가슴 부분을 와이셔츠 위로도 분명히 알 수 있을 정도로 씰룩거리는 묘기를 보여줘 진심으로 놀라자, "당신도 언젠가는 이렇게 됩니다" 라고 말해줘, 그 말에 힘을 얻어 곧바로 지도를 받게 되었다. 이 말에 거짓은 없어, 9년이 지난 지금은 나도 이 근육 컨트롤이라는 기술에 의해 좌우의 가슴근육을 맘보나 룸바에 맞춰 교대로 움직이는 묘기가 가능해졌다.

다마리 씨가 일주일에 세 차례 집으로 방문하게 되어, 바벨을 사놓고 운동용 벤치를 만들어 사람들의 비웃음을 사게 되었다. 지도에는 전혀 무리가 없었으며, 나도 결코 성급하게 무리를 하거나 하지도 않았는데도, 처음 몇 달은 견디기 힘든 고통에다 이런저런 육체적인 문제까지 발생해, 그해 겨울에는 편도선이 계속 부어 있기도 하고, 미열이 계속되기도 하여, X레이까지 찍는 등 법석을 떨었다. 다행히 아무 일 없이 그 힘든 시기를 넘길 수 있었으나, 내 권유로 이 운동을 시작한 친구들 대부분이 채 한 달도 지나지 않아 그만둔 것은 모두 이 초기의 고통 때문이었다. 그리고 이 운동은 심호흡을 많이 해야 하기 때문에, 흉부 질환을 앓은 적이 있는 사람에게는 부적합하다는 사실도 알게 되었다.

세상에서 아무리 재미있는 것이라도, 자신의 힘이 나날이 세지는 것을 아는 것보다 더 재미있는 것은 없다. 그것은 인간의 가장 본질적인 기쁨 중 하나다.

보디빌딩은 미국에서 발명된 운동인 만큼 모든 것이 합리적이고 이론적으로 되어 있어, 아주 서서히 무게를 늘려가 육체를 개조해 가는 것인데, 그러는 동안 다소 조급해지기도 하여 젊은 친구들 흉내를 내서 느닷없이 매일같이 1리터씩 우유를 마셔 배탈이 나기도 하고, 미국에서 만든 분말 상태의 고단백질을 한 병 마시고 소화불량에 걸리기도 했다. 보디빌딩에 의한 근육의 발달은 20세 전후 근육이 왕성하게 발달하고 뼈도 아직 발달을 멈추지 않은 시기에 시작하면 실로 눈부신 성과를 거둘 수 있지만, 30대에 시작해서는 많은 장애가 따른다는 것은 부정하기 힘든 사실이다. 그래도 반년쯤 계속하다 보니 남에게 보여도 부끄럽지 않을 정도의 몸이 된 내 모습에 나는 자신의 눈을 의심했다. 그리고 젊은 시절의 내 신념에 의하면 자의식과 근육은 정반대의 개념이었는데, 이제 극도의 자의식이 근육을 키워가는 이 기적에 놀라지 않을 수 없었다. 이것은 미국문화의 가장 위대한 발명 중 하나이며, 또한 미국문화의 역설의 상징이었다.

1년쯤 지나자, 나는 20대에 그토록 나를 괴롭히던 위통을 완전히 어딘가에 두고 온 것만 같았다. 내 적이었던 위가 어느 틈엔가 충실한 내 편으로 돌아선 것이다.

이야기를 다시 되돌리면, 보디빌딩을 시작하고 4개월째에 나는 스즈키 도모오라는 호걸을 우연히 만났다.

과거에 해군 체조교관이었던 그 사람은 이미 중년이었으며, 입은 무척 걸었으나 성격은 밝고 쾌활했다. 기라 쓰네(吉良常, 오자키 시로[尾崎士郎]의 소설 『인생극장』의 등장인물―옮긴이)와 노사카 산조(野坂參三, 1892~1993. 정치가이며 공산주의자―옮긴이)의 친구였던 그는 무척 드라마틱한 편이며, 지기 싫어하는 성격에다 보디빌딩의 이념에 반대하는 보디빌딩 코치였는데, 나는 곧바로 그에게 붙잡혀 그의 제자가 되었다.

그는 당시에 고라쿠엔後樂園체육관에 소속되어 있었으나, 1956년 봄부터 지유가오카自由ヶ丘체육관을 개관했으며, 그렇게 해서 나는 처음으로 체육관에 다니기 시작했다.

그의 주장에 의하면, 보디빌딩에 의한 근육의 경화硬化를 막기 위해서는 유연체조(덴마크 닐스 북의 체조)나 신전伸展운동 등을 병행할 필요가 있어, 나는 그 체육관에서 고교시절의 해군체조를 다시 만나게 되었다. 전쟁 중에는 마지못해 따라하던 체조를 이번에는 약간의 과장하자면 기쁨과 고마움의 눈물을 흘리며 했다.

스즈키 씨에게는 나도 많은 영향을 받아, '생활 속에 체육을'과 같은 그의 슬로건을 이제는 나도 그와 같은 어조로 사람들에게 말하기도 하고, 굴근屈筋운동을 주로 하는 보디빌딩과 균형을 맞추기 위해 한편으로 반드시 신근伸筋운동을 해야 한다는 그의 이론은 이후에 내가 스포츠를 선택하는 데 있어서 많은 영향을 미쳤다.

그는 그야말로 교조教祖형 인물로 참으로 사랑스럽고 유쾌한 사람이지만, 잘 따르는 사람이 있는가 하면 외면하는 사람도 있었다. 나는 스포츠단체의 내분에 대한 이야기를 들을 때마다, 스즈키 씨와 같은 선의의 스포츠지도자의 비극을 떠올리게 된다.

그의 도그마는 육체를 뛰어넘고 체육을 뛰어넘어, 때로는 유머러스한 신념이 되었다.

때마침 체육관에 고용된 젊은 조수가 눈부시게 아름다운 맨손체조의 시범을 보이자, 그 모습을 가리키며 그가 말했다.

"미시마 씨, 잘 봐 두세요. 건전한 육체에는 건전한 정신이 깃들지요. 이 사람의 몸의 완벽한 유연성, 섬세한 움직임, ……그런 것을 갖춰야만 비로소 인간이라 할 수 있으며 인간의 인격도 고양됩니다. 당신의 몸에서는 아직 인격 같은 게 우러나지 않아요.”

그로부터 며칠 후에 그 조수가 체육관의 돈을 갖고 달아나 버렸기에
내가 놀리듯이 말했다.

“스즈키 씨, 과연 건전한 육체에는 건전한 정신이 깃드는군요.”

그때의 그의 떨떠름해하는 표정을 떠올리면 지금도 웃음이 나온다.

그러나 나도 육체와 정신의 상관관계에 대해서는 오랫동안 생각해왔
으며, 오랫동안 고민해왔다. 예술가로서는 오히려 예술 창작에 필수적
인 불건전한 정신을 강렬하고 깊이 유지하기 위해 건전한 육체가 필요
한 것이 아닐까? 보기가 꺼려지는 인간성의 심연을 향해 깊숙이, 보다
더 깊숙이 우물을 파기 위해서는 단단한 대리석으로 된 우물벽이 필요
한 것이 아닐까?

그런데 일 년 이상 보디빌딩을 하는 사이에 자신의 육체에 대한 주관
적인 자신감이 넘쳐, 예전부터 나와 스포츠 사이를 가로막고 있던 철벽
이 마침내 무너져 내렸다고 믿었다. 그래서 나는 잔뜩 벼르며 스포츠의
세계로 뛰어들려고 했다. 좀 더 힘든 스포츠, 좀 더 격렬한 스포츠, 30대
에 접어든 남자 대부분이 겁에 질릴 만한 스포츠, 그것은 무엇일까? 그
것은 복싱이었다.

하지만 모든 것이 내 뜻대로 되지는 않았다.

복싱의 세계에서는 내 선생으로서 니혼日本대학의 고지마 도모오 씨
가 팔을 벌리고 기다리고 있었다. 보디빌딩을 시작한 지 정확히 1년째
되는 31세의 초가을의 일이었다.

고지마 씨는 스즈키 씨하고는 정반대의 인물이었다. 독실하고 신중
하여 결코 호언장담하지 않았으며, 복싱이 생활의 전부인 그에게는 복
싱이 이 세상에서 가장 가치 있는 것이었다. 술도 마시지 않았고 담배도
안 피웠으며, 가정을 소중히 여겼다. 그리고 선수들에게 금하는 것은 전

부 자신에게도 금했다. 나도 문단에서는 금욕적인 남자로 알려져 있었지만, 이런 스포츠 지도자의 초인적인 금욕주의에 비하면, 나 같은 사람은 비교도 안 될 정도로 느슨한 편이라는 생각이 든다.

그가 내 지도를 맡기로 하며 우선 첫 번째로 다음과 같은 조건을 내걸었다.

"절대로 시합에 나가고 싶어 하지 않을 것. 그걸 약속해 주지 않으면 절대로 가르쳐줄 수가 없네."

내가 의아해하며 반문하자, 이렇게 대답했다.

"시합에 나가 잘못해서 부상이라도 당하게 되면 복싱에 흠집이 나기 때문이지."

그가 두려워한 것은 어디까지나 '복싱'이라고 하는 여신女神의 순결에 흠집이 나는 것이었다.

곧바로 나는 니혼대학의 합숙소에 다니며 연습을 시작했으며, 보디빌딩은 가볍게 바 딥스bar dips라는 운동 등으로 가슴이나 팔의 힘을 유지하는 정도에 그쳤다.

합숙소의 지저분하고 낡은 건물. 샤워실의 화장실 냄새. 링에 걸쳐 있는 더러운 셔츠와 타이츠. 구멍 난 샌드백. ……이것들은 전부 스포츠의 시詩이며, 내가 예전에는 몰랐던 종류의 피의 우아함을 상징하고 있었다.

그러나 연습이 시작되면, 우아함과는 거리가 멀어진다. 3분 동안의 한 라운드마다 30초 휴식을 하고 9라운드 이상 연습을 계속하고, 거기에다 줄넘기와 쉐도우복싱, 펀칭 볼, 샌드백, 스파링 등을 배합해 가는 셈인데, 처음 연습한 날에는 숨이 끊어질 것만 같았으나, 보디빌딩을 할 때의 경험에 의해, '이것도 언젠가는 반드시 익숙해질 거야' 하는 자신감이 생겼으며, 세 번째 갔을 때는 몸도 연습에 익숙해지기 시작했다.

처음으로 스파링을 했을 때의 감동은 잊을 수가 없다.

물론 스파링이라고 해도 고지마 씨가 직접 파트너가 되어 주었으므로 본격적인 스파링이 아니어서 자랑할 만한 것도 아니지만, 태어나서 처음으로 써보는 헤드기어의 느낌, 처음으로 끼어 보는 스파링 글로브의 신선한 감촉, 그 글로브로 자신의 턱을 가볍게 쳐봤다.

"어떤가? 누구나 처음에는 반드시 그렇게 쳐보지."

그 말을 듣고, 나는 자신이 마침내 이런(지나칠 정도로 과장된 감상이지만) 인간의 일반적인 반응의 법칙에 무의식적으로 따르게 된 것에 대해 엄청난 기쁨을 느꼈다.

막상 해보니, 3분이라는 시간이 10년쯤으로 느껴질 정도로 길게 느껴졌다. 코너에 몰렸을 때 사이드스텝을 밟으면 빠져나올 수 있다는 걸 알면서도, 발이 쇳덩이라도 되는 양 도무지 뜻대로 움직이지 않았다. …… 결국 1라운드에서 녹초가 되고 말았으나 두 번째 스파링 때는 2라운드까지 버텼다. 그러나 오른쪽 무릎이 꺾이며 바닥에 주저앉으면서, 나는 서른을 넘긴 자신의 육체의 한계를 여실히 알았으며, 또한 그것을 알았다는 것에 대해 만족감을 느꼈다.

첫 번째 스파링 때였는지, 두 번째 스파링 때였는지 잊었지만, 이시하라 신타로石原愼太郎 씨가 체육관을 방문해, 그 처참한 모습을 8밀리 필름으로 찍어 주었다. 이 필름이 또다시 모두의 웃음거리가 되어, 언젠가 분가쿠자(文學座, 일본을 대표하는 극단—옮긴이) 일행이 우리 집에 모여 맘보 리듬의 레코드를 틀고는 이 필름을 보며 박장대소한 적이 있다. 필사적으로 바둥거리는 내 움직임은 그야말로 만화와도 같아, 맘보 리듬에 잘 맞았다.

그러는 사이에 권투계에도 점점 아는 사람이 생겨, 나는 고지마 씨를 따라서 프로들이 다니는 체육관으로도 연습하러 갔다. 권투평론가 히라사와 셋손平澤雪村 씨가 언젠가 고지마 씨에게 이런 제안을 했다고 한다.

"미시마를 개막 시합에 내보내는 게 어떤가?"

그러자 고지마 씨가 단호하게 거절했다고 하는데, 나는 지금도 전쟁 직후에 공산당에 들어가지 않겠느냐고 했던 오다기리 히데오(小田切秀雄,

1916~2000. 문예평론가―옮긴이) 씨의 말과, 개막 시합에 나가지 않겠느냐고
했던 히라사와 씨의 말, 이 두 가지를 내 평생에 가장 특별하고 기쁜 권
유의 말로서 마음속에 간직하고 있다.

나의 복싱 연습은 1년 정도로 끝났다. 체력의 한계를 느낀 것이 주된
이유였는데, 그 한계를 실감할 수 있었다는 점에서 나는 복싱과 고지마
씨에 대해 감사하는 마음을 잊을 수가 없다. 그리고 내가 저돌적으로 뛰
어들었던 기념할 만한 사건이 되었다는 점에서.

나는 현재 검도를 하고 있는데, 이제야 자신에게 가장 맞는 스포츠를
발견해 검도에서 안심입명의 경지를 터득한 느낌이 든다. 검도를 스포
츠로 보는 것에 대해 이견이 있을 수 있고, 또한 내 검도는 기초가 부족
해 자세가 나쁜 것으로 정평이 나 있지만, 그래도 여기에 내 고향이 있
고 육체와 정신의 조화에 대한 이상이 있으며, 검도로 인해 스포츠에 대
한 나의 오랜 향수가 치유된 것 같다. 이 '향수'라는 단어는 나만의 독특
한 용법으로, 반드시 자신의 의지에 대한 향수를 의미하는 것은 아니다.
나는 서인도제도의 야자나무 가로수나 포르투갈의 리스본 등에 대해 그
곳을 처음 방문했을 때 오랜 향수가 채워진 것 같은 느낌을 받은 경험이
있다. 그런 식으로 스포츠는 오랫동안 내 정신의 심연 깊숙한 곳에 묻혀
있었던 것이다. 지금 39세가 되어서 그곳에 도달한 것은 생각해 보면 자
연스러운 결과이다. 그러나 스스로 노력했다기보다는 운명에 이끌려서
온 느낌이 든다.

검도도 시작한 지 5, 6년밖에 안 됐지만, 사실은 중학생 때도 1년 동안
정규과목으로 배운 적이 있다. 당시에 내가 다닌 학교에서는 검도, 유
도, 궁도, 승마가 전부 필수과목이었으나, 강요된 것이기에 그 어느 것
도 좋아질 수가 없었다. 특히 검도 특유의 그 기합소리를 소년이었던 나
는 싫어했다. 뭐라고 표현할 길 없는 그 야비하고, 야만스러우며, 위협

적이고, 부끄러움을 모르는, 생생하게 생리적이며, 반문명적이고 반문화적이며 반이지적인 동물적인 외침은 수치심으로 가득 찬 소년의 마음을 창피함으로 가득 채웠다. 자신이 그런 소리를 낸다고 생각하면 견딜 수 없는 느낌이 들었고, 남이 내는 소리를 들으면 귀를 막고 싶어졌다.

그로부터 25년이 지난 지금, 이번에는 정반대로 서로의 그 기합소리가 나에게는 기분 좋게 들린다. 거짓말이 아니라, 그 기합소리가 나는 진심으로 좋아졌다. 이것은 어떤 변화일까?

생각해 보건대, 그것은 나 자신의 정신의 심연에 있는 '일본'의 외침을 스스로 인정하고 스스로 허용하게 되었기 때문인 것 같다. 이 기합소리에는 근대의 일본이 스스로 수치스러워하며 필사적으로 감추려고 하던 것이 숨김없이 드러나 있다. 그것은 가장 어두운 기억과 이어져 있고, 흘러내린 선혈鮮血과 이어져 있으며, 일본의 과거의 가장 정직한 기억에 근원을 두고 있다. 그것은 피상적인 근대화의 저변에 숨어서 흐르고 있는 민족의 심층의식의 외침이다. 이런 괴물적인 일본은 사슬에 묶인 채 오랫동안 먹이를 먹지 못해 쇠약해져 신음하고 있지만, 지금은 오로지 검도 도장에서만 우리의 입을 빌어 외치는 것이다. 그것이 그의 유일한 해방의 기회인 것이다. 나는 지금은 이 외침을 무척 사랑한다. 이런 외침을 외면한 일본의 근대사상은 하나같이 천박한 것이라는 생각이 든다. 그것이 내 입에서 나오고 다른 사람의 입에서 나오는 것을 들을 때, 나는 시부야澁谷경찰서의 낡아빠진 도장 창문으로 하늘을 가로지르는 새로운 고속도로를 올려다보면서, 저쪽에는 '현상'이 날아다니고 있고 이쪽에는 '본질'이 외치고 있다는 걸 느낄 때의 그 기쁨. ……그 외침과 일체화되는 것에 대한 가장 위험한 기쁨을 느끼지 않을 수 없다.

그리고 이것이야말로 사람들이 여전히 '검도'라는 이름을 들으면 어딘가 미심쩍어하는 눈길을 보낼 때의 바로 그 악명 높은 '정신주의'의 풍미인 것이다. 나는 앞으로도 검도가 유도처럼 붙임성이 좋은 국제적인 스포츠가 되지 않고 언제까지고 그 반反시대성을 잃지 않기를 바란다.

　내 스승은 요시카와 마사미吉川正實 7단인데, 그의 인품에 끌려, 나는 그가 전근할 때마다 따라다녀, 그때까지 히가시초후東調布경찰서에서 시부야경찰서로 옮겨왔다. 그의 주변에는 항상 사람들의 원이 만들어졌으며, 검도를 하는 사람들에게 있기 쉬운 쓸데없는 허세가 요시카와 씨에게는 없었다. 실제로 검도를 하는 사람 특유의 냄새, 묘하게 거드름 피우는, 묘하게 겸손한 척하는, 혹은 지나치게 도덕적인 체하는, 혹은 사대주의가 강한…… 그런 모든 냄새가 싫어져서 검도 자체가 싫어진 사람도 많다.

　보디빌딩과 같은 웨이트트레이닝을 하면 다른 스포츠를 했을 때 스피드가 떨어진다는 것이 거짓말임을 나는 검도를 해보고 알았다. 웨이트트레이닝의 효용은 다른 스포츠 분야에서도 서서히 인정을 받게 된 것 같다.

　검도는 여름에 투구를 쓰기만 해도 움직이기도 전부터 많은 땀을 흘려, "이거 큰일이군" 하는 느낌, 나는 그 느낌이 좋다. 검도는 그야말로 '비정상적인' 스포츠다. 일대일의 격투기 중 검도처럼 고령자도 활약할 수 있는 스포츠도 드물 것이다. 검도 도장에 있는 한, 의리상 동정심에 의해 후배에게 승리를 양보 받는 그런 한심한 '대선배'가 되지 않아도 되는 것이다.

　이처럼 내 스포츠 이력을 돌이켜보니, 내가 남들과 다른 길을 걸어왔다는 것에 대해 놀라게 된다. 나는 사람들이 스포츠를 그만두고도 남을 만한 연령이 되어서야 스포츠를 시작해, 무엇 하나 남보다 뛰어난 성과는 올리지 못했으나 스포츠를 내 몸에 배도록 하는 데는 성공했다고 생각한다. 그렇게 해서 사회인으로서 바빠지는 삼십 대에 남들 이상으로 체력도 붙고 건강도 유지했으며, 인생의 중반에서 자신의 육체를 충분히 단련시키는 데는 성공했다고 생각한다.

그러나 그것은 모두 이를테면 상식을 벗어난 행동이며, 그렇게 상식을 벗어난 행동이 가능했던 것은 다행히 내가 자유업에 종사하고 있었기 때문이다.

나의 중학, 고교 시절은 전쟁 중이어서 군사훈련도 많아, 지금과는 전혀 상황이 달랐는데, 전에도 썼듯이, 일종의 약육강식의 스포츠교육이 이루어져, 태생적으로 체력이 없고 운동능력이 뛰어나지 못한 자는 낙오자가 되어 울상을 짓고 있어야만 했으며, 구원의 손길을 뻗쳐 주는 사람도 아무도 없었다. 그런 사정은 아마도 일반적으로 체격이 향상된 현대에도 별로 변함이 없을 거라고 생각한다. 학교스포츠의 전성기라고는 하면서도, 선수와 방과 후 스포츠 활동이 독점권을 쥐고 있다. 가령 고등학교나 대학의 테니스코트에서도 부원 이외의 학생이 자유롭게 사용할 여유는 거의 주어지지 않는다.

스포츠에 대한 재능이 없는 자는 영재교육 등으로 이번에는 예술이나 그 밖의 재능에 대한 속성재배가 시도되어, 사회의 기술화와 전문화와 세분화가 학교교육에까지도 일찍부터 영향을 미치고 있는 것이다.

나는 자신의 소년시절을 생각해 보면, 체력이나 재능을 타고나지 못했기에 스포츠의 문으로부터 영원히 거부당하는 불쌍한 소년의 모습이 떠오른다. 학교대항시합에도 전혀 참가하지 않고, 그 대신 개개인의 능력에 따라 모든 학생의 체력 향상에 충분히 주의를 기울이는 학교가 하나라도 나와도 좋을 법하다. 키만 자란 콩나물 같은 요즘 소년들을 보면, 스포츠교육 자체의 편협한 점에 있어서는 우리 시대와 비교해 조금도 변하지 않은 것 같은 인상을 받게 된다.

또 한 가지는 사회인의 스포츠 문제다. 사회인의 스포츠라고 하면 '보는 스포츠'가 중심으로, '하는 스포츠'는 오로지 골프뿐이라는 것이 현실이다. 그렇기 때문에 사회생활이 힘들어짐에 따라 삼십대에 벌써 노화 현상을 일으키는 사람들이 점점 증가하고 있다. 피하지방의 축적이 콜레스테롤을 증가시키거나 혹은 심장을 약화시킨다. 과음이 간장에 장애를 일으키고, 혹사시킨 신경은 위궤양을 초래한다. 그것을 예방하기 위해 약국 앞에서 급히 빨대로 약을 빨아먹고 있는 모습은 꼴불견이다. 스포츠가 이런 사람들을 전부 구원해줄 게 분명한데도, 사회인에게는 시간도 없고 기회도 없다. 어쩌다가 직장에 도장이나 체육관이 있어도 실업선수에게 독점당하고 있다는 점에서는 학교와 마찬가지다.

삼십대에게 스포츠가 얼마나 필요한지는, 내가 몸으로 직접 체험한 바다. 나는 다행히 직업상 많은 사람들이 호의를 베풀어 주었으며 많은 문이 열려 있었지만, 일반 사회인이 가령 나처럼 서른 살이 되어 스포츠를 시작하려고 결심해도 그럴 장소가 없고 그럴 기회도 없다.

올림픽을 계기로 각종 경기장이 신설되었어도 그것은 선수와 관객을 위한 것이지, 아마추어가 자유롭게 스포츠를 하는 장소는 아니다.

가령 이런 공상을 해본다. 거리 곳곳에 체육관이 있어 누구나 자유롭게 드나들 수 있으며 약간의 회비로 회원이 될 수 있다. 밤에도 10시까지 열려 있으며 모든 시설이 완비되어 있어, 좋아하는 스포츠를 편안한 마음으로 즐길 수 있다. 코치가 회원의 운동경험 여부에 따라 성심껏 지도하고, 초심자들을 짝지어서 서로의 걱정거리를 해소할 수 있도록 한다. 거기서는 선택받은 사람들만이 아름다운 기술을 선보이는 것이 아니라, 어떤 초심자의 서투른 기술에도 똑같은 기회가 주어진다. ……이런 스포츠공화국에 대한 구상은 사회주의국가가 아니면 실현 불가능한 것은 결코 아닐 것이다.

스포츠는 직접 해야만 한다. 몸을 일으켜 움직이고 땀을 흘리고 힘을 쏟아야만 한다. 그 후에 샤워할 때의 상쾌함에 대해 예전에 맘보족이 유행했을 때,

"이 샤워의 맛은 맘보족도 모를 거야."

하고 자랑스럽게 말하던 권투선수의 말을 나는 떠올린다. 이런 자긍심
은 정당한 것으로, 거기서는 어떤 사상적인 냄새도 나지 않는다. 운동을
마친 후의 샤워의 맛에는 인생에서 가장 필요한 것이 포함되어 있다. 어
떤 권력을 쥐어도, 어떤 방탕을 거듭해도, 이 샤워의 맛을 모르는 사람
은 삶의 희열을 진정으로 알았다고는 할 수 없을 것이다.

자료 4 : 문학과 스포츠

저자 : 미시마 유키오

　이런 제목은 근래에는 이시하라 신타로(石原愼太郎, 1957년에 복싱을 소재로 한 소설 『태양의 계절』을 발표한 것을 의식한 표현―옮긴이) 씨가 적임자로, 나 같은 사람이 운운하는 것은 주제넘은 일이다. 나는 스포츠라고 할 수 있을 정도의 스포츠를 하지 않았다. 그러나 이론적으로 문학과 스포츠와의 관계에 대해서는 전부터 종종 생각해오기는 했다. 문학과 스포츠에는 매우 유사한 점과 상이한 점이 있다.

　올림픽에 조정선수로 참가했던 다나카 히데미쓰田中英光 씨는 「올림포스의 과일」이라는 아름다운 스포츠 소설의 저자였는데, 언젠가 자신의 소설에 대한 악평에 불만을 토로하며, "스포츠의 세계처럼 승패가 확실한 세계가 그립다. 소설은 그런 점에서 참으로 애매모호하다"라고 쓴 적이 있다. 또한 평론가 가와카미 데쓰타로河上徹太郎 씨는 유명한 수렵가이자 유명한 골퍼이기도 했는데, 스포츠와 문학의 차이점은 스포츠가 영원의 반복인 반면 문학은 일회적einmalig이라는 데 있다고 기술한 적이 있다. 일본에서는 남에게 꿀리지 않을 정도의 스포츠작가로는 지금으로 서는 이시하라 신타로 씨가 유일하지만, 프랑스에는 몽테를랑과 같은 스포츠에 미친 일류작가가 있다. 그는 투우까지 직접 했다.

자신의 글을 인용해 송구스럽지만, 나는 평론 「소설가의 휴가」에서 스포츠의 슬럼프와 예술의 슬럼프의 관계에 대해 기술하며, 다음과 같 이 쓴 적이 있다.

"나는 잠깐이지만 승마를 한 적이 있는데, 승마 후의 육체적 건강에 대한 의식, 그 상쾌함, 무엇이든 못할 게 없을 것 같은 느낌, 그 기분 좋 은 피로감, 그중에서도 특히 그 유쾌한 해방감은 확실히 창작에 해가 된 다는 것을 알았다. 스포츠의 즐거움은 무상성無償性, 힘의 소비와 에너지 의 해방으로 인한 기쁨, 그 모든 점에 있어서 분명히 예술과 흡사하다. 예술과 스포츠만큼 닮은 것은 없을 것이다. 그래서 그 후에 하는 창작은 스포츠와 중복되는 느낌이 들지 않을 수 없다."

그러나 이 글을 쓰고 나서 1년쯤 보디빌딩을 해본 결과, 나는 이 문장 을 정정할 필요를 느끼고 있다. 승마를 한 것은 그 시점으로부터 5년 전 의 일이다.

이 글에서 내가 범하고 있는 오류는 여러 가지가 있겠지만, 우선 육체 활동과 두뇌활동을 지나칠 정도로 동일시하고 있다는 점을 들 수 있다. 거기에는 그럴만한 이유가 있었다. 나는 승마를 했던 체험을 근거로 이 글을 썼으며, 지금으로부터 5, 6년 전에는 나는 스포츠를 하듯이 소설을 썼던 것이다. 게다가 당시에는 몸이 허약해서 승마 후의 피로를 견디기 가 힘들었다. 그러나 요 1년 동안의 보디빌딩의 결과, 어찌 되었든 체육 이 내 몸에 스며들어 이른바 체육이라는 독毒에 푹 빠진 그 느낌은 내가 처음 경험해보는 것이었다. 보디빌딩 후의 피로는 오히려 창작을 부추 겼으며, 그 다음날의 피로는 또다시 보디빌딩으로 회복이 되는 경우가 많아졌다. 물론 심한 피로를 느낄 때는 운동을 쉬는 수밖에 없었지만.

그 결과, 내 안에서 두뇌의 피로나 정신적 피로와 육체적 피로를 확실히 구별할 수 있게 되었다. 이 점은 또한 소설에 대한 내 태도에도 영향을 미쳤다. 나는 더 이상 소설을 스포츠처럼은 쓰지 않게 되었다. 감각을 추구하고 신경을 긴장시켜 몸의 힘으로 쓰는 그런 소설은 쓰고 싶지 않아졌다. 소설은 점점 내 안에서 지적인 영역의 작업이 되었다. 좋은 현상인지 나쁜 현상인지는 모르겠지만, 나는 감각이나 감수성에만 의존하는 창작태도를 경멸하게 된 것이다.

이런 변화는 내가 서서히 육체적인 힘에 자신을 갖게 된 것과 무관하지 않을 것이다. 일단 체력에 자신이 붙으면, 지적인 영역에 그만큼 깊이 몰입할 수 있게 된다. 왜냐하면 내가 제아무리 지적인 사람이 된다 한들 어딘가에서 육체가 나를 지탱하고 있어 작품의 육체적 활력을 보증해줄 것이기 때문이다

또한 내가 쓴 운동 후의 "육체적 건강에 대한 의식, 그 상쾌함…… 그 유쾌한 해방감"이 창작에 확실히 해가 된다는 것도 동의하기 힘든 말이다. 당시의 나는 쉽게 피로를 느꼈을 따름이다. 현재의 나는 다음과 같이 생각하고 있다. 육체적 건강에 대한 투명한 의식이야말로 창작에 필요한 것이며, 그것이 없으면 소설가는 인간성의 어두운 심연으로 내려갈 용기를 가질 수 없을 거라고.

소설가는 인간의 마음의 우물을 파는 인부와도 같은 존재다. 우물에서 나왔을 때는 햇볕을 쬐어야만 한다. 몸을 움직이고, 신선한 공기를 실컷 들이마셔야만 한다.

그래서 지금은 나는 약간 드라마틱하긴 하지만, 나에게 있어서 예술은 스포츠의 위생학이며 스포츠는 예술의 위생학이라는 식으로 생각하고 있다. 이 두 가지는 서로 균형을 이루어야 하지만, 한편으로는 불균형이 심하면 심할수록 창작도 심화되지 않을까 하는 생각을 해본다. 앞으로 나는 보디빌딩만이 아니라 다양한 스포츠를 해보고 싶다.